KB122533

금혼령 3

천 지 혜
장편소설

금혼령

조선혼인금지령

3

차 례

1

이 나라의 간택을 실은

내가 막고 있었다고?

"무과 전시에 가야 한다고?"

강녕전. 내시 세장이 전한 소식에 왕 이헌의 표정이 살짝 굳어졌다.

"네, 전하."

요새 헌에게서는 예전보다도 더 진한 색기가 뿜어져 나왔다. 소랑이와 있을 때보다 더욱 여윈 광대, 마른 몸매, 짙어진 눈 밑 그늘. 그리고 어둡고 탁한 눈빛에서 나오는 폐쇄적인 기운.

어째 그런 것들이 왕 이헌에게서 더욱 색스러운 느낌을 더하고 있었다.

무섭지만 너무나 잘생긴, 어둠의 마왕 같은 느낌. 감히 한마디 말도 거역할 수 없게 하는 폭군의 분위기가 더욱 진하게 흐르는 요즘이었다.

무과 전시라. 임금의 참석하에 무과의 복시 합격자들이 시험을 보는 것이었다. 큰 행사는 아니었지만 그래도 간만의 공식 행차인 만큼 그 행렬이 짧지는 않을 것이다.

"왜요, 내키지 않으십니까?"

"내키지 않은들 어떻게 하겠느냐, 가야지."

그는 탐탁지 않게 턱을 쓰다듬었으나, 속내는 전연 달랐다. 궐 밖이 모두 소랑이의 영역도 아닐진대, 민가에 나가게 되면 어쩐지 그녀를 볼 수 있을 것만 같은 기분이 들었기 때문이었다.

"요새 소랑이는 어디에 있느냐? 선혁과 활로부터 소식은 들었느냐?"

"전하, 묻지 않기로 하지 않으셨습니까."

세장은 굳은 목소리로 답했다. 소식을 전하는 것은 어렵지 않았다. 그러나 헌이 지금보다 더 무너지는 걸 볼 수는 없는 노릇이었다.

"이제 소식조차 궁금해하지 않기로 하지 않으셨습니까. 간택에 집중하신다면서요."

"허나, 어디에 있는지 묻는 것이 죄가 되느냐. 한때 사랑했던 여인인데, 죽었는지 살았는지는 알아야지."

그러나 잠시 후, 내시 세장이 전한 소식에 왕 이헌은 그야말로 얼음처럼 차갑게 굳어지고 말았다.

"신원의 집에 머물고 있다고? 이정학 대감 댁에?"

그에게서는 모든 것을 얼려 버릴 듯한 차가운 냉기가 뿜어져 나왔다.

생각지도 못한 소식이었다. 설마 그녀가 그 집에 들어가서 살 줄은 상상도 못했다.

개이의 건강을 이유로 사가에 나가려 했던 그녀가 아니었던가. 그런데 심지어 개이와도 떨어져 신원과 함께 살고 있다니.

헌은 그녀가 강물에 빠져 죽을 뻔한 소식은 전혀 알지 못했다. 그러니 이런 오해는 그야말로 정신적 붕괴를 일으키기에 충분했다.

신원과 함께 살고 있다니. 가슴에 수백 개의 비수가 날아와 꽂힌 기분이었다. 민가의 행차에 나간다는 것만으로 살짝 들떴던 그의 가슴은 모조리 무너져 내리고 말았다. 이제 더 이상의 기대와 긴장감도 남아 있지 않았다.

"준비되었느냐?"

행차를 나갈 준비를 모두 마친 헌은 표정 없는 얼굴로 임금의 가마인 연(輦)에 올랐다.

경복궁의 광화문이 열리자 수많은 백성들이 그곳에 모여 있었다. 모여든 백성들의 바람은 한결같은 것이었다.

전하, 어서 간택을 마무리하시어 이 나라의 국모를 간하여 주시옵소서. 그들은 무릎 꿇고 빌었다. 제발, 제발…….

그중에 감정이 격해지는 이도 있었다. 이제 모든 민심은 간택으로 향하고 있었다. 오로지 그 목소리를 듣기 위해 밖으로 나간 것 같았다.

"그래, 이번 간택이 온 백성들의 희망이로구나."

이제 더 이상 백성들의 기대를 무너뜨려서는 안 되었다. 마음이 무거워진 헌이 작은 창문을 닫으려는 찰나였다.

바로 이때, 구름 떼같이 모여든 백성들 사이에 황망히 뛰어나오는 한 여자가 있었다. 양반가 규수의 옷을 입고 있으나, 장옷으로 얼굴을 가릴 새도 없이 바람같이 뛰쳐나오는 이.

그녀는 바로…… 소랑이었다.

그야말로 단숨에 알아볼 수가 있었다. 헌의 동공이 단숨에 커졌다.

'소랑아……!'

너무나 보고 싶었던 얼굴이었다. 반갑고, 그립고, 미웠던 그 얼굴이 이 수많은 사람들 가운데 두둥실 떠오른 것이었다.

'전하, 너무 보고 싶었습니다.'

이렇게 말하는 듯한 소랑의 간절한 눈빛이 그에게 닿았다. 그 눈빛이 마치 채찍처럼 자신의 심장을 관통해 닿을 수 없는 저편 끝까지 내리치는 듯했다. 육신이 산산조각이 나는 것 같기도 했다. 나의 모든 것이 그녀로 인해서 남김없이 해체되었다가, 다시 그녀에게로 모이는 듯한 느낌이었다.

하지만, 바로 뒤에서는 신원이 그녀를 따르고 있었다. 그의 시선은 오로지 소랑이를 향해 있었다. 그녀가 혹여라도 인파 틈에 밀려다칠세라 걱정스러운 얼굴이었다.

'이미 둘이 함께 살고 있다고······?'

배신감이 차오르던 그리움을 짓누르고 몸을 휘감았다. 아무리 둘이 원하는 대로 살라 말하고 뒤로 돌아섰던들 정말 이렇게 될 줄은 생각도 하지 못했다. 아마 자신만을 사랑하겠다던 소랑의 말을 믿었기 때문일지 모른다. 그래서 지금 이 배신감이 더 큰지 모르겠다. 그는 결국 간절히 와 닿는 소랑의 눈빛을 차갑게 외면하고 말았다.

눈으로 보지 않아도 알 수 있다. 자신을 보고도 시선을 거두는 헌의 모습에서 소랑은 적지 않은 충격을 받았을 것이다. 그쪽을 보고 있다가 혹여 신원과도 눈이 마주칠세라 왕 이헌은 열려 있던 문을 탁— 닫아 버렸다.

문을 닫자 수많은 인파들의 소리는 웅웅 대는 것처럼 점점 작아져 뚜우— 하는 공명으로 그의 귀에 울려 퍼졌다. 가마가 사방팔방으로 빙글빙글 돌아가는 느낌에, 헌은 머리에 손을 짚고서 비틀거렸다. 어지럽고 아찔한 순간이었다. 온몸이 식은땀에 흠뻑 젖어 버리고 말았다. 오만 가지 복잡한 감정들이 그의 머리에서 소용돌이처럼 돌았다.

그녀와의 짧은 재회는 그야말로 눈물겹도록 강렬한 것이었다.

소랑은 순간 자신의 눈을 의심했다. 사랑하는 사람의 변해 버린 눈빛. 차가운 외면.

짧은 순간, 소랑은 천국에 올라섰다가 다시 지옥의 나락으로 떨어진 느낌이었다. 가슴이 철렁— 내려앉다 못해 무거운 철퇴가 내리친 느낌이었다.

'전하!'

왕이 탄 가마는 빠르게 그녀의 앞을 지나쳤다. 영원 같았지만 또한 찰나의 순간이었다. 그를 따르는 행렬의 뒷자락이 사람들 사이로 넘실넘실 사라졌다. 그녀는 영혼이 빠져나가 버리는 듯한 느낌에 중심을 잃고 비틀거렸다.

"소랑아!"

당장이라도 쓰러질 것 같은 그녀를 잡아 주는 건 바로 신원이었다. 언제부터 그가 내 곁에 있었는지, 그조차 알아챌 경황이 전혀 없던 그녀였다.

임금의 행차가 지나간 뒤 구름같이 몰렸던 인파는 빠르게 흩어져, 오로지 그녀만이 황망히 임금이 사라진 자리를 쫓고 있었다. 방금 전과 지금의 공기가 너무나 달라, 마치 실제가 꿈처럼만 느껴지는 순간이었다.

"돌아가자."

소랑을 안타까이 내려다보던 신원은 그녀의 손목을 잡고 이끌었다.

"너 좀 쉬는 게 나을 것 같아."

"그래……."

신원은 그녀의 손목을 끌고 집에 들어가 안채의 방 앞에 데려다 놓았다. 힘없이 따르는 그녀의 두 눈엔 희망의 불씨가 모조리 꺼진 듯한 느낌이었다.

"아 참, 아까 하려던 말 뭐야? 내가 그 말도 다 못 듣고 달려나갔었네."

그녀는 힘겨이 고개를 들어 물었다. 잔뜩 복잡해진 신원의 눈빛이 그 위에 무겁게 내려앉았다.

"소랑아."

"응, 무슨 일인데?"

이렇게 삶의 의지를 모두 잃은 것만 같은 그녀에게 이 말을 어찌 꺼내야 할지 알 수가 없었다.

"있지, 우리 말이야."

신원은 아예 소랑을 방 안으로 이끌어 자리에 앉았다.

"우리, 청나라로 갈래?"

"뭐?"

그녀는 믿을 수 없다는 표정이었다. 아직 왕 이헌의 눈빛이 자신에게 닿았다가 차갑게 돌아섰던, 그 충격에서 벗어나지 못하고 있던 그녀였다.

그런데 청나라에 가자고? 이렇게 갑자기?

신원이 오늘 출타를 했었던 곳은 다름 아닌 바로 예현호 대감 댁이었다. 서씨 부인과 담판을 지을 것이 있었기 때문이었다.

"이신원이 찾아왔다고?"

몸종이 전해 온 소식에 서씨 부인의 눈매가 단숨에 날카로워졌다.

"예가 어디라고 또 찾아와. 죽으려고 작정이라도 했나. 저번에 깨갱 꼬리를 내렸던 걸 벌써 잊은 모양이지?"

아마 그 일로 찾아왔겠지. 소랑이가 자객에게 쫓겨 계곡으로 떠밀렸던 일. 허나, 내가 했다는 증좌가 없을 것이다. 서씨는 더욱더 그를 절벽 끝으로 바싹 몰아세울 생각이었다. 곧 시작되는 간택령. 그동안 그가 꿈쩍도 할 수 없도록.

"여긴 또 어찌 찾아오셨습니까?"

우뚝한 키의 그가 고개를 숙이고선 서씨의 방으로 들어왔다.

"이번엔 정말 많은 수를 쓰셨더라고요."

신원의 눈에선 알 수 없는 빛이 번뜩했다.

최근 의문의 자객에게 쫓기는 납치 사건은 소랑에게만 벌어진 것이 아니었다. 간택의 후보에 들 만한 귀한 집 여식들이 몇몇 보쌈을 당하거나 변을 당하는 일이 있었다. 미리미리 싹을 제거하는 것이 분명했다.

"소랑이 말고도 해한 여인들이 한둘이 아니던데요."

"아무리 금부도사를 그만두셨다 하더라도, 증좌를 가지고 오셔야지요."

"이번에도 살변을 하려 하신 것이 사실이 아닙니까!"

날이 번쩍 선 신원의 목소리에도 서씨 부인은 하하하, 조용히 웃음을 흘렸다.

"하하, 그럼 어쩌시려고요. 고발이라도 하게요? 소랑이가 임금을 속였다는 죄를 쓰고 능지처참을 당하는 꼴을 두 눈으로 보고 싶으신 것입니까?"

그녀는 아직도 소랑이의 사기죄로 신원을 협박하고 있었다.

"이제는 상황이 다르다는 걸 모르십니까? 이 집에서 궐에다가 처녀 단자를 냈다 하지요. 이 집 둘째 여식 예현희를 예현선이라 속여서요."

허나 이제는 역으로 신원이 서씨를 공격하는 것이었다.

"그게 밝혀지면 서씨 부인께서 그토록 오래 준비했던 간택이 물거품이 되겠네요."

서씨는 몸을 부들부들 떨었다. 감히 이 자식이 날 협박해?

"이제 우리도 터뜨릴 것이 있으니, 마냥 당하고 있을 수만은 없지요."

이신원, 이 자식만 없었어도 소랑이는 이미 저세상 목숨이 되었을 텐데!

"더 이상 우리를 건드리지 마십시오!"

신원의 또렷한 목소리가 방 안에 강렬히 울려 퍼졌다. 더 이상 서씨의 협박에 몸을 떨면서 살 수는 없는 것이었다. 혹여 그때의 화살에 개이나 박 의원이 다쳤다면 무고한 희생자가 생길 뻔한 것이 아닌가!

"임금께 커다란 사기를 친 이가 이정학 대감 댁으로 숨어들었다

하지요. 그렇다면 그이를 숨겨 준 이들이 모두 공범이 아닙니까!"

그 말에 신원은 그 앞에 놓인 상을 쾅— 하고 내리쳤다. 지금 서씨는 신원의 가족을 빌미로 협박을 하고 있었다.

"이제는 그 집 식구 모두가 그년 때문에 화를 당할 것입니다."

"우리 집이 그리되면 그 집은 무사할 성싶소!"

신원의 눈빛엔 부글부글, 분노가 끓어 넘쳤다. 우리 가족을 입에 담다니!

"더 이상 소랑이가 위협에 처하는 일은 없을 것입니다. 이 나라를 떠나시면요."

"이보시오!"

"잔말 말고 청나라로 가세요! 그것이 둘의 목숨을 부지하는 길입니다."

뭐? 청나라로 떠나라고?

"지금 그게 말이 된다고 생각하시오?"

"그러니 우리 더 이상 서로를 갉아먹는 싸움은 그만합시다. 청으로 가면 그쪽한테도 일석이조가 아니겠소? 소랑이가 평생 살해 협박에 시달리는 일도 없을 테고, 그쪽은 영원히 둘이 함께일 테고. 몰래 떠나는 배는 우리가 마련하겠습니다. 이제 그 배에 타기만 하면 될 겁니다."

"그게 부인 뜻대로 될 것 같소?"

"소랑이의 시체를 봐야 정신 차리겠소! 어떤 걸 원하시오? 익사하여 물에 불어 죽은 시신, 아니면 늑대들에게 내장이 뜯긴 시신, 아니면 자객들이 강간하여 갈가리……."

순간, 번쩍하는 소리와 함께 신원의 허리춤에 꽂혀 있던 칼이 서씨의 목 앞으로 들어왔다.

허나, 목에 칼이 들어왔는데도 표독스러운 서씨의 표정은 변하지 않았다. 보통의 독기가 아니었다.

"날 죽이시오! 그리고 소랑이 장례를 치를 준비를 하시오! 나는 수장이 어떨까 싶소만!"

그녀의 사나운 목소리가 칼을 타고 흘렀다.

"그 입 다무시오!"

분노에 떠는 신원의 손이 부들부들 떨렸다. 그녀의 입을 다물게 하기 위해서라면, 집어든 칼을 휘두를 수 있을 만큼이나 그는 화가 나 있었다.

그래, 여기서 서씨를 죽이고 모든 사달을 끝내는 거야. 소랑이에 대한 살해 위협도, 그리고 그 모든 복수도.

"당신 같은 여자를 어찌 어미라 부를 수 있겠소!"

그의 눈빛이 살기로 번뜩였다. 그가 조그만 더 칼에 힘을 준다면, 그렇다면 이 모든 악의 근원을 잘라 버릴 수 있을 것이다.

물러서지 않는 서씨와 두 손으로 칼을 움켜쥔 신원의 사이에 팽팽한 긴장이 흘렀다.

"부모님께 소랑이의 시신을 보여 줄 자신은 있으십니까?"

순간, 그녀를 보고 그렇게 좋아하던 이정학 대감과 송씨 부인이 떠올랐다. 그가 갖고 있는 두려움을 정확히 저격한 말이었다. 서씨 부인은 마지막 협상이라는 듯 툭, 얘기했다.

"곧 집으로 배편을 보내겠습니다. 청나라로 떠나는 것이 그녀를 곧 구하는 길일 겝니다."

핏발 선 서씨의 두 눈엔 어느새 물기마저 가득해져 있었다.

"칼을 들어 잘라 내야 할 것은 우리와의 연입니다. 7년 전에 그렇게 매듭이 지어진 이상, 우리의 잘못 꼬인 줄은 계속해서 엉킬 수밖에 없습니다. 절대 같은 조선 하늘 아래 살 수 없습니다."

서씨는 힘이 빠진 신원의 손을 툭— 밀어냈다. 그는 그녀의 목에 겨누었던 칼을, 결국 거둘 수밖에 없었다.

"제발 떠나 주세요."

그녀는 방문을 열었다. 이제 나가라는 뜻이었다.

"이제 우리 제발 이 연을 끊읍시다."

가능하다면 신원 역시 너무나 그리하고 싶었다. 결국 신원은 그 방의 문을 터덜터덜 나오고 말았다.

신원은 소랑의 앞에 서서 애절하게 말했다.

"아직, 이곳은 많이 위험해. 너 말고도 수많은 여자들이 보쌈당하고 있어. 알잖아. 그 여자들이 얼마나 끔찍한 일을 당하는지."

해영이 당할 뻔한 일이었다. 그녀 역시 산적들에게 끌려갈 뻔했고.

"이젠 아예 범위를 넓혀서 삼간택에 오를 만한 여인네들이 납치를 당하고 있어. 점점 더 대담해지고 있다고. 우릴 다시 한 번 죽이려 하는 건 일도 아닐 거야."

신원의 그 말에 잊혔던 기억이 소랑의 뒤통수를 타앙— 때렸다.

소랑이 보쌈을 당했을 때, 자루 안에서 들었던 말이었다.

"이 일이 끝나면 해 주셔야 할 일이 있습니다. 아가씨들 몇 명을 더 보쌈할 것입니다. 집안 좋고 미색 좋고 교육 잘 받은 여식들이지요."

"미리 간택의 싹을 잘라 버리겠다?"

실제 그런 여인들이 납치되고 있다고 하니, 그 말들이 실제로 벌어지고 있는 것이었다. 힘이 모두 빠져나갔었던 소랑의 눈빛이 파르라니 번쩍 빛났다.

"신원아, 차기 간택은 조작될 거야! 이건 단순한 납치가 아닐 거야. 아마 내명부에도 사람들이 속속들이 매수되어 있겠지. 막아야 해. 일단 전하께 이 사실을 알려야 해. 연통을 넣을 수 있는 방법이 없을까? 분명 보쌈꾼들 세력이 모든 걸 장악하고 있을 거야."

정신없이 말하는 그녀의 손을 신원이 타악— 잡아챘다.

"그러다가 간택이라도 미뤄지면? 이미 너로 인해서 간택이 많이 미뤄진 거 몰라?"

충격에 휩싸인 그녀의 눈이 일순 커졌다가 다시 가늘어졌다.

"나로 인해서라고?"

이 말까지는 안 하려 했는데……. 신원은 고통스럽게 말을 이어 나갔다.

"전하께서 너를 정비로 만들기 위해 간택을 미루어라, 조정의 대신들을 진정시켜라, 그런 명을 내렸어. 실은 이 나라 간택이 너에게 달려 있었던 거야."

미, 믿을 수가 없었다.

"이번에도 간택이 제대로 되지 않으면 백성들 모두 폭도로 변할 거야. 이제 간택을 위해 네가 할 수 있는 건 이 나라에서 너의 존재가 완벽히 사라지는 거야."

소랑은 입술을 꽈악— 깨물었다. 한 번도 생각하지 못한 말이었다. 신원 역시 잔인하게 튀어나와 버린 말에 쓰라린 표정을 지었다.

"전하께선 날 이미 잊으셨을 거야."

이렇게 궐에서 아무런 소식이 없는 걸 보면.

"아냐, 그거랑 네가 죽는 거랑은 다른 문제야. 세자빈의 의문사에 7년을 매달리셨는데, 네가 죽으면 마음이 편하겠니? 넌 그런 소식 전하고 싶어? 네가 어디 강에서 익사 시신으로 발견되었다고? 이 나라의 금혼령이 더더욱 길어지게 되면 이 조선의 미래는 없어. 전하께선 다시 한 번 정사의 의지를 잃어버리실 거고, 후사는 더더욱 없을 거야. 그땐 역성혁명이 일어나도 이상하지 않을 상황이 된다고. 이 나라의 끔찍한 운명이 모두 네 목숨 하나에 달려 있다는 걸, 모르겠어?"

"그래서 청나라에 가자고?"

"차라리 생사도 확인되지 못할 만큼 멀리 있는 게 낫지. 그래야, 전하께서도 이 모든 걸 잊고 새로이 간택에 힘을 쓰실 수 있을 거야. 그래야 너도 살고, 이 나라도 사는 거야."

내 나라 조선을 위해서 이제는 내가 떠나야 한다라. 그녀는 너무나 고통스러운 표정이었다.

이 말을 하는 신원의 가슴도 찢어질 듯 고통스러웠지만, 결국은 그녀가 안전해지는 게 나았다. 이 조선에서 그녀가 죽는 걸 볼 수는 없는 노릇이었다.

"만약, 차기 간택의 조작으로 인해서 부패한 세력이 정권을 잡는다면? 그래서 이 나라 조선을 잡고 뒤흔든다면?"

"그 어떤 상황도 지금보단 나을 거야. 혼인할 수 없는 지금의 조선이, 백성들에겐 그 무엇보다도 암흑이니까."

소랑의 동공이 걷잡을 수 없이 흔들렸다. 신원이가 그렇게까지 말한다면 답은 하나였다.

그녀가, 정말로 이 나라를 떠나야 한다는 것.

2

이 나라의 간택은
조작될 것이다!

쉽게 받아들여지지 않는 사실이었다. 소랑은 어질해진 머리를 두 손으로 짚었다.

"머리가 너무 아프네. 너무 급작스러운 일이라서……."

"그래, 이만 쉬는 게 낫겠다."

신원은 그녀가 이만 쉴 수 있게 자리에서 일어났다. 그녀가 청나라로 가는 것. 그것이 결국 악독한 서씨 부인의 뜻대로 되는 것이라 하더라도 어쩔 수가 없었다. 그녀를 더 이상 다치게 할 수도, 죽을 위험 앞에 둘 수도 없는 것이니까.

신원은 조용히 방문을 닫고 그녀의 방에서 나왔다.

그렇게 자기 방으로 사라지는 신원의 뒤로, 선혁과 활이 서서히 걸어 나왔다. 하얗게 핏기가 가신 얼굴이었다. 둘의 목소리가 조금 커진 듯하여 그녀의 방 근처로 왔다가 모든 얘기를 들어 버린 것이었다.

"소랑이 누나가 청나라에 갈 수도 있다고?"

선혁은 믿기지 않는다는 듯, 방금 전 얘기를 활에게 되물었다.

"아니, 지금 그것보다 더 심각한 게 있어."

활은 무거워진 표정으로 말했다.

"차기 간택이 조작될 수 있다는 것."

이대로라면 누구의 손에 어떻게 간택이 진행될지 예측할 수 없는 것이었다. 이걸 어쩌지……. 둘에게는 다시 어려운 과제가 주어진 듯했다.

분명 전하께서는 소랑과 신원의 소식을 더 전하지 말라 했으니, 둘의 이야기는 함구해야 할 텐데. 차기 간택에 대한 음모까지 입을 다물어서야 될 일인가?

"어떻게 하지? 전하께 보고를 드려야 하나?"

둘은 걱정스러운 표정으로 서로를 바라보았다. 일단은 조금 더 자체 조사가 필요한 시점이었다.

노을이 지고 있는 강녕전.

왕 이헌은 창가에 앉아서 혼자 술을 자작하고 있었다. 마음이 너무나 아려 왔다. 그렇게 그녀를 내치고도, 그녀에 대한 정한은 멈출 길이 없었다. 헌은 남은 술잔을 입에 털어 넣고서는 조용히 눈을 감았다.

이렇게 계속 소랑이의 생각만 붙잡고 있어서는 안 될 것이었다. 이제는 간택에 집중해야 할 때였다. 더 이상 백성들의 시름을 더하는 일은 없어야 했다.

헌의 생각이 여기까지 닿았을 때, 밖에서 내시 세장의 목소리가 들려왔다.

"전하, 무관 최선혁과 지활이 뵙기를 청합니다."

"들라 하라."

헌은 의아한 표정으로 두 청년 무관을 맞았다.

"어인 일이냐?"

소랑의 호위를 맡고 있는 둘이니만큼, 벌써부터 마음이 덜컹거렸다. 그녀에게 무슨 일이 생긴 것은 아니겠지?

"아뢸 말씀이 있어 뵙기를 청했습니다."

"그래, 무엇이길래?"

"실은 이 나라 간택에 관련된 것이옵니다."

간택이라? 순간 헌의 눈에서 날카로운 빛이 스쳤다. 모두에게 핑

장히 민감한 얘기였다. 헌의 앞에 자리한 선혁은 정말 어렵게 어렵게 말을 꺼냈다.

"이런 말씀 드리기 황공하오나, 차기 간택이 조작될 것이라는 얘기를 들었습니다."

순간 헌의 눈이 동그랗게 벌어졌다. 조작이라니, 그럼 미리 내정된 후보가 있어 그이를 밀어주는 것인가?

"무슨 증좌가 있느냐?"

"나름의 자체 조사를 해 보았는데, 꽤 조직적인 움직임으로 추정됩니다. 요새 양반집 규수들이 보쌈을 당한 사건들이 연이어 일어났습니다."

보쌈 사건, 그 단어에 헌의 눈앞에는 안 좋은 기억들이 스쳐 지나갔다. 털이 숭숭 난 수돼지에게서 해영을 구했던 기억. 소랑이 보쌈당한 채 산적들의 본거지에서 발견되었던 기억.

"납치된 규수들 모두 집안 좋고 미색 뛰어나며 품행이 단정한 이들로 유력한 간택 후보로 거론되던 자들이었습니다. 아마 후보에 오를 이들을 조직적으로 제거한 것으로 보입니다."

헌의 눈썹이 순간 일렁거렸다.

조직적이라면 이번 간택의 진행에 어두운 배후가 있단 말인가. 혹, 예전 세자빈을 해한 이들과 같은 세력인가? 드디어 그들이 다시 검은 이빨을 드러내는 것인가!

"이미 간택을 담당하는 내명부의 궁관들이 매수되어 있을 수도 있습니다."

"이 역시 증좌가 있느냐?"

"궐 내부의 사람들이라 밖에서 자세히 조사를 하지는 못하였으나, 이미 오래전부터 돌아온 소문이라 합니다."

"그래?"

어느덧 헌의 얼굴은 딱딱하게 굳어져 있었다.

"세장아, 승정원에서 도승지를 불러오너라."

"네, 전하."

선혁은 조심스럽게 헌의 눈치를 보았다. 혹시 괜한 의혹을 제기하여 하루라도 속히 진행되어야 할 간택의 일정에 차질이 생기게 되는 것은 아닌지 걱정스러웠다.

"내부 궁관에 대한 조사는 도승지를 시켜 조금 더 상세히 알아보라 할 것이다. 그들의 행적을 샅샅이 조사해 혹여 뇌물이나 대가성 향응을 받은 자가 없는지 철저히 조사하라 이를 것이다."

"네, 전하."

"처녀들의 보쌈꾼 사건은 금부에서 오래도록 조사해 온 것이었다. 나도 그 뿌리가 어디인지 파헤치려 했지만 실패했고. 그런데 이 보쌈꾼 조직이 간택에도 밀접히 연관이 되어 있다는 얘기로구나."

"그렇습니다."

"너희들은 이 정보를 어디서 얻었느냐?"

순간 활의 동공이 흔들렸다.

소랑과 신원의 이야기는 전하께 않기로 했었으니 혹여 이들의 얘기가 언급되지 않게 조심해야 했다.

소랑이가 그녀들의 일부가 되어 죽을 뻔했다는 얘기, 그리고 그녀가 멀리 떠날지도 모른다는 얘기. 이런 얘기를 하면 더더욱 간택에 차질을 빚게 될 수 있지 않은가.

허나 헌은 바로 정곡을 찔렀다.

"혹, 이 소식을 전하라 소랑이가 보낸 것이냐?"

"아, 아닙니다."

활은 잔뜩 긴장한 채 헌의 다음 말을 기다리고 있었지만, 불행인지 다행인지 헌은 더 이상 소랑에 관한 것을 묻지 않았다. 다만 당부할 뿐이었다.

"앞으로도 이렇게 의혹이 생긴다면 작은 것이라 하더라도 망설이지 말고 직접 소식을 전하거라. 진위 여부에 대한 판단은 내가 할 것이니."

"네, 전하."

곧 세장에게서 도승지가 도착했다는 소식이 들려왔다. 헌은 그들에게 이만 물러가라는 손짓을 해 보였다.

그들이 꾸벅— 예를 갖추고 돌아서려 하는데 헌의 마지막 말이 들려왔다.

"그래, 요새 신원의 집에서 기거하는 게 힘들지 않고?"

다시 한 번 온몸에 긴장이 서리는 한마디였다. 묘한 감정이 들어간 것 같기도 했다.

이미 소랑이 신원의 집에 있다는 것을 알고 있다는 것이었다. 그리고 둘 역시 그 집에 함께 있다는 것까지.

선혁과 활은 어찌 답해야 할지 몰라 서로의 얼굴을 마주 보았다.

"아니다, 대답할 것 없다. 물러가거라."

헌의 말에 침소에서 나오긴 했으나, 둘의 표정은 불안했다. 왕의 마지막 얼굴에 울음이라도 터질 듯, 걷잡을 수 없는 슬픔이 스쳤기 때문이었다.

✿

도승지는 왕 이헌의 명대로 내부 조사에 착수했다.

내명부 궁관들이 매수되었을 가능성이라, 문제는 대놓고 수면 위로 조사를 할 수가 없다는 것이었다.

간택의 진행 과정에서 문제가 생긴다면, 안 그래도 금혼령으로 예민한 백성들의 민심을 건드리는 것일 게다.

이미 전국에 가례색을 설치해 처녀 단자를 받고 있었다. 최대한 무리 없이 간택이 진행되고 있다는 분위기를 조성해야 했다.

막상 의심이 가는 자에게 대놓고 물어볼 수도, 조사에 협조를 바랄 수도 없으니 도승지의 내부 조사는 난항을 겪고 있었다.

이때, 뜻밖의 소식이 들려왔다.

남들 눈에 띄지 않게 궁관들의 처소를 조사하던 별감이 그들의 방에서 같은 옥비녀를 하나씩 발견한 것이었다.

"이렇게 값나가는 것을 모두 일제히 장만할 리가 없지요. 혹여 장만했더라도 이렇게 처소의 가장 깊숙한 곳에 꼭꼭 숨겨 둘 리 없지요."

뚜렷한 증좌라 할 수는 없지만, 확실히 미심쩍은 것이었다.

"결정적인 증좌라 보긴 힘들다……."

도승지의 보고에 왕 이헌은 조용히 턱을 쓰다듬었다.

"허나 미심쩍은 부분이 한두 개가 아니란 말이지요?"

"네, 그렇습니다. 지나가는 질문에도 부쩍 경계를 세우는 것도 그렇고, 화들짝 놀라며 부인을 하는 것도 그렇고……."

헌의 표정은 더욱 씁쓸해졌다. 마치 내 뜻대로 되지 않는 불수의 근이 썩어 가는 것처럼 느껴졌다. 함부로 도려낼 수도 없고, 뽑아낼 수도 없는 내 안의 근육이.

"이 나라 간택에 음모가 꾸며지고 있다는 것은 확실한 것입니까?"

"옥비녀를 숨겨 둔 궁관들 모두 이번 간택의 책임자들이었습니다. 분명 뭐가 있기는 한데."

무엇보다도 신중을 기해야 할 국가적 행사가 바로 간택이었다. 그런데 시작도 전에 이렇게 썩은 냄새를 풍기다니. 막상 간택이 진행되면 또 얼마나 큰 부정이 일어날 것인가?

"그들의 손에 이 나라 간택을 맡겨야 한다는 말이지. 나는 그자들이 골라온 비를 중전으로 맞아들이고 후사를 봐야 하고."

"전하, 그래서 말입니다. 친간을 하시는 것이 어떻겠습니까?"

도승지의 제안에 헌의 눈이 순간 가늘어졌다.

"그게 가능한 것이오?"

지금껏 세자빈이나 세손빈을 간할 때 왕이 직접 간택을 하는 경우는 있었으나, 직접 자신의 비를 간택한 사례는 없었다.

"이례적이긴 하나, 그것이 오히려 외부 세력의 간섭 없이 공명정대하게 비를 간하는 방법이 아니겠습니까?"

"그래, 그렇다면 더 이상의 부정은 일어나지 않겠군요."

친간이라, 참으로 좋은 생각이었다.

"허나, 한 가지 문제가 있소."

자신의 상태를 돌이켜 본 헌의 표정이 급격히 어두워졌다.

'내가 직접 여인네들을 골라야 한다는 거지.'

도승지는 무슨 문제냐는 듯 의아한 얼굴을 해 보였다.

"사실 내 증세가 예전보다 더욱 심각하오."

"여인네를 가까이할 수 없는 것이요?"

말을 뱉은 도승지의 눈이 휘둥그레졌다.

그는 소랑으로 인해 헌의 모든 것이 바뀐 줄 알았다. 그 이후로도 다른 궁녀들과 말을 잘 섞는 것을 보았기에 여자만 다가오면 소스라치게 놀라고, 심지어 단도까지 던지던 포악한 헌은 이제 사라진 줄로만 알았다.

그런데 예전보다 더 상태가 심각하다고? 그럼 대체 어느 정도이길래?

"친간을 하면 많은 이들이 이번 간택을 지켜볼 것입니다. 그들 앞에서 무너진 모습을 보일 정도입니까?"

헌은 고개를 끄덕였다. 그럴 가능성은 매우 높았다.

간택을 망침으로써 오히려 더 큰 문제를 불러일으킬 수도 있는 것이었다.

"전하, 그러면 친간을 발표하되, 여인네를 가까이하실 방법을 소인이 찾아보겠나이다."

그렇게 될 수 있다면야 좋겠지. 그런데 그게 가능할까?

헌은 그런 도승지를 약간 미심쩍게 바라보았다. 헌의 의심 가득한 표정을 읽었는지, 도승지가 단호한 어투로 말했다.

"저만 믿으시옵소서."

3

소랑이를 이궐로
다시 데려와야 합니다

왕 이헌의 친간 소식에 야단이 난 건 이쪽이었다.

"뭐라? 친간이라고요?"

여원회의 협실. 병판이 전한 소식에 서씨의 얼굴이 새하얗게 질려 있었다. 아예 말을 잇지 못할 정도였다.

그녀가 몇 년 동안 궁인들과 인맥을 만들고 준비해 왔던 게 모두무산이 되어 버린 것이었다. 지금껏 그토록 현희를 중전으로 만들수 있다고 자신한 것이 모두 이 때문인데.

"이 일을 어찌하면 좋습니까?"

모든 것이 한순간에 무너지게 되고 만 것이었다.

왕 이헌이 직접 비를 간택한다면, 그야말로 누굴 고를지 알 수 없는 노릇이었다. 그동안 연습한 걸음걸이와 예법, 예시 질문과 답안, 그 모든 것들이 소용없을지도 몰랐다. 그녀는 손을 부들부들 떨었다.

지금껏 내가 이걸 어떻게 준비해 왔는데!

하얗게 질린 서씨와 달리 병판은 최대한 침착한 목소리로 차분히 말했다.

그 역시 일이 이렇게 될 줄은 생각지 못했으나, 어떻게든 이를 타개할 술수를 찾아내야 했다.

"소랑이 그 계집 일은 어찌 되었습니까?"

"이신원 도사에게 확답을 들었습니다. 곧 청나라로 떠날 준비를 할 것이니, 더 이상 위해를 가하지 말라고."

"확실합니까?"

병판의 눈이 칼날같이 번뜩였다.

"그럼, 이렇게 하십시다. 예전 폐빈 안씨와 닮은 자가 나타났을 때, 전하께서 얼마나 흔들렸었는지 나는 똑똑히 기억하고 있습니다. 답은 하나입니다."

병판은 밖에 있던 현희를 불렀다.

"네, 대감님. 부르셨습니까."

그러고는 그녀의 얼굴을 최대한 유심히 살펴보았다.

"그나마 소랑이년과 가장 닮은 게 이 얼굴, 아니겠습니까?"

"네에?"

예전에 현희를 처음 봤을 때 병판은 바로 소랑의 얼굴을 떠올린 적이 있었다. 현희가 그녀의 이복동생이기에.

지금은 그때와 워낙 다르게 꾸몄지만, 다시 소랑이와 비슷하게 화장을 하고 꾸밈새를 하는 것은 어렵지 않을 것 같았다.

"남은 기간, 이 아일 최대한 소랑이처럼 꾸며야 합니다."

바로 현희의 앙칼진 목소리가 되돌아왔다.

"싫어요. 그 후진 모습을 따라 하란 말입니까?"

여인네라면 이렇게 고급스러운 보석으로 치장해야 좀 예뻐 보이는 것이 아닌가. 그런데 그 반대로 가라니, 현희는 절대 안 된다며 고개를 세차게 저었다.

"지금 이대로라면 너는 절대로 왕비가 될 수 없을 것이다."

굵은 병판의 목소리가 현희의 뾰족한 눈빛을 눌렀다.

"이제 예전 방식은 아무것도 소용이 없을 거란 말이다."

왕 이헌이 직접 고르는 친간. 이제 내명부의 방식은 필요 없었다. 오로지 임금의 마음에 드는 것만이 중요했다.

"7년 세월을 허투루 돌리고 싶으냐?"

움찔하는 현희의 옆에서 서씨 부인이 꾸욱 입술을 깨물었다. 굴욕적이지만 어쩔 수가 없었다. 서씨는 손수건을 꺼내 현희의 입술에 그려진 붉은 연지를 지웠다.

"어머니!"

"그럼 다른 방법이 있어?"

병판은 서씨에게 날 선 목소리로 말했다.

"여기서 가장 중요한 건, 소랑이년이 무조건 이 나라에서 사라져야 한다는 것입니다."

그래, 이 전략으로 나갔다가 소랑이가 다시 돌아오기라도 하면 이 나라의 간택 자체가 다시 무산될 수도 있는 것이었다.

서씨는 굳게 고개를 끄덕이며 말했다.

"만약 이번에 그들이 청나라로 떠나지 않을 경우, 기십의 암살단이 그들을 덮칠 것입니다."

실패를 대비해 하나의 수를 더 써 놓은 것이었다. 이 조선에서 떠나지 않을 수 없도록, 더없이 무서운 협박으로 신원과 소랑을 옥죄어 맬 생각이었다.

"전하, 이쪽으로 오십시오."

궐 동쪽의 빈 전각.

왕 이헌은 그곳에서 도승지와 함께 연습을 하고 있었다. 그것은 바로 여인네를 구분하는 훈련이었다. 여인네 얼굴도 구분하지 못하면서 아무나 비로 간할 수는 없는 노릇이었다.

"자, 이 궁녀를 찾으시면 됩니다."

도승지는 한 궁녀의 얼굴을 가리키며 말했다. 그녀는 헌과 눈을 마주치고는 뒤를 돌아 여러 궁녀 사이에 섞였다.

"이제 그 궁녀를 찾으시면 됩니다."

일자로 서 있던 열댓 명의 궁녀들이 동시에 뒤를 돌아 얼굴을 보였다.

"방금 전의 그 궁녀가 누구인지 알겠습니까?"

헌은 고개를 살짝 숙인 궁녀들의 사이를 돌면서 아까의 얼굴을 찾기 위해 노력했다. 모여든 대신들과 왕실의 내부인들에게 망신을 당하지 않으려면, 이 정도는 찾아낼 수 있어야 했다.

"이 나인이 아니오?"

그는 조심스럽게 한 궁녀를 가리키며 말했다.

"아닙니다, 아닙니다, 전혀 아닙니다. 아니, 달라도 너무 다르게 생긴 이를 택하신 것 아닙니까?"

조금도 비슷하다 말할 수 없는 이를 고른 것이었다. 도승지에게선 깊은 한숨이 뿜어져 나왔다.

"여인에 대한 것은 그 어떤 것도 기억할 수가 없소."

헌은 자신 역시 답답하다는 듯 크게 한숨을 쉬었다. 그 어떤 여자의 얼굴도 기억이 나지 않았다. 도승지는 생각보다 심각한 헌의 상태에 한숨을 내쉬었다. 증상은 예전과 전혀 다를 바가 없었다. 소랑이가 궐에 들어오기 전 모습으로 완전히 돌아간 것이었다.

"보시오. 이렇게 소름이 돋고 두드러기가 나는데."

이래서는 도저히 방법이 없었다.

"전하, 아무래도 친간은 불가능할 것 같습니다."

"그렇다고 수상쩍은 이들에게 이 나라의 간택을 맡길 수는 없지 않소."

"아무래도 다른 방법을 찾아야 할 것 같습니다."

그러나 상황은 도승지가 생각한 것보다 훨씬 더 심각한 것이었다.

그가 물러간 뒤늦은 밤, 강녕전.

왕 이헌은 여전히 잠에 들지 못하고 있었다.

오늘도 여지없이 창가에 앉아 텅 빈 밤하늘을 올려다보고 있을 때.

"전하."

어디선가 환청이 들려왔다. 헌은 차라리 눈을 감아 버렸다. 이젠 그 환상이 그에게 말까지 걸어오고 있는 것이었다.

"전하, 뭐하고 계십니까?"

다시 침소 위에 나타난 환상. 그것은 바로 지밀나인의 차림으로 앉아 있는 소랑이었다.

"이제 그만 꺼지라 하지 않았느냐!"

헌은 버럭 역정을 내었다.

그녀는 소랑이 아니었다. 내가 만들어 낸 환상이었다. 잠에 든 것도, 깬 것도 아닐 때 가위에 눌리는 것과 같은 것이었다.

"그때 왜 저를 외면하셨습니까, 이제 저에게 모두 마음이 떠난 것입니까?"

"마음이 떠났으면 네가 더 이상 보이지 않아야 하지 않겠느냐?"

"왜 다시 저를 잡지 못하십니까?"

"넌 이미 신원이의 여자가 되지 않았느냐?"

"오해가 있을 수도 있지요."

"말해 다오, 그것이 나의 오해더냐?"

"직접 만나서 물어보시지 그러십니까? 이렇게 밤낮 환상을 붙들고 있다 한들 무슨 소용이 있겠습니까."

가슴에 둥둥 북을 울리는 듯한 소리가 들려오고 있었다. 격통이 함께 밀려오는 것은 물론이었다.

"전하, 무엇이 그리 두려우십니까?"

"나는 이제 새로운 비를 맞아야 한다. 널 다시 볼 수 없어. 널 잊어야만 한다."

환상의 소랑은 그에게로 사부작사부작 다가왔다. 다가오는 그녀를 밀어낼 수 없음에 헌은 사무치게 마음이 아팠다.

"하오나, 전하. 그 전에 전하께서 돌아가시면요?"

너무나 불경한 말이었으나, 환상에다 대고 호통을 칠 수는 없었다.

"전하께서 죽어 가고 있다는 것은 누구보다도 자신이 잘 알고 계시지 않습니까?"

헌은 독한 눈으로 그 다가오는 환상을 바라보았다.

"일단 살아야지요, 그래야 간택도 하고 이 나라 정사를 돌보지요."

"아니다, 나는 괜찮을 것이다."

"괜찮지 않을 것입니다. 전하께선 저 없이 괜찮지 않습니다."

"요망한 것! 그 입 다물지 못할까?"

"그럼 목에 감겨 있는 그것은 무엇입니까?"

헌은 자신의 몸 아래를 내려다보았다. 수백 마리의 검은 실뱀이 자신에게 기어오르고 있었다. 그러고는 올가미처럼 매듭을 지어 자신의 가슴과 목을 조여 오고 있었다.

너무나 끔찍한 악몽에 헌은 소리를 지르며 그 실뱀들을 양손으로 집어던졌지만, 이번엔 그들이 내는 검은 연기가 피어올라 숨이 막힐 듯 코와 입을 틀어막았다.

"으악, 으아악!"

헌은 번쩍, 소리를 내며 잠에서 깼다. 드디어 가위에 풀려 몸이 움직였다.

침소의 빈자리엔 역시나 아무도 왔다 간 흔적이 없었다. 그의 뜬금없는 비명을 들은 내시 세장이 버선발로 달려왔을 뿐이었다.

"전하, 무슨 일이시옵니까."

"세장아!"

헌은 그의 두 손을 절박하게 부여잡았다.

"내가 살았는지 죽었는지 알 수 없구나. 이렇게 해서는 사는 것이, 사는 게 아니다."

내시 세장은 질끈 눈을 감으며 그의 어깨를 다독였다. 소랑을 잃은 그의 모습이 너무나도 애처로웠다. 그녀가 떠나고 나서 단 한 순간도 잠에 편하게 들었던 적이 없었다.

시간이 지나면 잊히겠지, 그러면 조금 더 나아지겠지 싶었지만 헌의 상태는 조금도 호전되지 않았다. 오히려 악령 같은 환상에 더욱 괴로워하고만 있었다.

이래선 안 된다. 세장은 특단의 대책을 마련해야겠다고 생각했다.

"도승지, 안에 계십니까?"

가까스로 잠이 든 헌을 뒤로한 채, 세장은 승정원의 도승지를 찾아갔다. 아직까지 그는 집에 가지 않은 채 호롱불을 켜 놓은 채 정사를 연구하고 있었다.

"갑자기 이 시간엔 웬일이십니까?"

"전하의 상태가 심각합니다. 짐작도 안 되실 겁니다. 친간이고 뭐고 당장 오늘내일 언제 쓰러지실지 모르는 상태입니다."

"몸의 병입니까, 마음의 병입니까?"

내시 세장은 더없이 무거운 표정으로 답했다.

"마음의 병입니다."

왕의 최측근으로서 그들이 진정 결단을 내려야 할 때가 온 것이었다.

"어찌하면 좋겠습니까?"

"우선은 사셔야지요. 이러단 죽겠습니다."

친간이고 뭐고 언제 쓰러질지 모를 정도라니, 이를 어쩐다.

"소랑이를 궐로 데려옵시다."

세장은 굳은 결심을 한 듯 비장한 목소리로 말했다.

"뭐요?"

도승지는 말도 안 된다는 듯 손을 내저었다.

"안 됩니다."

"일단은 사셔야 한다니까요."

"소랑이가 있으면 간택이 제대로 진행되겠습니까?"

"일단은 정상 상태로 회복은 시켜 놓을 수 있을 겁니다. 그래도 소랑이가 있으면 주무실 수는 있으니까요."

"다시 전하의 모든 것을 뒤흔들어 놓을 수는 없습니다."

"뒤흔들어 놓더라도 해야지요. 사랑이란 게 그런 것 아니겠습니까? 폐허에서부터 다시 주춧돌을 쌓는 것이 사랑 아닙니까?"

세장은 왕 이헌을 재건할 수 있는 방법이 그녀밖에 없다 말하고 있었다.

"소랑이 때문에 이 나라 간택이 미뤄진 것을 알고 있지 않습니까?"

"허나, 이 나라 간택을 가능하게 할 이도 소랑이밖에 할 수 없습니다."

"소랑이에게 전하의 친간을 도우라 하라고요?"

"네, 그렇습니다."

도승지에겐 아무리 들어도 불가능한 얘기 같았다.

"전하께서 다시 소랑이에게 무너질 것입니다."

"상관없습니다. 일단 제정신으로 간택을 하셔야 합니다."

"그렇게 고른 왕비를 거들떠보지 않을 수도 있습니다."

"상관없습니다. 전하의 사랑은 단 한 번도 둘이었던 적이 없으니까요. 오히려 왕비에게 정을 주길 바라는 게 이상할 겁니다."

"그리하다면, 그렇다면."

고민을 하던 도승지는 결심을 한 듯 주먹을 꽈악 쥐었다.

"일단 임시로만 부르는 것이 어떻겠습니까? 전하의 간택이 끝날 때까지만 곁에서 전하를 보필하게 하는 것입니다."

이 말을 듣던 내시 세장은 잠시의 침묵을 지키다 무겁게 고개를 끄덕였다.

"그리하십시다."

일단은 왕 이헌을 살려야 했다. 그리고 친간을 발표한 이상, 어떻게든 이 간택을 진행시켜야 했다. 그 답은 소랑이밖에 없었다. 그녀가 이 궐에 다시 돌아와야 했다. 임시든, 뭐든 그녀가 헌의 곁에 있어야 했다.

"헌데, 전하께서 그리하라 하실까요?"

도승지는 떨리는 눈빛으로 이 말을 내뱉었다. 아직 그녀를 밀어 내려고만 하고 있는 헌인데, 과연 그러자 하실까?

4

부디
그대
나를
잡아
줘,
제발

"도련님, 웬 뱃사람 하나가 도련님을 급히 찾고 있습니다."

늦은 오후.

행랑아범이 전한 소식에 신원은 눈을 가늘게 떴다. 약속된 시각
에 나루터로 가겠다 말했는데, 갑자기 나를 찾아온 것은 무슨 일인
가. 신원은 바로 대문으로 향했다.

"배편의 일정이 앞당겨지게 되었습니다."

그는 의외의 소식을 전했다.

"사나흘 뒤면 제물포에 큰 풍랑이 몰려올지 모른다 하여, 날짜를 앞당겼습니다. 내일 새벽 묘시까지 그 나루터로 오십시오."

"아니, 내일 새벽이면 남은 시간이 오늘 밤밖에 없는 것 아니오."

"그쪽 사정까진 난 모르겠고, 어쨌든 늦지 않게 배에 타시오. 암살단들 역시 이에 따라 행동을 개시할 것이니."

내일 새벽까지 배에 타지 않으면, 암살단들이 칼을 뽑을 것이라는 얘기였다. 갑자기 배 일정이 앞당겨지다니, 마음이 급해졌다.

신원은 바로 소랑의 방으로 찾아갔다. 그때의 그녀는 혼자서 조용히 청나라로 떠날 짐을 싸고 있었다.

"다 쌌어?"

"아니, 애달당에서 조금 더 챙겨 가면 될 것 같아."

신원의 이마에 송골송골 맺혀 있는 비지땀을 보고서 의아한 듯 소랑이 말했다.

"갑자기 왜 그렇게 발걸음이 급해?"

"우리가 떠나야 할 일정이 당겨졌어."

"뭐? 언젠데?"

"내일 새벽."

"나, 아직 해야 할 게 많은데 개이 할아버지도 만나야 하고, 어머님 아버님께 인사도 드려야 하고."

"오늘 밤에 모두 인사드려야 해. 아니면 기회가 없어."

갑자기 밀려드는 초조함에 손끝이 저릿해졌다. 봇짐의 매듭마저 제대로 지을 수 없을 정도였다.

"이 짐들은 행랑아범에게 옮겨 달라 말해 놓을 테니, 우선 나가자."

소랑은 황망하게 신원의 손을 잡았다. 이렇게 황급히 내 나라를 떠나게 되는 것인가? 가까운 이들에게 제대로 인사드릴 새도 없이?

❀

경복궁의 수정전.

"소랑이를 궐로 데려오겠다고?"

도승지와 내시 세장이 갑자기 올린 말에 헌은 완전히 기함한 얼굴이었다.

"어찌하여 그런 생각을 했느냐? 소랑이가 궐에서 저지른 일을 알았을 때, 내가 얼마나 역정을 냈는지 잊었더냐? 그런 죄인을 어찌 다시."

아무리 그가 소랑이를 용서한다 한들, 그녀가 죄인인 것은 변하지 않는 사실이었다.

"전하께서 여인네 곁에 조금도 다가서지 못하시니, 믿을 만한 자를 곁에 두려 하는 것입니다."

도승지는 고개를 숙이고서 조심스레 말했다.

"소랑이가 있으면, 적어도 여인네들 앞에 서 있을 수는 있지 않겠습니까. 안 그러시면, 이번 간택을 망치게 될 것입니다. 그리하면 폭동이 일어난다 해도 이상할 것이 없을 것입니다."

그 말에 왕 이헌의 얼굴이 무겁게 내려앉았다.

"이 나라의 간택을 가능하게 하려면, 소랑이가 곁에 있어야만 합니다."

소랑이가 없어야지만 간택이 가능한 줄 알았는데 이제는 그녀가 있어야지만 간택이 가능하다니. 참, 모순적인 말이었다.

"아니 된다."

헌은 굳은 목소리로 말했다. 그녀가 궐로 다시 돌아온다면, 그리하여 내 곁에 있다면, 내가 어찌 무너질지 전혀 예측할 수 없는 것이었다.

"안 그래도 중요한 때에, 심사가 뒤틀리는 일은 없어야 하지 않겠느냐."

마음에 더한 파동을 만들고 싶지 않았다. 소랑이가 곁에 있는데, 어찌 간택에 집중할 수 있겠는가. 헌이 그들에게서 몸을 완전히 틀어 거절을 말했을 때, 내시 세장이 다가와 말했다.

"우선 전하께서 사셔야 하지 않겠습니까?"

그의 말은 간결하면서도 절절했다.

헌은 그 말에 아무런 대답도 할 수 없었다. 저번 소랑이의 환상이 했던 말이 떠올랐다. 스스로 죽어 가고 있다는 사실을 잘 알고 있지 않냐고.

그는 다시 한 번 입술을 깨물었다. 내가 죽을지언정 다시 소랑이를 보지 않기로 결심했는데, 그랬는데. 나의 존재는 결국 그녀 앞에서 바람 앞의 촛불과 다름없었다. 언제 꺼질지 모르는 위태위태한 그 상태.

이 사실을 인정하고 싶지 않아 고개를 굳게 저었으나, 내시 세장의 말은 틀린 것이 없었다. 이러다간 거듭되는 불면과 악몽에 정상적인 생활을 전혀 이어 나갈 수 없을지도 모른다.

그가 주먹을 꽉 쥐고 흔들리는 자신을 단속하려 하고 있을 때, 별감 하나가 급히 들어와 도승지에게 하나의 소식을 전했다.

"왜 이리 수선이냐? 전하께서 계신데."

"급한 소식입니다."

그가 속삭인 소식을 들은 도승지의 표정은 단숨에 하얗게 질리고 말았다.

"뭐, 뭐라?"

도승지는 그 말에 바로 바닥에 바짝 엎드린 채 헌에게 고했다.

"저, 전하. 저희가 방금 아뢴 말씀은 모두 잊어 주시옵소서."

어떤 소식이길래, 갑자기 이렇게 태도가 변하는 것인가.

헌은 그 모습을 의아하게 보았다. 내시 세장 역시 소식을 전해 듣자, 얼굴이 백지장처럼 하얗게 변했다. 그 역시 시선을 두어야 할 곳을 찾지 못하며 도승지의 옆에 납작 엎드렸다.

"전하, 이, 잊어 주시옵소서."

도승지와 세장의 눈빛은 미친 듯이 흔들리고 있었다.

"어찌 된 일이길래 그러시오?"

헌은 도무지 영문을 알 수가 없었다. 방금 전까지는 이 나라의 간택을 위해서라도 소랑이를 다시 궐에 들이자던 이들이었다. 그런데 갑자기 왜?

"무슨 일인지 어서 고하지 못할까?"

"우선 소랑이의 소재를 파악하기 위해 이신원 전 도사의 집에 사람을 보냈었습니다. 허나 둘은 이미 그 집에 없었다는 소식입니다."

"그럼 어디에 있다는 것이냐?"

도승지는 차마 대답할 수 없다는 듯 바들바들 손을 떨고 있었다. 그 역시 전혀 예상치 못했다. 간택을 위해 소랑이를 다시 궐로 들이자, 말하는 이 시점에서 신원과 소랑이 없어질 줄은.

"어디에 있느냐, 묻지 않았더냐!"

헌은 책상을 쾅— 치며 말했다. 도승지와 세장은 망연자실한 표정으로 서로를 보고 있었다.

"할배, 너무 미안하오. 이런 할배를 혼자 두고."

청나라로 떠나기 전 마지막 밤.

소랑이 가장 먼저 달려간 곳은 애달당이었다. 펄펄 앓던 개이의 건강은 그래도 많이 나아졌으나, 그의 치매기는 나날이 더 심해지고 있었다.

"소랑아, 왔느냐. 어서 물고기 잡자. 한 마리라도 잡아야 오늘 저녁에 요기를 하지."

치매로 인해 퇴행된 그의 기억은 둘이 전국 유랑을 하며 떠돌이 생활을 하던 때로 돌아가 있었다. 애달당의 긴 복도가 그의 상상 속 시냇물이 되어, 그는 바지의 밑단까지 걷어 올리고 첨벙첨벙 물고기 잡는 시늉을 하고 있었다.

"할배, 내가 이쪽에서 놈들을 몰아갈 테니, 그쪽에서 그물로 걷어 올리시오."

"그래, 제대로 몰아 보아라."

그의 장단을 맞춰 주던 소랑은 뒤를 돌아 참았던 눈물을 왈칵 흘렸다. 그의 기억의 시계가 거꾸로 돌아가고 있었다.

가끔 어린애가 되었다가, 떠돌이 시절로 돌아갔다가, 이렇게 제정신이 아닌 그를 두고 어찌 이 나라를 떠난단 말인가. 차마, 못할 짓이었다.

"언니, 이미 결정된 것이라면서요."

해영은 그런 그녀에게 다가와 자신의 옷고름으로 그 눈물을 닦아 주었다.

"개이 할배는 제가 잘 돌볼게요."

"네가 피붙이도 아닌데 어찌 저 수발을 해."

"언니도 피붙이는 아니었잖아요. 저도 잘할 수 있어요."

해영은 안심하고 먼 길을 가려는 듯, 그녀에게 쓴웃음을 지었다.

"언니가 죽는 것보다 낫겠죠. 더 이상 내 주변 사람들을 잃기는 싫어요."

해영의 목소리는 한결 더 쓸쓸해졌다. 애달당에 자주 걸음하며 그녀에게 구애를 하던 춘석은 갑자기 세상을 하직했고, 그녀에게 고백했던 도석은 어디로 갔는지 소식이 끊겨 버렸다.

이제는 소랑이 언니마저 내 곁을 떠나게 된다니, 가슴이 너무나 아팠지만…… 해영은 차라리 보내 주는 게 낫다 생각했다. 그때 언니가 강에 몰렸던 것처럼 갑자기 변을 당하는 것보다는 차라리 멀리서라도 잘살고 있는 게 나을 것 같았다.

"잘 부탁해."

소랑은 흐르는 눈물을 닦으며 말했다.

"애달당은 이제 네 것이야."

"언니도 가서 제발 몸 건강하세요."

"내 걱정은 마. 사막에 가서도 살아남을 테니까."

"오라버니, 우리 언니 잘 부탁해요."

해영은 옆에 선 신원을 올려다보며 말했다. 그는 쓰린 얼굴로 고개를 끄덕였다. 그래, 해영아.

신원 역시 애달당 사람들과 영영 이별을 고해야 하는 것이었다. 그 역시 너무나 가슴이 아팠지만, 흔들리는 모습을 내색하고 싶지는 않았다.

"이년아! 물고기 몰고 오겠다더니, 왜 소식이 없어!"

"네, 할배. 몰고 갑니다."

소랑은 두 눈의 눈물을 빠르게 훔쳐내고서는 뒤돌아서 물고기를 몰고 가는 듯 움직였다.

"어이쿠, 많이 들어온다. 소랑아, 오늘 저녁은 포식하겠구나."

개이는 빈 품을 보며 헤실헤실 웃음을 지었다.

"이 고기 냄새 맡고 멋진 사내 하나 이리 온다면 딱 좋으련만. 난 아무래도 시대를 잘못 골라 태어났어."

"다음 세상엔 여인네로 태어나 그 시대 미남들 다 품어 보시오."

"에잇, 그것은 바라지 않는다. 사내, 좋아하는 사내, 딱 한 명만 찾으면 되지."

소랑은 터덜터덜 그에게 다가가 부쩍 얇아진 그의 어깨를 감싸 안았다.

"할배, 나 갈 곳 없을 때 거두어 주셔서 참 감사했소."

"뭐하냐, 이년아. 여자는 필요 없다."

"고맙소, 너무 고맙소."

그의 등 뒤로 그녀의 하염없는 눈물이 흘렀다. 이제는 정말 떠나야 할 때였다.

"제발 몸 건강히 잘 지내시오."

그녀는 떨어지지 않는 발걸음을 돌렸다. 마지막까지 그의 모습이 눈물 속에 아른거렸다. 무슨 일인지 전혀 영문을 모르겠다 하는 그의 멍한 얼굴이 소랑이 기억하는 개이의 마지막 모습이었다.

"새벽 묘시 배라 합니다. 지금 시간이면 포기해야 할 듯싶습니다."

빈주먹을 굳게 쥔 헌의 손이 부들부들 떨렸다.

이렇게 이들을 보내라고? 도승지의 말에 따르면 시간이 얼마 남지 않았다. 조금 더 지체하면, 떠나는 둘을 완전히 포기해야 하는 것이다. 아직까지 둘을 생각하면 너무 화가 났지만, 용서가 되지 않았지만, 그렇다고 이대로 보내버릴 수는 없는 노릇이었다.

"이 나라 간택을 위해서 소랑이를 다시 궐에 입궁시키겠다 하였느냐."

"전하!"

"그래, 그러는 게 좋겠다!"

헌은 바로 자리에서 일어났다.

"가자. 시간이 얼마 없다 하지 않았느냐."

도승지와 내시 세장은 당황하여 서로를 보았다.

"그대들의 제안이 아닌가. 소랑이를 다시 데려오자는 것!"

헌은 불같이 일어나 밖으로 나갔다.

"어서 채비를 하거라!"

그의 타오르는 불길이 향하는 곳은 바로 소랑이었다. 그녀를 이렇게 멀리 떠나도록 놓아두지 않을 것이다.

별빛마저 어둑하게 자취를 감춘 한강의 나루터.

신원의 말을 타고 이곳에 도착한 소랑이가 털썩, 말에서 내렸다.

'저 배란 말이지.'

그녀는 홀린 듯이 배 쪽으로 다가갔다. 강에 두둥실 뜬 배를 보자, 그제야 실감이 나기 시작하는 것이었다.

'내가 진짜 떠나는 것이구나.'

배에는 여러 사람들이 오가고 있었지만 모두 일언반구의 말도 없이 조용했다. 지금 이곳, 이렇게나 감정이 격정적인 것은 오로지 나뿐인 것 같아 가슴이 더욱 아팠다.

나 혼자 이렇게 슬퍼하고 있구나. 나의 떠남은 이렇게 조용하고 은밀하게 이뤄지는 것이구나.

주책없는 눈물은 자꾸만 솟구쳤다. 신원은 그런 그녀의 어깨를 가만가만히 토닥여 주었지만 감정은 진정되지 않았다.

"어머니, 아버지께서는 편지를 써 주셨어. 차마 가는 모습은 못 볼 것 같다고."

욱신 가슴이 저미어져 오는 듯한 느낌이었다.

아마 이정학 대감과 송씨 부인에게도 벼락 같은 소식일 것이다. 이렇게 둘이 갑자기 떠나게 되었다는 것이. 신원은 손안에 서신을 보여 주며 말했다.

"이건 배 떠나면 읽도록 하자."

소랑은 고개를 끄덕였다.

배는 무척이나 크고 삭막해 보였다. 제물포에서 갈아탈 배는 이보다 더욱 큰 상선이라 했는데, 그 배는 얼마나 또 클지 감히 상상이 되지 않았다.

"올라가자."

이미 신원의 집 행랑아범이 짐을 모두 실어 놓은 상태였다. 이제 배에 오르기만 하면 된다.

출렁— 육지와는 다른 배의 감각이 그들을 두둥실두둥실 흔들고 있었다. 그녀는 갑판 위에 서서 나루터를 바라보았다.

가슴은 미친 듯이 요동치고 있었다. 눈을 감아도 떠도 스치는 것은 바로 오로지 헌에 대한 기억이었다.

이제 조선은 아마 왕 이헌의 나라로 남을 것이었다. 뜨겁게 그를 사랑했던 기억, 그에게 사랑받았던 순간만 간직하고 이 나라를 떠날 것이다.

그가 내게 보내 주었던 애틋한 눈빛을, 다정한 손길을 평생 잊지 않을 것이다. 내 몸에 아로새긴 사랑의 기억을 잊어서는 안 된다.

어느덧 묘시의 시간.

뚜웅— 굵게 울리는 뱃고동 소리와 함께 뱃머리가 한강 물을 출렁— 하고 가로질렀다. 몸이 휘영청 흔들리며 그녀는 눈을 질끈 감았다.

감은 눈 사이로 뜨거운 눈물이 새어 나왔다.

'이제 당신과 영원히 안녕이군요.'

소랑은 혼잣말을 조용히 속삭였다. 눈을 뜨자 깊은 어둠이 찾아왔다. 밤사이 한강 물은 완전한 먹색이었다. 붓에 이 먹물을 함뿍 찍어 그에게 그리움의 편지를 쓰고 싶었다.

배는 점점 더 나루터와 멀어졌다. 아마도 우리는 영원히 이렇게 닿지 못할 것이다. 처음부터 엮이지 않았으면 더 좋았을 것을.

"밤바람이 차다. 들어가자."

처참해진 그녀의 표정을 보고 있던 신원이 소맷부리를 당겼다.

"그래."

모든 것을 체념한 듯 그녀가 발길을 돌렸을 때.

저쪽에서 우르르 말들의 무리가 도착했다. 신원은 바로 경계를 세웠다.

둘이 배에 타지 않으면 바로 암살단의 추격이 이어질 것이라 했다. 혹, 그들이 우릴 따라온 것인가? 우리가 배에 타지 않을 것을 대비해?

그는 불끈 허리에 차고 있던 칼을 잡았지만…… 자세히 보니 그들은 암살단이 아니었다. 여러 말들의 무리 그 가운데 도착한 사람은 다름 아닌 왕 이헌이었다.

"전하!"

이를 가장 먼저 알아본 것은 바로 소랑이었다. 온몸에 소름이 돋았다. 그녀는 자신의 눈을 믿을 수가 없었다.

진짜 왕 이헌이 이곳 나루터에 왔다고?

혹시 내가 환상을 보고 있는 것은 아닐까?

까만 밤중, 일렁이는 배 위.

아무리 눈을 비비고 다시 보아도 그는 헌이 분명했다. 꿈에도 그리던 나의 정인이었다.

순간, 간장이 단숨에 녹아내리는 것 같았다.

하지만 헌이 어떤 연유로 여기까지 달려왔는지는 몰라도, 이미 배는 출발한 상태였다.

새까만 강물 위로 매끄럽게 빠져나가 점점 더 육지와 멀어지고
있었다.

소랑은 넘실넘실한 그 배 위에서 멀어지는 그를 아득히 바라보고
있었다. 결국은 이렇게, 안녕인 것인가?

5

원하는 것은 소랑이 하나

변복을 한 헌이 바람같이 말을 달렸다. 뒤에선 대여섯의 호위 무사들이 따랐다.

한강의 나루터, 묘시의 시간이라. 이제 얼마 남지 않았다. 가장 빨리 달린다 해도 그 시간 내에 도착할 수 있을지 아슬아슬했다.

"이랴!"

오래간만에 바깥으로 나와 힘차게 말을 달리자, 복잡하게 얽혔던 머릿속이 다소 맑아지는 듯했다. 그녀와 헤어지고 나서 놀라울 정도로 높낮이가 큰 감정의 진폭을 겪었지만, 결국 그가 원하는 것은 소랑이 하나였다. 어떤 명분이든 상관없었다. 그녀를 다시 궐로 데려올 수만 있다면. 그리하여 내 곁에 둘 수만 있다면.

어느덧 얼굴에 시원한 강바람이 쏴아— 와 닿았다. 한강 나루터에 도착한 것이다. 그런데 이미 나루터를 떠난 배가 두둥실 멀어지고 있었다. 그리고 그 배의 끝자락에는 익숙한 그림자가 보였다.

소랑이었다.

순간 가슴이 미어질 것만 같았다. 그녀 역시 이곳을 보고 있었다. 도착한 사람이 바로 헌임을 알아챈 것이었다.

"저 배가 떠나서는 안 된다. 뱃머리를 돌리게 하라."

헌은 옆에 있던 호위 무사에게 급히 명했다.

"어명이다, 배를 돌려라!"

그러나 이미 소리쳐 외쳐도 들리지 않을 거리였다. 헌은 더더욱 다급하게 말했다.

"뭐 하는 것이냐. 당장 배를 멈추게 해야 한다."

그 말을 내뱉는 순간에도 그 배는 넘실넘실 멀어져만 가고 있었다. 이것이 얼마나 사람의 애간장을 녹아내리게 하는지. 여기서 그녀를 놓친다면, 이제는 어디 가서 그녀를 찾아야 하는 것인가.

"전하, 저희가 하겠습니다."

이때, 숲속에서 한 떼의 무사들이 뛰어나왔다. 이들은 바로 선혁과 활이었다. 그들의 동기인 소년 무사들이 함께였다.

"저희가 뱃머리를 돌리게 하겠습니다."

선혁은 돌아오라는 뜻의 한자를 종이에 써서 화살에 묶은 다음 활시위를 당겼다.

'피융— 훅!'

그 화살은 바로 선장의 얼굴 옆 벽에 꽂혔다.

"이, 이것은!"

선장은 놀란 눈으로 화살에 묶인 종이를 펴 보았다. 어명이니, 당장 뱃머리를 돌리라는 것이었다.

"조, 조타수!"

그가 황급히 조타수를 찾고 있을 때.

'채앵—'

선장의 목에 기나긴 장검이 들어왔다. 신원에게 배편을 전달해 주던 그 뱃사람. 그가 칼을 뽑은 것이었다.

"이 배는 예정된 대로 출발해야 합니다."

"아니, 지금 당장 돌아오라고……"

선장은 어찌할 줄 모른 채 주변을 둘러보고 있었다. 소랑과 신원 역시 당황한 채로 이 모습을 보고 있었다. 키를 잡고 있는 조타수 또한 놀란 것은 마찬가지였다. 이제 이 배의 방향을 어찌해야 할까.

"지금부터 이 배에서 움직이는 자는 모두 죽을 것이다."

사내는 더더욱 성난 목소리로 외쳤다. 어떻게든 소랑과 신원을 제물포의 큰 상선에 태우는 것이 그가 맡은 임무였다. 여기서 배를 돌릴 수는 없었다.

그러나 나루터에서는 더 큰 움직임이 보이고 있었다. 선혁과 활

을 따르는 소년 무사들이 일제히 배를 향해 활시위를 당긴 것이었
다.

"뭐 하는 것이냐?"

배에 있는 사람들보다 더욱 놀란 것은 왕 이헌이었다.

"소랑이가 있는 곳이다."

혹여 그녀가 화살이라도 맞으면 어찌할 것인가.

"전하, 저희만 믿으시옵소서."

선혁과 활은 굳건한 목소리로 외쳤다. 사람을 겨냥하는 활이 아
니었다. 그저 위협을 주는 것일 뿐.

피융— 소년 무사들이 쏜 화살이 갑판 곳곳에 꽂혔다. 배 위의 사
람들은 비명을 지르며 몸을 숨기기 바빴다.

"선장! 뭐하시오! 배를 돌리지 않으면 우리가 다 죽을 판이오!"

"잠깐 돌린다고 뭔 일 나겠소? 어명이라잖소!"

사람들의 고함에 선장은 식은땀을 줄줄 흘렸다.

"닥치지 못할까!"

장검을 든 사내는 험악한 목소리로 그들에게 으름장을 놓았다.

"전하, 저자가 배를 돌리지 못하게 막고 있습니다."

선혁은 그 험악한 얼굴의 뱃사람을 유심히 보았다. 그가 다시 한
번 칼을 휘두르며 사람들을 위협할 때, 선혁은 그를 향해 활을 당겼
다.

"크으윽……!"

날카로운 화살이 사내의 팔뚝에 박혔다.

"배를 돌려라!"

이제야 위협에서 벗어난 선장이 조타수에게 지시했다. 결국, 배가 둥그렇게 강을 돌았다. 돌아가는 배와 함께, 소랑의 머리 역시 어지러이 빙글빙글 돌고 있었다.

가슴은 온통 미어지고만 있었다. 헌의 시선은 오로지 그녀에게 또렷하게 꽂혀 있었다. 전하께서 이렇게까지 해서 나를 잡으시려는 이유가 뭘까. 도저히 영문을 알 수 없었다.

그녀를 지키고 선 신원은 끝끝내 복잡한 심경이었다.

이 배를 타지 않으면 그녀가 어찌 될지 모른다. 언제 어디서 암살단의 공격을 받게 될지 모른다. 그녀의 목숨은 당장 내일도 보장받기 힘들 것이다.

허나, 결국 헌이 그녀를 붙잡으러 온 것이었다. 헌은 나루터에 돌처럼 서 있었다. 그 모습이 너무 굳건해 보여, 신원은 어찌 마음을 먹어야 할지 알 수가 없었다. 소랑이를 다시 데려가려는 것인가?

"전하."

보따리 짐을 안은 소랑이 후들거리는 다리로 배에서 내렸다. 그의 앞에서도 제대로 서 있을 힘이 없었다. 그녀는 절을 하듯 무너져 내리고 말았다. 그를 다시 만나게 되었다는 기쁨, 갑자기 일어난 사달에 대한 놀람, 모든 감정들이 뒤섞여 바람에 휘날리는 깃발처럼 펄럭이고 있었다.

"어딜 가려했던 것이냐!"

곧 그의 차가운 목소리가 돌아왔다. 심장이 얼어붙어 버릴 것 같은 차가운 눈빛도 함께였다.

허나 소랑은 그조차 괜찮다고 생각했다. 이렇게라도 그를 다시 본 게 너무나도 꿈만 같았으니까.

"전하."

목이 메어 버려 제대로 목소리가 나오지 않았다. 소랑의 앞에 신원이 바싹 엎드렸다.

"전하, 이곳은 위험합니다."

신원은 일단 이곳부터 피해야 한다는 생각이었다. 약속대로 둘이 배를 타지 않았으니, 어떤 공격이 있을지 모르는 것이었다.

"어찌하여 청나라로 떠나려 한 것이냐?"

"기섭의 암살단이 소랑이에게 붙어 있습니다. 배를 타지 않으면 이 아일 죽이겠다고 겁박을 해 왔습니다."

"누가 왕의 여자를 죽이겠다, 겁박하는 것이냐!"

그의 목소리가 칼날같이 내리쳤다.

"이제 왕의 여자가 아니지 않습니까?"

"그럼 대체 누구의 여자란 말이냐! 나의 여자가 아니라면, 결국 네 여자란 건가!"

"소랑이는 단 한 번도 제 여자였던 적이 없습니다."

그의 쓸쓸한 목소리에 헌의 동공이 정처 없이 흔들렸다.

"그녀를 구하기 위해 이 나라를 떠나려 했던 것입니다. 이곳은 소랑이에게 너무나 위험합니다."

신원은 심장이 칼로 그어지는 듯한 아픔을 숨기고서, 힘겹게 말했다.

"제발 오해는 말아 주시옵소서, 전하."

헌은 미어질 듯이 소랑을 보았다. 아무리 해명을 들었다 한들, 그녀에 대한 감정이 한순간에 풀릴 리가 없었다. 그는 날카로운 눈매로 주변을 한 번 돌아보며 말했다.

"이곳은 위험하다고?"

"네, 전하. 저희가 배에 타지 못했으니 이미……."

"그렇다면 안전한 곳은 바로 궐이겠구나."

"네?"

소랑과 신원은 깜짝 놀라 외쳤다.

"소랑이를 궐로 다시 들이겠다."

헌의 굳건한 목소리에 소랑은 잠시 공황 상태가 되었다. 도저히 믿어지지 않는 말이었다.

"너는 임시 궁녀로 궐에 입궁해, 이 나라의 친간을 도와야 할 것이다."

상상도 못한 말의 연속이었다.

"전하, 그게 어찌 된 말씀이십니까?"

"말 그대로다. 너는 궐에 다시 돌아와 임금에 대한 충성을 다하라."

궐에 다시 들어갈 수 있기를, 그리하여 헌을 다시 볼 수 있기를 너무나도 간절히 바랐던 그녀였다.

허나, 이런 역할을 생각하지 못했다. 친간이라 함은, 그가 직접 여인네를 고르는 과정이 아닌가? 거기에 내가 왜?

소랑은 전혀 알지 못했던 것이다. 그녀가 떠나고 나서 헌의 마음이 어땠을지, 그가 어떤 상태로 지냈는지.

"네가 필요한 일이다. 돌아와야만, 한다."

그 말을 내뱉는 헌의 목소리에 쓸쓸함이 스쳤다. 그녀는 믿어지지 않는다는 듯 고개를 절레절레 흔들었다.

"그리하시다면 전하."

지금 신원이 가장 염려하고 있는 것은 그녀의 안전이었다.

"외람된 말씀이오나, 그 궐에 제가 함께 들어가도 괜찮겠습니까?"

이번엔 헌의 눈매가 가늘어졌다.

"지금 소랑이의 안위는 위협받고 있습니다. 한시도 호위가 떨어져서는 안 됩니다."

"궐이라면 안전할 것이다."

"궐 내부인을 누구보다도 믿지 못하는 건, 바로 전하가 아니십니까?"

헌의 약점을 정확히 건드린 말이었다. 7년 전, 세자빈 아씨가 궐 내부인에 의해 살해되었다고 믿었던 헌이었다.

그가 궁인들을 믿지 못한다는 것을 신원은 너무나도 잘 알고 있었다.

"소랑이를 죽이겠다고 나선 이들이 궐까지 마수를 뻗치지 않으리란 법이 없습니다."

"그리하더라도 다른 호위들이 있다. 너는 팔조차 성치 않질……"

헌의 시선이 신원의 오른팔에 머물렀다. 그는 팔을 쓸 수 없는 외팔이 무사가 아니었던가.

이에 신원은 보란 듯이 오른팔과 손을 움직여 보이며 말했다.

"아닙니다. 이제는 제힘으로 소랑일 지킬 수 있습니다. 전하, 믿어 주시옵소서. 이 궐 밖에서 소랑이가 어떻게 죽을 위기에 처했는지 전하는 모르실 것입니다. 그리하여 저희 집에 들어온 것이고."

신원의 목소리는 더욱더 간절함을 더해 갔다. 그러나 헌의 목소리는 여전히 차가웠다.

"소랑이에게는 다른 호위가 붙을 것이다."

헌은 뒤에 있던 선혁과 활을 가리키며 말했다.

"제가 찾아내겠습니다. 간택을 조작하는 궐내 세력을. 아직 그 배후가 누군지 밝혀지지 않았으니 제가 찾겠습니다."

헌은 지그시 입술을 깨물었다 놓았다. 이 역시 헌이 바라는 바를 명확하게 집는 것이었다.

소랑과 신원을 같이 입궁시킨다라……. 내가 같은 잘못을 반복하는 것인가. 이미 운명의 끈이 둘이 아닌 셋을 하나로 묶어 버린 것인가.

헌은 긴 한숨을 내쉬었다. 그러고는 마음을 달리 먹었다.

소랑이가 신원의 곁에 있어야, 그녀에게 마음이 쏠리지 않을 것이다. 그녀에게 쏠리는 마음을 자제해야지만 이 나라 간택을 무사히 끝낼 수 있지 않겠는가. 지금 이 나라에서 가장 중요한 건, 금혼령이 철회되는 것이었다. 소랑이도 그 때문에 궐에 다시 들어오는 것이 아닌가.

"그리하거라, 신원아."

"감사합니다, 전하."

신원은 고개를 푹 숙였다. 그녀의 안위를 지킬 수 있으면 되었다. 일단, 다른 것은 나중에 생각하자. 그래.

"소랑아, 너는 마음을 어찌 결정했느냐? 궐로 돌아올 것이냐?"

헌은 싸늘한 목소리로 소랑에게 물었다. 지금 무엇보다 가장 혼란에 빠져 있는 것은, 바로 그녀였다.

"전하, 소녀는……!"

그러나 소랑은 이 물음에 답할 새가 없었다.

휘이이익!

그녀의 앞에 바로 화살이 날아와 꽂히기 시작한 것이다. 벌써 암살단이 행동을 개시한 것인가.

다시
궐로 돌아가게 된 소랑,
그녀가 해야 할 일은……

신원은 바로 칼을 뽑아 든 채 주변을 살폈다. 선혁과 활, 그리고 소년 무사들도 재빨리 그녀의 주위를 감쌌다. 화살의 각도를 보아 하니 저쪽 숲속에서 날아온 것이 틀림없었다. 둘이 배에 타지 않으면 공격을 가하기 위해 암살단이 매복하고 있었던 것이었다.

휙, 휘이익―!

몇 개의 화살이 소랑을 향해 더 날아왔으나, 선혁이 날랜 검으로 이를 막았다.

왕 이헌은 이 상황에 위협을 느꼈다. 기실 신원의 말대로, 이대로 밖에 있는 것은 매우 위험했다.

"소랑이를 어서 말에 태워라."

헌은 말을 돌리며 명을 내렸다.

소랑은 그런 헌을 아슬아슬한 눈빛으로 보았다. 이제 그녀에게 선택의 여지는 없는 것이었다. 배에 타지 못했으니 궐로 돌아갈 수밖에 없었다. 아니하면 화살이 잔뜩 꽂힌 고슴도치 시체 꼴이 될 것이다.

말에 탄 신원이 손을 뻗어 소랑을 품 안에 태우자, 그 뒤로 몇 개의 화살이 더 꽂혔다. 한시가 급했다. 어서 이곳에서 벗어나야 했다.

다그닥다그닥—

달음질을 하는 말 위에서도 소랑은 무척이나 혼란스러운 눈빛이었다. 방금 전까지는 청나라로 떠나기 위해 넘실대는 배 위에 있었는데, 지금은 궐로 돌아가고 있다는 사실이 쉽사리 믿어지지가 않았다.

한참을 달려 궐 앞에 도착하자 약속이라도 한 것처럼 육중한 문이 열렸다. 그제야 조금 실감이 났다.

내가 진짜 궐에 다시 돌아오게 된 것이구나.

말을 탄 그이들을 기다리고 있는 사람은 바로 도승지와 내시 세장이었다.

왕 이헌과 호위 무사, 선혁과 활, 신원 그리고 소랑이까지. 이들이 차례로 모습을 드러내어 말에서 내리자 도승지와 내시 세장의 표정이 감격으로 가득 찼다.

진짜 소랑이가 온 것이다.

보따리 짐을 안은 소랑이 내시 세장의 앞으로 다가갔다. 아직 그녀 역시 세장과 이렇게 마주하고 있다는 사실이 믿어지지 않는 듯했다.

"그간 잘 지내셨습니까?"

"무사히…… 돌아왔구나."

궐에 도착해 말에서 내린 헌은 바로 도포 자락을 휘날리며 그녀에게서 돌아섰다.

소랑에게는 그것이 마치 치명적인 독에 감염된 까마귀가 마지막 깃털을 날리는 것처럼 보였다. 그렇게 맹금류처럼 날개를 펼치다가, 어느덧 중심을 잃고 휘영청 추락할 것만 같은 느낌이 들었던 것이다.

내시 세장은 그녀를 예전 원녀와 둘이 쓰던 방으로 데려갔다. 소랑은 예전 향기를 다시 느끼고 싶은 마음에 깊게 숨을 들이쉬었다. 이 방에 머물러 짙게 밀려오는 것은 그리움의 향기였다.

"원 상궁님은 잘 지내고 계실까요?"

"연락이 끊겼으니 소식을 알 리가 있나."

간만에 나온 원녀의 얘기에 내시 세장의 얼굴이 더욱 무겁게 가라앉았다.

"세상천지 그리움을 이길 수 있는 것이 아무것도 없더구나."

그는 회한에 잠긴 얼굴이었다. 다시는 돌아오지 않는 시절을 그리고 또 그리는 듯했다.

"그것이 너를 이 궐에 다시 부른 이유다."

세장과 마찬가지로 왕 이헌 역시 그리움이라는 병을 앓고 있기에. 일단 그 병을 고쳐야 간택이든 뭐든 앞으로의 일들을 진행할 수가 있었기에.

"전하께선 절 싫어하시는걸요."

"아니다. 조금 시간을 두고 기다리거라."

"이 궐에서 제 역할은 무엇입니까?"

"예전과 할 일이 다르지 않다. 전하를 다시 사람으로 만드는 것."

소랑은 입에 고인 침을 꿀꺽 삼켰다.

"전하의 상태를 보았느냐?"

그녀는 고개를 끄덕였다. 아까 나루터에서는 불빛 없는 밤중이라 보고서도 의심했는데, 궐에 들어와 훤한 불빛 아래 그를 보니 그 상태를 바로 알 수 있었다.

우선 놀랄 정도로 몸이 야위어 있었다. 마른 광대와 눈빛에 드리운 어두운 구름. 푸석한 피부와 까칠한 수염. 괜찮은 척 꼿꼿이 서 있어도 숨길 수 없는 그 어둠의 기운.

예전보다도 훨씬 더 폐인이 되어 있는 것이었다. 소랑이가 맨 처음 입궁했을 때보다도.

"전하께선 괜찮으신 것입니까?"

"최대한 그런 척하려 하고 계시지. 스스로도 인정하기 싫으신 게
야."

여자 하나 때문에 이렇게나 자신이 무너졌다는 걸, 죽어도 겉으
로 드러내기 싫었던 것이다. 허나 세장은 이미 그의 무의식은 썩어
문드러지고 있다는 것을 알고 있었다. 매일 밤 끈질기게 이어지는
불면과 악몽이 이를 증명했다.

"상황이 예전보다도 더욱 심각하다."

"수라도 제대로 들지 못하고, 밤잠도 들지 못한 지 꽤 되셨겠군요.
무예 수련도 완전히 그만두시고, 그 어떤 일에도 무기력하시지 않
습니까?"

"그래, 왜 너를 불렀는지 알겠느냐?"

지금껏 그런 헌을 구원했던 사람은 오직 하나, 소랑이밖에 없었
기에.

소랑의 눈썹이 파르르 떨렸다. 그녀는 예전에 폭군같이 사나웠던
그의 어둠을 쫓아내는 데 걸렸던 시간을 생각했다. 그때는 거짓말
까지 동원하여 어떻게든 수라를 들게 하고 운동을 시켰지만, 이제는
어떻게 해야 할까. 과연 내 말을 들으시기나 할까.

"가장 우선인 것은, 일단 잠에 드셔야 한다는 것이다."

"혹, 그때 이후로 단 한 번도 제대로 주무시지 못한 것입니까?"

세장은 이번에도 고개를 끄덕였다.

사실이었다. 소랑이가 개이의 간병을 이유로 애달당에 나간 그때

부터 왕 이헌은 전연 잠에 들지 못했다. 그것이 이어지고 이어져 지금까지 온 것이었다. 벌써 달포의 시간이 지나도록 한숨도 제대로 잠들지 못한 채 보낸 것이었다.

소랑은 끔찍하다는 듯 질끈 눈을 감았다.

"어찌 그러실 수가."

가슴에 대못이 박히는 것만 같은 느낌이었다. 지금까지 이별의 고통은 오로지 자신의 것인 줄로만 알고 있었다. 오로지 나만 힘들어하고, 나만 아파하고. 전하께선 아예 나를 잊으신 것이라고 생각했던 것이었다.

허나, 사실이 아니었다.

헌은 지금껏 그녀보다 더욱 큰 괴로움에 빠져 있던 것이었다. 왜 이다지도 괴로우셨으면서 이렇게 나를 늦게 부르셨을까. 왜 이렇게 혼자서 강한 척을 하셨을까.

"제가 할 수 있을까요?"

소랑은 자신 없다는 듯 고개를 푹 떨구었다. 그가 나의 손을 잡아줄까? 내가 다시 그의 마음을 열고 들어갈 수 있을까? 오로지 거짓 없이 진심으로만?

"해야만 한다. 이미 얘기했듯 네가 해야 할 역할이 하나 더 있다."

그를 정상으로 돌린 다음 해야 할 일은,

"이 나라 간택을 도우라는 명이요?"

친간을 성공시키는 것이었다.

"그것도 꼭 해야만 하는 일인가요?"

소랑은 간절한 눈빛으로 세장에게 말했으나, 돌아온 것은 세장의 무거운 한숨뿐이었다.

"이 궐에 자기 뜻대로 되는 것이 무엇이 있겠느냐."

신원 역시 소랑이처럼 자신이 예전에 썼던 별감의 방으로 돌아왔다. 모든 것이 그대로였다. 온양 행궁에 가기 전, 그가 놓아두었던 짐까지.

그는 털썩, 벽에 기대앉아 눈을 감았다.

궁궐이라. 이제는 그가 있어서는 안 될 곳일지도 몰랐다. 그런데도 고집을 부려 여기까지 따라오고 말았다. 그런 자신이 너무나 구차하게 느껴지는 지금이었다.

그는 문득, 자신의 품 안에 부모님의 편지가 있다는 것을 기억했다. 소랑이와 함께 청나라에 가는 배 위에서 펼쳐 보기로 했던 것이었다.

그는 부모님께 답신을 보내야겠다고 생각했다. 예상치 않은 일로 인하여 청나라가 아닌 궐로 들어오게 되었다고.

그렇게 편지를 펼친 신원은 바로 눈물을 툭— 터트리고 말았다. 자기가 이렇게 쉽게 울어 버릴 줄은 예상치 못했기에, 스스로가 더 당황스러워지는 울음이었다.

그는 빠르게 눈물을 닦으며 편지를 읽으려 했지만, 이미 마음의 둑이 모두 무너져 버리고 말았다. 한 번 터진 울음이 멈추지 않았던 것이다.

'우리 딸, 우리 귀염둥이, 우리 강아지.

소랑아, 함께한 연이 너무 짧아 마음이 아프구나.'

그 말에서 이정학 대감과 송씨 부인의 사랑이 듬뿍 느껴졌다.

그 사랑이 왜 이렇게 신원의 가슴을 아프게만 하는 건지.

'실은 네가 우리 집 며느리로 들어오길 얼마나 바랐는지 모른다. 할 수만 있다면 시간의 바늘을 돌려 7년 전으로 돌아가고 싶구나. 네가 예정대로 우리 집에 시집을 왔다면, 우린 지금 얼마나 행복했을까.'

그녀와 함께 청나라에 갈 결심을 하고, 부모님께 하직 인사를 드릴 때에도 울지 않았던 그였는데, 그 어떤 순간에도 강하게 마음을 먹었던 그였는데, 결국 단단히 쌓아 왔던 감정의 벽은 모두 허물어져 버리고 말았다.

부모님의 그 편지 한 장에.

'네가 그 먼 나라에 간다고 했을 때, 우린 정말 억장이 무너지는 것만 같았다. 신원이가 그 길을 함께 가겠다 했을 때도 우리는 많이 고민스러웠다. 그래도 신원인 하나뿐인 우리 집의 외동아들이 아니냐. 그래도 우리는 보내 주기로 했다. 신원일, 우리의 아들보다 너의 남편이 되게 하고 싶어서. 너를 지켜 주는 한 남자로 살고 싶다 했을 때 우리는 그리하라, 말했단다.'

목이 자꾸만 메어 왔다.

'허나, 신원이는 너의 마음은 강요할 수 없다 하는구나.'

차마 숨을 쉴 수가 없을 정도였다.

'우리는 결국 그것에까지 고개를 끄덕일 수밖에 없었다. 가장 중요한 것은 소랑이 너의 마음이기에. 이 조선에서 쫓겨 타지로 가는 것도 마음 아픈 일인데, 누군가 억지로 마음의 방향을 바꾸라 한다면 이 또한 얼마나 가슴 아픈 일이니. 하지만 이것만은 꼭 알아주었으면 한다. 너와 신원이 둘 다 우리에게는 세상 그 무엇보다도 소중한 존재들이라는 것 말이다. 어디서든지 행복해야 한다. 너무나 사랑한다.'

신원은 자애로운 송씨 부인의 얼굴이 떠올라 도저히 눈물을 멈출 수 없었다. 먹을 들어 이 편지를 썼을 이정학 대감을 생각하면 차마 고개를 제대로 들 수조차 없었다. 부모님의 사랑은, 그야말로 모든 것을 양보할 정도로 깊은 것이었다.

그러나 부모님이 원하는 결말은 한사코 이뤄지지 않을 것이다. 그것마저 해 드릴 수 없는 나 자신이 역하도록 미운 순간이었다.

벽에 기댄 신원이 천장을 보며 감정을 진정시키려 했지만, 뜻대로 되지 않았다. 부모님께 죄송스러운 마음만 겹겹이 쌓였다. 어쩌다 이렇게 짝사랑만 끌어안고 있는 못난 아들을 두셔서 부모님마저 가슴에 품은 사랑을 억제해야 하는가.

어머니, 아버지. 제가 못나서, 그래서. 짝사랑이 이렇게나 힘든 것인 줄 알았다면 시작도 하지 않았을 텐데요. 차라리 처음부터 그 어떤 연으로도 묶이지 않았다면 이다지도 긴 미련이 남지는 않았을 텐데요.

불도 켜지 않은 방.

신원은 결국 그 편지 위에 무너져 벙어리 짐승처럼 울고 말았다. 소리를 낼 수 없는 울음이었다. 그는 그저 늑대처럼 거친 숨소리로 이 울음을 대신했다. 쓰린 속을 누르고 또 눌러 가며, 그는 남은 울음을 모두 뱉었다.

타고 있는 신원의 속도 모른 채, 아침 햇살이 찬란하게 그 빛을 드리웠다. 그 햇빛이 조금도 보기 싫어 그는 사나운 손길로 창문에 암막을 내리고 말았다.

🌸

같은 시간, 그와 같은 얼굴로 괴로워하는 이가 또 있었다. 바로 왕 이헌이었다.

그 역시 햇빛이 보기 싫어 암막을 내리고 있던 참이었다.

간밤 새, 격한 일이 있었기에 도승지가 아침의 일정을 모두 취소하며 조금 더 쉬시라 말했다.

허나 헌은 침소에 있어도 쉬는 것 같지가 않았다.

빛이 가려진 창가 옆에 앉은 그는 서랍장에서 술 한 병을 꺼냈다. 독주로 인해 건강이 상하고 있다는 것을 스스로도 너무 잘 알고 있었지만, 도저히 멈출 수가 없었다.

특히 오늘 같은 날. 부글부글 끓어오르는 이 가슴을 술로 진정시키지 않으면, 그 화기가 목구멍까지 올라와 속을 모두 태워 버릴 것만 같았다. 잔도 없이 병목을 잡고서 술을 쭉— 들이킨 헌은 다시 한 번 그녀를 떠올렸다.

끈질기게 이어지는 것은 소랑이에 대한 생각이었다.

혹, 그녀의 마음은 내게서 한 번도 멀어진 적이 없었던 것인가. 그렇게 신원과 가까이 있으면서도 그의 여자인 적이 없다는 그 말이 이를 증명하는 것인가.

이 복잡한 생각을 가장 간단하게 해결할 수 있는 것은 소랑이를 불러와 그간의 일을 묻는 것이지만, 지금은 용기가 나지 않았다.

진실을 대면할 자신이 없는 것인가. 아니면 그녀 앞에서 어이없이 무너지는 나 자신을 보고 싶지 않은 것인가.

그렇게 몇 병의 술을 독주처럼 들이켜던 그는 창가 곁에 기대 가수면 상태에 빠졌다. 스스로도 깨어 있는지 잠들어 있는지 모른 채 환상과 현실 사이를 유영하고 있을 때였다.

'사부작사부작—'

이때, 방에서 누군가 움직이는 듯한 소리가 들렸다. 술기운과 잠기운이 얽혀 누구인지는 알아볼 수 없었으나 헌은 감각으로 알 수 있었다.

소랑의 환상이 찾아온 것이었다. 이미 이런 상황을 여러 번 겪어 보지 않았던가. 그 환상은 저쪽 자리에 앉겠지, 언제나처럼. 그리고 내게 말을 걸어올 것이다. 가끔 그 환상은 바보 같은 이 모습을 조롱하기도 했다. 한 나라의 왕이라고는 어울리지 않는, 이 망가진 모습을.

오늘은 그 어떤 조롱도 들을 준비가 되어 있었다. 그야말로 철저하게 망가져 버린 날이었기 때문이었다.

"또 왔느냐."

헌은 잔뜩 목이 잠긴 목소리로 물었다.

눈에 힘을 주자 희미한 세상은 점점 더 빛을 찾으며 그녀의 형체를 드러냈다. 그 자리엔 토끼같이 붉어진 눈으로 그를 애처로이 바라보는 이가 있었다.

"그 눈빛은 무엇이냐. 또 날 조롱하는 것이냐? 그래, 마음껏 해 보아라. 다 들어줄 테니."

"제가 왜 그러겠습니까."

그 목소리는 문득 현실적으로 귓전을 울렸다. 평소에 듣던 환상의 소리가 아니었던 것이다.

헌은 정신을 번쩍 차렸다. 그제야 오늘 새벽 묘시, 청나라로 떠나려던 그녀를 나루터에서 데려와 궐로 입궁시켰다는 사실이 번개같이 떠올랐다. 그는 뿌옇게 흐려진 눈을 부릅뜨고 그 형체를 자세히 보기 위해 애썼다.

언제나 실체 없는 악몽이 자리했던 그 자리에는 진짜 소랑이가 앉아 있었다. 순간 심장이 멎어 버릴 것만 같았다.

7

그럼 이제 이불 안으로 들어오시지요

침전의 문을 열기 전.

소랑은 크게 심호흡을 했다. 내시 세장에게 단단히 얘기를 듣고 온 뒤였다. 그녀가 다시 궐로 돌아온 이유는, 헌의 상처를 보듬어 간택을 성공시키는 것이었다.

허나, 헌과 소랑은 사랑하였으나 헤어진 사이가 아니었던가. 보기만 해도 그리움의 눈물이 터져 흐를 것 같았지만, 손끝만 스쳐도 예전 사랑했던 감정이 터져 버릴 것만 같았지만, 소랑은 이 감정을 모두 넣어 두기로 했다.

그렇지 않으면 이 나라의 간택이 제대로 진행될 수 없으리라. 이번 간택에 실패하면 그 결과는 차마 예상할 수 없는 것이었다.

그녀는 최대한 평정을 찾으려 애쓰며 침소에 들어갔다.

가장 먼저 눈에 들어온 건 암막이 드리운 창가였다. 밖은 찬란한 아침 햇살이 밝아 오고 있었지만, 이곳만은 아직 깊은 밤이었다. 헌은 창가에 기대 살짝 잠들어 있는 듯했다.

사부작사부작— 그녀가 들어가는 소리에 왕 이헌이 가수면 상태에서 벗어나 희미하게 그녀를 보았다.

"또 왔느냐."

그의 목소리에 소랑은 잠시 혼란에 빠졌다.

내가 이 자리에 온 것은 벌써 달포만이다. 그런데 '또'라니, 혹 환상을 보고 계신 것인가. 예전 죽은 세자빈 안씨의 환상을 보며 귀기라 믿었던 것처럼?

그녀의 동공이 파르르 떨렸다. 대체 왕 이헌의 상태는 어디까지 추락했단 말인가. 그런 헌을 다시 보는 것만으로도 눈물샘이 찡하게 울려왔지만 티를 내서는 안 된다, 참아야 한다.

"어찌하여 침전에 들었느냐?"

헌은 노기를 띤 목소리로 말했다. 그 역시 흔들리는 모습을 보이고 싶지 않은 듯했다.

"다시 돌아와 임금에 대한 충성을 다하라 하지 않으셨습니까?"

소랑은 꼿꼿한 자세를 유지한 채 또박또박한 목소리로 말했다.

"궐에서 본디 제 역할은,"

"사기가 아니었더냐. 나를 속이고, 거짓을 고하고."

헌은 아직 그녀에 대한 역정이 풀리지 않은 듯했다. 비꼬는 듯한 그의 목소리에도 소랑은 아랑곳하지 않았다.

"전하를 사람답게 만드는 것이었습니다. 지금은 사람의 모습이라 보기 힘듭니다."

그녀는 헌을 똑바로 보고 말했다. 그 눈빛에 오히려 헌이 뜨끔했다. 소랑이 떠난 이후로 그 누구도 그에게 이렇게 직언을 말하는 사람은 없었기에.

"내 모습이 사람 꼴이 아니면 짐승 꼴이냐?"

"이 나라의 군주라 하기엔 어울리지 않지요. 딱 소인배의 모습이 아닙니까."

"그래, 마음껏 조롱하거라. 어디 한 번 마음껏 해 보거라."

"정, 그러시다면……."

혹 진짜 본격적으로 조롱을 할 셈인가?

"하아, 전하의 모습은 정말 한심하십니다."

생각보다 알찬 돌직구였다.

'뭐?'

분위기는 단숨에 반전되었다.

"동네 칠푼이도 이보단 나을 것입니다."

하, 하란다고 진짜 하냐!

헌은 살짝 병 찐 표정을 지었다. 역시, 임금 앞에서 이런 말을 제대로 할 수 있는 이는 소랑이밖에 없었다.

환상이 아닌 실제 그녀의 모습을 보면 온 가슴이 조각나 무너질 줄 알았더니, 갑자기 차오르는 이 전투 본능은 무엇인가. 말싸움으로 그녀를 이길 리 없었지만, 괜히 지고 싶지는 않았다.

"왜 옥체를 돌보지 않으십니까. 전하의 옥체는 전하 개인의 것이 아니라고 일전에 말씀드리지 않았습니까."

"그것이 내 맘대로 되는 것이 아니다."

헌은 바락, 화를 냈다. 머리끝까지 화가 뻗치는 것이 참으로 간만에 이 몸에 혈기가 도는 것 같았다.

"잘 먹고 잘 자려 해도 내 맘대로 되지 않는 것을 어떻게 하란 말이냐!"

"거짓입니다."

"뭐라?"

"전하께선 자신이 행복해지는 걸 허락하고 싶지 않은 것입니다. 기쁜 일이 생겨도 외면하고 냉소하시겠죠. 누군가 전하를 도우려 한다 한들, 차갑게 그 손을 뿌리칠 것입니다. 스스로 행복해질 자격이 없다고 생각하시니까요. 차 내관이 저에게 물었습니다. 전하의 심신을 다시 건강하게 만들어 줄 수 있겠느냐. 예전에는 거짓과 사기까지 동원해 어느 정도 위치까지 올리는 데 성공하였으나, 지금은 못하겠다 말씀드려야 할 것 같습니다."

"왜? 거짓과 사기가 아니면 말이 안 나오는 것이냐!"

"아뇨, 전하께서 심신을 돌보는 데에 대한 스스로의 의지가 없는

데, 제가 어찌 이를 회복시킨단 말입니까."

소랑의 눈빛에선 일순 독기마저 스쳤다.

"이제 제가 궐에서 할 일은 없는 것 같습니다. 차 내관에게도 그리 전하겠습니다. 못하겠다고요."

소랑은 그 말을 마치고서 자리에서 벌떡 일어났다.

"저는 이만 나가 보겠습니다."

헌은 어이없이 그녀를 보았다.

나가겠다고? 그 멀리 가려는 걸 여기까지 데려왔는데, 이렇게 쉽게 보낼 수야 없는 노릇이었다.

"어허! 무엄하도다."

"뭐, 하루 이틀인가요. 제 성격 잊으셨습니까?"

"임금의 침전이다. 함부로 들어왔다 나갔다 할 수 있는 곳이 아니다. 예전처럼 까불었다간 목이 달아날 것이야."

"설마 제가 그걸 믿겠습니까?"

헌은 빠드득 이를 갈았다. 진짜 그녀가 돌아온 것이다. 그의 말에 단 한마디도 져 주지 않던.

"휴, 정 그러시면 약조 하나 해 주십시오."

심지어 대담하게 임금과 거래를 하던.

"앞으로 저와 함께 노력하겠다고요."

"무엇을 말이냐?"

"심신의 단련이요. 지금 이러고 다니면 온 궁인들이 욕해요. 저거 왕인지 거지인지 모르겠다고."

휴우, 소랑의 되바라진 말에 자꾸 성질이 올랐지만, 한편으로는 묘한 안도감이 찾아왔다.

진짜 그녀가 돌아온 것 같아서. 이렇게 기가 센 그녀만이 오로지 나를 제정신으로 돌릴 수 있을 것 같아서.

"뭐, 그렇다면 어떤 노력을 하면 되겠느냐?"

헌의 기세는 한풀 꺾여 있었다. 결국 그를 이겨 먹는 건, 역시 소랑이뿐이었다.

"일단 자작하는 술은 끊으시고 창가가 아닌 이부자리에서 주무시라는 것입니다."

"내가 저기에서 잠드는 데는 다 이유가 있는 법이다."

기나긴 불면을 붙잡고 천장을 바라보는 것보다 차라리 밤하늘의 별을 바라보는 게 나았기에. 그러는 것이 차라리 마음의 안정이 되었기에.

"됐고요."

소랑은 단호하게 헌의 말을 끊었다.

"사람이 누워서 자야지, 앉아서 자는 게 말이 됩니까? 그러니 잠에 깊게 못 드시는 것입니다."

역시나 소랑이다. 헌은 살짝 깨갱하여 말했다.

"술을 끊으라니, 그게 뭐 하루아침에 되는 것인 줄 아느냐?"

"혼자 하시는 술을 끊으라 말씀드렸습니다. 함께하는 술은 모두의 기쁨이 되지요."

기상천외한 논리였다. 술 좋아하는 소랑은 어디 가지 않았다.

"술은 건강을 해치는 것이 아니냐?"

오히려 헌이 버럭 하여 대들었다. 아이고, 이제는 완전히 소랑이에게 말려들어 버린 것이었다.

"그럼 좀 줄이시는 걸로 하시지요."

소랑은 대단한 협상이라도 한 듯 의기양양한 목소리로 말했다.

"이제 이불 안으로 들어오시지요. 아주 따뜻합니다."

헌은 자존심이 상한 듯 그 앞에서 망설였지만,

"어헛!"

소랑의 기합에 강아지처럼 깨갱, 이불속으로 들어갈 수밖에 없었다. 내가 이 아일 궐로 다시 들이자 했으니 이거 참 물릴 수도 없고.

소랑은 야무진 손끝으로 주변의 이부자리를 정리해 주었다. 예전 지밀나인의 그 품새 그대로였다.

"오늘 오전의 일정은 모두 전하를 위해 비워졌다 들었습니다. 걱정 마시고 편히 주무시지요."

"이렇게 쉽게 잠이 왔으면, 내가 괴롭다 하지도 않았겠지."

자리에 누운 헌은 이래서는 어림없다는 듯 고개를 저었다.

"그럼, 옆에서 노래라도 부를까요?"

"그거 좋은 생각이로구나. 노래 한곡 뽑아 보거라."

소랑을 놀리기 위해 시켰던 것이었지만, 그녀는 망설이지 않고 두 손을 모아 노래를 시작했다.

"잘 자라, 우리 임금님. 앞뜰과 뒷동산에."

어라? 노래하는 소랑의 목소리는 생각보다 곱고 부드러웠다. 조용하면서도 편안한 것이, 금방이라도 잠에 들 것 같았다.

아무리 노래를 불러 봐라, 내가 그리 쉽게 잠들 줄 아느냐, 했던 헌이었지만 어느덧 헌의 눈꺼풀은 점점 더 무거워지고 있었다. 그가 깜빡 눈을 감았을 때, 무거운 잠의 기운이 훅— 그를 덮쳤다.

어우, 깜짝이야. 이거 뭐지? 아니, 몇 소절이나 불렀다고 이렇게 쉽게? 헌이 동그랗게 눈을 뜨자 소랑은 성가시다는 듯 아예 한 손으로 그의 두 눈을 막아 버렸다.

"잘 자라, 우리 임금님."

계속해서 반복적인 가사를 되뇌면서, 토닥토닥 그의 이마를 두드리면서.

이, 이러고 싶지 않았는데, 이렇게 쉽게 당하고 싶지 않았는데 이길 수 없는 잠의 기운이 헌을 빨아들이고 있었다. 그야말로 의심스러운 상황이었다. 이 여자가 무슨 요술을 부리는 것도 아니고, 전설의 마녀도 아니고. 그런데 어떻게…….

스르륵—, 결국 헌은 깊은 잠의 늪에 빠져 버리고 말았다. 자장가가 다 끝나기도 전이었다.

옆에 앉은 소랑은 괜히 한 번 눈을 흘기면서 얼굴을 가렸던 손을 떼었다.

"조류도 아니고, 눈만 감기면 주무시는걸."

어느덧 쌔근쌔근, 헌의 코에서는 깊은 숨소리까지 나고 있었다.

"이러면서 버럭버럭하시기는."

그녀가 노래를 멈추자 사위는 물에 잠긴 것처럼 고요했다. 햇볕 찬란한 아침이었지만, 암막 사이로 새어 나오는 빛이 아니면 한밤 중이라 해도 믿을 만했다. 소랑은 자리에 앉아 잠에 든 헌의 모습을 하염없이 내려다보았다.

잠에서 깨어 있을 땐 일부러 미운 말들을 내뱉던 그였지만, 잠에 들었을 때만은 여전히 소년 같은 천진함이 얼굴에 어려 있었다. 그녀가 반하고 또 반했던 모습이었다. 아무런 방비 없이 잠들어 있던 이 모습.

어느덧 깊은 잠에 피로가 조금은 가신 것인지, 그 얼굴의 검은 기운도 그새 일부 사라진 것 같았다.

그 모습을 오래도록 보고 있다니, 그와 티격태격하느라 잠잠했던 심장이 다시 미친 듯이 울렁거리기 시작했다.

눈가가 조용히 젖어왔다. 이제야 마음 놓고 그간의 그리움을 쏟아 낼 수 있는 것인가. 감정은 점점 더 분명해졌다.

나는 여전히 헌을 미친 듯이 사랑하고 있다는 것.

허나, 숨겨야 한다. 헌이 자신에게 무너지게 되면 이 나라 간택의 향방을 알 수 없으니 더더욱 조심해야 한다. 둘 사이의 선을 넘지 않도록, 최대한 내 속내를 보이지 않을 것이다. 소랑은 다시 한 번 크게 한숨을 쉬었다.

내일모레는 바로 초간택이 이루어지는 날이었다. 백성들이 고대하고, 또 고대하던 그날.

드디어 초간택의 날, 벌써부터 강녕전이 북적였다.

도승지는 넓은 마루에서 초조하게 왕 이헌을 기다렸다. 친간이라 하여 왕 이헌이 독단적인 결정을 내리는 것은 아니었다. 조정 대신들과 삼사 관원 중 몇이 심사진으로 함께하고 있었다.

벌써부터 앞마당에는 꽤 많은 수의 궁인들이 배치되어 있었다. 많은 이들이 모인 만큼, 이들 앞에서 헌이 조금이라도 빈틈을 보이면 안 되는 것이었다. 조금이라도 책이 잡혔다간 금혼령에 대한 부정적인 여론이 불길처럼 들끓어 오를지도 몰랐다.

도승지는 걱정스럽게 제자리를 서성였다.

"주상 전하 납시오."

세장의 목소리가 강녕전에 울려 퍼지고, 곧 의관을 완벽하게 갖춰 입은 헌이 모습을 드러냈다. 모두 일어나 군주에 대한 예를 갖추고 고개를 드는데, 왕 이헌의 모습이 최근과 달랐다.

갑작스러운 변화에 모두들 깜짝 놀란 표정이었다. 얼굴에 드리웠던 검은 구름은 옅어지고 푸석한 피부는 어느새 개울물처럼 맑아졌다. 사방에 뿌려 대던 어두운 기운 대신, 더욱더 강건해진 눈빛이 단단히 빛나고 있었던 것이다.

"전하, 옥체 강녕하시나이까."

"물론."

조정 대신들의 질문에 헌은 간결하게 답했다. 특이점은 그의 바로 뒤에 의녀 하나가 바짝 붙어 있다는 것이었다.

"다만, 아직 몸살기가 남아 있어 의녀를 대동했으니 모두 양해해 주시기 바랍니다."

"네, 알겠습니다."

헌의 몸 뒤에 바짝 붙은 이는 바로 의녀의 복장을 한 소랑이었다. 헌이 슬쩍 뒤를 돌아보자, 그녀는 오늘 잘하자는 듯 주먹을 불끈 쥐어 보였다.

오늘을 위해 그녀와 미리 한 약속이 있었다.

❀

바로 어제 이곳 강녕전.

왕 이헌과 도승지, 그리고 소랑은 마루에서 미리 동선을 연습하고 있었다.

헌은 부쩍 겁이 났다. 예전의 이러한 연습에서 여인네의 얼굴을 하나도 구분하지 못했던 것이다. 그는 뒤에 있던 소랑에게 속삭였다.

"만약 내가 여인네들과 마주하다, 공황 상태를 보이거나 정신을 잃거나 하면,"

"푸핫, 길이길이 놀림감이 되실 줄 알고 계시옵소서."

어머, 불경하도다! 도승지는 그저 입을 쩍— 벌렸다.

그 역시 또 한 번 느꼈다. 진짜 소랑이가 돌아왔구나.

"백 년 천 년 놀릴 것입니다. 임금의 자리에 올라서 여자 눈 한 번 못 마주친다고요."

헌은 끄응— 한숨을 쉬었다.

"그래, 나도 너 따위에게 놀림받기는 싫구나."

정말 놀릴 년이다. 이건 진실이다.

"그래도 혹여나 그런 상태가 오면, 이렇게 손을 잡아 주거라."

왕 이헌은 용포 뒤쪽으로 손을 내밀었다. 그 손을 잡아 달라 하는 것이다.

"그럼 조금 안정이 올 것이니."

망설이던 소랑은 그 뒤에서 내민 손을 잡았다.

"이렇게요?"

남들 모르게 손을 잡자 묘한 어색함이 둘을 휘감았다. 최근 어떻게든 감정을 숨기고 있던 소랑이었다. 그녀는 애절하게 그의 뒤통수를 보았다.

이렇게 그의 손이 닿는 것만으로도 내 심장이 쿵— 낙하한다는 것을 그는 알까?

소랑은 다시 진지해지려는 이 마음을 애써 숨겼다. 그가 뒤를 돌아 자신을 보지 않기를 바랐다. 그녀가 다시 거짓 표정을 짓지 않아도 되기를.

"그래, 이렇게 손을 잡아 주면 내가 훗날의 수치를 생각하며 어떻게든 안정을 찾아볼 것이다."

"그것 참 좋은 생각이십니다."

그녀는 떨리는 목소리를 감추고서 조용히 답했다.

곧 열리는 초간택. 그가 공황 상태를 맞지 않게 하는 것이 그녀의 임무였다.

규수들이 강녕전에 들어오기 전. 왕 이헌은 먼저 손을 뒤로 뻗어 보았다.

"뭡니까, 전하. 벌써부터 쫄보의 모습을 보이는 건 아니겠죠?"

소랑은 그의 뒤에서 조용히 속삭였다.

"쫄보라니! 예행연습을 해 보는 것이다."

헌은 주변에서 듣지 못하게 작은 목소리로 으르렁거렸다.

곧, 그의 큰 손에 소랑의 작은 손이 담뿍 담겼다. 사람들 가득한 이 강녕전. 이렇게 비밀리에 둘만의 암호를 전하는 것만 같았다.

쿵쾅쿵쾅, 여전히 가슴은 숨길 수 없이 뛰어왔다. 언제까지 이 감정을 숨길 수 있을까. 스스로도 의심이 되는 순간이었다.

이때, 초간택에 온 규수들이 줄지어 강녕전으로 들어왔다. 근 서른 명 정도가 되는 숫자였다. 곧 심사진과 그들 사이를 가리는 발이 내려질 것이다.

딱 그 직전. 소랑은 익숙한 이름을 보았다. 한 여자의 명패에 쓰인 것은 바로…… 예, 현, 선!

바로, 자신의 이름이었다.

헌의 손을 잡고 있던 소랑은 갑자기 그 상태로 얼음처럼 굳어지고 말았다.

현희다. 그녀의 이복동생 현희가 온 것이었다.

이 나라 비의 후보가 되어. 그것도 바로 자신의 이름으로.

$$\diamondsuit\ 8\ \diamondsuit$$

언니

이 왜 죽지도 않고

여기 있어?

초간택이 있기 전날 밤.

궐 일각에서 소랑과 신원이 만났다. 바로 내일 있을 간택 때문이
었다.

"어디서부터 어디까지가 매수된 사람인지 알 수가 없어."

그녀는 떨리는 목소리로 말했다.

"여원회(女願會). 서씨 부인이 만든 조직이야. 내일 이곳 출신의 규
수들이 대거 나올 거야."

신원은 심각한 목소리로 말했다.

"여기가 바로 비리의 온상이라는 거지? 보쌈꾼 조직을 이용해 경쟁자들을 납치하고……."

그렇다면 내일 초간택에 들어온 규수가 여원회의 일원인지 아닌지를 감별해 내는 것이 중요했다.

"여원회의 소속된 사람 중 가장 확실한 사람이 있지."

"누구?"

"예, 현, 선."

순간 소랑의 전신에 소름이 돋았다. 내 이름이 바로 그 비리의 중심에 서 있었다. 여원회 수장인 서씨 부인의 딸, 예현희. 지금 자신의 이름을 쓰고 있는 그녀.

그래, 내일이면 현희를 만날 것이다. 오로지 그것만을 위해 달려온 그녀였으니.

"일단 전하께 고하는 것이 어때?"

이번 간택에 검은 음모를 꾸미고 있는 이를 찾아내는 것이 신원의 역할이었다.

"아직 간택 이전이니 죄를 저지른 것이 아니잖아. 초간택의 분위기를 보고 말씀드리는 게 좋겠어."

소랑은 신중해야 한다는 듯 말했다.

그래, 신원은 고개를 끄덕였다.

내일이 바로 결전의 날이었다. 드디어 시작되는 초간택. 긴장으로 몸의 솜털 하나하나까지 비죽 서는 느낌이었다.

제발, 여원회의 일원들을 골라낼 수 있기를 굳게 다짐을 하고 초간택의 현장에 들어왔지만 그 마음은 바로 무너져 버리고 말았다.

예현희.

발이 내려지기 직전 그녀와 눈이 마주친 것이다.

현희가 올 줄은 알고 있었지만, 마음속으로 생각한 것과 실제로 보는 것은 달랐다. 두 자매의 사이에는 7년이라는 세월의 강이 흐르고 있었다. 그 세월을 지나 처음으로 눈앞에 마주하는 이복동생이었다. 그것도 바로 이곳, 강녕전에서.

참으로 묘하고 섬뜩한 기분이었다.

예, 현, 선. 내가 잃어버린 이름. 그녀가 가슴에 매달고 있는 명패를 보자 가슴이 시렸다. 참 뻔뻔하기도 했다. 훔친 이름을 달고서 당당히 이 앞에 서 있는 걸 보면.

소랑을 본 현희의 눈빛은 날카로이 번뜩였다.

'언니, 오랜만이야.'

소랑은 그 눈빛을 바로 읽을 수가 있었다.

'근데 왜 여기에 있어?'

그 섬뜩한 의미를.

'왜 죽지도 않고, 청나라로 꺼지지도 않고, 여기 있냐고.'

소랑의 손이 부들부들 떨렸다. 현희의 눈빛은 너무나도 명확했다. 그 어떤 정(情)도, 따스함도 없는 냉정한 눈빛이었다. 내 이복동생은 오래도록 내가 죽기를 바랐을 것이다.

내가 살아 있으면 자신은 예현선이 아니기에. 자신이 진짜가 되기 위해선 언니가 없어져야만 했기에. 죽을 뻔했던 그 수많은 사건에 현희는 분명 공모자였을 것이다.

"어찌 네가 더 떨고 있느냐?"

소랑의 부들부들 떨리는 손을 눈치챈 헌이 살짝 뒤돌아 물었다.

"오히려 네가 더 쫄보가 된 것은 아니냐?"

"아닙니다."

소랑은 필사적으로 그 떨림을 감추며 아무렇지 않은 듯 말했다. 헌은 다행히 그녀의 낌새를 눈치채지 못한 듯했다. 발이 내려지고, 모두의 시선이 규수들에게 모이자 현희는 서늘했던 표정을 바로 거두었다. 이제 완벽한 연기가 필요한 시점이었다.

들어오는 규수들의 걸음걸이는 그야말로 완벽했다. 그들 역시 7년이라는 금혼령의 기간 동안 고도의 숙련 기간을 거친 것이었다.

'휴우―'

헌은 그녀들을 보며 작은 한숨을 쉬었다. 서른 가까운 숫자이니, 이들을 제대로 구별하는 것은 불가능할 것만 같았다. 이걸 어쩌면 좋을까.

그런데 이때, 한 규수가 문지방을 밟았다. 문지방을 밟지 않는 것은 간택에 임하는 처녀들의 기본 도리였다.

처음부터 탈락인가?

헌과 함께 간택에 임하게 된 조정 대신들의 눈매가 번뜩이는 가운데, 그 여인네는 아무렇지도 않다는 듯 천방지축 앞으로 다가왔다. 천편일률적인 걸음 사이에서 제멋대로이기에 유난히 더 튀는 걸음걸이였다.

이에 헌의 눈빛이 번쩍 빛났다. 이는 소랑이가 맨 처음에 궐에 들어왔을 때의 걸음과 같았다. 천방지축, 경쾌한 듯하면서도 살짝 경박한 자태. 헌은 그 여인네의 얼굴을 자세히 살폈다.

어? 그녀를 본 헌의 눈이 동전만큼 크게 떠졌다.

이 여자, 소랑이를 닮았다.

오밀조밀한 이목구비부터 행동하는 품새, 별다른 화장을 하지 않고 살짝 분만 바른 수수함까지. 특히 유쾌하면서도 시원한 미소가 닮아 있었다. 구분할 수 없는 여인네들 가운데 헌의 눈에 띈 것은 그 여인뿐이었다.

예현호의 여식 예현선이라는 여인.

헌의 뒤에 있던 소랑 역시 바로 알 수 있었다.

현희가 내 흉내를 내는구나. 그리하여 왕 이헌의 마음을 얻어 보려 하는 것이구나. 무엇보다도 지금 이 친간의 법칙을 꿰뚫어 본 전략이었다. 조정 대신들이 친간에 참여한다고는 하나, 결국 헌의 선택에 모든 것이 달려 있는 것이었다.

그가 고르는 것이니만큼 규범화된 규율에 맞춰 조신한 여인네의 모습을 선보이는 것보다, 그가 사랑했던 여인의 흉내를 내는 것이 나을 수도 있었다. 발 뒤에 선 현희의 눈빛은 의기양양해 보이기까지 했다.

서른 명의 규수들이 그들의 앞에 주르륵 서자, 헌은 약간 어질한 듯 머리를 짚었다.

이 중 일곱여덟 명을 골라 재간택에 보내야 했다. 어질해진 헌의 시선이 머무는 곳은 오로지 현희 쪽이었다.

그녀의 얼굴을 보면 차라리 마음이 편해졌다. 소랑이와 닮은 표정을 짓고 있는 그녀를 보면.

곧 그녀들의 앞에 찻상이 차려졌다. 차를 마시는 규수들의 모습에서 그간 익혀온 법도와 예절을 평가하는 것이었다.

현희의 바로 옆에 있는 규수의 몸짓이 유독 음전했다. 소랑의 시선은 그녀에게 꽂혔다. 성가 화윤이라는 아가씨였다. 여자는 여자가 알아본다고, 저런 조신함은 연습해서 될 게 아니었다. 어렸을 때부터 엄한 가정교육을 받았을 것이다.

그런데 볼에 약간의 상처가 나 있었다. 추후 비가 될 자에게는 몸에 난 자그마한 흠집과 흉터마저 용납하지 않았다. 그런데 얼굴에 저런 상처가 있다니, 그렇다면 이번 초간택에서 살아남지 못할 가능성이 컸다.

"전하, 저기 화윤이라는 규수 말입니다. 어찌하여 얼굴에 흉터가 있는지 하문하시옵소서."

헌의 시선은 아까부터 현희에게서 떨어질 줄을 몰랐다. 현희의 거짓 연기에 깜빡 속아 넘어가 버린 것이었다.

"누구?"

"저기 옆에 있는 규수요."

헌이 고개를 돌리자, 과연 소랑의 말대로 얼굴에 상처가 난 여인이 있었다.

"성가 화윤이라 하는 규수는 답하거라. 어찌하여 상처 입은 얼굴로 초간택에 들어올 생각을 하였느냐?"

"실은 며칠 전 보쌈을 당할 뻔하였습니다."

그녀의 답에 조정 대신들이 술렁거렸다.

"그럼 안 좋은 꼴을 당할 뻔했다는 것 아닌가."

"쯧쯧, 집안에서 관리를 어떻게 했길래."

대신들이 혀를 차고 있는 가운데,

"다행히 저희 부친께서 젊은 시절, 씨름을 하셨기에 바로 그들을 메쳐 버리셨습니다."

"아하, 강골의 부친 때문에 큰 사고를 면하였구나."

"다만 그때의 실랑이 때문에 얼굴에 상처가 나고 말았습니다."

소랑은 눈을 반짝였다. 서씨 부인이 삼간택에 오를 만한 쟁쟁한 후보들은 미리 싹을 제거해 버리겠다며 보쌈꾼을 풀었다.

보쌈을 당할 뻔했다가 구사일생으로 목숨을 구한 이라면, 분명 여원회 소속이 아닐 것이다. 집안 또한 청렴하고 덕망이 높기로 유명한 창녕 성씨 집안이었다. 그녀라면 이 나라 중전이 될 재목이 되지 않을까.

그렇게 소랑이 화윤이라는 규수를 유심히 지켜보고 있을 때, 왕이헌이 앞에 있던 이들에게 질문을 던졌다.

"그럼 이번엔 좀 사적인 질문을 하겠다. 혹시 술은 좀 하느냐?"

"네에?"

의외의 질문에 대신들이 다시 술렁거렸다.

"전하, 어찌하여 그런 질문을 하시나이까?"

"이 나라의 어진 국모가 되는 것도 중요하지만, 평생토록 나의 가장 가까운 벗이 되어 주는 것도 중요하지 않겠소. 내 사실, 술을 하지 못하는 자를 벗으로 취급하지 않거든."

여원회에 소속된 규수들은 다소 혼란에 빠진 듯했다. 왕 이헌의 이상형이 죽은 폐빈 안씨처럼 음전하고 현명한 여인네라 알고 있던 그들이었다. 모범 답안으로 입력된 것을 말해야 할지, 아니면 이렇게 질문한 왕 이헌의 의도를 고려해 답해야 할지 알 수가 없었다.

이어지는 그들의 답은 각양각색이었다.

"저는 분위기에 따라 많이 달라집니다."

"아버지가 주시면 받는 정도입니다."

"저는 체질상 한잔도 하지 못합니다."

아쉽게도 소랑이가 눈여겨보았던 화윤이라는 규수는 전혀 술을 하지 못한다 했다. 소랑은 조용히 한숨을 쉬었다. 분명 여기에서 헌에게 감점을 받았을 것이다.

헌은 현희의 답을 기다리고 있었다.

"저는 술을 미워합니다."

술을 못하다 못해 미워한다는 것인가?

"술을 너무나 미워하니, 제가 다 마셔서 없애 버리려 합니다."

"하하핫, 그래?"

모두가 예상치 못한 답이었다. 간택의 자리에서 하기에는 너무나 대담한 말이었다. 허나 오직 왕 이헌에게서만 통쾌한 웃음이 터져 나왔다.

"술을 미워해서 다 마셔 버린다니. 참 재기 넘치는 답이로구나."

헌은 그 답이 마음에 쏙 든 듯했다.

"밤새 술을 없애 버린 적도 있습니다."

"하핫, 원래 이렇게 농을 좋아하느냐?"

"성격이 유쾌하다는 말은 종종 듣습니다."

"그리하면 이 궐에 육례는 어찌 배울까?"

"육례보다 더 중요한 것이 심신이 지친 전하의 술벗이 되어 드리는 것 아니겠습니까."

헌에게서 다시 한 번 호탕한 웃음이 흘러나왔다.

"하하핫, 내 술 한잔 같이하고 싶은 건 저 규수가 유일하구나."

허나, 뒤에 있던 소랑은 하얗게 굳어지고만 있었다. 이것은 현희의 본디 성격이 아니다. 새침하고 깍쟁이 같은 것이 그녀의 모습인데 오늘 현희는 소랑의 흉내를 제대로 내기로 작정한 모양이었다.

다른 대신들이 규수들에게 몇 개의 질문을 더 던졌지만 현희에게 꽂힌 왕 이헌의 시선은 또렷했다. 소랑은 그런 헌의 뒷모습을 가슴 아프게 보았다.

소랑이와 닮은 이목구비, 행동, 그리고 성격. 모든 것이 거짓이다. 그녀가 완벽한 연기를 하고 있다는 것을 꼭 아서야 할 텐데. 무엇보다도 이번 간택에서 가장 배제해야 할 사람은 바로 현희였다. 그녀가 바로 부정과 비리의 핵심이 아니던가. 그런데 현희에게 왕 이헌이 꽂혀 버리다니. 이를 어찌해야 할지 알 수가 없었다.

어느덧 처녀들이 물러나고 조정 대신들이 편전으로 이동했다. 그곳에서 헌과 함께 재간택 후보를 다시 논의할 참이었다.

소랑은 헌이 떠나기 전 살짝 그에게 물었다.

"오늘 혹시 기억에 남는 이가 있으셨습니까?"

"그 규수 말이야. 술을 미워해서 다 마신다고 농을 던지던 규수."

현희를 말하는 것이었다. 다시 한 번 소랑의 가슴이 쿵— 내려앉았다. 아까의 그 시선이 진짜였던 것이다.

"사실 마음 같아서야, 다시 비를 들이는 일 따위 영원히 하고 싶지 않지만 하는 수 없이 골라야 한다면, 그 아이를 고르고 싶구나."

처참한 소리에 일순 소랑의 온몸이 굳어져 버렸다.

"혹시 그 규수는 어떻습니까? 얼굴에 상처가 났던……."

"상처? 흠, 얼굴이 기억나지 않는다."

오늘 서른 명의 여인 중 헌이 기억하고 있는 이는 단 한 명뿐인 듯했다. 심장이 재가 되어 폭삭 무너져 내리는 것만 같았다. 헌이 편전으로 떠난 뒤, 소랑은 넋이 나간 듯 터덜터덜 강녕전의 계단을 내려왔다.

"어때, 현희가 진짜 왔어?"

처소로 향하는 그녀의 옆에 신원이 따라붙었다. 현희라는 말을 듣자 다시 한 번 손이 파르르 떨렸다.

"응."

"이제 전하께 말씀드려야 할 것 같아. 예현선이 원래 너의 이름이다. 너를 꾸준히 죽이려 했던 집안이 바로 그 집이다. 오로지 간택을 위해서……."

"그런데 말이야."

소랑은 멍한 목소리로 말했다. 자신도 이 사실이 믿기지 않는다는 듯이.

"전하께서 현희를 가장 마음에 들어 하시는 것 같아."

"뭐, 뭐라고?"

이걸 어찌해야 하지. 그저 눈앞이 캄캄해지는 일이었다.

9

오늘 이 밤을
그녀와 함께할 것이다

재간택에 부를 열 명의 규수들이 정해졌다.

헌의 정실부인이 될 후보들이다. 도승지로부터 명단을 받은 소랑은 묘한 기분으로 그 이름을 보았다.

거기에는 현희의 이름도, 화윤이라는 규수의 이름도 포함되어 있었다.

"이렇게 발표하려 합니다."

도승지의 말에 소랑은 고개를 끄덕였다. 허나 어두운 상상이 꼬리를 물고 이어졌다.

만약 헌의 마음에 든 현희가 재간택에 살아남아 최종 후보에 오른다면? 그녀가 정말 왕비로 궐에 들어온다면?

소랑은 현희가 대례복을 입은 모습을 상상해 보았다. 가례에서 예현선이라는 내 이름이 널리 불리는 상상, 가마에서 현희가 내리는 그 상상.

만약 현희를 중전으로 만든 세력들이 이 나라 차기 정권을 잡는다면 과연 이 조선은 어떻게 될 것인가. 뜻을 위해서라면 살변도 불사한 이들이었는데.

당연한 얘기겠지만 나는 이 궐에서 살기 힘들 것이다. 현희와 소랑, 이 둘은 같은 공간에 있을 수 없으니까.

결국은 떠날 준비를 해야 하는 것인가. 어차피 자신은 간택을 돕기 위해 들어온 임시 궁녀였으니까, 더 이상 이 궐에 마음 붙이지 말아야 하는 것인가.

간택이 끝나면 나는 어디로 가야 하는 것일까. 궐 밖에서는 기섭의 암살단이 나를 쫓고 있다 하는데, 결국은 다시 청나라행밖에 답이 없는 것인가.

꼬리에 꼬리를 무는 암담한 생각에 소랑은 고개를 푹 숙였다. 이 모든 것을 막을 방법은 현희가 중전이 되지 못하게 손을 쓰는 것이었지만…… 그렇게 한다면 왕 이헌이 간택의 의지를 놓아 버릴 수도 있었다.

어떤 이가 되느냐는 중요하지 않다.

지금 백성들에게 가장 중요한 건, 우선 금혼령을 끝내는 것이었다. 나는 여기에 더 이상 어깃장을 놓아서는 안 된다. 더 이상 개입해서는 안 된다.

"저에게 이 명단을 보여 주시는 이유가 무엇입니까?"

소랑은 참담한 심정으로 눈앞의 도승지를 올려다보았다.

"전하께서 중요한 일은 자네와 함께 의논하지 않겠나. 미리 알고 있어야 할 것 같아서."

"네, 그렇군요."

참, 인정하기 싫은 사실이었다. 간택을 돕기 위해 내가 이 궐에 들어왔다는 사실이.

"전하께서 마음에 들어 하시는 규수가 이미 명단에 포함되어 있습니다. 큰 걱정하지 않으셔도 될 것 같습니다."

도승지는 반색을 했다. 그간 전혀 여인네를 가까이하지 않던 그가 마음에 드는 이가 있다고 하니. 도승지는 마치 구원자라도 만난 듯 희망적인 눈빛이었다.

"그렇다면 자네가 그 선택에 힘을 실어 주시게."

"힘을 실으라고요."

소랑의 말꼬리가 힘없이 처졌다. 내키지 않는 일이었다.

그러나 어이없게도 이번 간택의 희망은 현희에게 달려 있는지도 몰랐다. 그녀는 결국 씁쓸히 고개를 끄덕였다.

얼굴도 기억나지 않는 여인네들의 인성을 논하고, 무언가를 왈가 왈부하는 것은 헌에게 굉장히 피로한 일이었다.

다만 대신들에게 현희를 재간택에 올리겠다는 의사를 명확히 했다. 술이 미워서 없애 버린다니. 그렇게 경망스러운 답을 한 이는 초간택에서 떨어뜨려야 한다는 대신들의 의견에도 헌의 생각은 분명했다. 그녀만이 나의 진정한 벗이 되어 줄 수 있을 것 같다는 것.

그날 밤.

왕 이헌은 잔뜩 지친 모습으로 침전에 돌아왔다. 마음은 온통 불안하기만 했다. 내가 이렇게 하는 것이 제대로인 것인가하는 생각이 들었기 때문이었다.

그들의 꿍꿍이로 자신의 비가 간택되는 것이 싫어 친간을 택했지만, 여인네들 얼굴도 기억도 못하는데 괜히 덤빈 것이 아닌가 싶어 걱정이 앞섰다.

또한 어떤 여인이 간택되든 간에 자신이 그이를 가까이할 수 있을지도 미지수였다.

간택의 검은 음모에 대해 조사하겠다던 신원은 어찌 되었을까. 내일은 꼭 그 진척 상황에 대해 물어봐야겠다.

헌은 나인의 수발 아래 용포를 훌훌 벗었다. 잠들 때가 되자 다시 찾아온 것은 바로 소랑이에 대한 생각이었다. 왠지 오늘도 쉽사리 잠에 들 것 같지가 않았다.

그는 바라고 있었다. 소랑이가 침전에 들기를. 그 역시 소랑이에 대한 깊은 마음을 숨기고 감추고 있지만 이왕 궐 안에 있는 것, 보지 않고서는 견딜 수 없는 노릇이었다.

허나 오늘 그녀는 나타나지 않았다.

혹, 간택으로 인해 그녀의 심기가 상한 것인가? 그녀의 말대로 오늘 창가에 걸터앉지도 않았고, 술을 자작하지도 않고, 이렇게 침소에 고이 누워 그녀를 기다리고 있는데 어찌하여 소식이 없는가.

헌은 내시 세장을 가만히 불러 말했다.

"소랑이는 아직인가?"

❀

소랑이 침전에 도착했을 때, 왕 이헌은 이불 안에 고이 누워 있었다. 술도 꺼내지 않고, 창가에 앉지도 않고, 그녀가 시켰던 그대로.

그러나 방금 잠에 든 듯 숨소리가 거칠었다. 계속 악몽에 시달리고 있는 듯 입에서는 고통스러운 신음 소리가 새어 나왔다. 그녀는 자리에 앉아 헌의 손등을 가만가만 두드렸다.

'제가 왔습니다, 전하. 이제는 편히 주무시옵소서.'

그런 소랑의 존재가 느껴진 것일까.

곧 헌의 숨결이 늦은 오후의 잔잔한 바람결처럼 안정을 찾았다.

소랑은 살짝 쓰린 눈빛으로 그를 보았다. 이제 그를 마음껏 사랑할 수 있는 시간이었다. 그를 하염없이 바라보고 또 바라보며 단단히 단속했던 내 마음을 조금은 내려놓을 수 있는 시간이었다.

그런데 오늘 많은 일을 겪어서일까. 여기까지 오는 걸음이 격했던 것일까, 자신도 모르게 깜빡깜빡 눈이 감겼다. 이러면 안 되지 싶어 도리질을 해 보아도, 자꾸만 잠이 왔다.

허벅지까지 꼬집으며 졸음을 참던 그녀는 예전 여러 번 그랬던 것처럼 갈대 단처럼 툭— 쓰러지고 말았다. 그런 그녀의 머리가 향한 곳은 헌의 손등이었다.

잠에 빠진 그녀는 아무것도 기억할 수 없었다. 나도 모르게 따뜻함을 찾아 헌의 품에 파고들었다는 것까지도.

새벽녘, 어느덧 가수면 상태에 빠진 헌이 흠칫, 잠에서 깨었을 때.

소랑은 놀랍게도 자신의 품 안에 잠들어 있었다. 믿을 수가 없었다. 과연 지금 품 안에 있는 그녀는 환상인 것인가.

놀란 그는 도도도— 소랑의 몸을 두드려 보았다. 환상이 아니었다. 실제였다.

내가 어제 술을 마시고 잔 것도 아닌데 어째서? 간밤 새 무슨 일이 벌어졌길래, 이렇게 소랑이가 내 품에서 곤히 잠든 것인가.

이것은 마치 우리가 사랑할 때의 모습과 같았다. 마음은 걷잡을 수 없을 정도로 애틋해졌다.

그녀를 밀어내야겠지만, 그렇지만 간만에 소랑이를 안는 이 느낌이 너무 좋았다. 여전히 그녀는 말랑말랑, 따뜻하면서도 가벼웠다. 딱 새끼 고양이를 안은 느낌. 그녀는 잠결에 몸을 뒤척이며 그의 품 안에 더욱 깊게 파고들었다. 그 움직임에 헌은 숨까지 참고서 얼음이 되어 버렸다.

곧 그녀에게선 다시 쌔근쌔근한 숨소리가 들렸다. 다시 깊은 잠에 빠진 것이었다.

참 오랜만이구나. 이렇게 자고 있는 그녀를 내려다보는 것이.

마음이 절로 따뜻해졌다. 그 온도에 그간의 역정도 미움도 까칠한 감정도 녹아내리는 것만 같았다. 나를 속인 것에 대한 분노도 배신감도, 사가에 나간 소랑이 신원과 함께하면서 쌓였던 오해도, 모든 것이 뜨뜻하게 녹아 사라졌다.

여전히 그녀는 사랑해 주지 않고는 못 배길 그런 존재였다. 너무나 사랑스럽고, 아름답고, 귀엽고. 이젠 무슨 핑계를 대어 그녀를 밀어내야 하나, 막막해지는 순간이었다.

이때, 소랑의 조그만 입술이 오물오물 움직였다.

뭘 먹는 꿈이라도 꾸는 건가. 마치 어미젖을 찾는 새끼처럼 귀여운 오물거림이었다.

문득 헌은 그녀에게 입 맞추고 싶다는 생각이 들었다. 우리가 서로 사랑하던 시절, 그녀의 입술은 그 무엇보다도 달콤했는데. 그때 사랑의 공기는 세상 어느 것보다도 향기로웠는데.

입맞춤의 충동은 점점 더 거세어져 왔다. 자제하려 애썼지만, 자신의 의지와는 상관없이 발갛고 고운 그 입술을 향해 점점 더 고개가 아래로 향했다.

쿵쾅쿵쾅.

범죄를 저지르는 것도 아닌데 심장이 미친 듯이 뛰었다. 이 침전 안에 그의 심장 소리만이 둥둥둥 북처럼 울리는 것 같았다.

깨지 않게, 살짝이면 되겠지? 그러고선 다시 시치미를 떼고 잠든 척하는 거야. 먼저 품 안에 안긴 건 소랑이니까, 자기도 아무 말 못 하겠지?

그러나 헌은 실패하고 말았다. 원래 생각했던 건 가벼운 입맞춤이었지만, 자신도 모르게 입술 새로 깊게 파고들어 버린 것이었다.

'흐읍—'

갑자기 입술에 닿는 뜨거운 숨.

순간, 소랑의 몸이 들썩거렸다. 그녀는 깜짝 놀라 잠에서 깼지만, 헌은 아랑곳하지 않고 그녀에게 더욱 깊숙이 들어왔다.

분위기는 더없이 아찔했다.

놀란 소랑은 그저 망부석이 되어 굳어 있을 뿐이었다. 내가 잠들었던 건 기억나는데, 이렇게 그의 품에 안겨 있을 줄은 몰랐다. 그런데 헌이 자신에게 입을 맞추고 있다니.

뒤늦게야 상황 파악이 된 소랑은 그 품에서 벗어나려 했지만, 헌은 그런 소랑을 쉽게 놓아주지 않았다. 그의 입술은 더욱 강하게 감겨들었다.

이에 온몸 전체가 아득해지며 잊고 있던 감각이 잠에서 깨어났다. 사랑의 감각이었다. 더없이 가슴이 간질간질해지던, 서로를 향한 끌림에 끊임없이 매혹되던.

이제는 그녀조차도 멈출 수 없었다.

"전하."

소랑은 살짝 입술을 떼며 말했다.

"전하께서 먼저 이러신 것입니다."

이번엔 소랑이 그에게 달려들어 더욱 깊게 입맞춤을 했다. 잠시 놀랐던 헌은 다시 그녀를 뜨겁게 받아들였다. 더없이 애틋하고 감미로운 순간이었다.

서로에게선 분명한 감정이 통하고 있었다.

갖은 오해로 멀어졌던 둘이 사실은 단 한순간도 빼놓지 않고 서로를 사랑했던 것이다.

소랑은 살짝 입술을 떼고 헌의 눈을 가만히 들여다보았다. 살짝 나른한 듯한 그의 눈빛엔, 깊은 진심이 어려 있었다.

가슴이 뜨거워졌다. 그 역시 단 한 번도 변한 적이 없었던 것이다. 우리가 싸운 것도, 혹은 헤어졌던 것도 모두가 서로를 너무 사랑해서였던 걸, 너무 뒤늦게 깨달았다. 그가 애써 짓는 차가운 눈빛에, 나를 밀어내는 손길에 그를 오해하고 있었던 것이다.

어느새 소랑의 눈가가 촉촉이 젖었다. 너무나 많은 길을 돌아왔다. 그간 너무나 힘들었다. 그래도 다시 그에게로 돌아와서 참으로 기뻤다. 이렇게 계속 함께 있을 수만 있다면.

"아마 우린 헤어질 수 없을 거야."

헌이 나직이 그녀의 귓가에 속삭였다. 이 굵직한 저음의 목소리. 너무나 사랑했던 음성이었다. 이 음성을 다시 들을 수가 있어서, 그녀는 지금 못 견디도록 행복했다.

"그러니까 우리 다시 사랑하자."

다시 사랑하자. 그 말이 그녀의 마음을 모두 적셨다. 목구멍에선 계속해서 뜨거운 것이 울컥울컥 올라왔다.

"우리 가장 행복했던 그때로 돌아가자."

감정은 주체할 수 없을 만큼 벅차올랐다.

"너 아니면, 난 안 되겠다."

모든 것이 와르르 무너지는 기분이었다. 지금 바라는 것은 오직 하나. 헌의 품 안에 더욱 꽉— 안기는 것이었다. 그녀가 헌의 품에 더욱 깊게 파고들자 헌 역시 힘주어 그녀를 안았다. 다시는 떨어지고 싶지 않다는 듯이.

"이 나라 간택을 막는 이가 저라는 얘기를 듣고, 오랫동안 죄책감에 시달렸습니다."

"누가 그런 소릴 했단 말이냐?"

"저 때문에 간택을 미룬 것이 사실이지 않습니까? 간택을 차질 없이 진행하겠다고 약조해 주시옵소서."

"소랑아."

"그래야 제가 마음 편히 안길 수 있을 것 같습니다. 제발."

더없이 애절한 그 말에 헌은 그녀의 두 뺨을 어루만지며 말했다.

"그래, 그리하겠다."

소랑의 눈가가 더없이 붉어졌다.

"너를 사랑하는 일과 별개로 간택은 나라의 일이다. 차질 없이 진행할 것이다."

"청이 하나 더 있습니다. 우리의 관계를 비밀로 해 주시옵소서."

이것이 소문났다간, 다시 한 번 궐의 분위기가 흉흉해질 것이다. 임금에게 사랑하는 사람이 따로 있다고. 지금은 백성들과 궁인들에게 무조건 안정감을 줘야 할 때였다.

"그래."

헌은 고개를 끄덕였다.

"그리할 수 있도록 노력하겠다."

비밀의 연인이면 어떠랴. 이렇게 그녀가 내 곁에 있는데. 그래, 그것만으로도 충분하다.

"그 때문에 마음고생이 많았느냐?"

"아닙니다."

그녀의 뺨은 발갛게 달아올라 있었다. 헌은 엄지로 소랑의 뺨과 입술을 가만히 매만졌다. 그 얼마나 그리워했던 입술이었던가.

"그 어떤 일이라도 나와 함께하겠다고 약속할 수 있겠느냐?"

소랑은 잠시 망설였다. 혹시라도 현희가 진짜 중전이 된다면 그녀는 이 궐에서 살아남을 수 없을 것이다. 그렇지만,

"죽어서라도 곁에 있겠나이다."

지금 이 순간만은 그렇게 약속하고 싶었다.

이미 한 번 헤어져 보았기에, 그 이별의 아픔이 얼마나 고통스러운지 가슴으로 새겼기에 다시 헤어짐을 생각하고 싶지 않았다. 지금 이 순간만큼은 영원한 사랑을 믿고 싶었다.

"죽어서는 안 되지. 그럼 내가 어찌 살겠느냐."

헌은 그녀의 손을 부여잡으며 말했다. 사랑하는 이의 죽음이라.

그 일이 다시 한 번 더 벌어진다면, 이는 세상 무엇보다도 가장 끔찍한 일이 될 것이다.

"네, 전하."

그녀는 고개를 끄덕였다. 다시 헌에게 아픔을 주는 일은 만들고 싶지 않았다. 어떻게든 살아남을 것이다. 사랑하는 헌을 위해서라도.

"사랑합니다, 전하."

둘의 따뜻한 숨이 다시 한 번 맞닿았다. 이번엔 아까와는 조금 다른 불길이 치솟고 있었다. 어쩐지 온몸이 야릇해지는 이 기분. 방금과는 또 다른 감각이 깨어난 것이다.

이미 서로를 가졌던 둘이었다. 입맞춤은 더욱더 격정적으로 불타올랐다. 몸은 이미 그다음 일을 준비하고 있었다.

헌의 눈빛에 아로새겨진 의지는 너무나도 확실했다.

오늘 이 밤을 그녀와 함께할 것이다.

10

오늘 녹초가 될 만큼,
기분 좋게 해 주마

"많이 보고 싶었다."

소랑의 입안에 그의 나직한 음성이 울려 퍼졌다. 맞닿은 입 그대로 이 말을 속삭인 것이다.

보고 싶었다는 그 한마디 말이 왜 이렇게나 감격스럽게 들렸던 걸까. 소랑의 두 눈에선 눈물이 주르륵— 흘러내렸다.

"이렇게 안고 있으니 조금 더 실감이 나는구나. 네가 돌아왔다는 것이."

소랑의 따뜻한 체온이 살에서 살로 전해져 오자, 헌의 가슴에는 뜨거운 불길이 치솟았다. 둘의 숨결에 점점 더 습기가 차올랐다. 소랑의 등엔 살짝 땀이 흐르는 듯했다.

"더운 것이냐?"

"아뇨, 그건 아닌데."

그녀의 얼굴은 홍옥처럼 발갛게 달아올라 있었다.

"몸에 자꾸 열꽃이 피는 듯하여."

"그래? 어디 한 번 보자꾸나."

헌의 시선이 장난스럽게 아래로 내려갔다.

"아, 아니 됩니다."

소랑은 황급히 그런 헌의 시선을 막았지만, 그의 짓궂은 손길은 멈추지 않았다. 헌은 그녀의 옷고름 위에 손을 올렸다.

"이미 너는 내 것인데, 괜찮은지 아닌지 봐야 하지 않겠느냐."

헌의 눈빛은 자못 진지하기까지 했다. 이걸 어떻게 말린담. 첫 번째가 아닌, 두 번째라고 해서 가슴이 떨리지 않는 것은 아니다. 뭘 모르고 임했던 것이 첫 번째라면, 두 번째는 대충의 기승전결을 알고 있기에 더 떨렸다.

그녀의 온몸에 저릿한 긴장감이 감돌았다. 헌을 밀어내고 싶기도 하고, 끌어당기고 싶기도 한 오묘한 기분이었다. 자기도 모르게 자꾸만 허리가 뒤틀렸다.

투욱, 헌이 손을 들어 그녀의 옷고름을 풀어냈을 때 그녀는 침을 꿀꺽 삼켰다. 그녀가 느끼는 것은 분명한 매혹이었다. 이젠 밀어내고 싶은 마음보단 그에게 한없이 가까워지고 싶다는 마음이 먼저였다.

그런 소랑의 마음을 읽은 것일까. 헌은 이제 망설일 것 없다는 듯 그녀의 저고리를 젖혔다.

하얀 속적삼을 벗겨 내는 손길 역시 거칠 것이 없었다. 달빛 아래 그녀의 맑고 뽀얀 어깨가 드러났다. 투명한 윤기가 흐르는 얇은 어깨였다.

헌은 자신도 모르게 그 어깨에 살짝 입을 맞추었다. 그것조차 너무나 자극적이라는 듯 그녀는 병아리처럼 몸을 파닥였다. 그는 자못 서운한 목소리로 말했다.

"나의 손길을 그새 잊은 것이냐."

"잊은 것이 아니오라."

당황한 소랑이 고개를 젓는 동안, 헌의 짓궂은 입술이 다시 어깨를 물었다.

그런데,

"이것이 다 무엇이냐."

소랑의 아름다운 곡선을 타고 흐르던 입술이 팔에서 문득 멈추었다. 상처와 흉터가 가득한 팔에 그의 미간이 절로 구겨졌다.

"죽을 뻔했었다 말씀드리지 않았습니까."

순간 소랑의 얼굴에선 먼 슬픔이 스쳤다.

"저를 추격하는 자객들이 있었습니다. 그 자객들을 피해 아주 높은 곳에서 몸을 던져야만 했지요."

일그러진 얼굴을 보아하니, 그때를 다시 회상하는 것조차 너무 끔찍해 하는 것 같았다. 그녀의 눈가가 다시금 젖어왔다.

"궐 밖에서 너무 많은 일을 겪었구나."

"아닙니다. 살아서, 이렇게 살아서 전하를 뵐 수 있어 너무나 다행입니다. 오로지 살아서 전하를 다시 마주하기만을 간절히 바랐으니까요."

헌은 손가락 끝으로 그녀의 눈물을 닦았다.

"신원이가 너를 살렸다 하지."

그녀는 고개를 끄덕였다.

"참 밉기도 하고 고맙기도 하고. 그런 놈이다. 신원이는."

헌의 얼굴에선 쓴 미소가 올라왔다. 둘이 같은 집에 기거했다는 소식에 투기가 올라왔었지만, 오해가 풀리고 나니 결국엔 그에게 고마워해야만 했다. 내가 사랑하는 그 여자의 목숨을 구하지 않았는가.

"꼭 고맙다고 말해야겠구나."

신원은 언제나 참 애잔한 존재였다. 헌에게도, 소랑에게도. 그녀의 표정이 무거워지자 헌은 다시금 그녀의 쇄골에 입술을 대었다.

그녀가 파드득 놀라 몸을 움츠리자, 헌은 손가락으로 가슴께 위를 천천히 쓰다듬었다.

"여기에 어떤 자욱이 있었는지 기억하느냐."

자욱이라 함은 그때의 옥새 자욱? 예전, 그녀가 내금위장의 고문을 받고 나서 헌이 여기에 옥새를 찍었었다. 이 몸은 바로 왕 이헌의 것이라고. 소랑은 가냘프게 고개를 끄덕였다.

"그래, 비록 그 도장은 사라졌더라도 의미는 변하지 않는다. 네가 내 것이라는 사실 역시."

"네, 전하."

"다시는 다치지 말고."

헌은 문득 자신의 옷고름에 손을 댔다.

"네가 내 몸을 보면 화낼지도 모르겠구나."

소랑은 걱정스럽게 자리에 앉은 헌을 올려다보았다. 그간 몸이 많이 상하신 것인가?

그는 자신의 저고리를 훌훌 벗었다. 헌의 몸은 예전과 확연히 달라졌다. 넓은 어깨는 여전했지만, 전반적인 태가 예전보다 훨씬 늘씬하고 매끈해져 있었다. 군살 없이 마른 몸이 근육 조각들과 푸른 핏줄을 더 가감 없이 보여 주고 있었다.

"많이 야위었지."

"아닙니다. 훨씬 더…… 색기 넘치십니다."

예전엔 무예 수련으로 근육이 커다랗게 부풀어 올랐다면, 지금은 필요한 근육이 옹골차게 모여 있는 느낌이었다.

"여인네들은 이런 걸 좋아하는 건가?"

그는 약간 기웃하며 자신의 몸을 다시 보았다. 팔을 보니 예전보다 푸른 핏줄의 길이 선명하게 드러나 있었다. 이렇게 남성적인 걸 좋아한다면,

"그럼 이런 건 어떠한가?"

헌은 확 소랑을 끌어당겨 자신의 품 안에 눕혔다. 어느덧 헌이 그

녀의 위에 포개졌다.

"싫으면 싫다 말을 하거라."

헌의 입술이 거침없이 그녀의 귀로 향했다. 그녀가 간지럽다는 듯 어깨를 움츠렸지만, 그는 손끝으로 살살 귓바퀴와 귓불을 간지럽혔다.

싫다고 말할 수는 없었다. 묘한 느낌이 자꾸 등허리에 퍼져 나가 소랑은 입술을 잘근히 깨물었다.

헌의 입술은 그녀의 귀에서 목덜미를 타고 내려왔다.

"이것은 어떠냐."

그 간질간질한 감각에 소랑은 제대로 답을 할 수가 없었다.

"이곳, 이곳이 아니었더냐. 내 것 말이다."

헌의 입술이 예전 그가 옥새를 찍었던 곳에 닿자, 그녀는 더 이상 참을 수가 없어졌다.

"우리가 '아름다원'에서 함께했던 기억을 모두 잊은 모양이구나. 하는 수 없지. 그때의 기억을 다시 되살려 주는 수밖에."

소랑의 푸른 치마가 허공에 펄럭— 휘날리며 뜨거운 사건은 시작되었다.

감은 눈에서는 하얗게 별이 모였다가 흩어졌다. 어딘가에서는 끊임없이 불꽃이 생성되어 팡팡— 터지는 것만 같았다. 모든 것이 하나의 소용돌이가 되었다.

눈을 뜨니 그녀의 바로 위에 헌이 있었다.

이 세계의 지배자, 나의 군왕. 지금 이 세계를 헌과 함께 여행할 수 있어 기뻤다. 같은 몸짓으로, 같은 것을 느낄 수가 있어서 더할 나위 없이 짜릿하고 좋았다.

가능하다면 헌과 함께 이 세계를 평생토록 여행하고 싶었다. 매일 밤마다 또 다른 세계가 펼쳐지기를, 그와 함께할 수 있기를.

헌의 기세는 점점 더 강렬해졌다. 더욱더 아득해지는 그녀의 목소리와 함께 이 강렬한 밤이 지나가고 있었다.

❋

쿵쾅쿵쾅—

여원회의 지하실로 내려오는 현희의 발걸음이 거셌다. 미인 대회라도 나가는 것처럼 사뿐사뿐하던 그녀의 걸음걸이는 흔적도 없이 사라졌다.

잔뜩 열이 오른 암컷이 성질부릴 곳을 찾고 있는 듯, 통통 부풀어 오른 그녀의 볼에선 식식대는 숨소리가 새어 나왔다.

"왜 언니가 거기 들어가 있어요!"

서씨 부인을 만나자마자 그녀는 발작적으로 외쳤다. 그러고는 자신의 땋은 머리를 거칠게 헝클어뜨렸다.

"그럼 언니 행세를 하는 게 다 무슨 소용이에요!"

다시 생각해 봐도 열불이 오르는 장면이었다. 왕 이헌의 뒤에 의녀의 복장을 한 소랑이가 꼭 붙어 있는 그 모습이.

자기는 왕 얼굴 한 번 보기 위해 7년의 세월 동안 이를 갈며 아득바득 간택을 준비했는데, 언니는 그 등에 꼭 붙어 가지고는……!

살짝 보았던 왕의 모습은 생각보다 너무나 멋있었다.

아마 간택에 들어온 모든 처녀들이 그런 생각을 했을 것이다. 발을 내려 심사진과 규수들의 눈이 마주치는 것을 피했으나, 그는 심지어 그림자마저 잘생긴 남자였다.

그렇게 넓은 헌의 어깨 뒤에 소랑이 있다고 생각하면, 혹 뒤에서 손이라도 잡고 있다고 생각하면, 그야말로 복장이 터질 일이었다.

"어떻게든 청나라로 보냈어야지요. 절벽에서 밀어 죽였어야지요."

"진정해. 그나마 전하께서 너를 가장 마음에 들어 하신다셨잖니."

"언니의 흉내를 내어 얻은 점수가 무슨 소용입니까. 제가 붙고 떨어지고는 지밀에 붙어 있는 언니의 세 치 혀에 달려 있는 것 아닙니까?"

서씨에게 발악을 하며 대들던 현희는 급기야 분통의 눈물을 터트렸다. 내가 얼마나 오랫동안 준비해 온 간택인데, 언니란 년이……!

"이래 가지고 어떻게 재간택에 통과하겠습니까!"

벌써 사흘 뒤가 재간택이다. 소랑이 바로 그의 곁에 있는데, 또 그년의 흉내를 낼 수는 없었다.

"죽였어야 했는데, 직접 비녀라도 빼어 찔렀어야 했는데."

흐르는 눈물에 검은 눈 화장이 꼴사납게 녹아내렸다.

이때, 협실에서 둔탁한 목소리가 들려왔다.

"사흘 안에 판도를 뒤집을 것이다."

안에서 들려온 건 병판 조성균 대감의 목소리였다.

문에 비치는 그림자를 보아하니, 그이 말고 다른 여자가 있는 것 같았다. 대체 누구길래 이곳까지 데리고 온 것인가. 현희는 의아하게 문을 열고 들어갔다.

"이자는 누구입니까?"

큰 키에 마른 몸매, 툭 튀어나온 광대. 행색을 보아하니 궐의 현직 궁녀인 것 같았다.

"네 말이 사실이냐?"

병판의 질문에 그녀는 파리하게 고개를 끄덕였다.

"그래?"

그는 심각해진 얼굴로 수염을 쓸었다. 현희는 그에게 다급한 목소리로 말했다.

"재간택이 사흘 남았습니다. 언니가 전하의 곁에 딱 붙어 있는데 어찌 판도를 뒤집는단 말씀입니까?"

"어쩌긴 어째."

그의 눈이 순간 칼날처럼 번뜩였다.

"왕에게서 이번 간택의 결정권을 빼앗을 것이다."

사악하게 찢어진 서씨의 눈이 일순 커졌다. 현희는 그에게 한 발자국 다가서며 물었다.

"그럼 친간을 취소시키겠다는 말입니까? 다시 내명부 소관으로 돌릴 수만 있다면야, 옥비녀를 받은 이들이 힘을 써 줄 텐데……."

"이제 와서 그것은 불가능하겠지."

"그럼 어찌한단 말입니까?"

"무릇 정치라는 것은 나의 목적대로 이 세상을 만드는 것이다. 내 뜻대로 여론을 다시 만들어 나갈 것이다."

"도대체 무엇으로요."

"이 나인이 보고 들은 것이 있다."

현희의 고개가 비쩍 마른 그 나인에게로 홱— 돌아갔다.

"전하께서는 여인네를 전혀 구분하실 수가 없습니다."

"뭐?"

단순히 여인을 가까이할 수 없는 것인 줄로만 알았는데…….

"제가 동쪽의 전각에서 직접 겪은 일입니다. 한 궁녀의 얼굴을 보여 주고 그 궁녀가 여럿 사이에 섞이면 찾아내지 못하셨습니다."

"심신미약!"

병판은 호기롭게 소리쳤다.

"임금의 사태가 그러한데, 어찌 이 나라 가장 중요한 간택을 그 손에 맡길 수 있을까. 이는 불가능한 일이지요."

"그리하여 결정권을 빼앗는다?"

서씨의 빈주먹에 힘이 들어갔다.

아무리 친간이라 하더라도 조정 대신들이 함께 심사진으로 자리하는 간택이었다. 거기에서 왕 이헌의 결정권만 빼앗는다면, 간택이 우리 뜻대로 굴러가지 않겠는가?

그래, 더 이상 현희가 소랑의 흉내를 낼 수는 없었다.

사흘 뒤 이어지는 재간택, 이제는 또 다른 계략이 필요한 시점이었다.

깊은 밤, 사랑을 끝낸 연인들의 밀어가 오가는 시간.

헌은 소랑을 뒤에서 안은 자세로 누워 있었다. 이러면 몸이 닿는 면적이 많아서인지 정말로 그녀를 다 가진 듯한 기분이 들었다. 그는 이 자세를 퍽 좋아했다.

"전하께선 전혀 졸리지 않으시옵니까?"

헌은 잠시 망설였다. 그녀가 먼저 잠드는 모습을 보고 싶었는데.

"하루 이틀 습관이 어디 가겠느냐."

"이러시면 안 됩니다."

소랑은 이불로 자신의 몸을 감싸며 벌떡 일어났다.

"주무셔야지요. 약속하지 않으셨습니까."

"잠이 오지 않는 걸 어떡하느냐."

"그럼 저와 함께 무예 수련장에 갑시다."

"목검 수련을 하자고? 누, 누구와?"

"예전처럼 그림자와 싸우는 거죠. 어서 일어나셔요."

이럴 거면 잠드는 척이라도 할걸. 이렇게 그녀를 안고 있는 게 좋았던 것인데.

헌은 한숨을 삼키며 자리에서 일어났다.

"밤바람 쐬면서 온몸의 땀을 쫘악 빼면, 좀 나아지실 것입니다."

헌이 미적미적하는 사이, 소랑은 다시 법석을 떨었다.

"아— 빨리."

그녀의 애교를 무엇으로 당할 수 있으랴. 소랑은 벌써 무사복을 꺼내면서 그를 채근하고 있었다.

오늘따라 달빛의 조각들이 차가웠다.

헌을 따라 후원으로 가는 길, 소랑은 생각보다 쌀쌀한 날씨에 헌에게 몸을 바짝 붙였다.

"그러게, 왜 괜히 나와서 이 고생을."

"아닙니다. 전 하나도 안 춥습니다. 으샤 으샤 운동하면 추울 게 뭐가 있습니까."

그렇게 둘이 티격태격 무예 수련장에 다다랐을 때, 먼저 휙휙— 수련을 하며 움직이는 그림자가 있었다.

바로, 신원이었다.

"전하, 목검 수련을 하시러 오셨습니까?"

신원은 바쁘게 휘두르던 검을 멈추고 문득 헌을 돌아보았다. 둘 사이에는 보이지 않는 팽팽한 현이 당겨지는 것만 같았다.

"그래."

"그리하시다면 제가 그 상대가 되어드리겠습니다."

순간 셋의 시선이 묘하게 얽혔다.

"그럼 어디 한 번 겨뤄 볼까?"

그 긴장의 현이 소랑에게까지 당겨져 마치 삼각형을 이루는 것만 같았다.

11

제 본명이 바로

예현선입니다

분명 아까 전까지만 해도, 신원을 만나면 소랑이의 목숨을 살려 주어서 고맙다는 말을 전하려 했는데…… 갑자기 승부욕이 불끈 솟 아오르는 것은 무엇인가.

헌이 허리에 찬 목검에 손을 대자마자!

"으아아압!"

신원에게선 우렁찬 기합 소리가 터져 나왔다. 갑작스러운 신원의 선제공격에 헌은 간신히 검을 꺼내 이를 막았다.

"원래 실전에서는 시작도 끝도 분명치 않은 법입니다."

"예를 갖추는 검투를 할 줄 알았더니 바로 실전이라 하는구나."

헌은 힘을 주어 신원의 칼을 뿌리쳤다.

평행으로 선 둘이 팽팽한 대치 상태가 되어 있었다.

"소랑이는 저리 물러서 있으라."

놀란 소랑이 황급히 뒷걸음질을 했다. 헌과 함께 운동이나 하러 나온 것이었는데, 이렇게 진지한 칼부림을 보게 될 줄이야.

"신원아, 좀만 진정해."

그의 기세가 조금 격한 것 같아 소랑이 외쳤다.

"괜찮아, 걱정 마."

실은 아까 무예 수련장에 헌과 소랑이 들어올 때부터 둘의 다정한 분위기를 눈치챘던 신원이었다.

궐에 들어온 소랑이 헌에 대한 마음을 단속하려 스스로 애쓰고 있다는 것은 알았다. 헌과 소랑, 그렇게 스스로 거리를 두고 있는 것이 신원의 눈에도 보였다.

그러나 이제는 모든 게 무너졌다.

연인의 품새로 들어오는 둘을 보자, 검을 잡은 두 손에 옹골찬 힘이 차올랐던 것이다.

그녀의 사랑은 헌에게 돌아갔다. 다시는 돌아오지 않으리라. 실은 궐에 들어와서도 둘이 이어지지 않기를 바랐는데, 결국은 이 모습까지 보고 만 것이었다.

순간 부모님의 모습이 스쳐 지나갔다. 소랑이와 혼인하기를 간절히 바라던 이정학 대감과 송씨 부인. 두 분의 모습이. 이 생각까지 들자 가슴이 더더욱 시려 왔다. 신원은 다시 칼을 다잡아 공격할 태세를 갖추었다.

챙, 챙, 챙.

허공에 부딪히는 둘의 칼에 불꽃이 튀었다. 목검이었지만 진검만큼 아슬아슬한 순간이 몇 번이었다.

예전엔 그렇게 목검 싸움을 하는 걸 귀엽게 보던 소랑이었지만, 지금은 자신도 모르게 손에 땀을 쥐고 있었다. 혹여, 누구 한 명이라도 진짜 다칠까 하여.

무엇보다도 소랑은 신원의 눈빛이 겁났다. 확 불길이 그어진 듯 선뜩한 그 눈빛이.

"오늘 검에 들어간 힘이 과하구나."

"봐주지 말라 하지 않으셨습니까."

"봐주지 말라 한 것이 반역을 꾀하라 한 것이 아니다."

챙챙, 헌은 더욱 가깝게 검을 휘두르며 신원을 압박해 나갔다.

"그런 적 없습니다."

그 검을 모두 막아 내던 신원이 나직한 목소리로 말했다.

"다만, 지켜야 할 것을 지키고자 했을 뿐입니다."

확— 가슴을 찌르는 헌의 검 뒤로 신원이 회전을 돌며 이를 피했다. 오늘따라 차갑기만 한 바람에 둘의 무사복이 비장하게 흩날렸다.

"전하의 것은, 전하께서 지켜야 하시는 게 맞지 않겠습니까. 상황은 점점 더 위험해지고 있습니다."

검과 검이 맞닿아 있는 아슬아슬한 대치 상태. 이번엔 신원이 반격을 시도했다.

"그 상황을 막는 것이 네가 입궐한 이유가 아니더냐."

헌은 그 검을 빠르게 막아 내며 뒤로 물러났다.

"전하께서 꼭 아셔야 할 게 있습니다."

"오늘의 보고는 꽤나 과격하구나."

헌이 더 이상 물러날 곳 없이 벽에 바짝 붙었을 때, 둘 사이 잠깐의 침묵이 내려앉았다.

그리고 잠시 후, 신원은 툭— 칼을 바닥에 던졌다.

드디어 무엇인가를 결심한 듯했다.

"소랑아, 네가 말씀드리지 않으면 내가 꼭 말씀드려야 할 것 같아. 이번 간택의 배후, 그리고 너의 정체."

현희가 실은 소랑의 이복동생이라는 것. 실제 예현선이 소랑이라는 것. 그녀를 끊임없이 죽이려 했던 이유가, 이번 간택 때문이라는 것. 이번 간택의 검은 배후가 바로, 그녀의 계모라는 것.

"난 더 이상 입을 다물고 있기가 힘들다."

저번에는 소랑이 그를 말렸었다. 전하께서 마음에 들어 하는 이가 현희라고. 여기에 어깃장을 놓으면, 이번 간택이 어찌 될지 모른다고.

"이제는 다 말씀드려야 할 것 같아. 이대로 그들이 득세하는 걸 볼 수는 없어."

이것은 신원에게 주어진 명이기도 했다. 이대로 좌시할 수만은 없었다.

"신원아, 말씀드려도 내가 해야 할 것 같아."

소랑은 그런 신원에게 다시 한 번 간곡히 말렸다.

"그간의 사연이 너무 기니 내가 다 말씀드릴게."

소랑의 오른쪽 눈에 살짝 별빛이 어렸다. 벽에 물러 서 있던 헌은 허리춤에 목검을 집어넣으면서 다가왔다.

"소랑이의 정체와 이번 간택의 배후가 연결되어 있단 말이냐?"

"다 말씀드리겠습니다."

"대체 둘이서 무슨 비밀을 만든 것이냐?"

"사정이 있었습니다. 우선 옥체를 정비하시지요."

소랑은 격한 검투로 흐트러진 그의 무사복을 정리해 주었다. 헌의 시선은 소랑에게 또렷이 고정되어 있었다.

지금껏, 그녀가 절대 입을 열지 않았던 자신의 본명에 대해서 스스로 말하는 것인가. 그렇게 진짜 자신의 정체를 밝히는 것인가.

셋 사이에 팽팽한 긴장의 현이 다시 당겨지고 있을 때,

"전하!"

내시 세장이 그에게로 급히 달려왔다.

"편전으로 가셔야 할 것 같습니다. 대신들의 분위기가 심상치 않습니다."

"갑자기 편전엔 왜? 아직까지 대신들이 퇴궐하지 않고 무얼 하고 있단 말이냐?"

헌은 소랑에게서 눈을 떼지 않은 채 말했다.

"늦게까지 이번 간택의 진행에 대해서 논의한 것으로 알고 있습니다. 그런데 그들이 이번 친간에 의혹을 제기하고 있습니다."

뭐라? 모두의 시선이 내시 세장에게 돌아갔다.

"간택 후보에 대한 의혹이 아니라 친간에 대한 의혹이요?"

신원과 소랑의 눈빛이 불안하게 맞닿았다. 그들이 또 어떤 흑막을 내리고 있단 말인가.

"일단 어서 가 보셔야 할 것 같습니다."

세장은 그를 재촉했다. 땀에 젖은 무사복을 환복할 시간조차 없었다.

"우리 얘기는 이따가 마저 하자."

마저 매무새를 정리한 헌이 먼저 후원을 떠났다.

이 깊은 밤, 대체 무엇 때문에 편전이 들썩인단 말인가.

"심신의 미약이라니요?"

병판이 제기한 의혹에 조정 대신들이 술렁였다.

"그렇다면 전하께서 여인네를 전혀 구분하실 수 없단 말입니까?"

"그럼 저번 초간택은 어찌 진행하셨답니까?"

"혹, 아무나 고른 것은 아닐까요?"

"뭐라고요? 그 무엇보다도 신중, 또 신중을 기해야 할 간택인데."

한 나이든 대신이 걸걸한 목소리로 근심을 뱉었다. 이렇게 그들이 왕 이헌의 친간을 회의적으로 논하고 있을 때,

드르륵— 편전의 문이 열렸다.

"주상 전하 납시오."

잔뜩 숨이 차오른 이헌이 그 문 앞에 섰다. 그는 미심쩍은 눈으로 대신들을 보았다.

가장 끝에 선 도승지는 그저 난감한 표정이었다.

"왕이 친히 간택을 진행한다 하여 친간이라는 이름이 붙여진 걸로 알고 있소만."

헌은 차가운 눈빛으로 그 가운데로 걸어갔다. 왜 자신의 논의 없이 이러한 회의를 진행하느냐는 의미였다.

"전하…… 실은 전하께서 심약으로 여인네들을 구분할 수 없다는 의혹이 제기되었사옵니다."

한 대신의 말에 옥좌에 자리한 헌이 큰 소리로 외쳤다.

"누가 그런 근거 없는 소리를 하시오. 그대들은 친간의 의미를 모르시오? 내가 여인들을 구분할 수 없으면 왜 친간을 하려 하겠소."

"이번 간택에 걸려 있는 백성들의 기대가 큽니다. 작은 의혹이라도 해명하고 넘어가야 할 것입니다."

"모두들 나를 못 믿으시는 겁니까?"

이때, 병판의 냉정한 목소리가 들려왔다.

"정 억울하다 하시면 전하께서 증명해 보이시지요."

"어찌 감히 전하께!"

그 불경한 말에 도승지가 손을 바들바들 떨었다.

"지금 누가 감히 임금을 시험한다는 것이오!"

헌 역시 서릿발 같은 목소리로 호통을 쳤지만, 병판은 전혀 흔들리지 않았다.

"이 나라 간택이 달린 문제입니다. 모든 일에 신중을 기하라 명하셨던 것은 전하이시옵니다. 이번 간택에서는 무엇보다도 공정함을 가장 중요시 여기고 있습니다. 허나, 전하께서 여인네들의 인품과 인성을 제대로 판단할 수 없다면 저희들이 나서야 하지 않겠습니까?"

"지금 무슨 근거로 나를 몰아가는 것이오?"

헌은 분노에 찬 눈초리로 병판을 보았다.

"거기, 정 나인 들어오너라."

병판의 부름에 키 크고 마른 궁녀 하나가 고개를 숙인 채 들어왔다. 헌은 그녀를 알아보지 못했지만, 도승지는 그녀가 누군지 알고 있었다. 동쪽 전각에서 헌과 함께 간택 훈련에 임했던 나인이었다. 혹, 저 나인이 입을 연 것인가.

"전하께선 이 나인의 얼굴을 기억하고 계십니까?"

"나인들의 얼굴을 일일이 다 기억하고 있지는 않소."

"그럼 지금이라도 이 나인의 얼굴을 기억해 두십시오."

병판은 그 나인에게 잠시 밖에 나갔다가 들어오라 지시했다.

"총 다섯의 나인입니다."

이번엔 다섯의 나인들이 헌의 앞에 일렬로 섰다.

"아까 얼굴을 보았던 나인을 찾아보시옵소서."

"병판, 지금 나를 무시하는 것이오!"

"이들은 전하께서 처음 본 나인들이 아닙니다. 전하께서 진행하신 간택 훈련에 동원되었던 나인입니다. 모두들 십수 년 이상 전하의 곁을 지켰고요!"

대신들이 술렁이는 소리에 도승지는 주먹을 바삭하게 쥐었다. 헌이 여러 번 실패했던 것이었다. 헌의 시선이 그 나인들의 얼굴 위에서 불안하게 떠돌았다.

"여기서 실패하시면, 이번 재간택의 참여를 포기하시고 앞으로 친간의 결정권을 저희에게 넘겨주시옵소서."

"감히!"

생각보다 강경한 병판의 말에 편전 안의 분위기가 더욱 무거워졌다.

지금껏 단 한 번도 전면적으로 나서지 않고 언제나 그 검은 속내를 감추었던 그였지만, 지금은 무조건 세게 나가야 할 때라는 걸 알고 있었다. 공개적으로 헌의 결정권을 포기하게 하기 위해서였다.

"그렇지 아니하시면, 이 문제를 외부로 공론화시켜 재간택을 미루고 다시 내명부 소관의 일로 돌리겠습니다."

헌과 병판 사이에 위험한 공기가 감돌았다. 긴장되는 순간이었다.

병판은 바라고 있었다. 왕 이헌이 여인네를 구분하는 데 실패하기를. 헌이 이번 간택에서만 빠지면, 나머지 심사진들은 이미 병판의 휘하에 있었다.

모두의 시선이 헌에게 몰렸다. 정말 헌이 그 여인을 골라내지 못할 것인가. 광대가 툭 튀어나온 독특한 인상의 여인이라, 기억하지 않을 수가 없는 얼굴이었다.

과연, 과연!

또렷하게 다섯 나인들의 얼굴을 보던 왕 이헌은 묵직한 목소리로 말했다.

"좌측에서 두 번째 이가 아니오."

이번엔 모두의 시선이 나인들의 쪽으로 돌아갔다. 곧 웅성거리는 소리가 들려왔다. 헌은 자신도 모르게 숨을 멈추고 있었다.

이어진 병판의 목소리는 스르륵— 기어가는 뱀만큼이나 섬뜩했다.

"틀리셨사옵니다, 전하."

도승지는 잇새에서 낮은 신음을 내뱉었다. 그리 열심히 연습했는데, 결국은 모두에게 그의 치부를 들켜 버린 것이다.

"이제 전하께서는 간택에 참여하실 수가 없습니다."

헌은 질끈 눈을 감았다. 수긍할 수도, 수긍해서도 안 되는 현실이지만 정확히 약점을 찔러 오는 공격에 반박할 수가 없었다.

"모든 것이 전하의 심신미약 때문이니, 어서 회복하시길 바라겠습니다."

심신미약이라. 저번 초간택 때 의녀를 대동하고 나타난 것이 오히려 화가 되어 그를 찌른 것이었다.

강녕전, 침전 안에서의 소랑은 초조하게 손을 맞잡고서 왕 이헌이 돌아오길 기다리고 있었다.

헌이 오면 모두 말할 것이다. 그간 나를 죽이려 했던 것이 누구였는지. 왜 예현선이라는 이름을 쓴 자가 재간택에 올라서는 안 되는 것인지. 내 그간의 긴 사연을 차근차근 말씀드리고서는 간곡히 무릎을 꿇고 부탁할 것이다.

제발 재간택에서 현희를 탈락시키기를.

그것이 간택에서의 검은 배후를 몰아낼 수 있는 방법임을 말씀드릴 것이었다.

그런데, 돌아온 헌은 잔뜩 분노에 차오른 모습이었다.

어느새 새벽빛이 밝아오는 시간이었다.

"전하!"

그는 부글부글 끓어오르는 화를 참지 못한 채 알 수 없는 고함을 질렀다.

"무슨 일이시옵니까?"

소랑의 도움 아래 환복을 하면서도 헌의 기분은 가라앉지 않았다. 나에게서 결정권을 빼앗는다라. 그럼 앞으로의 간택이 어찌 돌아갈지 누가 알겠는가.

"사흘 뒤에 재간택에 내가 참여할 수 없게 되었다."

"네? 어찌하여?"

소랑에게는 청천벽력 같은 소리였다.

"내부적으로 그리 결정되었다. 내가 여인네의 얼굴을 전혀 구분하지 못한다는 것이 폭로된 것이지."

순간 그녀의 심장이 덜컹 내려앉았다. 그렇다면 앞으로 불을 보듯 뻔한 결과만 남아 있는 것인가.

"모두를 기억하지 못하는 것은 아니다. 그 예현선이라는 아가씨와……."

이에 소랑의 손이 더욱 부들부들 떨렸다.

"보쌈당할 뻔하여 얼굴에 흉이 졌다는 아가씨. 그들을 기억하고 데려가려 했다."

헌은 통탄스러운 듯 두 눈을 질끈 감았다.

"예현선이라는 아가씨가 기억이 난다고요?"

그 말에 헌은 고개를 끄덕였다.

"아까 네가 하려던 말이 무엇이냐?"

아까 신원이 있는 자리에서 소랑이 얘기하려 했던 것.

그녀는 꿀꺽, 마른 침을 삼켰다. 온몸은 꽝꽝 얼음이 되어 버린 듯 굳어 버리고 말았다.

"제 본명이 바로 예현선입니다."

헌은 믿을 수 없다는 얼굴이었다.

너의 이름이 예현선이라니. 아니, 일이 대체 어찌 돌아가고 있는 것인가!

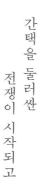

간택을 둘러싼

전쟁이 시작되고

"네가 반가의 규수라고?"

헌은 예전에 소랑이 모진 고문을 받고도 본명을 말하지 않았던 것을 기억했다. 자신의 과거에 대해 극히 말을 아꼈던 것 또한 기억했다.

"그랬었지요."

아직 앞뒤가 이해되지 않았다.

"제가 이판 대감 예현호 대감의 장녀입니다."

그 말에 헌의 눈앞에 예현호 대감의 얼굴이 떠올랐다. 그러고 보니 그와 얼굴 태가 닮은 것 같기도 했다.

"제가 그 집의 버려진 딸입니다."

울컥울컥 터지는 눈물을 어쩌지 못한 소랑이 두 손에 고개를 묻자, 헌은 일단 그녀를 차근히 달랬다.

"그래. 그래. 모두 들어 줄 테니 일단 차근히 얘기해 보거라."

헌은 손끝으로 그녀의 눈물을 닦아 주며 등을 다독였다. 그녀가 입을 다시 열기까지는 얼마간의 시간이 걸렸다. 간신히 격한 감정을 다스린 소랑이 차근차근 그간의 일을 얘기하기 시작했다.

첩의 딸을 시집보내기 위해 나를 집안에서 내친 것. 그녀를 이번 간택의 주인공으로 만들기 위해 여러 번 나를 죽이려 한 것.

"사, 살변까지?"

그녀를 다독이던 헌의 손끝이 파르르 떨렸다. 어젯밤 보았던 그녀의 상처와 흉터가 떠올랐다.

"아니, 그래도 한때 가족이었던 너를 그렇게까지 죽이려 할 수 있단 말인가. 그렇게 해서라도 꼭 간택이 되고 싶었던 것인가."

간택을 둘러싼 그들의 열망이 이렇게나 깊고 어두울 줄은 차마 생각지 못했다.

"왜 진작 나에게 고하지 않았느냐?"

소랑은 꿀꺽 울음을 삼키며 말했다.

"저희 집안에서 벌어진 일이니, 아버지에게 피해가 갈까 하여 말을 아꼈습니다."

"아무리 그래도 그렇지, 그래도."

"저번 초간택 때, 제 이복동생은 제 흉내를 내어 간택에 임했습니다. 제가 전하의 총애를 받는다는 것을 알고요."

그에게는 너무나 충격적인 말들의 연속이었다.

소랑의 걸음걸이, 말투, 몸짓. 현희는 그녀의 모든 것을 따라했다. 심지어 닮은 얼굴을 이용해, 그 외모마저 비슷하게. 그랬기에 여인네 얼굴을 구분할 수 없는 헌이 유일하게 현희를 알아본 것이었다.

헌 역시 자신도 모르는 순간, 그들의 계책에 당하고 만 것이다. 그의 주먹이 잘게 떨렸다.

"이미 친간의 전권이 그들에게로 넘어갔다."

간밤에 겪은 일을 생각하면, 더더욱 화가 치밀어 올랐다. 헌의 약점을 파고드는 것 또한 그들의 계략일 것이다.

"그럼 그것을 어찌 친간이라 할 수 있겠습니까?"

"그렇지 않으면 모든 것을 공론화시키겠다는 협박이 있었다. 다시 내명부 소관으로 돌리겠다는 것까지."

눈앞이 막막해졌다. 그들은 내정된 규수인 현희를 재간택에 통과시키고 삼간택에 통과시켜 이 나라의 중전으로 만들 것이다. 그 전에 막아야 했다.

"이제 어떻게 할 것인가?"

"차근차근 그 비리를 파헤쳐야지요."

"당장 재간택이 사흘 뒤이다."

소랑은 잠시 입술을 깨물었다가 놓으며 말했다.

"제 정체를 밝히려 합니다. 지금 재간택에 들어오는 이는 신분을 위장한 것이다, 하면 우선 제 이복동생을 후보에서 제할 수 있을 것입니다."

"네가 전면에 나선다는 것이냐."

소랑은 고개를 끄덕였다. 자신의 정체가 이번 배후와 깊게 연결이 되어 있는 만큼, 이제는 나서지 않을 수 없는 상황이었다.

"너무 위험할 듯한데."

"그래도 해야지요."

그녀는 굳은 다짐을 한 듯 말했다.

"언젠간 해야 할 일이라 생각했습니다."

그 말에 마음이 아릿해져, 헌은 조용히 그녀를 끌어당겨 품에 안았다.

"그간 많이 힘들었겠구나. 마음고생이 이만저만이 아니었을 텐데."

누구보다도 자기를 죽이고 싶어 하는 게 자기 집안사람들이라니, 그 위험 속에서 살아간다는 건 얼마나 끔찍할까.

헌은 그녀의 어깨를 조용조용히 다독였다.

"내가 너의 이복동생이 마음에 든다 하였을 때, 얼마나 마음이 무너지는 것 같았겠느냐."

오히려 그녀에게 더한 상처를 준 것 같아 헌은 미안했다. 가능하면 되돌리고만 싶은 기억이었다.

"아닙니다. 이렇게라도 제 얘길 들어 주셔서 너무나 감사합니다."

소랑은 쓰린 가슴을 홀로 부여잡았다.

"이렇게 제 마음 깊은 곳까지 헤아려 주시니, 그것만큼 고마운 것이 또 없습니다."

부디 헌이 오해 없이 들어 주기만을 바랐던 그녀였다.

"이제는 내게 숨기는 것 없이 모든 것을 털어놓거라."

헌은 그녀의 머리를 세심히 쓰다듬으며 말했다. 문득 소랑은 아까 얘기에서 빼놓았던 것을 떠올렸다.

원래는 그녀와 신원이 혼인할 운명이었다는 것. 허나 안 그래도 거친 헌의 속을 더 헤집을까 말하지 못했다. 언젠간 때가 되면 이 역시 솔직히 그에게 고백할 것이다. 영원히 숨기지는 않을 것이다.

"소녀를 믿고 기다려 주시옵소서, 전하."

"그래."

헌은 굳건히 고개를 끄덕였다. 해야 할 일이 많았다. 이제는 헌과 소랑, 그리고 신원까지 모두가 강해져야 할 때가 온 것이었다.

"이것들이 다 어디서 난 것이란 말이냐!"

도승지는 성난 목소리로 나인들을 추국했다. 꿇어앉아 떨고 있는 나인들의 앞에는 신원과 세장, 그리고 새로 온 내금위장이 서 있었다.

어제의 일을 겪은 도승지가 가장 먼저 신원에게 부탁한 것은, 금부의 이름으로 정 나인의 처소를 조사해 달라는 것이었다. 그녀들이 입을 연 대가가 있을 것이다.

금군이 처소의 가장 깊은 곳에서 찾아낸 것은 바로 옥비녀였다. 예전 내명부 궁관들의 처소에서 찾은 것과 같았다. 이에 금군들은 나인들의 처소를 모두 조사해 옥비녀가 나온 이들을 모두 잡아들였다.

그녀들은 새파랗게 질린 채로 흙바닥에 꿇어 엎드려 있었다.

"눈앞에 증좌가 빤히 있는 데도 입을 다물 것이냐?"

"저, 저희는 모르는 일입니다."

정 나인은 두 손을 내저으며 시치미를 떼었다.

"누군가 처소에 몰래 갖다 놓은 것입니다."

"네가 번이 아닐 때 그 옥비녀를 꽂고 돌아다녔다는 증언이 있다. 그런데 자꾸 거짓을 고할 것이냐. 너희들에게 옥비녀를 준 사람이 누구냐!"

나인들이 쉬이 입을 열지 않자, 도승지는 더욱 쩌렁쩌렁한 목소리로 말했다.

"피의 고문을 당해 보아야 정신을 차릴 것이냐. 주상 전하를 모시는 너희들이 감히 전하를 능욕하는구나."

도승지는 옆에 서 있던 내금위장에게 말했다.

"아무래도 주리를 틀어야 사실을 고할 듯싶소."

"그러는 게 좋겠습니다. 여봐라, 당장⋯⋯."

"마, 말씀드리겠습니다."

145

두려움에 떨던 정 나인과 뒤에 있던 나인들이 약속된 눈빛을 나누었다. 이미 말을 맞춰 놓은 것이다.

"지금은 궐에 없는 사람입니다."

"지금은?"

"그 옥비녀는 출궁녀인 제조상궁, 원녀가 준 것입니다."

뭐?

그 앞에 서 있던 내시 세장은 버럭 호통을 쳤다.

"이것들이 어디서 없는 사람의 이름을 함부로 대느냐."

뒤에 있던 나인들은 찔끔찔끔 고개를 끄덕이며 정 나인의 말에 동조했다.

"사, 사실이옵니다."

"자리에 없는 이에게 죄를 뒤집어씌우려는 것을 모를 줄 아느냐!"

세장은 한 번도 내 본 적 없던 화를 그녀들에게 왈칵, 쏟았다.

원녀라니. 자리에 없다고 해서 그녀의 이름을 대다니. 참으로 악독한 이들이 아닌가.

"원 상궁이 너희들에게 옥비녀를 줄 이유가 무엇이란 말이냐?"

"나중에 긴히 부탁할 것이 있다며 그리하였습니다."

내금위장은 낮은 목소리로 석 장에게 물었다.

"혹 출궁녀 원녀의 행방을 알고 계십니까?"

"이 궐에서 나간 뒤 연락이 끊긴 지 오래입니다."

"아무래도 이름이 언급된 이상 한 번 소환 조사를 해야 할 것 같소이다."

"말도 안 되는 소리입니다. 모두 수사의 혼선을 주기 위한 헛소리가 아닙니까. 여기에 없는 원녀에게 누명을 뒤집어씌우려는 것입니다."

"그러니 조사를 해서 누명을 벗겨 내야지요."

세장의 가슴이 복잡하게 떨렸다. 그녀가 다시 이 궐에 돌아올 날만을 꿈꿨지만, 이런 식이 될 줄은 상상도 하지 못했던 것이다.

"확실한 증좌가 없다면 바로 풀려날 것이니 걱정하지 마시옵소서."

이때,

"잠시만요."

신원은 압수된 옥비녀들을 하나하나 찬찬히 살피며 말했다.

"이 옥비녀의 출처를 알고 있습니다."

하나하나 새겨진 정교한 무늬. 투명하면서도 묘한 빛을 띠는 옥의 재질. 예전에 이 옥비녀를 본 적이 있었다. 가짜 세자빈 사건으로 댓젓골 보석상에 탐문을 갔을 때, 거기에 진열되어 있었던 것 중 하나다.

신원은 뒤로 돌아 금군들에게 지시를 내렸다.

"댓젓골에서 보석상을 하는 황씨를 소환 조사하거라."

분명 이 옥비녀를 구매한 것은, 서씨나 그녀의 끄나풀일 것이다.

그가 노리는 것은 서씨였다. 황씨 다음으로는, 서씨를 소환 조사할 것이다. 드디어 악독한 그녀를 잡아들일 수 있게 된 것이었다. 다만 조심해야 할 것이 있었다. 그것은 바로 소랑의 안위였다.

신원이 그녀를 압박할 때마다, 소랑이를 가지고 협박을 하던 그녀였다. 궐이라고 해서 소랑이가 완전히 안전하리라, 믿을 수는 없었다.

소랑이를 지키는 선에서, 이제는 서씨의 모든 것을 탈탈 털어 버릴 것이다.

❀

"하아, 너무 예쁘지 않느냐."

빨려 들어갈 듯 경대를 보던 현희가 스스로의 얼굴을 보며 감탄을 내뱉었다. 오늘은 재간택 날이었다. 얼굴에 살짝 분만 발랐던 저번과는 달리, 이번엔 조금 더 단장을 하는 것이 허락되었다.

"너무 예뻐."

한양에서 가장 유명한 화장사인 매분구를 불러와 새벽부터 얼굴을 꾸몄다. 이제는 선녀 같은 비단옷을 입을 차례였다. 청나라에서 들여온 최고급 재질로 되어 있는 옷이었다. 색상은 지정되어 있었으나, 옷감은 제한이 없었기에. 그녀는 할 수 있는 한 최고의 선택을 한 것이다.

옷을 모두 입은 현희가 허리를 꼿꼿이 세웠다.

오늘 간택에서는 소랑이의 흉내를 벗고 완벽한 중전감으로서의 모습을 보여 줄 것이다. 지금은 사인교를 타고 궐로 향하지만, 적임자가 되면 육인교를 타고 오십 명의 호송을 받으며 집으로 돌아올 수 있었다.

그런데 궐에서 온 궁관들보다 먼저 집을 찾은 이들이 있었다.

"대감마님, 마님. 어서 나와 보십시오."

행랑아범이 급히 예현호 대감과 서씨를 불렀다. 안채에 있던 현희 역시 얼굴을 가린 채 앞으로 나가 보았다.

"안녕하십니까."

아침부터 그 집을 찾은 이들은 다름 아닌, 이신원이었다. 뒤에는 여럿의 금군도 함께였다. 예현호 대감은 바로 그의 얼굴을 알아볼 수가 있었다.

"아니, 너는!"

"예전엔 신랑감으로 이 집에 들어왔으나, 오늘은 금부도사로 왔습니다."

신원의 지시에 따라 금군들은 우르르 몰려가 서씨의 양팔을 덜컥 잡았다.

"지금 뭐 하는 것이냐!"

"이번 궁관 뇌물 사건에 서씨 부인을 조사 소환하라는 명이 있었습니다."

"뭐라?"

예현호 대감의 동공이 파르르 떨렸다. 안사람이 뇌물 사건에 연루되었다니. 그야말로 청천벽력 같은 말이었다.

"대감마님, 오해가 있나 봅니다."

서씨는 최대한 평정을 유지하려 하며 예 대감에게 말했다. 평생 그의 앞에서 음전한 여인인 척 행세했던 그녀였다. 지금 잡혀간다 해서 예 대감의 신뢰를 잃어서는 안 되었다.

"어머니, 안 됩니다. 어디에 가신단 말입니까!"

금군들이 서씨 부인을 데리고 나가려 하자, 현희가 튀어나와 그녀의 옷자락을 잡았다.

"이놈들, 당장 놓지 못해?"

현희는 금군들의 팔에 아득바득 매달렸다.

"현선아! 경사스러운 날이다. 화장 지워질라!"

서씨는 그 와중에서도 몸태를 바로 하라 말했다.

"나는 괜찮을 것이니, 너는 침착히 오늘 일을 바로 치르거라."

"어머니, 안 됩니다. 안 돼요. 어머니 없이 어떻게."

서씨에게 매달리느라 현희의 비단옷은 어느새 흙 범벅이 되었고, 눈가는 검은 눈물로 지저분하게 번져 있었다.

"낭자께서도 곧 조사를 받을지 모르니 마음의 준비를 하고 계시오."

신원의 차가운 말에 현희의 손이 바들바들 떨렸다.

"아버지, 어찌 좀 막아 주세요."

현희는 예 대감에게 달려가 징징거렸지만, 그렇다고 해서 금군들을 명분 없이 몰아낼 수는 없었다.

"조사가 끝나면 풀어 줄 것이라 하지 않느냐. 떳떳하다면 아무 일 없이 끝날 것이다."

현희의 눈빛이 불안하게 일렁거렸다. 금군들이 휩쓸고 간 집은 단숨에 폐허가 되어 버린 것 같았다.

이렇게 중요한 때, 어미의 작은 죄라도 밝혀진다면 그녀의 앞날은 가로막히는 것이었다.

현희는 주먹을 불끈 쥐었다.

"시월아! 날 일으키거라."

아예 흙바닥에 엉덩이를 비비고 앉아 있던 현희가 몸종에게 명했다. 몸종의 도움으로 몸을 일으킨 현희의 눈빛이 싸늘하게 식어 내렸다. 그녀의 얼굴엔 괴기스럽도록 침착한 빛이 어려 있었다.

"아씨, 괜찮으셔요?"

"그럼, 화장을 다시 해야겠구나. 매분구를 불러라. 다른 옷을 준비하고."

"현선아."

아버지 예현호 대감은 걱정스럽게 그녀의 모습을 보았다.

"아버지, 걱정 마세요. 그렇다고 해서 오늘의 간택을 망칠 수는 없잖아요?"

현희의 얼굴엔 더없이 사악한 빛이 어렸다.

어머니가 그리되었다 해서, 오늘 일에 문제가 생기는 일은 없을 것이다. 오히려 책이 잡히지 않게 더더욱 간택을 잘 치러 낼 것이다.

그 어떤 일이 있더라도 나는 이 나라의 중전이 될 테니까. 이 나라의 국모가 될 것이니까.

강녕전의 마루.

그곳에선 오늘 바쁜 재간택의 준비가 이루어져 있었다.

침전에서 왕 이헌이 의복을 정제하고 있는데, 병판 조성균 대감이 그를 알현하러 들어왔다는 소식이 들렸다.

"들라 하라."

헌은 눈을 번뜩였다.

"전하, 몸은 괜찮으시옵니까. 소인 걱정이 되어 어의들을 대동하고 왔사옵나이다."

병판의 뒤에 어의 셋이 따라 들어왔다. 대체 무슨 의중인가 싶어 헌의 눈썹이 꿈틀거렸다.

"추가적인 소식을 들었습니다. 전하께서 여인네를 전혀 가까이하지 못한다는 사실이오. 그리하면 공황 상태가 된다시지요."

그때 간택 훈련에 참여했던 궁녀가 또다시 입을 연 것인가. 헌은 서슬 퍼런 눈으로 병판을 노려보았다.

"그리하여 오늘 재간택에는, 아예 참석하지 않으시는 게 건강에 좋으실 듯합니다."

"뭐라?"

결정권을 빼앗은 걸로도 모자라, 자리에도 앉지 못하게 하겠다?

"다 전하를 걱정해서 그러는 것입니다. 그러다 다시 공황 상태라도 빠지게 되시면 궐의 큰 수치가 될 것입니다. 오늘은 어의의 간호 아래 푹 쉬시옵소서."

"병판! 나를 무슨 병자로 보는 것이오!"

"또한, 공황 상태에 이르면 자신도 모르는 발작이나 난동을 일으키는 경우가 있다 하여 침전 앞의 호위를 강화하였습니다. 전하께선 안심하고 침전에서 푹 쉬셔도 될 것 같습니다."

이는 헌을 침전에서 아예 나오지 못하게 하려는 수작이었다.

"누구 맘대로!"

"약속한 것이 있지 않습니까. 이를 따르지 않을 경우, 이 모든 것을 공론화하겠다고."

"네 이놈! 어느 안전에서 임금에게 협박을 하느냐!"

"그럼 그리하시겠다는 뜻으로 알고 소인은 물러가 보겠습니다."

당장 강녕전에서 이루어지는 간택마저 어찌할 수가 없다니. 헌은 손을 부들부들 떨었다. 이렇게 당할 수야 없는 노릇이었다.

"지금 금부에서는 한참 조사가 진행 중이오. 저번 편전에 들었던 정 나인의 처소에서 옥비녀가 발견되었다 하던데."

밖으로 나가려던 병판이 싸늘히 뒤를 돌아보았다.

"저는 그 나인에게 충직한 제보를 들었을 뿐입니다."

"그 제보의 대가로 병판께서 옥비녀를 하사한 것은 아니고? 조사해 보니 옥비녀를 받은 궁인들이 한둘이 아니라던데."

"조사에서 제 이름이 나오면 그때 논할 일입니다. 허나 그럴 일은 없을 것이옵니다."

병판의 목소리에는 날이 서렸다.

"오늘은 일단 이렇게 재간택을 진행해야겠습니다."

어떻게든 재간택을 강행하겠다는 의지였다.

이에 헌의 얼굴에 삐딱한 미소가 걸렸다.

"나를 여기에 묶어 놓는다 해서 모든 것이 병판의 뜻대로 될까?"

헌의 목소리는 선전포고라도 하듯 도발적이었다. 다시 한 번 둘의 눈빛이 팽팽하게 부딪혔다.

병판은 눈을 가늘게 떠 헌을 바라보았다. 왕 이헌이 이번 재간택을 뒤엎을 또 다른 수를 준비한 것인가.

간택을 둘러싼 전쟁은 이미 시작된 것이었다.

◇ 13 ◇

지금 이자가 당신의 딸,

예현선이 맞습니까?

"전하께서 간택에 참석하실 수 없다고요?"

강녕전의 마당 앞.

내시 세장이 전해 온 소식에 소랑은 그만 입을 딱 벌리고 말았다.

"어찌 그런 불경한 짓을 저지를 수 있단 말입니까."

왕이 직접 간택에 참여한다 하여 친간이라 부르는 것이 아닌가.

그런데 간택의 결정권을 빼앗은 걸로도 모자라 간택의 자리에 참석

조차 하지 못하게 하다니…….

"있을 수 없는 일입니다."

소랑의 시선은 둘 곳을 잃었다. 가슴 깊은 곳에서부터 분노감이 울컥울컥 치솟아 오르고 있었다.

대체 그들에게 간택의 무게는 어느 정도란 말인가. 이렇게 해서까지 현희를 중전으로 앉히고 싶어 하는 것인가.

"이신원 도사는 지금 어디에 있습니까?"

"서씨 부인을 심문하고 있을 걸세."

"그래요?"

서씨가 분명 제 입으로 잘못을 말할 리 없다.

"일단 이신원 도사를 봐야겠습니다."

그녀는 잘근잘근 입술을 깨물며 말했다. 이제 곧 여기 강녕전에서 재간택이 진행될 것이다. 이 모든 사달을 일으켜 놓고도 현희는 태연하게 나타나겠지? 어떻게든 그녀가 삼간택에 올라가는 것만은 막아야 했다.

소랑은 일생일대의 결심을 내려야 할 때가 바로 지금이라고 생각했다.

"오늘은 드디어 밝혀야 할 것 같습니다. 제 정체를요."

만천하에 내가 진짜 예현선임을 밝혀야 할 날이 온다면, 그날이 바로 오늘일 것이다. 더 이상 내 이름을 가장한 현희가 계속해서 간택에 통과하는 것은 볼 수 없었다.

그녀는 마음을 굳게 먹었다.

오늘 이 재간택의 현장, 이곳에서 모든 것을 밝힐 것이었다.

초록의 견마기를 입은 현희가 강녕전에 들어섰다.

내가 세상에서 가장 아름다운 가인이라는 듯, 내가 바로 이 궐의 여주인이라는 듯, 그녀는 백조와 같은 우아함을 꾸며 내며 부드럽게 움직이고 있었다.

그러나 그녀의 속은 전혀 그렇지 않았다. 그 안에선 검은 파도가 춤을 추고 있었다. 오랫동안 머릿속으로 상황을 그려 왔던 재간택 날이었지만, 생각지도 못한 일이 벌어졌기 때문이다.

어머니인 서씨 부인이 바로 오늘 아침 잡혀갔다. 그것도 다름 아닌 이신원에게. 게다가 아직도 이복 언니인 소랑이 이 궐에서 두 눈 시퍼렇게 뜨고 돌아다니고 있었다. 언제 무슨 일이 벌어질지 몰랐다.

잔뜩 경계의 날을 세운 그녀였지만, 흔들리는 모습을 겉으로 보이지 않기 위해 애썼다. 간택을 위해 그토록 오랫동안 준비했던 세월들을 수포로 돌아가게 둘 수는 없었다.

이제는 그녀 뒤에 있는 세력을 믿어야 했다.

나를 이미 중전 후보로 내정해 놓은 궐 내부의 세력들을.

왕 이헌이 친간에 참여할 수가 없으니 이제는 그들의 손에 모든 것이 결정될 것이었다.

"규수들은 모두 안으로 드시지요."

우아하게 걷는 것, 절을 하는 것. 차를 마시는 것, 식사를 하는 것.

모두 그녀가 수천수만 번씩 연습했던 것이었다. 예상 문답 역시 몇 백 번이나 반복해 준비했기에 면접의 절차는 전혀 두렵지 않았다.

"모두 착석하시지요."

나이 든 궁녀의 지시에 다섯의 규수들이 강녕전의 마루에 자리를 잡았다.

현희는 더욱 안심의 미소를 지었다. 한 명 빼고 모두 얼굴을 아는 이들이었다.

여원회 소속의 규수들. 이들의 장단점은 손금 보듯 훤히 잘 알고 있었다. 이미 경쟁 상대가 되지 않는 이들이었다. 이들 중 가장 뛰어난 인물이 바로 자신 아니었던가.

다소 마음이 쓰이는 건, 또렷하고 분명한 인상의 이 규수. 화윤이라는 아가씨였다. 저번 초간택 때는 얼굴에 진 흉으로 흠을 잡혔으나, 이젠 그 흉도 많이 지워져 있었다. 자신처럼 철저히 간택을 준비한 것 같지는 않지만, 왠지 모르게 그녀는 더 편하고 여유 있어 보였다.

사실 화윤은 가능하면 이번 간택에서 떨어지길 바라고 있었다. 삼간택에 올랐다가 떨어지면, 이 또한 왕의 여자라 하여 평생 혼인할 수 없는 신분이 되어 버리고 만다.

간혹 이를 불쌍히 여겨 왕가에서 후궁으로 불러 주는 일도 있었지만, 지금 같이 온 이들의 관상을 보아하니 후궁을 너그러이 받아 줄 여인이라고는 없어 보였다. 지금 떨어지는 것이 여러모로 명쾌하다. 화윤은 완전히 마음을 비운 상태였다.

그런 화윤을 다소 견제 어린 눈으로 보던 현희가 나이 든 궁녀의 부름에 자리에서 일어섰다.

"자, 이름을 호명하겠소."

그래, 이제 그녀가 준비했던 것들을 펼칠 시간이다. 나의 모든 것들이 압도적일 것이다. 모든 것이 이들보다 뛰어날 것이다.

"예현호 대감 댁 여식, 예현선."

그렇게 그녀가 두 손을 모으고 절을 하려 했을 때, 드르륵— 문이 열리더니 누군가가 강녕전 안으로 들어왔다.

"게 누구시오!"

갑작스러운 인물의 등장에 심사진들 모두 놀란 얼굴이었다.

"저는 종 6품의 의금부 도사, 이신원이라 합니다."

신원은 호기로운 목소리로 외쳤다.

"지금 무엇하는 것이오? 지금 그 얼마나 중차대한 국가 행사를 진행하고 있는지 모르십니까!"

바로 대신들의 호통이 이어졌다.

"그러기에 제가 여기까지 온 것입니다."

"뭐라?"

"바로 여기! 남의 신분을 가장하여 간택에 들어온 규수가 있습니다."

단호하게 울려 퍼지는 신원의 목소리에, 일순 강녕전의 내부가 술렁였다.

"뭐요? 다른 이의 신분을 도용해?"

"그이가 누구란 말이오?"

"지금 이 신성한 간택의 현장을 더럽히는 이는!"

신원의 시선은 또렷하게 한 사람에게 꽂혀 있었다.

"그 사람은 바로 예현호 대감의 여식, 예현선이오!"

절을 하기 위해 일어서 있던 현희가 자신을 가리키는 신원을 매섭게 쏘아보았다.

"아니, 예현희라 해야 하나? 첩실의 딸이 정실의 딸 신분을 훔쳐 이 자리에 앉아 있습니다."

이는 현희를 간택의 내정자로 생각하고 있던 일부 심사진들마저 몰랐던 사실이었다.

"뭐라! 저 규수를 말하는 게요?"

그녀가 진짜 예현선이 아니라니!

"진짜 예현선은 바로 여기에 있습니다."

그런 신원의 뒤에 나타난 사람은 바로…… 소랑이었다.

"아니, 저이는?"

몇몇 심사진들은 그녀의 얼굴을 기억하고 있었다.

저번 초간택 때, 왕의 뒤에서 의녀의 복장을 하고 들어왔던 나인이 아닌가.

"이 나인이 예현호 대감 댁 여식이란 말이오?"

"네, 그렇습니다."

현희는 이미 얼음처럼 굳어져 버린 상태였다. 그녀가 재간택의 현장에 서 있는 지금 이 순간, 이렇게 신원과 소랑이 강녕전까지 찾아와 정체를 밝힐 줄은 상상도 못했던 것이다.

"뭐하느냐, 이 여자를 당장 추포하거라."

신원의 그 말에 뒤에 서 있던 금군들이 우르르 달려가 현희의 두 팔을 붙잡았다. 재간택에 들어온 규수가 이렇게 금부에 끌려가게 되다니.

조용하던 간택장에 한바탕 파란이 벌어졌다.

모두가 이에 기함하고 있을 때,

"그 손 멈추시오."

어딘가에서 묵직한 소리가 들려왔다. 나타난 이는 바로 병판 조성균 대감이었다.

"병판이 이곳에 어인 일이시오?"

"이곳 침전의 앞에서 심신이 미약하신 전하를 보필하다가 큰 소리가 나기에 와 보았소."

심신의 미약이라!

그 말에 소랑과 신원의 두 주먹이 바삭하게 쥐어졌다. 바로 저자가 임금의 침전 앞을 막고 있던 자였구나!

"이 나인이 예현선이라고요?"

병판이 소랑의 얼굴을 요모조모 뜯어보며 그 앞에 섰다.

"제가 알고 있는 사실은 좀 다릅니다."

이번엔 모두의 시선이 소랑의 얼굴에 모였다.

"안 그래도 제보를 듣고 이 나인을 추포하려던 중이었소."

"뭐요?"

"이자가 궐에서 친 사기의 실체가 드러났소!"

"사기라니!"

발끈하는 신원을 제외한 모두가 술렁였다.

병판의 목소리는 더더욱 단호해졌다.

"말해 보아라. 지금껏 죽은 폐빈 안씨의 혼백을 몸에 받을 수 있다는 말로 지밀에 접근하고 전하의 심기를 어지럽힌 것이 사실이냐!"

"……!"

"지금 이 나인은 희대의 사기꾼이자 거짓말쟁이입니다. 지금까지 말한 거짓에 끝이 없을 정도입니다."

병판은 마치 무대 위에 선 것처럼, 그녀를 가리키며 또렷하게 얘기했다.

"지금 이 나인은 또다시 거짓을 말하고 있습니다. 바로 유력한 중전 후보의 이름을 훔치는 것 말입니다!"

"사실이 아닙니다!"

허공에 병판과 소랑의 눈빛이 팽팽하게 부딪혔다.

"내가 진짜 예현선입니다."

"이 보십시오. 지금 이렇게 거짓말로 간택의 현장에 난입하는 것 자체가 무게를 매달 수 없는 중죄요. 뭣들 하느냐! 어서 잡아가지 않고!"

병판의 지시가 내려지자 내금위 금군들의 억센 손길이 소랑의 팔에 감겼다.

"이것 놓으세요! 이것은 모두 내정된 후보를 간택하기 위한 음모입니다."

"그럼 나인께서 한 번 말씀해 보세요. 나는 단 한 번도 임금께 사기를 친 적이 없다. 입안에 거짓을 담은 적이 없다, 이렇게요!"

병판은 그녀의 앞에 서서 늑대처럼 으르렁거렸다.

"말해 보시라니까!"

그의 불호령에도 소랑의 독기 어린 눈빛은 흔들리지 않았다. 이 모든 것이 진실을 가리기 위한 수작임을 소랑은 잘 알고 있었다.

"지금 저 규수의 어미가 조사 중에 있소."

신원은 매서운 눈빛으로 현희를 가리키며 말했다.

"친간으로 바뀌기 전, 간택의 승세를 잡기 위해 내명부의 궁관들에게 뇌물을 갖다 바친 혐의요."

"그것은 아직 혐의에 불과하오. 조사가 모두 끝난 다음에 얘기할 사안이지, 지금 얘기할 것이 아니오."

"이런 의혹 또한 간택에서 심사되어야 할 것 중 하나입니다. 뇌물이라니요."

"지금 금부에서 이번 간택에 외압을 행사하려는 것이오? 그 판단은 심사진들의 몫이지, 한낱 금부도사가 왈가왈부할 것이 아니오!"

병판은 날카로운 목소리로 말했다.

"그 어떤 사기꾼이 난동을 부린다 하더라도, 간택은 공명정대히 진행되어야 한다고 생각합니다. 부디 이 자리에서 누명을 쓴 후보를 제하는 일은 없도록 해 주십시오."

그의 말에 일부 심사진들이 고개를 끄덕였다.

"뭐하느냐! 어서 사기꾼을 데려가거라!"

지금 이 자리에서 끌려나가는 건 현희가 아닌 소랑이 되었다.

"이렇게 손바닥으로 하늘을 가릴 수 없으니, 곧 진실이 밝혀질 것이오."

신원은 분노에 가득 찬 눈빛으로 병판을 바라보았다.

"곧 이신원 도사도 간택장에 난입한 책임을 묻게 될 것이오!"

파르르, 가만히 있어도 분노감에 손이 떨려왔지만, 지금 이곳에서 신원이 더 이상 할 수 있는 것은 없었다.

'언니가 감히 날 이길 수 있을 것 같아?'

끌려가는 소랑의 모습에 현희의 의기양양한 눈빛이 맞닿았다.

'모든 것은 내 편이야! 내가 이길 거라고!'

소랑은 끌려가면서도 그런 현희의 차디찬 눈을 독하게 노려보았지만…… 달라지는 것은 없었다. 그녀가 보았던 것은 이들이 나가자마자 다시 재간택이 재개되는 모습이었다.

이제는 그들이 제멋대로 이 나라의 국모감을 정할 것이었다. 왕이 없는 자리에서, 자기네들끼리 쑥덕쑥덕. 이래 가지고는 안 될 일이었다.

"이것 놓으시오!"

소랑이 그들의 억센 손길을 뿌리치려 해 봐도 소용없었다.

신원이 그들을 막으려 하자, 의금부 소속의 관원들과 내금위 소속의 금군들이 팽팽하게 부딪혔다.

"우리는 상부의 명령을 따를 뿐입니다. 우리의 길을 막지 마십시오."

신원의 눈빛에 격랑이 일자, 소랑은 침착하게 그를 다독이며 말했다.

"신원아, 일단 걱정 말고 전하께 이 상황을 전해 드려."

지금 그녀는 임금에게 사기를 쳤다는 혐의를 쓰고 있다. 이는 왕이헌의 증언이면 해결될 수 있는 부분일 것이다.

"그리고,"

소랑은 망설이며 그다음 말을 뱉었다.

"우리 아버지를 불러 줘."

그녀가 진짜 예현선임을 증명하기 위해서는 아버지인 이판 예현호 대감을 불러야 했다.

아버지.

이 단어를 내뱉자마자 그녀의 가슴이 파드득파드득 소리를 내는 것만 같았다.

7년간 보지 못했던 우리 아버지. 그를 다시 만날 때였다. 이젠 아버지가 자신의 편을 들어주어야 여기서 빠져나갈 수가 있었다. 반드시 그가 나를 보고 진짜 예현선이라고 말해 주어야만 했다.

"그래."

그녀의 말이 무엇을 의미하는지 신원은 잘 알고 있었다. 그간, 아버지에게 해가 갈까 자신의 정체를 밝히는 것을 꺼려 온 그녀였지만, 이제는 밝혀내야 할 때가 온 것이었다. 그는 의미심장하게 고개를 끄덕였다.

❀

한편 의금부 옥사에 갇힌 서씨는 자신의 모든 혐의를 부인하는 중이었다.

"옥비녀라니요. 본 적도 들은 적도 없습니다."

내명부 궁관들 역시 말을 모두 통일했다. 그것은 모두 원녀에게 받은 것일 뿐, 서씨는 만난 적도 없다고 말한 것이다.

후우, 이렇게 일제히 잡아떼서는 별 소득을 얻을 수 없었다.

이때, 궐 내부에서 병판의 일을 몰래 보아주던 별감 하나가 그녀의 옥사 곁으로 다가왔다. 그는 주변에서 말을 엿듣지 않는 것을 확인하고 서씨에게 조용히 속삭였다.

"소랑이가 재간택 현장에 와서 난동을 부렸다 합니다."

"뭐라고요?"

"자기가 바로 진짜 예현선이라고요."

이럴 수가! 그녀의 두 눈에 불길이 올랐다.

"결국은 병판 대감이 나서서 일을 처리하셨습니다. 따님은 무사히 재간택에 다시 임하게 되었고, 소랑이는 내금위에 잡혀가게 되었습니다."

"그래요?"

그 말을 듣는 서씨의 숨이 거칠어졌다. 소랑이가 잡혀갔다는 얘기를 듣고도 마음이 편해지지 않았다. 현희가 가짜 예현선인 것이 밝혀질 뻔하다니. 그것 포함해서 모든 의혹들이 무혐의가 되어야 무사히 삼간택에 진출할 수 있을 것이었다. 지금 이대로는 곤란했다.

"그 때문에 예 대감께서 이쪽으로 오시는 중입니다."

"뭐요?"

그녀는 접시가 쨍그랑 깨진 듯한 소리를 냈다. 자기도 모르게 높아진 목소리에 서씨는 다시 황급히 목소리를 낮추었다.

"대감마님께서요?"

그녀의 몸이 사시나무처럼 바들바들 떨리기 시작했다.

그동안 예 대감은 소랑이가 7년 전, 사내 노비와 배가 맞아 도망간 줄로만 알고 있었다. 혼인을 앞두고 장녀가 순결을 잃고 도망을 놓았다고 말하는 것은 집안의 큰 수치이니 현희를 현선이라 하여 시집보내자, 서씨는 그렇게 주장했었다.

고민하던 예 대감은 결국, 바로 내일로 다가온 혼사를 엎어 버릴 수가 없었기에 서씨의 말에 고개를 끄덕이고 말았다. 그때 이후 예 대감은 어쩔 수 없이 현희를 현선이라 부를 수밖에 없게 되었다.

예 대감은 자주 장녀 현선을 그리워했지만 서씨는 그녀를 천륜을 저 버린 불효녀라 매도하며 끊임없이 둘 사이를 이간질했다. 그리고 결국은 현희를 현선이라 하여 처녀 단자를 내기에까지 성공했다. 이는 모두 예 대감이 진짜 현선의 생사를 모르기에 할 수 있는 것이었다.

그런데, 만약 오늘 7년 만에 자신의 친딸을 만나게 된다면 어찌 될 것인가. 자기가 거짓말해 왔던 모든 것들이 이제 무너지게 될 것이다.

"안 될 일입니다, 이는 안 될 일입니다."

서씨는 하염없이 고개를 좌우로 저었다. 어느덧 그녀의 몸은 식은땀으로 흠뻑 젖어 있었다.

이때, 의금부의 문지기가 서씨가 갇혀 있던 옥사의 문을 열었다.

"어, 어디로 가는 것입니까?"

"추국장으로 갈 것입니다. 거기서 삼자 대질신문이 있을 것입니다."

삼자라면, 예대감이 궐에 들어왔다는 것인가? 서씨는 핏물이 배어 나올 정도로 입술을 꾸욱― 깨물었다.

어떻게든 예 대감이 소랑이를 친딸이라 인정하는 일은 없어야만 했다.

추국장으로 향하는 소랑의 마음은 벌써부터 망그러지는 것만 같았다.

아버지.

발음만 해도 가슴이 녹아내리는 이름이었다.

그 얼마나 보고 싶던 아버지인가.

7년간의 떠돌이 생활 동안, 소랑은 아버지 예 대감을 애타게 그리고 그랬다. 힘들 때마다 아버지가 자신에게 듬뿍 사랑을 쏟아 주었을 때의 기억으로 버티고는 했었다.

그런데 혹, 아버지가 날 알아보지 못하면 어떡하지?

지금 이 변해 버린 내 모습을 알아보지 못해, 내가 현선이가 아니라고 하면 어떡하지? 나는 이제 새빨간 거짓말쟁이가 되어 버리는 것이었다. 어쩌면 중전 후보를 음해한 죄로 옥에 갇혀 큰 벌을 받게 될지도 몰랐다.

부디 아버지가 나를 진짜 현선이라 해 주셔야 할 텐데.

소랑은 조마조마 싱숭생숭한 가슴을 안고 아버지, 예현호 대감이 도착하기를 애타게 기다렸다.

그런데 이때, 추국장에 먼저 도착한 이가 있었다.

바로 서씨 부인이었다.

소랑의 두 눈에선 바로 화르르 불길이 일었다. 지금껏 그녀가 자신에게 했던 악행을 모두 열거하면 끝이 없을 정도였다.

허나, 소랑에게 되돌아오는 서씨 부인의 눈빛 역시 독하기 이를 데가 없었다.

'지금 여기서 진실을 말하면 널 죽여 버릴 거다!'

그녀의 눈빛은 분명히 살기를 띠고 있었다. 소랑은 상관없다는 듯 더욱 당당하게 그녀를 마주 보았다. 지금은 협박이 통할 때가 아니다. 어떻게든 진실을 밝혀내야 할 때다.

저쪽 어디선가부터 어른어른 누군가의 그림자가 보였다. 하얀 도포를 입은 남자가 금군의 안내에 따라 추국장 안으로 들어오고 있었다. 그녀의 눈에 뜨거운 기운이 울컥 번졌다.

아아, 그는 바로 그렇게 보고 싶던 나의 아버지였다.

'아버지!'

그는 7년의 세월 동안 많이 늙어 있었다. 그녀가 머릿속으로 그려 왔던 모습과는 너무 달라, 가슴께가 무너져 내리는 것만 같았다.

새로 부임한 내금위장 설선호는 도착한 예 대감에게 바로 질문을 던졌다.

"이판 예현호 대감이 맞습니까?"

"네, 그렇습니다."

"이쪽을 보십시오."

설선호는 금군에게 두 팔이 잡혀 있는 소랑의 쪽을 가리켰다. 그의 질문은 단도직입적이었다.

"지금 이자가 당신의 딸, 예현선이 맞습니까?"

이에 아버지 예 대감의 눈빛이 희미하게 그녀에게 닿았다. 소랑의 얼굴엔 그리움과 희망이 교차되고 있었다.

제발, 제발!

그녀의 얼굴을 확인한 그는 짐작할 수 없는 묘한 표정을 지었다.

"저 사람은,"

모두가 숨죽여 예현호 대감이 입을 떼기를 기다렸다.

그의 답은……

$$\diamondsuit\ 14\ \diamondsuit$$

옥사로
가는 길이 어디냐.
내 스스로 갈 것이다

예현호 대감에게 오늘은 너무나 혼란스러운 날이었다. 어제까지만 해도 현희가 재간택을 준비하는 모습을 기특하게 보았던 그였다.

"열심히 하는 모습이 보기 좋구나."

마지막까지 큰절을 연습하던 현희는 예 대감의 칭찬에 동글동글 유순한 미소를 올렸다.

"그냥 해 보는 데까진 열심히 해 봐야죠."

서씨 역시 부드럽고 사분사분한 목소리로 말했다.

"대충대충 하래도 굳이 이 모양이네요."

예 대감은 서씨의 실체에 대해서 전혀 모르고 있었다. 언제나 나긋나긋 부드럽게만 예 대감을 대했던 그녀이기에.

그녀가 장녀 현선을 해하고, 간택을 위해 납치를 모의하고, 암살단을 동원해 살변을 꾀하고 있는 줄은 전혀 알지 못했다.

"이번 궁관 뇌물 사건에 서씨 부인을 소환 조사하라는 명이 있었습니다."

철석같이 서씨와 현희를 믿고 있던 그였기에, 갑자기 금부도사로 찾아온 신원의 그 말을 믿을 수가 없었다.

'안사람이 뇌물 사건에 연루되어 있다고?'

서씨는 오해가 있는 것 같다며 그를 안심시키려 했지만, 금군들에게 울고불고 필사적으로 매달리는 현희를 보니 왠지 이는 단순한 오해가 아닐 것 같았다.

서씨가 과연 누군가에게 뇌물을 줄 사람인가?

예 대감에게 서씨는 그런 사람이 아니었다. 현희가 간택 준비에 열심일 때에도 차라리 말리고 싶다 말하던 그녀가 궁관들에게 뇌물까지 주어 가며 그런 일을 감행할 리 없다.

바닥에 앉아 다리를 비비며 울던 현희는 갑자기 무슨 결심을 했는지, 무섭도록 침착하게 눈물을 지우고 일어나 화장을 다시 하고 옷을 갈아입었다. 그런 현희의 모습 또한 예 대감은 낯설기만 했다.

"재간택 역시 나라의 부름을 받은 것이니, 충실히 임해야지요."

현희의 이 말도 어쩐지 자신의 어미가 금부에 잡혀간 뒤에 할 말은 아닌 것 같았다.

그녀가 사인교를 타고 궐로 간 뒤에도, 예 대감의 찝찝한 마음은 가시지 않았다. 그는 다소 복잡한 마음을 가지고 두 사람이 집으로 돌아오길 기다렸다. 돌아오면 자세히 물어볼 생각이었다.

대체 무슨 오해가 있었던 것이냐고. 내가 모르는 무엇이 있는 것이냐고. 그러나 그를 찾아온 건, 궐에서 온 의금부 관원이었다.

"참고인 조사요?"

예상치 못한 말에 예 대감은 고개를 갸웃했다.

"내 친딸이라 주장하는 자가 나타났다고요?"

순간 간담이 서늘히 조여 왔다.

혹, 진짜 현선이가 나타난 것인가? 간택의 현장에서 현희가 진짜 현선이 아님이 밝혀진 것인가?

현희의 정체에 대해서는 그 누구보다도 죄책감을 가지고 있던 예 대감이었다. 설마, 진짜 현선이 나타났을까? 7년 만에?

그는 반신반의하는 마음으로 금군을 따라 궐로 향했다. 추국장에 도착하기 전부터 그의 가슴은 세차게 뛰어왔다. 나의 장녀 현선. 그녀는 그의 가장 아픈 곳이었다.

진짜 현선이면 어떡하지? 벌써부터 가슴 한구석이 욱신거렸다. 그리고 저기에 한 여자가 있었다. 금군들에게 양팔을 잡힌 여자가.

어느덧 7년의 시간 동안 한껏 성숙해진 그녀는…… 정말 내 딸이었다.

틀림없었다.

'살아 있었구나, 살아 있었구나…….'

그는 속으로 감격의 눈물을 흘렸다.

그 동그란 이마와 야무진 콧대, 명민한 눈빛. 나를 보자마자 닭똥 같은 눈물을 뚝뚝 흘리고 있는 그녀는 어떤 사연인지 몰라도 지금 궁녀의 복장을 하고 있었다.

혹, 그간 나인의 생활을 했던 것인가? 그렇다면 어찌하여 이 궐을 오가며 단 한 번도 마주치지 못한 것인가.

'아버지!'

소랑의 소리 없는 외침이 그에게 맞닿았다.

'그래, 내 딸아. 잘 있었느냐!'

예 대감은 그만 앞으로 달려가 그녀를 얼싸안을 뻔했다. 그만큼 보고 싶었던 딸이었다.

그런데 그의 시선이 일순 한쪽에 서 있는 서씨 부인에게 닿았다. 그녀 역시 금군들에게 팔이 붙들려 있었다.

'인정하시면 안 됩니다, 우리 현희를 위해서라도 안 됩니다.'

그녀는 한없이 가련한 표정으로 고개를 젓고 있었다.

예 대감은 이에 멈칫할 수밖에 없었다.

현희가 현선의 이름을 쓰고 재간택에 나가게 된 것. 이 진실이 밝혀지면 현희와 서씨 부인 모두 큰 벌을 받게 될 것이다. 물론 나 또한 그 벌을 피해 갈 수 없을 것이다. 잘못을 했으니, 그 죄의 벌을 받는 것은 마땅하다고 생각하나,

'어린 현희를 생각해 주시옵소서.'

서씨는 계속해서 이렇게 중얼거리고 있었다.

'우리 현희를, 현희의 앞날을.'

현희마저 나처럼 이렇게 옥에 갇히게 할 수는 없지 않느냐는 눈빛이었다. 결국, 예 대감은 그녀의 사슴 같은 눈빛에 흔들릴 수밖에 없었다. 그는 절체절명의 고민에 빠졌다. 지금 눈앞의 현선을 내 딸이라 인정하게 되면 우리 가족 모두는 옥에 갇힐 것이다.

7년간 현선은 우리 가족을 버리고 내 곁을 떠나 있었지만, 서씨와 현희는 아니었다. 언제나 지극정성으로 예 대감의 곁에 있어 주었다.

현선이 너무 그리웠던 것은 사실이었지만, 그래도 더욱 많은 세월을 동고동락해 온 식구들의 쪽으로 무게가 쏠렸다.

"지금 이자가 당신의 딸, 예현선이 맞습니까?"

내금위장의 질문은 단도직입적이었다. 소랑의 얼굴엔 그리움과 희망이 교차되고 있었다.

제발, 제발!

"저 사람은,"

모두가 숨죽여 예현호 대감의 답을 기다렸다.

그의 답은…….

"내 딸이 아닙니다."

예 대감은 결국 고개를 젓고 말았다.

"아버지!"

바로 피가 맺힌 듯한 현선의 절규가 울려 퍼졌다.

딸아, 내 딸아, 미안하다.

"아닙니다. 처음 보는 나인입니다."

가슴이 욱신 쪼개지는 기분이었다.

그토록 보고 싶던 딸이었는데, 그랬는데 내 딸이 아니라 말해 버리다니!

"아버지, 아버지! 어찌 이러실 수 있단 말입니까."

소랑의 얼굴은 가득 차오른 눈물로 엉망이 되어 버렸다. 지금 그녀에게는 세상 무엇보다도 잔인한 말이었다. 저이는 내 딸이 아니라는 말.

소랑은 현실을 부정하듯 하염없이 고개를 저었다. 그녀의 기억 속에 아버지는 거짓이라곤 입에 담을 줄 모르는 올곧은 분이셨다. 그런 아버지가 왜 나를 알아보시면서도 거짓말을 하시는가.

"아버지, 저예요. 현선이."

그녀의 눈에선 하염없는 눈물이 콸콸콸 쏟아져 나왔다.

"아버지, 혹 우리 어머니도 잊으셨나요?"

우지끈, 그녀의 말에 예 대감의 신경이 대나무 살처럼 툭툭툭 끊어지는 것만 같았다.

단 한 번도 현선의 생모, 김씨 부인을 잊은 적 없었다. 그 누구보다도 음전하고 현명한 여인이 아니었던가. 오로지 가정에만 충실하다 일찍이 비명한 불쌍한 여인이 아니던가.

소랑이 김씨 부인을 얘기하자, 예대감은 울컥 눈물을 쏟을 것만 같았다. 허나 티를 내서는 안 되었다.

"아버지, 이대로라면 저는 죽습니다. 저 좀 살려 주세요."

소랑이 아무리 목 놓아 외쳐 봐도 그의 고개는 굳건히 옆으로 돌아갔다.

신원은 이 상황을 도저히 참을 수가 없었다.

"이보시오, 예 대감님."

그가 예 대감을 향해 뚜벅뚜벅 걸어갔다. 그마저 소랑이 진짜 현선임을 인정해 주지 않는다면, 결국 현희가 진짜 현선이 되는 것이 아니겠는가.

"혹, 이것마저 외면하실 것입니까?"

신원은 그동안 품에 담아 왔던 종이 한 장을 쭉 펼쳐 보여 주었다.

"이것이 무엇입니까?"

"저희 집과 혼담이 오갔을 때의 문서입니다."

뭐? 가련한 척을 하며 눈물짓던 서씨의 표정에 바로 금이 갔다.

그 종이에 그려져 있는 것은 명확한 소랑의 얼굴이었다.

7년 전 그녀의 모습.

지금보다 앳되긴 했지만, 그녀의 얼굴이 담겨 있는 것만은 확실했다.

"여기 그려져 있는 여인이 금혼령이 내려지기 전, 저와 혼인할 뻔했던 예현선이라는 여자입니다. 이래도 부인하실 것입니까?"

신원은 드글드글 끓는 듯한 목소리로 예 대감에게 물었다. 이렇게나 올곧은 그가 소랑을 배신할 줄은 상상도 하지 못했기 때문이었다.

"난 모르는 문서일세."

"뭐요?"

"아무래도 조작된 것이 아닌가 싶은데."

"조작이라고요? 그러면 여기 찍혀 있는 예 대감님의 인장은 무엇입니까!"

화를 참지 못한 신원이 그에게로 확 뛰어 나가려 하자, 옆에 있던 금군들이 그를 말렸다.

"자네가 우리 딸 현선이와 혼인할 뻔했던 것은 기억하네. 자네도 그때 망가져 버린 혼례식을 기억하지 않는가. 그러나 현선이는 여기 있는 이 나인이 아닐세."

"혼례식에서 신부가 뒤바뀐걸, 제가 모를 줄 알고 계십니까?"

"우리 집안사람들 아무나 잡고 물어보게나. 신부가 뒤바뀌었다니, 그런 해괴망측한 소리가 또 어디 있나."

신원은 화를 꾸욱— 눌러 담으며 소랑에게로 고개를 돌렸다. 이런 예 대감의 행동에 지금 자기 자신보다도 더 놀란 건 소랑일 것이다. 신원은 그녀의 마음이 먼저 걱정되었다.

아니나 다를까.

소랑은 눈을 꼭 감고 이 슬픔을 안으로 삭히려 하고 있었다. 그 모습이 너무나 안쓰러워, 신원은 자신도 모르게 제 가슴을 부여잡았다.

이때, 내시 하나가 추국장에 찾아와 소식을 전했다.

"강녕전에서의 재간택이 이제 모두 끝났다 합니다."

우리가 이러는 동안, 모두 일정이 끝나 버린 것인가. 소랑은 참담한 기분이었다.

"친아비와 대질신문을 한 결과 소랑이라는 나인이 신분을 사칭한 것이라는 소식이 심사진에게 전해졌습니다."

아아, 결국 오늘 소랑의 노력이 모두 헛수고로 돌아가 버린 것이었다. 게다가 나는 그냥 신분을 사칭한 여자가 되어 버리고 말았다. 눈앞이 캄캄해져 모든 것이 흑색 빛을 띠는 것 같았다.

"그리고 전하께서도,"

"되었다. 이만 소식을 전하거라."

곧 그의 뒤에서 왕 이헌이 모습을 드러냈다.

모두가 그에게 예를 갖추는 가운데, 헌은 떨리는 동공으로 소랑을 똑바로 바라보았다. 계속해서 간택에 참석할 수 없도록 계류되어 있다가, 모든 행사가 끝나고 소랑이 잡혀갔다는 소식을 듣고 바로 이곳으로 달려온 것이었다.

그런데 추국장에선 믿을 수 없는 일이 벌어지고 있었다. 예현호 대감은 그녀를 자신의 딸이 아니라며 부인하고 있었다. 눈빛을 보아하니, 그가 거짓을 말하고 있음을 헌은 단번에 알 수 있었다. 아마 지금 거짓임을 인정하면 그의 가문이 죄를 뒤집어쓸 것을 알고 있기에 그러한 것 같았다.

다시 그를 따로 만나 소상히 얘기를 나눠 보면, 그는 곧 진실을 얘기할 것 같았다. 자신의 진짜 장녀가 누구인지.

허나, 헌이 더더욱 놀란 것은 그다음에 밝혀진 사실이었다. 헌 역시 신원이 예 대감의 앞에 내민 그림을 똑바로 보았다.

'둘이 혼인할 뻔했다고? 소랑이와 신원이가?'

놀라지 않을 수가 없었다. 가만히 있어도 손등이 부들부들 떨려왔다. 저번에 소랑이와 다시 이어지면서 분명 얘기하지 않았던가. 이제 더 이상 서로 숨기는 것은 없을 것이라고.

그런데 왜, 둘이 혼인할 뻔했다는 사실을 내게 고하지 않았던 것인가!

그의 시선은 오로지 소랑에게로만 향하고 있었다.

"전하……!"

내금위장 설선호는 왕 이헌이 오길 기다렸다는 듯 이 질문을 던졌다.

"이 나인이 전하께 거짓을 고한 적이 없습니까?"

거짓이라.

그녀의 사기죄는 내가 풀어 주기로 마음을 먹고 이 추국장에 왔다. 이미 그녀의 모든 것을 용서하기로 했으니까. 백성들과 궁인들에게 지탄을 받을지라도, 모든 걸 인정하려 했다.

죽은 폐빈의 귀기에 시달린 것이 사실이라고. 그 혼백 때문에 저 궁녀가 지밀에 들어온 것이 사실이라고.

그는 이렇게까지 말할 준비가 되어 있었다. 그런데,

"거짓을 고한 적이 없습니까?"

내금위장의 그 질문에 헌은 바로 대답을 할 수가 없었다. 대신 그는 소랑이에게 가까이 다가가 질문을 던졌다.

"방금 신원이가 했던 말이 사실이냐. 둘이 혼인할 뻔했다는 것."

"전하, 차차 설명 드리겠습니다."

그녀는 안타까운 목소리로 말했다. 언젠간 모든 진실을 그에게 말하려 했었다. 다만 기회를 찾으려 했을 뿐이다.

그런데 지금은 상황이 너무나도 꼬여 버리고 말았다.

아버지는 자신의 존재를 부정하고, 왕 이헌은 나를 다시 믿을 수 없다는 듯한 눈빛으로 보고 있었다.

이대로라면 자신은 꼼짝없이 사기죄를 쓸 것이었다. 죗값을 받는 것은 두렵지 않으나, 작금의 상황이 너무나도 안타까웠다.

어떻게든 간택을 조작하려는 세력의 검은 음모를 막아 보려 했는데, 결국 이렇게 나의 패배로 끝나고 말았구나. 다시는 헌과 나의 사랑이 흔들리지 않기를 바랐는데, 결국 그는 이런 눈빛으로 나를 보고 있구나. 흑색 빛으로 변해 버린 세상은 다시 원래의 빛을 찾지 못하고 있었다.

바로 이때, 아까의 소식을 전했던 내시가 다시 한 번 강녕전의 상황을 전해 왔다.

"예현호 대감 댁 여식 예현선이 삼간택에 올랐다는 소식입니다."

이에 소랑은 탄식을 내지를 수밖에 없었다.

신원은 발끈하여 외쳤다.

"아직 그 어미의 뇌물 혐의에 대한 조사가 끝나지 않았다. 그럼에도 불구하고 그리 결정이 난 것이냐?"

"네, 그렇다 합니다."

이마의 핏줄이 발딱 서는 듯한 느낌이었다.

대체 어디까지 썩은 것인가. 현희에 대한 비호는 어디까지 이어질 것인가. 그의 날카로운 시선이 병판 조성균 대감에게로 향했다. 헌의 시선 또한 마찬가지였다.

친간임에도 불구하고 간택은 왕을 배제한 권력 싸움이 되어 버리고 말았다. 간택을 둘러싼 비리가 계속해서 밝혀지고 있음에도 불구하고, 비호를 받는 후보는 끝도 없이 승승장구하고 있었다.

마지막 삼간택에서는 그가 잃어버린 결정권을 찾아와야 했다. 왕으로서의 자존심을 다시 찾아야만 했다. 더 이상 검은 세력들이 힘을 쓰지 못하도록.

"이신원 도사."

헌은 신원에게 명했다.

"뇌물 혐의를 쓰고 있는 서씨에 대해서 더욱 철저히 조사를 진행하거라. 만약 그 혐의가 사실로 밝혀진다면, 저 어미의 딸은 바로 후보에서 탈락할 것이다."

"네."

헌의 말에 서씨는 불안하게 눈동자를 굴렸다.

이제 뇌물 사건만 잘 무마하여 삼간택 때까지만 버티면 될 것이다. 그래, 그럼 될 것이다.

"그리고 나인 소랑이는……."

왕 이헌은 내금위장 설선호를 보며 말했다.

"내게 거짓을 고하거나 사기를 친 적이 없다."

병판 조성균 대감이 그 앞으로 나서서 말했다.

"그걸 전하께서 아실 리 없지요. 저희가 밝혀내겠습니다."

"뭐라?"

"전하께선 이 나인을 완전히 믿으실 수 있습니까?"

병판의 뼈가 있는 한마디였다. 잠시 병판을 노려보던 헌이 말을 이어 나갔다.

"나의 나인이고, 나의 사람이다. 내가 이 아이를 믿지 못할 이유가 무엇이 있겠느냐. 이제 당장 소랑이를 풀어 주어라. 그녀가 내게 잘못한 것은 전혀 없다."

이번엔 내금위장 설선호가 그에게 고했다.

"그렇다고 해서 국가 행사를 어지럽힌 죄가 사라진 것은 아니옵니다. 조사가 끝날 때까진 옥에 있어야 합니다."

"그대가 새로 부임한 내금위장 설선호인가?"

"그렇습니다."

헌은 한참 동안 그를 노려보았다.

예전 내금위장 김의준이 어둠의 세력으로부터 사주를 받고 소랑이를 잡아들여 심한 고문을 행한 적이 있다. 그리하여 그가 해임되고 새로운 이가 들어온 것이었으나, 그 또한 움직이는 행동이 예전의 그와 별반 다르지 않았다.

이는 내금위장을 선발하는 윗대가리 자체가 썩어 있다는 것을 의미했다. 헌은 이제야 대충 윤곽이 보인다는 듯 눈을 가느다랗게 떴다. 이 나라 벼슬아치 중 내금위까지 영향을 미치는 자는 다름 아닌 병권을 잡고 있는 병판 조성균 대감이었다.

헌은 다시 그의 쪽을 쏘아보았다.

병판은 이에 화답이라도 하듯, 금군들에게 소랑이를 끌고 가라 눈짓을 주었다.

"놓으시오!"

소랑의 가녀린 팔에 다시 금군들의 억센 손이 감겼다.

그때, 헌이 입을 열었다.

"알았다. 옥사로 가는 길이 어디냐. 내 스스로 저 아이를 데려다줄 것이다."

"네?"

이에 모든 이들이 다소 어리둥절한 표정을 지었다.

"내 사람이라 하지 않았느냐. 내가 저 아이를 친히 옥사에까지 데려다줄 것이라 말했다. 내가 끝까지 함께할 것이다."

헌은 금군들의 손을 물리고서 직접 소랑의 손목을 잡았다. 서씨는 그렇게 사라지는 둘의 모습을 보며 다시 한 번 파르르 몸을 떨었다. 그녀 역시 옥으로 다시 돌아가야만 했다.

아버지 예 대감은 넋이 빠진 듯, 그 자리에 털썩 주저앉고 말았다. 여기에 신원의 매서운 시선이 내려앉았다가 멀어졌다. 병판은 이 모든 것을 지켜보며 뜻을 알 수 없는 묘한 표정을 짓고 있을 뿐이었다.

15

이제 몸과 몸을 맞대는 육탄전이 시작될 것이다

옥사에 도착한 헌은 창살 사이로 손을 뻗어 소랑의 손을 잡았다. 그 손에선 묘하도록 뜨뜻한 힘이 느껴졌다. 이 손의 의미는 대체 무엇일까. 헌은 소랑의 손을 꼭 잡은 채 입을 열었다.

"정신 차려, 인마."

뜻밖의 말에 소랑의 목소리가 한 뼘쯤 솟아올랐다.

"네?"

아까 신원이 아버지인 예 대감에게 보여 준 그림에 왕 이헌 역시 적지 않은 충격을 받은 줄 알았다. 그의 눈빛이 더없이 진지해지기에, 다시 그녀에게 차가워질 것이라 생각했다. 그런데,

"넌 누가 뭐래도 내 것이다. 알고 있지?"

"네, 물론이지요."

헌은 오히려 살짝 장난스러운 표정을 지으며 그녀를 편안하게 해주고 있었다.

"금혼령 때문에 둘이 혼인을 하지 못하고 파투가 났다는 것이지? 그리고 보니 금혼령의 좋은 점도 있었구면."

"네?"

"아니다. 혹 그때의 연을 못 잊어서 아직도 마음이 저릿저릿하다거나, 아직도 신원이가 신랑감으로 보인다거나, 그러진 않지?"

"물론 아니지요."

소랑은 토끼 눈을 뜨며 손사래를 쳤다.

"그래, 그것이면 되었다."

헌의 입가엔 편안한 미소가 감돌았다.

"이제 우리 이런 것으로 더 이상 흔들리지 않기로 하지 않았느냐?"

"그렇지요."

소랑은 파닥파닥 고개를 끄덕였다.

"안 그래도 싸워나가야 할 것도 많은데, 우리끼리 티격태격해서야 안 될 일이지."

"그, 그럼요."

아까 그 소식에 헌이 충격을 받은 것은 사실이었지만, 그가 더 걱정하는 것은 바로 소랑의 마음이었다. 헌은 그때 소랑이의 표정을 기억하고 있었다. 아버지가 그녀를 자기 딸이 아니라고 했을 때.

"아까는 아비의 말에 마음이 많이 상했겠구나."

그 말에 그녀의 두 눈에는 금세 물기가 차올랐다.

"딱 봐도 이판이 거짓을 말하는 것이 보이더구나. 아마 가문에 해가 갈까 그리 말한 것이겠지. 내가 소상히 사연을 물어보면 이판 역시 모두 털어놓을 것이다."

"감사합니다, 전하."

"그리 말한 것이 이판의 본심이 아닐 터이니, 너도 너무 마음 쓰고 그러지 말거라. 너도 그간 아비가 죄를 쓸까 두려워 정체를 밝히지 못했다 하지 않았느냐. 그 역시 걱정하는 것이 많은 것뿐이다."

"네."

그녀는 다시 한 번 고개를 끄덕였다.

"참, 우리의 상황도 복잡하게 되었구나."

헌은 크게 한숨을 쉬었다.

"설마 그자가 삼간택에까지 진출할 줄이야."

간택 중에 금부에 끌려갈 뻔했음에도 불구하고 현희는 삼간택에까지 진출했다. 친간을 위해 뽑아 놓은 심사진들마저 단단히 매수된 게 틀림없었다.

"이러다가 진짜 너의 이복동생이 내 비가 되는 것은 아니겠지?"

소랑은 고개를 푹 숙인 채 답했다.

"솔직히 전하께서 은근히 마음에 들어 하지 않으셨습니까?"

"마, 마음에 들다니! 아니다!"

이번엔 헌이 토끼 눈을 뜨며 부인했지만,

"그 여인과 술 한잔하고 싶으시다면서요. 반드시 재간택에 보내겠다면서요."

소랑은 눈초리를 축 내렸다.

"그야 너와 닮았으니 조금 기억을 한 것이지."

"전하께선 저로 부족하신 것입니까? 저와 닮은 사람이 또 필요하신 것입니까?"

"아, 아니지. 물론."

헌은 손사래를 치며 진땀을 뺐다.

"그자가 내 비로 들어오는 것은 상상도 하지 못할 일이다. 혹여 비가 된다 하더라도 후사를 볼 일은 없을 테니, 이 조선 왕조의 후대를 걱정해야 할 것이다."

소랑은 깊은 한숨을 쉬었다. 어찌 되었든 간택이란 과정은 내 남자 왕 이헌의 비를 뽑는 과정이었다. 지금은 현희가 중전이 되지 않게 하기 위해 최선을 다하고 있지만, 그렇다고 다른 이가 된다고 해서 소랑의 마음이 편할 것 같지는 않았다.

"게다가 제 신세를 보십시오. 이 꼴이 뭡니까."

현희의 정체를 밝히려다가 옥사에 갇혀 버린 소랑. 그녀의 신분이 제대로 밝혀지기 전까지는 이 옥사에서 나올 방법이라고는 없어 보였다.

그녀는 어두컴컴한 옥사 내부를 한 번 둘러보며 말했다.

"휴, 예전에도 이런 적이 있었는데 엄청 무서웠지 말입니다."

신원에게 혼인 사기꾼으로 붙잡혀 의금부 옥사에 갇혔을 때가 떠올랐다.

그때 밤에 너무너무 무서워서 소리를 지르다가, 헛소리를 한 게 이 모든 것의 시작이었지? 그 일만 없었어도, 그녀의 궁중 생활은 없는 일이 되었을 텐데.

"걱정 마라. 그래서 내가 따라온 것이 아니냐."

"네?"

"내가 밤새 곁에 있어 줄 것이다."

헌은 아예 나무로 된 창살 앞에 자리를 잡으며 말했다. 그녀는 화들짝 놀라 고개를 저었다.

"아, 아닙니다. 괜히 말했습니다. 전하께서 이렇게 찬 데 계시다가는 고뿔에 걸리십니다."

"걸리면 어떠한가. 내 정인의 온기가 이렇게나 따뜻한데."

헌은 창살 너머 소랑의 손을 다시 힘주어 잡았다.

"아니 됩니다. 다시 강녕전으로 돌아가십시오."

"그러다 네가 밤에 무섭다고 울면 어쩌느냐. 이제는 너의 밤을 내가 지켜 줘야 할 때가 온 것 같구나."

이러시면 제가 더 곤란합니다.

소랑은 어서 돌아가시라 채근을 해 보았지만, 창살 너머에 있는 그를 강녕전까지 떠밀 수는 없는 노릇이었다.

"여기서 너와 함께 앞으로의 대책에 대해서 생각해 볼 것이다. 우리가 맞서 싸워 나가야 할 것이 한둘이 아니지 않느냐."

"저 때문에 괜히."

"괜찮대도. 그냥 잠깐,"

헌은 잡은 손에 힘을 주어 그녀를 끌어당겼다.

"이렇게 해 주면 된다."

그러고는 그녀의 손등에 가만히 입을 맞추었다.

"이거 원, 더 가까이 다가갈래도 갈 수가 없으니. 가서 톱이라도 가져오라 할까?"

아쉽지만, 여기서 둘이 가까워질 수 있는 거리는 손등이 한계였다. 정말 헌과 함께 있어서일까. 저번엔 무섭기만 했던 이곳조차도 조금은 낭만적으로 느껴지는 것 같았다.

"전하."

소랑 역시 헌의 손등을 끌어당겨 입을 맞추었다. 헌은 그녀에게 안심하라는 듯 뜨듯한 미소를 지어 주었다.

그 모습이 너무 멋있고 잘생겨 보여, 소랑은 혼자 조용히 탄성을 질렀다. 참, 아름다운 이였다. 내가 사랑하는 이 사람. 뒤에선 은은한 후광이 비추는 것 같았다. 그의 온기 가득한 미소에 아까의 사건으로 인해 잔뜩 상처가 났던 마음이 조금은 치유되는 것 같았다.

그렇게 둘이 창살 사이로 애틋하게 손을 맞잡고 있을 때,

"저은하!"

내시 세장이 그들을 찾아 달려오더니 놀라운 소식을 전했다.

"신원이가 서씨 부인을 풀어 줬다고?"

깜짝 놀란 헌과 소랑의 눈빛이 허공에 부딪혔다. 그나마 그녀의
뇌물에 대한 혐의를 밝혀내야 현희를 삼간택에 가지 못하게 탈락시
킬 수 있었다. 추가적인 증좌가 나오지 않더라도 더 추국을 해 봐야
하는 것이 아닌가?

"신원이가 왜?"

"그것은 저도 잘 모르겠습니다."

"그래? 내가 신원이에게 가보겠다."

소랑은 다급하게 고개를 끄덕였다.

"혼자도 잘 있을 수 있겠느냐?"

그가 떠나려 하자마자 바로 찬 공기가 자신을 휘감는 것 같았지
만, 지금은 그를 보내 주어야 할 때였다. 서씨를 이렇게 풀어 주다
니, 그것은 안 될 일이었다.

"어서 무슨 일인지 알아보시옵소서."

헌은 소랑을 안아 주려는 듯 가까이 다가갔지만, 그것도 두꺼운
나무 창살 때문에 불가하였다. 헌은 어쩔 수 없이 한 번 더 그녀의
손등에 입을 맞추고는 용포를 휘날리며 밖으로 나갔다.

대체 무슨 일인 걸까.

"끝까지 밝혀내야. 증좌가 없다면 만들어서라도 가져왔어야지."

헌은 독기 가득한 눈빛으로 신원을 쏘아보았다.

"저로서는 어쩔 수가 없었습니다."

이를 어찌한담. 헌은 초조하게 서성이며 눈을 질끈 감았다.

"소랑이가 옥사에 갇혀 있는데, 네가 이렇게 해서 되겠느냐. 다 나의 잘못이다. 소랑이가 앞으로 나서게 두어서는 안 될 것이었는데."

"옥사에 갇혀 있는 것은 잠시일 것입니다. 강한 아이가 아닙니까, 버틸 수 있을 것입니다."

헌은 미심쩍게 신원을 보았다. 그가 이런 류의 말을 할 자가 아니었다. 소랑이가 갇혀 있다면, 헌보다도 더더욱 이성을 잃어버릴 이가 아니었던가.

그런데 신원은 어쩐지 담담한 얼굴을 한 채 평상복으로 옷을 갈아입고 있었다.

"그나저나 넌 뭐하는 것이냐?"

"밖에 나가려던 참이었습니다."

"어디에 가려고?"

"말씀드릴 수 없습니다."

이놈이? 헌은 다짜고짜 용포를 벗으며 말했다.

"같이 가자."

"그건 좀."

"왜, 내가 같이 가면 안 될 곳이라도 가는 것이냐?"

헌은 계속해서 신원을 미심쩍게 바라보았다. 웬일인지 오늘 신원은 수상한 것투성이였다. 따지고 보면 둘이 혼인할 뻔했다는 사실을 소랑이만 말하지 않은 게 아니라 신원도 말하지 않은 것이었다.

의리 없는 놈의 자식. 오늘 네놈이 어딜 가든, 내가 바득바득 따라갈 것이다. 어느덧 잠행할 옷을 모두 갈아입은 헌이 신원의 등을 쿡쿡 찌르며 말했다.

"어디냐? 앞장서라."

금부에서 나온 서씨가 급히 향한 곳은 양화진 근처의 한 주막이었다.

"이것들이 감히 나를 가두어?"

그녀는 아직도 씻을 수 없는 모멸감에 부들부들 떨고 있었다. 아직도 옥사에서 배어든 한기가 몸에서 떨어지지 않았다. 그로 인한 조급함 때문일까. 평소라면 신중에 신중을 거듭해 병판과의 밀회를 잡았겠지만, 지금은 그런 것에 신경 쓸 새가 없었다.

잠시 후, 달칵― 문이 열리면서 병판 조성균 대감이 안으로 들어왔다.

"이리 신중치 못하게 약속 장소를 잡으면 어쩌십니까?"

병판은 주변을 경계하며 방 이곳저곳을 살펴보았다.

"지금 여원회까지 가기는 너무 위험했습니다. 간택에서 떨어진 어미들이 거기에 모여 저를 기다리고 있지 않겠습니까."

"쯧쯧, 그래도 그렇지요."

그는 다소 탐탁지 않게 서씨를 보며 말했다.

"더 조사가 길어질 줄 알았는데, 생각보다 조사가 너무 빨리 풀려났습니다."

"쳇, 자기네들도 더 이상 증좌가 없는 것이겠지요."

"조금 이상합니다. 이신원 도사가 직접 심문했다면 더 물고 늘어질 게 많을 텐데요."

병판은 의심스럽다는 듯 자신의 턱수염을 쓰다듬었다.

이미 서씨와 신원은 두어 번 직접 대면을 한 적도 있었다. 어쩐지, 이번 심문은 신원이 그때보다도 약하게 나온 것 같았다.

"그는 다 알고 있지 않습니까. 우리가 소랑이를 죽이기 위해 보쌈꾼부터 산적, 심지어 암살단까지 동원했다는 것 말입니다. 그런데 왜 뇌물에 관련된 것만 물고 늘어지는 걸까요?"

"거기서 직접적인 혐의를 찾으려 하는 것이겠죠."

서씨는 척하면 안다는 듯 고개를 끄덕였다.

"우리는 다음 일을 도모해야 합니다."

병판은 계속해서 뭔가가 찜찜하다는 표정이었다.

"삼간택 말입니까? 현희를 포함해 셋이 올라가지 않았습니까."

"아시다시피 거기에 여원회 소속이 아닌 규수가 올라갔습니다."

간택에 관련된 모든 사항은 병판의 귀에 들어오게 되어 있었다.

"네, 알고 있습니다. 성화윤이라는 규수가 아닙니까."

"제가 맨 처음부터 견제했었던 후보입니다. 그리하여 보쌈을 의뢰했던 것이고요."

이번 간택에서 눈엣가시 같은 인물이 바로 화윤이었다. 초간택 때부터 유력하게 떠올라, 심지어 재간택에도 현희와 함께 거론이 되니 어떻게든 삼간택에 오르기 전에 그녀를 제거해야만 했다.

"이제라도 그이를 다시 납치해야 합니다."

이에 병판은 단호히 고개를 저었다.

"그러면 우리가 더한 의심을 살 것입니다."

"그년이 중전이 된 다음에 납치를 하실 것입니까?"

서씨는 조급증에라도 걸린 듯 병판을 재촉했다.

"그래도 너무 위험합니다."

"이번만 제대로 처리하면 이후 현희가 중전이 되는 것은 시간문제입니다."

"아직 부인의 혐의가 모두 벗겨진 것이 아닙니다. 진술만 있을 뿐, 확실한 증좌가 없기에 놓아준 것이지요."

"그러니 지금이 천재일우의 기회가 아니겠습니까?"

흐음, 병판은 턱수염을 쓰다듬으며 잠시 고민에 빠졌다. 서씨의 말대로 삼간택이 마지막이었다. 드디어 우리의 종착지가 바로 여기인 것이다.

병판은 밖에서 기다리던 하인에게 나상주라는 인물을 불러오라 지시했다.

잠시 후, 둘이 있던 방의 문이 열리면서, 상인 차림의 한 남자가 나타났다.

"누구시오?"

"행색은 이러 하나, 이자가 보쌈꾼 조직의 실질적 수장이오."

"아, 그래요?"

서씨는 반색하며 나상주라는 인물을 맞았다.

"저번에 그쪽에서 실패했던 규수가 하나 있습니다."

그는 고개를 끄덕였다. 이미 누구인지 안다는 것이었다.

"그 집에서 한 번 그런 일을 겪었으니, 예전보다 한층 더 경계가 강화되었을 것입니다. 허나, 사흘 안에 일을 성공시켜야 합니다."

"네, 알겠습니다."

그런 둘을 보는 병판의 표정은 다소 굳어져 있었다. 아무래도 촉이 좋지가 않았다.

"혹, 이번에 조직이 발각되더라도 절대로 우리의 이름을 대어서는 안 된다."

나상주는 굳은 표정으로 알았다 답했다.

"성공만 하면, 이번이 마지막 보쌈이 될 것이다. 간택이 되고 금혼령이 철회되면 모두가 마음껏 혼인할 수 있는 세상이 올 것 아니겠느냐. 더 이상 보쌈도 필요가 없겠지."

"네, 이번이 마지막이라 생각하고 열과 성을 다해 주시오."

성화윤.

이제 그녀만 없어지면 현희는 이 나라의 중전이 될 것이었다.

"이번엔 절대 실패가 있어서는 안 됩니다. 여기에 우리의 모든 것이 달려 있습니다."

서씨는 다시 한 번 나상주에게 당부했다.

'다 왔다, 드디어 다 왔다.'

그녀의 눈엔 불 같은 야심이 일렁였다.

지금까지 이를 성공시키기 위해 그 얼마나 산전수전을 겪었던가. 마지막 삼간택까지 최선을 다하리라, 그녀는 다시 한 번 더 다짐했다.

그러나 옆 방. 이들의 대화를 모두 엿듣고 있는 이가 있었다. 그들은 바로 신원과 왕 이헌이었다.

모든 것은 신원의 전략이었다. 그녀를 풀어 줌으로써 병판과의 연결 고리를 확인하고, 이를 통해 보쌈꾼 조직까지 일망타진하는 것.

신원과 헌의 눈빛이 허공에 진중하게 맞닿았다.

간택을 둘러싼 전쟁, 이제는 몸과 몸으로 싸우는 육탄전이 시작될 것이다.

16

계획된 납치,
이제 더 이상 기회는 없다

"병판이었구나……!"

옆방의 얘기를 모두 들은 헌의 눈썹이 파르르 떨렸다.

소랑이와 해영이를 납치했던 보쌈꾼의 수장. 그가 바로 병판 조성균 대감이었다.

"어찌 위정자라는 자가 약탈혼의 주범일 수 있단 말인가."

헌은 당장이라도 그 벽을 부수어 버릴 듯, 이글거리는 눈으로 옆방을 보았다.

"그뿐인가. 심지어 이번 간택마저 자기 맘대로 좌지우지하고 있으니……."

헌에게서 친간의 결정권을 빼앗아 가고, 심지어 간택에조차 참여치 못하게 했던 병판이었다. 그런데 이제는 심지어 중전 후보의 납치마저 계획하고 있다니. 치가 떨리다 못해 부글부글 속이 끓어오를 정도였다.

"허나 신중하셔야 합니다."

분노의 불길에 휩싸인 헌과는 달리 신원의 입술은 침착을 다지고 있었다.

"기실 그들의 말대로 금혼령이 끝나면 보쌈꾼 조직이 해체됩니다. 그럼 아무 일도 없다는 듯 사람들 틈에 섞여 살아가겠지요."

"그렇다면,"

"우리가 그들을 일망타진할 수 있는 마지막 기회라는 뜻입니다."

신원은 침착하게 손을 말아 쥐었다.

죄를 지은 이들 모두를 잡아넣을 수 있는 기회다. 더욱더 신중을 기해야 한다.

"이번 보쌈을 이용하여 그들을 모두 잡자는 뜻이냐?"

"그렇습니다."

"그러면 화윤이라는 규수가 위험해지지 않겠느냐?"

"걱정 마십시오. 그 규수는 제가 안전하게 지키겠습니다."

그의 말을 모두 납득한 헌은 서서히 고개를 끄덕였다.

그래, 이렇게 하나하나 잡아 나가, 결국은 저 병판과 서씨의 목덜미를 끌어낼 것이다.

인면수심의 파렴치한. 그를 가만두지는 않을 것이다.

🌸

백성들에게서는 빠르게 소문이 돌았다.

재간택 당시, 유력한 간택 후보를 사칭하는 자가 나타나 간택장을 어지럽혔다는 소문이.

모두가 한마음 한뜻으로 금혼령이 철회되기만을 바라고 있는 이때, 백성들은 그 소식에 험한 소리를 뱉었다.

"갑자기 웬 궁녀가 나타나서 그 지랄을 했다는구먼. 망상증이라도 걸렸나 부지? 자기가 중전 되는 꿈이라도 꿨나?"

"아니, 그렇다고 신성한 재간택 현장에 쳐들어가? 혹시 그년 때문에 이번 간택에 차질이라도 생기는 거 아냐?"

"그럼 진짜 경을 칠 노릇이겠지만 사실무근인 게 밝혀졌다니 이 얼마나 다행인가."

저잣거리에 모이면 모두 이 얘기였다. 거리를 지나가던 해영은 그 얘길 듣고 자리에 딱 멈추어 섰다.

"그래서 그 여잔 지금 어떻게 되었대?"

"옥에 갇혀 있지, 이 사람아. 당연한 소리를 하고 있어?"

저, 정말? 해영은 자기도 모르게 벌어진 입을 손으로 가렸다.

"그럼, 그런 짓을 하고도 무사하길 바라겠어?"

소랑이 언니가 옥에 갇혀 있다니, 이를 어쩐다!

해영은 초조하게 손톱을 깨물었다.

언니가 결국에는 이리 되었구나. 자신의 이름을 밝히려다가 결국……! 그런 해영의 속사정을 알지 못한 행인들은 들뜬 목소리로 말했다.

"좀만 더 기다려 봄세. 중전이 간택되면 이 지긋지긋한 금혼령도 철회될 것이니."

"안 그래도 집집마다 이거 끝나면 혼사 진행하겠다고 들떠 있지 않나?"

"내가 사윗감으로 콕 집어 놓은 총각이 있는데. 누가 채가는 건 아니겠지?"

"아이고, 이거 무슨 딸년 시집을 보내는 건지, 늙은 과부 속을 채우려는 건지, 원."

한 아지매의 말에 모두에게 한바탕 웃음이 터져 나왔다. 그들은 이제 곧 금혼령이 끝날 것이라는 희망에 잔뜩 부풀어 있었다.

"기다려 보시게나. 곧 쏟아지는 혼례식에 반짝 혼인 특수가 올 것이니."

"포목점이든 예단집이든 벌써부터 손님 준비에 한참이더니만."

"이제 호황이 오겠구면. 아이고 좋네, 아이고 좋아."

그들 중에 섞여 있던 한 상인이 문득 걱정스러운 목소리로 말했다.

"그나저나 이번 간택마저 혹 잘못되면 어찌 되려나?"

뭣이? 그 말에 모두의 눈이 휘둥그레져 손사래를 쳤다.

"어찌 되긴. 전국적으로 엄청난 민란이 일어나겠지."

"그래, 특히 그 뭐냐, 모설단에서 가만두지 않겠지. 나라에 불만을 가득 품은 설로들이 모여 만든 단체라던데, 무슨 사달을 내도 내지 않겠어?"

저쪽에 떨어져 그 얘길 조용히 듣고 있던 해영은 초조해지는 마음에 지그시 입술을 깨물었다. 그녀의 걱정이 닿아 있는 곳은, 바로 소랑이었다.

기실 백성들의 말대로 더 이상 간택의 일정이 미뤄져서는 안 될 텐데. 그렇다면 언니의 정체는 언제 밝혀질 것인가. 혹, 이대로 누명을 쓰는 건 아니겠지?

✿

같은 시각.

옥사에 갇힌 소랑 역시 제자리에서 발을 동동 구르고 있었다. 잠시 신원에게 다녀오겠다던 헌은 며칠째 소식이 없었다. 대체 무슨 일이길래 신원은 서씨를 그렇게 빨리 풀어 준 것일까? 대체 일이 어찌 진행되고 있는 걸까?

"휴우."

요새 아예 잠을 자지 못하고 있던 그녀였다. 잠깐 잠에 들라치면, 그 장면이 끊임없이 다시 재생되었다. 아버지인 예현호 대감이 자신을 딸이 아니라고 하는 그 장면이. 그렇게 몸서리를 치며 꿈에서 깨길 여러 번. 그녀는 아무리 졸리고 피곤해도 일부러 잠을 참았다.

옥사에 갇혀 있는 건 몹시 두려운 것이었다. 이곳에 아무리 오래 있어도, 절대 적응되지 않을 것 같았다.

이때, 내시 세장이 그녀를 찾아왔다.

"소랑아, 몸을 녹일 담요와 따뜻한 국물을 좀 가져왔단다. 많이 힘들지? 아이고, 이 한기 좀 봐."

세장의 말에 그녀의 눈엔 금방 눈물이 글썽거렸다.

"저는 괜찮습니다."

입이 얼어서인지 말도 잘 나오지 않았다.

"전하는요? 전하는 어디 계십니까?"

"요새 밤마다 자꾸 잠행에 나가시네."

"잠행이요? 대체 무슨 일로."

가슴에 둥둥 불안감이 밀려왔다. 허나 소랑의 질문에 내시 세장은 고개를 저었다.

"나도 잘 모르겠어. 설명 없이 자꾸 자리를 비우시는 통에 나도 걱정이 이만저만이 아니다."

"얼굴이 많이 상하셨어요."

퀭해진 눈, 여윈 볼, 푸석해진 피부. 내시 세장의 몰골 또한 예전과 비교할 수 없이 많이 망가져 있었다.

"내 요새 걱정하는 것이 한둘이 아니라서."

소랑은 그 이유를 알 수 있을 것 같았다.

"원 상궁님 때문이죠?"

옥비녀를 받은 이들이 입을 맞추는 바람에, 지금은 원녀에게 수배령이 내려진 상태였다. 소랑과 세장 모두 알고 있었다. 그것이 누명이고 억지라는 것을.

한편으로는 그녀가 나타나 속 시원하게 그 사건을 해결해 주길 바라면서도, 다른 한편으로는 그녀가 이 사건에 연루되지 않았으면, 차라리 잡히지 않길 바라고 있었다.

"궐 밖에 나가면 꼭 원 상궁을 찾아 가겠다 약속을 하였는데, 그 약속을 지키지 못했구나."

내시 세장은 푹 꺼진 목소리로 답했다. 그동안 그녀가 아무런 소식을 전한 적이 없기에, 이미 그의 속은 새까맣게 타들어 가 있는 상태였다.

"내가 너한테 별소리를 다 하는구나. 너도 힘든 게 많을 텐데."

"아닙니다."

"나는 가 볼 터이니, 또 힘든 게 있으면 얘기하거라."

소랑은 나직이 고개를 끄덕였다.

"전하께 무슨 일이 생기면 생각시를 보내어 소식을 전해 주십시오."

"이 험한 곳에 어린아이를 보내긴 힘들지. 힘들더라도 내가 와서 직접 전해 주겠다."

세장은 창살 너머의 소랑을 다독여 주며 말했다.

"걱정 말거라. 전하께서도 너만큼이나 너를 많이 걱정하고 계실 거야."

"그렇……겠지요?"

다그닥다그닥―

어두운 밤거리, 말을 달리고 있는 헌의 머릿속은 온통 소랑의 생각으로 가득 차 있었다. 일단 너무나 미안했다. 내가 그녀로 인하여 수많은 밤을 버틴 것처럼, 이제는 내가 그녀의 밤을 위로해 주기로 하였는데, 그랬는데……. 옥사에 갇힌 소랑이를 돌보지 못하고 밖에 나온 지가 벌써 수일이었다.

'이번에 반드시 잡아야 한다!'

허나, 그만큼 중요한 일이었다. 이번 검거로 병판의 배후를 밝히고 간택에서 그의 세력을 제해야 했다. 많은 것들이 이번 사건과 연결이 되어 있었다.

한참 말을 달리던 헌이 도착한 곳은 다름 아닌 화윤의 집이었다.

"오셨습니까, 전하. 참으로 영광이옵니다."

예전에 씨름을 했다던 장대한 기골의 화윤의 아버지, 성광석이 절을 하며 왕 이헌을 맞았다.

"준비는 다 되었느냐?"

"네, 전하."

금군들과 함께 동선을 확인하고 있던 신원이 답했다. 언제 보쌈꾼이 나타날지 모르니, 매 순간 경계 태세를 세우며 잠복근무를 했던 그였다. 절대 그들을 놓치지 않겠다는 다짐이 신원의 얼굴에 굳게 새겨져 있었다.

"아씨, 괜찮으시겠소?"

신원의 옆에는 연분홍빛 치마를 곱게 차려입은 화윤이 서 있었다.

"네. 호랑이에게 물려가더라도 정신만 차리면 살아날 수 있다 하지 않습니까. 각오는 되어 있습니다."

화윤은 곧은 목소리로 말했다.

"허나, 위험할 수도 있소. 저번에도 한 번 난리를 겪지 않았소."

"한 번 물리친 이들을 두 번 못 물리치겠습니까."

신원은 그런 화윤을 잠시 동안 바라보았다. 만약 이번 사건에서 별일이 없다면, 그리고 이후의 일들이 우리의 뜻대로 되어 현희를 후보에서 제할 수 있다면 그녀는 이 나라 중전이 될 것이다.

조신한 듯하지만 강인하게 서 있는 화윤, 그리고 선비의 차림을 한 채 곧게 서 있는 왕 이헌.

신원의 눈엔 그들이 꽤 잘 어울리는 한쌍처럼 보였다. 되도록 이 아가씨가 이 나라의 중전이 되었으면 좋겠다 생각하며, 신원은 금군들에게 모두 위치로 자리하라 지시했다.

"네."

그 말에 금군들이 일사불란하게 흩어졌다.

왕 이헌은 화윤의 방이 보이는 창고 쪽에 자리했다. 이곳에서 보쌈꾼들의 동태를 살필 것이었다.

화윤의 방에 작은 호롱불이 켜졌다. 이후부터는 기다림의 연속이었다.

밤새마저 잠든 축시의 시간. 정신이 몽롱해지고 날 세운 경계가 살짝 느슨해질 때쯤, 얇은 초승달이 마당에 흩뿌린, 좁쌀 같은 달빛이 검은 구름에 의해 거두어졌다.

암흑에 모두의 시야가 가려진 틈을 타 대여섯의 사내들이 담을 넘었다.

나상주와 보쌈꾼들이었다. 이제 그들이 마지막 임무를 시작할 때였다. 넷의 보쌈꾼들이 화윤의 방 주변을 둘러싸고 있는 가운데, 나상주는 빠른 걸음걸이로 화윤의 방으로 들어갔다.

"흐읍……!"

소리를 지를 수도 있으니 입부터 막는 게 우선이었다. 나상주는 비명을 채 지르지도 못한 화윤의 머리채를 휘어 감고서, 그녀가 맞는지 면밀히 살폈다.

동그란 이마, 쌍꺼풀 없는 커다란 눈, 도톰한 입술.

초상화에 그려진 그녀가 확실했다. 나상주는 재빠른 손놀림으로 재갈을 물리고 손발을 꽁꽁 묶어 그녀를 자루에 담았다.

"가자!"

같이 들어온 보쌈꾼이 화윤이 담긴 자루를 둘러메고서 마당으로 나왔을 때, 헌과 무사들, 그리고 선혁과 활이 일제히 칼을 뽑아 들고 그들의 앞을 막았다.

'저이는!'

선비의 옷을 입은 그를 나상주는 바로 알아볼 수가 있었다. 저 얼굴은 바로 왕 이헌의 용안이었다.

왕이 직접 이곳까지 온 것인가? 중전 후보를 지키기 위하여!

나상주가 잠시 당황한 사이, 왕의 무사들이 선제공격을 했다.

챙챙챙— 날카로운 검투가 시작된 것이다. 무사들과 다섯의 보쌈꾼들 사이, 허공을 가르는 칼 소리가 이어졌다.

횟횟— 보쌈꾼들의 칼을 막던 선혁은 살짝 놀란 채 활을 바라보았다.

'이 실력은?'

활 역시 같은 것을 생각하고 있었다. 저잣거리에서 칼을 배운 무뢰배들의 솜씨가 아니다. 무사로서 차근히 수련한 칼 실력이 이러할 것이다. 복면을 쓴 보쌈꾼들. 과연 이들의 정체는 무엇이란 말인가.

나상주가 슬금슬금 뒤로 빠지며 직접 자루를 메고 담벼락을 넘으려 할 때.

"멈추어라!"

헌이 그를 거칠게 잡아챘다. 어느새 자루는 먼저 담벼락 너머로 넘어간 상태였다.

'이 눈은……?'

복면에 가려져 나상주의 눈만 보였지만 헌은 알 수 있었다. 그는 초면이 아니었다. 내가 알 만한 자라면 궐에서 일하던 자란 말인가?

헌이 잠시 당황한 사이, 나상주는 헌을 뿌리치고 마저 담벼락을 넘었다.

"이랴!"

남아서 이들을 상대하던 보쌈꾼들도 슬금슬금 뒤로 물러서더니 담벼락을 넘어 말에 올랐다.

"모두 추격하라!"

지체할 새가 없었다. 헌과 무사들 역시 문 쪽에 묶여 있던 말을 풀어 퇴각하는 보쌈꾼들을 따랐다.

그러나 잠시 빛을 보였던 초승달이 다시 한 번 완전히 빛을 감추면서, 사방으로 흩어지던 보쌈꾼들은 각자의 어둠 속으로 완전히 자취를 감추었다.

"모두 뿔뿔이 흩어져 이들을 찾아라!"

헌이 큰 목소리로 무사들에게 지시했지만, 어둠이 삼킨 그들의 행방을 찾을 수 있는 길은 없었다.

"반드시 찾아야 한다!"

다그닥다그닥— 무사들이 탄 수십 마리의 말들이 흩어져 사라진 보쌈꾼들의 흔적을 찾기 시작했다.

"파하핫. 왕이 나서서 지킨다 한들, 우리한테는 못 당하는구나."

가장 앞서 달리며 무사들을 따돌린 나상주는 더 이상 따라오지 못하는 그들을 통쾌하게 비웃었다.

"어서 가자."

나상주는 납치해 온 그녀를 데리고, 그들의 본거지로 향했다. 구

불구불한 숲길을 지나 당도한 너른 목장. 그곳에 세워진 마구간이 그들의 본거지였다. 말 수백 필을 수용할 수 있는 커다란 마구간을 개조하여 보쌈해 온 여인들을 가둘 수 있게 한 것이었다.

"자루를 내려놓거라."

마구간의 긴 복도, 말에서 내린 나상주가 지시했다.

병판의 명이 있었다. 화윤을 죽이라고.

다른 곳에 팔아넘긴들, 어딘가에 숨겨 놓은들, 그녀가 살아 있는 것 자체가 커다란 분란의 씨앗이 될 것이다. 깔끔하게 목숨을 끊는 것이 최선의 방법일 것이다.

바닥에는 화윤이 담긴 자루가 아무렇게나 던져져 있었다.

"자루를 벗기거라."

그를 호위하던 보쌈꾼 중 하나가 단도를 꺼내 자루를 부욱— 찢었다.

곧 몸을 웅크린 한 여인의 모습이 나타났다.

펄럭이는 연분홍빛 치마, 흑단 같은 댕기 머리, 붉은 연지. 나상주는 살기로 번뜩이는 칼을 높이 쳐들었다. 마지막으로 얼굴을 확인한 뒤 바로 해치워 버릴 계획이었다.

"고개를 들라."

그런데 그 자루에서 나타난 이는 화윤이 아니었다.

그는 바로…….

화윤의 분장을 한 신원이었다.

17

7년 전, 폐빈 안씨를 죽인 범인이 바로 네놈이로구나!

"누굴 기대하셨길래, 이렇게 얼굴이 굳어지오?"

나상주의 표정을 확인한 신원이 농을 던졌다. 그의 손에 밧줄 같은 것은 이미 묶여 있지 않았다. 그는 맨몸으로 옆에 있던 보쌈꾼에게 달려들어 그의 칼을 빼앗았다.

'대체 언제 자루가 뒤바뀐 것인가.'

나상주는 아까 전 보쌈을 할 때를 다시 돌이켜 보았다.

그리고 보니, 말을 타는 내내 안장이 다소 불편했던 게 생각이 났다. 내가 원래 쓰던 안장이 아니다. 바뀐 것은 자루가 아니라, 자루가 실린 말 자체였다.

"이제 좀 짐작 가시는 게 있으신가?"

신원은 기합을 지르며 그에게로 장검을 휘둘렀다.

채애앵― 신원과 나상주의 칼이 수직으로 맞부딪혔다. 나상주는 사력을 다해 공격을 가하는 신원의 칼을 막아 내었다.

"반항해 봐야, 이미 소용없을걸?"

휘이익― 연분홍빛 치마를 휘날리며 물러나는 신원의 입가에 비스듬한 미소가 걸렸다.

이미 소용없다니 그게 무슨 말인가. 나상주가 다시 힘을 모아 신원을 공격하려는 찰나!

"우아아아아!"

마구간의 입구에 횃불을 든 이들의 함성 소리가 쏟아졌다. 칼을 들고 일제히 달려오는 자들. 바로 의금부의 금군들이었다.

"뭐, 뭐야!"

"이제 너는 끝이라는 거지."

심지어 댕기 머리를 한 신원은 여유롭기까지 했다. 그런 그들 사이로 백마를 타고 달려오는 이가 있었다.

말에서 뛰어내려 나상주의 허벅지에 단숨에 단도를 찔러 넣는 이는 다름 아닌 왕 이헌이었다.

"으아아아!"

나상주가 자리에 쓰러지자 신원은 재빠르게 그의 손목과 팔을 뒤로 꺾어 그를 완전히 제압했다. 금군들 역시 칼과 몽둥이로 저항하는 보쌈꾼들을 하나하나 잡아넣고 있었다.

"드디어 해냈구나."

금혼령의 기간 동안 수없이 많은 여인네들을 납치 감금, 인신매매해 온 이 보쌈꾼들. 드디어 이들을 일망타진한 것이다.

"오늘 너 좀 예쁘구나."

헌은 곱게 연지를 바른 신원을 향해 엄지를 척— 세웠다.

"화윤 낭자에게 곱게 돌려줘야 하는 옷인데 큰일 났네요."

신원은 한쪽에 부욱— 찢어진 연분홍빛 치맛자락을 흔들며 말했다.

"가자, 이제 저이를 고신하여 진실을 밝혀야지."

헌이 훌쩍 말에 올랐다. 이제 다시 궐로 돌아갈 때였다.

어느새 새벽이 된 내금위 옥사.

헌은 금군들이 나상주를 옥에 가두는 모습을 뒤에서 유심히 지켜보았다. 복면을 벗은 그의 얼굴이 어딘가 익숙하면서도 낯설었다.

정말 궐 내부에 있던 이인가.

헌은 모여 있는 금군들의 눈을 피해 살짝 뒤로 숨으며 옥사의 안쪽 깊은 곳으로 들어갔다.

바쁜 하루 중에도 하루 종일 그리워했던 그녀, 소랑을 만날 차례였다.

"전하!"

뜬눈으로 밤을 지새우던 소랑이 헌을 보자마자 바로 나무 창살에 바짝 달라붙었다.

"괜찮으신 겁니까?"

"괜찮지, 물론. 오늘은 보쌈꾼 조직의 수장을 잡아들이고 왔다. 그들 조직을 모두 일망타진하고 오는 길이다."

"그런 건 신원이 시키시지요. 전하께선 궐에 계시고요."

"둘이 함께 있어야 가능한 작전이 있었다. 이제 그의 배후인 병판을 잡아들일 차례다."

"옥체 상하신 곳은 없습니까?"

"그러고 보니, 여기 팔을 좀 다친 것 같구나."

헌의 말에 소랑의 얼굴은 바로 사색이 되었다.

"어디, 어디요?"

"이거 이렇게 걷어서는 안 보이겠구나. 흐음."

헌은 소맷부리를 걷으려다 말고 문지기를 불렀다.

"여기 잠깐 문을 열어 주시게."

"죄송합니다. 아무리 어명이라 한들, 죄인을 옥사 밖으로 꺼내는 것은 아니 됩니다."

"내가 그걸 몰라서 그러나?"

"네?"

"내가 들어갈 것일세."

소랑은 손사래를 치며 헌을 막았다.

"아, 안 됩니다. 어딜 들어오신다고요?"

"안 그러면 이 팔을 보여 줄 수 없는데 어찌하란 말이냐. 날 이대로 방치할 셈이냐?"

"아니, 그건."

"빨리 문을 열어 주시게."

헌의 재촉에 잠시 망설이던 문지기는 자물쇠를 따고 헌을 옥사 안으로 들여보내 주었다.

"에헴, 이런 곳이구나."

"전하, 이렇게까지 하실 필요 없습니다. 피곤한 일 겪으셨을 텐데 어서 강녕전으로 드시지요."

"내가 쉴 새가 어디 있겠느냐. 바로 그를 고신하여 병판의 배후를 밝혀야지."

헌은 두루마기와 속적삼 등을 벗어 어깨 쪽을 소랑에게 보여 주었다.

"아이고, 어혈이 들었습니다."

"칼을 든 이들과 싸우다가 벽에 부딪혔거든. 이것 참……."

"전하의 옥체를 상하게 하다니. 경을 칠 이들이 아닙니까. 그걸 가만히 두셨습니까?"

"가만두긴, 이 칼로 예끼 예끼 혼내 주었지."

"정말, 어찌나 걱정이 많았는지 모릅니다. 심장이 조각나 부서지는 줄 알았습니다."

소랑은 금방이라도 눈물이 뚝뚝 떨어질 것 같은 눈빛으로 그에게 다가왔다. 그렇게 글썽이는 그녀가 너무 귀여워, 헌은 그녀를 품 안에 가득 끌어안았다.

"설마 나보다 더할까. 나는 정인이 옥사에 갇혀 있는데, 내 마음이 더하지."

"다신 앞서 나서지 마십시오. 원래 임금은 뒤에 있는 것입니다."

옥사의 차가운 한기에 그녀의 뺨은 차갑게 식어 있었다. 그것이 못내 마음이 아파, 헌은 손을 들어 그 뺨을 매만졌다. 그녀를 이런 곳에 있게 해서 너무나 미안하기만 했다.

"많이 힘들지. 곧 빼내 줄 터이니, 조금만 기다리거라."

"저는 괜찮습니다."

헌은 그런 소랑을 안고서 하염없이 머리칼을 쓰다듬었다.

내 가슴의 온기가 모두 그녀에게 전해지기를 바라며. 이렇게 그녀의 몸이 식는 날이 다시 없기를 바라며.

그런데 바로 이때……

"네가 여기 웬일이냐?"

밖에서 누군가의 목소리가 들려왔다.

내금위장 설선호가 잡혀 온 나상주를 보고 한 말이었다. 물론 왕 이헌이 옥사의 안쪽에 있는 줄은 꿈에도 알지 못하고 내뱉은 말이었다.

순간, 소랑의 눈이 가늘게 번뜩였다.

둘이 반말이라니. 그렇다면 설선호와 나상주는 이미 아는 사이란 말인가?

"네가 내금위장이라니. 세상 참 오래 살고 볼 일이구나."

나상주는 삐딱한 목소리로 말했다.

"나도 그때 그 일 아니었음 안 그만두고 계속 해 먹는 건데."

그렇다면…… 나상주 역시 과거에 내금위 소속이었던 것인가?

놀란 소랑과 헌의 눈빛이 허공에 부딪혔다.

헌은 천천히 고개를 끄덕였다. 그 역시 금군이었기에, 구면이었던 것이다.

"너 그때 그 일로 잡혀 온 거야?"

"무슨 일."

그다음에 이어진 설선호의 한마디는…… 너무나 충격적인 것이 었다.

"네가 폐빈 안씨 죽인 거 말이야."

"……! 너, 어떻게 알아?"

"네가 교살한 거잖아. 밧줄에 매달아 가지고."

순간, 왕 이헌의 머릿속에 뚜우— 하는 공명음이 울려 퍼졌다.

세자빈 안씨를, 저이가 죽였다고?

그야말로 몸이 딱딱하게 굳어지는 순간이었다. 도저히 믿을 수가 없어서, 너무나 충격적이어서.

"조용히 안 해? 언제 적 얘길 하고 있어. 7년 전 얘기를."

나상주는 주변을 둘러보며 경계를 세웠다. 그 역시 왕 이헌이 밖으로 나간 줄로만 알고 있었다.

"내금위장이 되었다는 놈이 입조심 안 해? 누가 들으면 어쩌려 그 래?"

바로 그때.

"지금 뭐라 하였느냐?"

옥사의 깊은 곳에서 도끼같이 둔탁한 목소리가 울려 퍼졌다.

설선호와 나상주는 고개를 돌려 다가오는 이를 바라보았다. 안쪽 에서부터 한기와 살기가 훅— 끼쳐 오는 것 같았다.

그곳에서는 왕 이헌이 서서히 모습을 드러내고 있었다.

"뭐라 하였느냐!"

한걸음 한걸음, 마치 거대한 괴물이 등장하는 것처럼 무시무시한 발걸음이었다.

"뭐? 폐빈 안씨를 죽여?"

마치 지옥의 왕이라도 된 듯, 그의 몸 전체에서 분노의 불길이 활 활 타오르고 있었다.

"신원이 밖에 있느냐?"

금군 하나가 밖으로 얼른 달려나가 신원을 불러왔다. 옥사에서는 헌의 쩌렁쩌렁한 목소리가 울려 퍼지고 있었다.

"빈궁을 살해한 자가 네놈이냐!"

세상 모든 것을 얼려 버릴 것만 같은 헌의 차가운 눈빛이 나상주 에게 닿았다.

"아, 아닙니다. 이, 이자가 실언을 한 것이옵니다."

나상주는 달달 떨리는 목소리로 간신히 답했다. 설마하니, 이 얘길 안에서 왕이 듣고 있을 줄은 상상도 못했기 때문이었다.

"폐빈 안씨는 자결을 하지 않으셨습니까?"

욱신! 나상주의 그 말을 듣자마자, 헌의 뇌리에 예전 그 장면이 스쳤다.

핏기 가신 새하얀 시체의 얼굴로 누워 있던 안씨의 목에 붉은 금이 그어져 있었던 것이.

아직도 그걸 생각하면 속이 역하도록 쓰려 왔다. 분명 그때부터 자결이 아닐 거라 생각했다. 이렇게 뜬금없이 세자빈이 목숨을 끊을 리가 없기에 누군가 궐 내부에 살인자가 있을 것이라고 믿었다. 그것도 분명 아주 가까운 곳에.

"나상주. 너는 병판의 사람이 아니더냐."

그 사람은 바로 병판이었다. 나상주를 시켜 세자빈 안씨를 살해한 사람은 바로 병판이었다.

"아, 아닙니다."

"너는 이 사실을 모두 알고 있던 것이냐!"

헌의 눈빛이 이번엔 내금위장 설선호에게 향했다.

"시, 실언이옵니다, 전하."

곧 헌의 호랑이와 같은 목소리가 터져 나왔다.

"내금위장 설선호는 왕의 권한으로 당장 보직에서 해임하겠다."

"전하!"

"네가 아는 사실을 남김없이 말할 때까지, 너는 금부의 추국을 당할 것이다."

옆에선 신원은 굳게 고개를 끄덕였다.

"또한 세자빈 안씨와 간택의 비리, 보쌈꾼에 대한 일체의 조사는 내금위가 아닌 의금부에서 맡을 것이다. 책임자는 금부도사, 이신원이 될 것이다."

신원은 다시 한 번 예를 갖추었다.

"그리고 마지막."

헌의 서늘한 눈빛이 나상주에게로 향했다. 당장이라도 죽여 버리고 싶은 놈이었다.

"이자에게서 자술을 받아 내거라. 죽은 빈궁에 대한 진실을 낱낱이 밝혀 내거라."

"네, 전하."

"당장 둘의 고신을 시작하라."

헌은 그 말을 남긴 채 용포를 휘날리며 뒤로 돌아섰다.

드디어 깊게 드리워졌던 궐의 어둠이 조금씩 걷혀지고 있었다. 그 어둠에 자신의 죄를 감추고 있던 자들이 하나씩 곧 모습을 드러낼 것이다.

곧 이 궐에 피바람이 불 것이다.

그렇게 어두침침한 옥사에서 나오자 찬란한 아침 햇살이 헌의 눈을 쿡 찔러, 그는 미간을 찡그렸다. 활활 분노의 불길에 휩싸였던 그는, 순간의 어질함에 중심을 잃었다.

"전하!"

내시 세장이 바로 다가가 휘청이는 그를 붙잡았다.

"괜찮으시옵니까?"

헌은 어지럼증을 떨치려는 듯 고개를 한 번 좌우로 흔들었다. 너무나 충격이 컸던 까닭이었다. 이렇게 뜬금없이 세자빈 안씨를 죽인 자를 찾게 되다니. 그리고 그 배후를 알게 되다니.

안씨의 죽음으로 괴로워했던 7년간의 세월이 주마등처럼 지나가며 깨질 듯한 두통이 몰려왔다.

"어디 가시려 하십니까?"

"편전에 갈 것이다."

지금 당장 병판을 찾아가 그 면상을 봐야 직성이 풀릴 것 같았다.

편전 앞.

왕 이헌은 안으로 향하고 있던 병판을 불러 세웠다.

"조성균 대감!"

왕의 호명에 병판이 서서히 뒤를 돌아보았다. 그 역시 소식을 전해 들은 터였다. 나상주가 왕 이헌에 의해 직접 붙잡히고, 화윤의 납치에 실패했다는 것. 이제 헌의 앞에서 흔들리는 모습을 보여서는 절대 안 되었다.

그는 헌에게 꾸벅 인사를 한 뒤 꼿꼿하게 고개를 세웠다.

"전하, 강녕하셨나이까?"

"그렇지 못하오. 내 오늘 밤에 놀라운 일들을 겪었소."

"무슨 일이십니까?"

병판의 얼굴에 두꺼운 가면이 올라가 있었다. 그 어떤 말에도 본심을 숨기려는 두꺼운 가면이. 그가 평정을 취하는 모습이 더욱더 헌의 분노를 자극했다.

"간밤, 유력한 중전 후보의 납치 미수가 있었소."

"그러십니까."

"내 직접 그 조직의 수장을 잡아들이고 오는 길이오. 이름은 나상주. 그가 병판의 사람이라는 소문이 있소만."

"글쎄요. 저는 그 사람을 모릅니다."

"다시 한 번 말해 보시오. 그를 모르시오?"

"네."

병판의 얼굴엔 조금도 변함이 없었다. 지금 이렇게 가면을 쓰고, 나의 부인 세자빈 안씨를 죽이고서 7년간이나 득세하였단 말인가.

그녀를 죽인 것도 모자라 심지어 보쌈꾼 조직을 만들어 어린 처녀들을 납치하고 팔아먹었단 말인가.

심지어 이번 간택을 제멋대로 쥐락펴락하기 위해, 왕에게서 친간의 결정권을 빼앗고 간택에도 참석치 못하게 했던 것인가. 이런 인면수심의 자를 지금껏 신하라고 데리고 있었다니.

헌은 치를 떨었다. 갈아 마셔도 시원치 않을 것 같은 기분이었다.

"방금 더욱 놀라운 소식을 듣고 오는 길이오. 나상주가 예전 세자빈 안씨를 살해했다 하던데."

"네?"

순간 평정을 가장하던 병판의 표정에 실금이 갔다.

설마하니, 그 사실까지 밝혀진 것일까? 아니, 어쩌다 그 얘기까지 나오게 된 것인가?

"눈빛이 흔들리는 걸 보니, 사실인가 보오."

"너무 놀라운 사실이라 그렇습니다."

헌은 단도직입적으로 물었다.

"혹, 빈궁의 살변 뒤에 병판이 있었소?"

살기를 띤 헌과 평정을 가장한 병판의 눈빛이 허공에 팽팽하게 부딪혔다.

"아닙니다."

그 변함없는 얼굴에서 헌은 확신을 굳혔다. 이런 상황에서 평정을 유지할 이가 과연 몇이나 될까.

"증좌가 있습니까?"

헌은 그 말에 더더욱 확신을 했다. 그가 분명했다. 그가, 바로 7년 전 세자빈 안씨를 살해한 이였다.

"당신이 맞구려."

"확실한 증좌가 나오면 불러 주시옵소서."

병판은 꾸벅 고개를 숙이더니 부들부들 떨고 있는 헌을 남겨 둔 채 뒤로 돌아섰다.

"네놈이로구나!"

쩌렁쩌렁한 헌의 고함을 병판은 더 이상 듣지 않았다. 그의 생각은 단 하나였다. 지금 이 순간, 가장 중요한 것은 나상주의 입을 틀어막는 것이었다. 그의 세 치 혀가 바로 7년 전 사건의 증좌였다.

나상주가 입을 열면, 나는 끝난다. 모진 고신이 시작되면 언제 무슨 말이 나올지 모른다. 미리 손을 써야 한다.

병판은 헌에게서 빠르게 멀어져 갔다.

그의 뒤, 일그러진 헌의 표정은 말로 표현할 수 없이 처참하기만 했다.

"오늘 상참과 조참은 모두 취소할 것이다."

한참 가쁜 숨을 몰아쉬던 헌이 간신히 세장에게 했던 말이었다.

나상주와 설선호를 추국 중이던 신원이 잠시 짬을 내어 소랑의 옥사 앞에 들렀다.

"야, 얼굴이 왜 이래?"

소랑은 놀라 창살 앞으로 다가갔다. 그의 얼굴과 옷에는 붉은 핏자국이 묻어 있었다.

"엉망이지. 미안. 알잖아. 쉽게 말할 놈들 아닌 거."

신원은 그때 양화진 주막에서 병판이 나상주에게 했던 말을 다시 떠올렸다.

무슨 일이 있어도, 자신의 이름을 대지 말라고 했던 것. 그와 병판과의 연결 관계를 확인하기 위해선, 더욱더 모진 고신이 필요할 것이었다.

"나상주가 정말 세자빈 시해 사건의 범인이야?"

소랑에게도 너무나 충격적인 얘기였다. 차마 예상치도 못했던 얘기였다. 자결이 아니라 진짜 살변일 줄은.

"심증상 맞는 것 같아. 자술을 받아 내야 할 텐데 그게 문제네."

순간 소랑은 저번 이 옥사에서 벌어졌던 일이 떠올랐다. 그녀는 정신이 번쩍 든 듯 신원에게 말했다.

"지금 유일한 증좌가 나상주의 자술이라면 병판이 그를 죽이려 할 수도 있어."

"뭐?"

"자기에게 불리한 증거는 다 없애 버리는 놈이잖아."

순간 신원의 등골에 소름이 쭉— 퍼져 나갔다.

"그래, 그때 가짜 세자빈도!"

이곳 옥사에서 목을 매달아 죽였다. 자결인 듯했지만, 실은 증언을 막기 위한 살변이었다.

"나상주가 죽어선 안 돼."

지금 와서 나상주가 죽게 되면, 세자빈 안씨 시해 사건은 다시 미궁으로 묻힐 것이다.

"그것부터 막아야 할 것 같아."

소랑의 당부에 신원은 고개를 끄덕였다.

"몸 잘 챙기고 있고, 나 먼저 가 볼게."

신원은 빠르게 지하 추국장으로 향했다. 그가 지하실의 문을 열자마자 본 것은,

"으으윽!"

설선호가 인두로 나상주의 목을 지지고 있는 모습이었다.

이렇게 나상주 역시 죽고 마는 것인가? 세자빈 시해의 사건은 미궁에 빠지게 되는 것인가?

오늘은 최종 삼간택의 5일 전날이었다.

18

삼간택 3일 전,
이제 우리에게
시간이 없다!

"지금 뭐 하는 것이오?"

신원은 득달같이 달려들어 한데 엉켜 있던 설선호와 나상주를 떼어 놓았다.

설선호가 나상주를 죽이려 한 것이다. 어느새 나상주의 목에는 벌건 화상이 일어 있었다. 다행히 아직 숨이 붙어 있었다. 죽지 않았다.

"뭐하냐, 설선호를 묶어 놓아라."

신원의 지시에 내금위 소속의 금군들이 잠시 멈칫했다.

"이제 설선호는 너희들의 상관이 아니다. 보직 해임된 것을 잊었느냐."

그 말에 금군들이 다시 움직였다. 아마 설선호는 그이들을 회유하여 오랏줄을 풀어 달라 했을 것이다. 그리하여 병판의 지시대로 나상주를 죽이려 했던 것이고.

"괜찮으시오?"

신원은 쓰러져 있던 나상주에게 다가가 몸을 일으켜 세웠다. 어느새 그의 목에선 핏물과 진물이 섞여 줄줄 흘러내리고 있었다.

"찬 수건과 물을 가져오너라."

신원은 가쁜 숨을 내쉬고 있는 나상주를 부축해, 위층의 작은 협실로 데려갔다. 방에는 둘만이 있었다.

"여기 물 좀 드시오."

야생의 들개처럼 경계의 눈빛을 띠던 그가 신원이 내민 물그릇을 받아 들고 발칵발칵 물을 삼켰다. 물을 다 마신 뒤에도, 그의 경계는 가시지 않았다.

"설선호가 당신을 왜 죽이려 했는지 알고 있소?"

나상주는 목에 찬 수건을 대고서 거친 눈빛으로 신원을 올려다보았다.

"나는 알 것 같은데. 병판의 지시가 아니오. 마지막 꼬리 자르기."

그는 아무런 답도 하지 않은 채, 물이 흐르는 입을 소맷부리로 훔쳐냈다.

"혹, 병판이 잡히더라도 꺼내 주겠다 말했소? 가족들을 보필해 주겠다 했소? 집어치우시오. 병판은 설선호를 시켜 당신을 죽이려 했소."

그의 표정이 서서히 무겁게 내려앉았다.

"당신이 병판을 몇 년을 모셨든 당신은 그에게 하나의 개에 불과했소. 쓰고 버리면 죽일 개. 이왕 개로 죽을 거, 배신자는 물고 들어가야 하지 않겠소?"

나상주의 눈빛이 서서히 배신감에 물들어 갔다.

그래, 신원의 말은 틀리지 않았다.

병판 조성균 대감은 충분히 나를 죽이라 지시하고도 남을 사람이었다.

"그런 놈한테 의리는 지켜 뭐합니까?"

신원은 나상주를 뚫어질 듯 강렬히 보며 말했다.

"7년 전, 세자빈 안씨 시해 사건의 배후를 말하시오. 당신은 더 이상 의리를 지킬 이유가 없소."

나상주의 부릅뜬 눈에서 툭툭 핏발이 어렸다.

손톱이 박혀 버릴 듯, 주먹을 꽉 쥐고 있던 그가 결국에는 입을 열었다.

"제가 말씀드린 장소로 가면 상자가 하나 있을 것입니다. 그 상자 안을 보시면, 궁금해하셨던 것에 대한 답을 얻을 수 있을 것입니다."

신원이 말없이 하얀 붕대를 건네자 나상주는 묵묵히 그 붕대를 진물이 흘러나오는 목에 감았다.

"이곳이 맞는가?"

북한산 기암석 옆 세 번째 소나무 아래. 이곳이 나상주가 말해 주었던 장소였다. 왕 이헌과 신원은 그 앞에 서서 금군들이 삽으로 나무 밑을 파는 것을 보고 있었다.

"상자가 나왔느냐?"

"아직입니다."

"더욱 깊게 파 보아라."

가까스로 중심을 잡고 서 있긴 했지만, 왕 이헌은 미풍의 산바람에도 쓰러질 듯 위태로워 보였다. 그렇게 한참을 파 내려가던 금군들의 삽 끝에 딱딱한 목궤가 닿았다.

"차, 찾았습니다."

그들은 조심스럽게 흙 묻은 그 상자를 꺼내 들었다. 신원은 상자를 받아들여 그 위에 묻은 흙을 털어 냈다.

"상자를 열어 보아라."

긴장 가득한 순간이었다. 바로 여기에 세자빈 시해 사건의 비밀이 있단 말인가!

'달칵—'

그 상자 안에서 가장 먼저 나온 것은…….

"사, 살변이 맞았구나."

세자빈 안씨의 피에 젖은 옷고름이었다. 순간 헌의 가슴에선 설움이 울컥 터졌다.

옷고름을 손에 쥔 그의 손가락이 파르르 떨렸다. 이미 색이 바래져 쪼글쪼글해진 옷고름이지만, 마치 헌에게는 그때 안씨가 쏟았던 선혈이 생생히 느껴지는 듯했다. 헌은 그것이 안씨 혼백의 일부인 양 간절히 부여잡고, 가슴에 안았다.

다리에 힘이 풀린 그는 털썩 그 자리에 주저앉고 말았다. 지금 헌의 얼굴은 그 무엇으로도 표현할 수 없이 참담하기만 했다.

"미안하오, 미안하오."

참을 수 없는 눈물이 계속해서 뚝뚝 떨어졌으나, 헌은 울음을 터트리지 않았다.

"내가 꼭 당신을 죽인 이를 찢어 죽일 것이오! 반드시!"

그는 복수의 말을 씹어 삼킬 뿐, 끝끝내 목 놓아 울지 않았다.

뒤에선 연이은 증거들이 상자에서 꺼내져 나왔다. 병판이 당시 내금위 소속이던 금군 나상주에게 안씨의 시해를 요청한 문서. 여기에는 떡하니 병판 조성균 대감의 인장이 찍혀 있었다.

세자빈 안씨의 인상착의와 얼굴이 그려진 초상화도 나왔다. 증거 내역들을 하나하나 확인하던 신원은 그 상자를 옆에 놓고서, 쓰러진 헌의 어깨를 감싸 안았다.

"전하, 차라리 마음껏 우십시오."

계속해서 울음을 삼키는 헌을 바라보며 신원이 안쓰러운 표정을 지었다.

세자빈 안씨의 죽음을 자그마치 7년 동안 괴로워하며 눈물을 쏟았던 그가 아닌가. 이제야 그 오랜 비밀이 밝혀지는 순간이니 오히려 울음이 터지지 않는 것이 이상할 것이다.

"아니다. 이 나라 군주가 그래서야 되겠느냐."

헌 역시 모든 것을 다 집어던지고 늑대처럼 포효하고 싶었지만, 그는 그 충동을 애써 누르고 참았다. 지금은 어떻게든 이성을 찾아야 할 때였다.

"이로써 병판을 잡아넣을 증거는 충분한 것이냐?"

신원은 고개를 끄덕였다. 문서에 굳게 찍혀 있는 병판의 인장. 이보다 더 확실한 증거는 없었다.

"가자."

비틀거리는 헌을 신원이 잡아 일으켜 세워 주었다.

"그래, 이제 그놈이 되돌려 받을 차례였다."

온몸의 힘이 쭉 빠졌음에도 불구하고, 눈빛만은 형형했다.

그를 잡아넣을 것이다.

빈궁을 그리 죽인 병판 조성균 대감을.

허나 심장에 직격탄으로 맞은 그 충격은 쉽사리 가실 줄 몰랐다.

강녕전까지 남은 힘을 다해 비척비척 걸어가던 왕 이헌은 침전 앞에서 쿵— 하고 쓰러져 그만 나동그라지고 말았다.

"전하, 전하!"

놀란 내시 세장이 그를 감싸 안았지만,

"어서 어의를 불러오시게."

침전에 눕혀진 헌은 완전히 정신을 잃어버린 상태였다. 어의가 올 때까지 내시 세장은 의식을 잃은 헌의 어깨를 한없이 매만졌다.

소식을 모두 들은 세장의 눈에도 쉴 새 없이 눈물이 흘러내렸다.

내금위 금군이 세자빈 안씨를 죽였다는 것. 야밤, 그녀의 방에 몰래 들어가 그녀를 교살했다는 것. 병판이 이를 지시하고 7년 동안 숨겨 왔다는 것.

다시 들어도 실신할 만한 얘기였다.

헌이 받은 충격과 시름이 얼마나 깊을 것일지 알기에, 세장은 그저 말없이 헌을 다독이고 또 다독였다. 결코 쉽게 치유될 상처가 아니었다.

잠시 후, 어의들이 도착해 헌의 맥을 짚었다.

지금 헌을 위로해 줄 수 있는 유일한 사람이, 소랑이라는 것을 내시 세장은 잘 알고 있었다.

허나, 지금은 그녀조차 이곳에 데려올 수가 없었다.

곁에 있어야지만 사랑이 짙어지는 것은 아니었다. 소랑은 헌과 떨어져 있을 때마다 이것을 절절히 느꼈다. 옥에 갇혀 있는 내내, 헌을 향한 소랑의 사랑은 점점 더 짙어지고 있었다.

그가 무사해야 할 텐데. 그가 괜찮아야 할 텐데. 그럴 수 있을까. 아마, 그럴 수 없을 것이다. 피에 젖은 안씨의 옷고름이 나왔다는데, 어찌 그가 멀쩡할 수 있을 것인가.

이유는 잘 모르겠으나, 몸 어디 한 부분이 그와 연결된 것처럼 소랑은 앓기 시작했다. 강녕전에서 헌이 그런 것처럼, 소랑에게도 열이 펄펄 올랐다. 그가 겪고 있는 그 고통이 소랑에게도 선연히 느껴졌다.

"소랑아."

병판을 잡아들여 추국을 하고 있던 신원이 잠시 소랑에게 들렀다.

수사로 바쁜 와중에도, 소랑을 챙기는 그의 살뜰한 손길은 멈추지 않았다.

"왜 그래? 너도 아파?"

"한기 때문인가, 몸살이 온 듯해."

"어디 봐."

신원은 문지기에게 문을 열어 달라 요청해 그녀의 이마에 손을 짚었다.

"열이 장난이 아니네."

"전하께선 어때? 괜찮으셔?"

"너랑 똑같으셔."

앓고 있는 모양새가 쌍둥이를 보는 것처럼 같았다. 그는 한숨을 깊게 내쉬며 가지고 온 보따리를 풀었다. 거기엔 뜨거운 죽과 반찬

234

들이 준비되어 있었다.

"이거 먹어. 담요 잘 덮고 있고."

신원이 직접 죽을 숟가락에 떠 주었지만, 몸살로 인해 목이 잔뜩 부은 소랑은 그마저도 삼키질 못했다.

"못 먹겠다. 모래 씹는 것 같네."

"식기 전에 먹는 게 나을 텐데. 이럴 때일수록 몸 더 잘 챙겨야 해."

"전하껜 이 소식 전하지 말아 줘. 나 아프다는 거."

고개를 끄덕이는 신원의 얼굴에는 쓴 미소가 번져 있었다.

"알았어, 그럴게."

모든 것을 포기한 자의 눈빛이었다. 이제 자신의 마음은, 내 욕심은 전혀 중요치 않다는 듯한 그 표정. 신원이 그렇게 웃을 때마다 왜 이렇게 소랑의 가슴이 무너져 내리는 것만 같을까.

"병판의 추국은 어찌 되어 가고 있어?"

소랑은 힘겹게 목소리를 내어 물었다.

"당연히 입 꾹 다물고 있지. 나상주와의 대질신문에도 나는 모르는 일이다, 그 증거물에도 나는 모르는 것이다, 딱 잡아떼고 있어."

안 그래도 몸이 아팠지만 신원의 그 말에 더욱더 늑골이 뻐근해지는 느낌이었다.

"어찌 그런 사람이 있을 수 있니!"

"일단 진정해."

분노에 못 이기는 소랑을 신원이 차근한 목소리로 달랬다.

"무릎 꿇고 빌어도 모자랄 판에 어쩜 그렇게 뻔뻔하게. 그가 아니었으면 금혼령도 없었을 거야. 백성들의 그 7년 세월을 대체 뭐로 보상할 거냐고!"

그녀는 젖은 눈가를 훔치며 독하게 말했다.

"지금 우리에게 가장 큰 문제는 시간이야. 삼간택이 3일 남았어."

그래, 가장 중요한 것은 앞으로 벌어질 일이었다.

삼간택, 그 이전에 모든 것을 제자리에 돌려놔야 했다.

"전하께서 몸이 괜찮아지시면, 다시 친간에 들어가실 거야."

신원의 그 말에 소랑은 고개를 저었다.

"그러지 못할 수도 있어. 지금 받으신 충격이 엄청나잖아. 안 그래도 심신미약으로 트집을 잡고 있는 이들인데, 그때까지 몸을 회복하지 못할 수도 있어."

신원의 동공이 커졌다. 소랑의 말대로, 왕 이헌의 상태는 단기간에 나아질 수 있는 게 아니었다.

"우리는 현희를 후보에서 제할 방법을 찾아야 해. 나상주의 입에서 직접 서씨가 이번 보쌈을 의뢰했다는 말이 나와야 그리할 수 있어."

"그래, 지금 추국 중이니 그 증언부터 받아 놓을게."

"궁관 뇌물 혐의는 원녀가 돌아오기 전까지는 입증이 안 돼. 그걸로 서씨를 잡아 놓을 수가 없어."

소랑의 말뜻은 분명했다.

지금은 병판을 추국하고 있지만, 일단은 서씨와의 연결 관계부터 파헤쳐야 한다는 것. 그래야 삼간택이 되기 전, 후보 현희를 제할 수 있다는 것이었다.

"그래, 네 말대로 할게."

신원은 바로 지하 추국장으로 내려갈 준비를 했다.

부디, 병판이 입을 열어야 할 텐데. 그래야 그가 삼간택에 계획했던 모든 것을 뒤집을 수 있을 텐데.

"전하, 괜찮으시옵니까."

이번 삼간택의 심사진을 맡은 조정 대신들과 삼사 관원들이 강녕전으로 찾아왔다.

"나는 괜찮으니, 걱정하지 마시오."

헌은 아직 열이 가시지 않은 얼굴로 자리에 앉아 앞에 앉은 아홉 명의 심사진들을 보았다.

"소식은 모두 들었을 것이오. 병판의 수하에 있는 보쌈꾼 조직에서 삼간택에 오른 중전 후보를 납치하려 했다는 것. 그것이 모두 병판의 지시였다는 것, 말이오."

병판의 휘하에 있던 대신들은 가슴이 뜨끔해지는 말이었다.

"심지어, 그 보쌈꾼의 수장이 예전 세자빈 안씨 시해 사건의 범인이라는 게 밝혀졌소."

"저희도 그것에 큰 충격을 받았습니다. 어찌 그런 일이 있을 수

237

있는지요."

"그리하여 이번 사건을 제대로 파헤치기 위하여 삼간택의 일정을
뒤로 미룰까 합니다."

"네?"

서씨와 병판의 유착에 대한 증거를 찾기 위해서는 조금 더 추국
이 필요한 시점이었다. 당장 3일 후에 있을 삼간택은 너무 일렀다.

"전하, 그것은 안 될 일입니다."

대신들은 모두 고개를 숙이며 반대의 뜻을 내비쳤다.

"모든 백성들이 금혼령이 철회되기만을 간절히 바라고 있나이다.
일정이 미뤄지면, 그것만으로도 부정 여론이 들끓을 것입니다."

"통촉하여 주시옵소서, 전하."

"그리하다면,"

왕 이헌은 다시 대신들을 날카로이 바라보았다.

"이번 삼간택엔 과인이 직접 참여하겠소. 이래 가지고는 친간의
의미가 없지 않겠소."

허나 대신들은 이 역시 반대했다.

"전하, 아직 몸이 편찮으시지 않습니까."

"저희가 흔들림 없이 공정하게 간택을 진행하겠습니다. 저희를
믿고 맡겨 주시옵소서."

헌은 앞에 놓인 상을 쾅— 치며 역정을 냈다.

"혹시 여기에도 병판의 비호를 받는 자가 있소?"

호랑이같이 쩌렁쩌렁한 그의 고함에 몇몇 대신들이 움찔하여 고

개를 숙였다.

"아닙니다."

"병판이 그렇게까지 후보를 납치하려 했던 이유가 뭐라고 생각하오. 특정 후보를 밀어주기 위함이 아니겠소! 그러한데 이번 간택이어찌 공정할 거라 믿는 게요?"

헌의 눈빛에는 번쩍하는 불꽃이 튀었다.

"이번에 병판이 얼마나 큰 죄를 지었는지 다들 알고 있으실 겁니다."

그의 역정에 대신들은 모두 몸을 웅크렸다.

"이번 간택과 관련하여 병판과 접촉한 자가 있다면 모두 그와 같은 신세가 될 줄 아시오! 같이 지독한 형벌을 받을 거란 말이오!"

헌은 모든 대신들에게 물러가라 명했다. 모두 꼴도 보기 싫은 인간들이었다.

금세 비어 버린 강녕전, 헌은 밖에 있던 세장을 불렀다.

"세장아, 신원의 추국은 어디까지 되었느냐?"

"병판이 아무래도 삼간택 날까지 입을 굳게 다물 모양입……니……다……."

순간 세장의 목소리가 멀고 느리게만 들리는 것 같아 헌은 다시고개를 흔들어 정신을 찾으려 했다.

"어디까지 되었다고?"

"아직 충격이 크신 것 같습니다."

"나는 괜찮다. 그 전까지 심사진과 병판과의 유착 관계까지 파악하면……."

허나, 다시 어지럼증이 오른 헌은 그 자리에서 털썩 옆으로 쓰러지고 말았다.

"전하!"

내시 세장은 그의 몸을 뒤흔들었으나, 그의 정신은 돌아올 줄 모르고 있었다. 이래 가지고는 3일 뒤, 왕 이헌이 제 발로 간택장에 들어가는 것은 불가능해 보였다. 이러다 정말 모든 일을 그르치는 것은 아닌가, 불안감이 파도처럼 밀려왔다.

어디까지가 운명인지, 아직 알 수가 없지 않니

의금부 내 고문실.

신원은 이곳에서 병판과 나상주의 대질신문을 진행하고 있었다.

병판은 순식간에 나상주의 멱살을 불끈 잡고 고함쳤다.

"모든 것은 네가 조작한 것이 아니냐."

그는 상처 입은 나상주의 목을 집요하게 잡아당기며 압박을 계속

가했다.

"이것 놓지 못하겠소!"

병판의 이러한 태도에 울컥 화가 뻗쳐 오른 나상주는 가공할 만한 힘으로 그를 뿌리쳐 냈다. 이러다 곧 큰 싸움이 날 듯하여 금군들이 달려들어 둘의 사이를 떼어 놓았다.

"네가 날 본 적이 있느냐!"

그렇게 금군들에게 양손이 붙들려서도 병판은 그를 향한 빈 주먹질을 멈추지 않았다.

"10년간 보아 왔지요."

나상주는 배신감이 가득 담긴 이 말을 씹어뱉듯이 내뱉었다.

"뭐? 이놈이! 보시오, 이신원 도사. 나는 이놈 처음 보는 놈이요. 어따 대고 날 모함하려 들어?"

그 말에 나상주의 입엔 삐딱한 미소가 걸렸다.

"날 모른다 하셨소? 그럼 모르는 이를 왜 죽이려 하였소!"

"그런 적 없다!"

"설선호가 나에게 왜 갑자기 칼을 들이대었겠소. 당신이 시킨 것이 아니오!"

"아니라니까!"

"하, 내가 더한 얘기들을 꺼내길 바라시오?"

협실에 놓인 탁자를 가운데 두고, 나상주와 병판이 팽팽히 대치 상태를 이루었다.

"이신원 도사, 내 좋은 정보들을 알려드리리다. 10년 동안 병판께서 저지르신 살인, 납치 교사, 배임, 횡령, 부정부패 축재! 오늘 밤 그 모든 것을 내가 털어놓을 것이오."

"이놈이!"

"그동안 병판께서는 두 손 모아 조상께 빌고 계시오. 나라에서 그 집안에 삼족을 멸하는 벌을 내릴 것이오."

"네 이놈!"

순간 화가 끝까지 뻗쳐오른 병판이 자신을 가로막던 한 금군의 허리춤에서 단도를 홱 뽑아 들었다.

"그 입 닥치지 못할까?"

"병판, 그 칼 놓으시오!"

허나 신원이 말릴 틈도 없이 순식간에, 병판은 자신을 가로막는 금군들의 손에서 벗어나 나상주에게 득달같이 달려들었다.

"안 돼에에!"

신원은 지금 눈앞에 벌어진 사실을 믿을 수가 없었다.

푸우욱— 병판이, 어느새 그 단도를 나상주의 가슴에 찔러 넣은 것이다. 신원이 나상주에게 달라붙은 병판을 떼어 내려 했지만, 그의 칼질은 멈추지 않았다.

"흐읍!"

나상주의 눈이 터질 듯이 부풀며 입새에서 피가 새어 나왔다. 금군들이 병판을 제압해 밧줄로 묶고 있을 때, 이미 나상주의 가슴에서는 붉은 선혈이 폭포처럼 쏟아지고 있었다.

"안 돼, 벌써 죽으면……!"

신원은 급히 쓰러지는 나상주를 붙잡았지만, 그의 동공은 이미 풀려 있었다. 서씨와 병판의 유착 관계를 파악하기 위해선, 그의 증언이 더 필요했다. 또한 그를 통해 지난 세자빈 살변 사건까지 면밀히 조사해야 했다. 지금 이대로 숨이 끊어져서는 절대로 안 되었다.

"나상주, 정신 차려!"

할딱할딱 넘어가는 숨, 콸콸콸 흐르는 피, 그리고 힘없이 늘어지기 시작하는 무거운 몸. 곧 그 헐떡이는 숨마저 잦아들며 그는 마지막 유언도 없이 뜬 눈 채로 최후를 맞이했다.

"안 돼, 안 돼에!"

나상주의 시신을 부여잡고 있던 신원의 눈이 절망으로 물들었다.

이 상황을 어찌할 것인가. 세자빈 안씨를 죽인 범인이 병판의 손에 죽게 된 것이다. 온몸을 버둥거리며 발악을 하던 병판은 이제 금군들에 의해 밖으로 질질 끌려나가는 중이었다.

금부에서 저지른 살인.

결국 그는 죄가 밝혀지는 두려움에, 더 큰 죄를 저지르며 스스로 추락한 것이었다. 이제 병판의 인생은 빼도 박도 못하는 자멸만이 남아 있었다. 신원은 나상주의 시체를 보며 한참을 망연자실 앉아 있었다.

뚝, 뚝, 뚝―.

옥사 복도의 바닥에 떨어지는 규칙적인 핏방울. 활에 맞고 겨우 살아난 짐승처럼 피에 젖은 몸을 이끌고 앞으로 비틀비틀 걸어나가고 있는 이는 바로 신원이었다.

"신원아, 무슨 일이야!"

그가 무너져 내리듯, 중심을 잃은 곳은 바로 소랑의 옥사 앞이었다. 언뜻 선잠이 들어 있던 그녀가 화들짝 일어나, 나무 창살을 붙잡았다. 그는 거친 숨을 몰아쉬며 창살에 기대어 앉았다.

"이 피는 다 뭐고? 다친 거야?"

"내 피가 아니야."

소랑의 눈빛이 불안함에 일렁였다. 보통 일이 아닐 것이다. 신원이 이렇게까지 무너진 걸 보면.

"나상주가 죽었어. 내 눈앞에서."

"뭐?"

얘기를 듣는 소랑의 얼굴이 하얗게 질렸다.

"병판이, 결국 그를 찔렀어."

그는 그 말을 하며 자신의 머리를 감싸 쥐었다. 그것은 아마 신원에게 너무나 괴로운 일일 것이다. 눈앞에서 살변이 일어났다는 것이. 그걸 막지 못했다는 것이.

"신원아, 정신 차려. 네 잘못이 아니야."

정신없이 황망한 와중에도 소랑은 우선 신원을 다독였다.

"내 추국장에서 벌어진 일이잖아."

지금 그가 겪는 죄책감의 무게는 어마어마할 것이었다.

"아냐, 신원아, 죄책감 갖지 마. 죽어 마땅한 놈이잖아. 나를 보쌈했고, 세자빈 안씨를 죽였고."

그 말에 어른어른 젖어 있는 신원의 가여운 눈빛이 소랑에게 힘 겹게 가닿았다.

"이번 추국으로 서씨를 엮어 넣었어야 했어."

"서씨에겐 아직 다른 혐의가 많아."

"삼간택이 이제 이틀 남았어. 현희가 중전이 되어 버리면 어떻게 해."

신원은 뜨거운 숨을 뱉으며 나무 창살을 움켜쥐었다.

"내가 서씨를 빨리 풀어 주는 게 아닌데, 어떻게든 잡아넣었어야 했는데."

"아니야, 신원아."

"그때 혐의가 부족하다 결론 내린 것이 화근이야."

"그랬기에 화윤 아씨도 구하고, 나상주도 잡아넣고, 그가 세자빈 살변의 범인이라는 것도 알게 된 것이었어. 네가 잘못한 거 없어."

허나 신원은 고개를 저으며, 자신의 무릎 사이로 얼굴을 묻었다.

왜 이렇게 상황이 힘들기만 한 걸까. 창살을 부여잡고 그를 위로 하던 소랑은 결국 힘이 툭 빠진 듯, 그 창살에 어깨를 기댔다.

정말 모두에게 견딜 수 없이 힘든 날들이었다. 옥사에는 창살 사이로 등을 대고 있는 두 남녀의 불규칙한 숨소리만이 울려 퍼지고 있었다.

"제발, 아무것이라도 해결책이 있으면 좋겠다."

무조건 3일만에 빼도 박도 못할 증좌를 잡아 서씨를 잡아넣어야 했다.

궁관 뇌물 혐의가 명확하게 밝혀지는 게 가장 좋을 텐데.

그런데 바로 이때,

"소랑아."

순간 귀에 너무나 낯익은 목소리가 들려왔다.

너무 낯익어서, 그리고 오랜만이어서 귀를 의심하게 되는 그 목소리. 철렁 내려앉아 버린 가슴을 안고, 소랑은 서서히 옆을 돌아보았다.

서넛의 금군들 사이에 둘러싸여 나타난 이.

그녀는 바로 원녀였다. 원녀가 돌아온 것이다.

"원 상궁님!"

소랑의 외침에 고개를 푹― 숙이고 있던 신원이 정신을 차렸다. 지금 이 순간, 참 거짓말같이도 홀연히 나타난 그녀였다. 신원의 눈가가 다시 한 번 젖었다.

"어딜 갔다, 이제 오셨습니까?"

아예 소랑은 울컥 터지는 울음을 놓아 버린 상태였다.

"그간 사정이 있었다."

"뭐하셨기에 연통 한 번이 없으셨습니까?"

원망 섞인 소랑의 목소리에 원녀는 그녀에게로 가까이 다가와 손을 꼭 잡아 주었다.

"오랜만에 만났는데, 안아 줄 수가 없구나."

소랑은 소맷부리로 눈물을 쓱― 닦으며 고개를 푹 숙였다.

"꼴이 참 누추하게 되었습니다."

"너처럼 나도 누명을 썼다지."

"걱정 마세요. 신원이가 곧 풀어 줄 것입니다."

신원은 서서히 자리에서 일어났다. 이제 원녀가 왔다면 해야 할 일은 분명했다.

"지금 바로 궁관들과의 대질신문을 준비하겠습니다."

우선 그녀의 혐의를 벗겨야 했다. 그녀가 진짜 궁관들에게 옥비녀를 건넸을 리 없다. 내명부에게 후보 내정을 청탁한 이가 누구인지, 이제 진짜 그 진실을 꼭 밝혀내야 했다. 소랑은 굳게 고개를 끄덕였다.

금군들은 일단 지금 원녀를 옥사에 가두어야 한다는 듯, 신원에게 허락을 구했다. 어쩔 수가 없었다. 그녀 역시 옥사 안에서 기다려야만 했다.

"잠시만 기다려 주십시오. 그이들을 모으자마자 바로 부르겠습니다."

원녀는 자신은 괜찮다는 듯 고개를 끄덕였다. 소랑은 신원이 다시 지하 추국장에 내려가는 모습을 끝까지 보았다. 제발, 그가 괜찮기를, 원녀의 등장으로 해결책을 얻기를 바라면서.

소랑의 시선이 다시 옥사 안의 원녀에게로 옮겨 갔다. 그녀 역시 이곳에 들어오게 되었다는 것이 소랑은 못 견디게 마음이 아팠다.

"원 상궁님."

마치 오래전에 헤어졌던 엄마와 딸이 재회하는 것처럼, 소랑은 원녀의 품에 깊숙이 안겼다.

"많이 보고 싶었습니다."

"그래, 그래."

원녀는 울컥울컥 눈물을 쏟는 소랑의 등을 한참이나 두드렸다.

"몸살에 걸려 열이 나는구나. 약이라도 지어 먹여야 할 텐데."

그녀의 품에서 떨어진 소랑은 물기 가득한 목소리로 물었다.

"혹 남편 분을 찾으셨습니까?"

그토록 그리워하던 남편을 찾으러 출궁했던 원녀였다. 어쩐지 그녀의 표정을 보아하니, 남편을 찾든 찾지 못했든 그간 행복했던 것은 아닌 것 같았다.

잠시 망설이던 원녀는 처연히 고개를 끄떡였다.

"전하의 명대로 산적들을 우선 만났지. 그들에게 부탁했단다. 내 남편을 찾아 달라고."

그녀는 나직한 목소리로 그에 대한 이야기를 시작했다.

벌써 수십 년 전에 헤어진 남편. 그의 소식을 한 번에 알기는 쉽지 않았다. 그때까지 산적들과 함께 기거하던 원녀는, 결국 전해져온 소식을 듣고 그를 찾으러 떠났다.

"세월은 참 많은 것을 변하게 하더구나."

남편을 찾으러 가는 원녀의 가슴은 이루 말할 수 없이 설레었다. 이미 마음의 대비를 단단히 한 뒤였다.

청춘의 세월이 지나, 그가 많이 늙고 변했다 하더라도 실망하지 말아야지. 나 역시 많이 변했을 테니까. 혹시라도, 혹시라도 다른 여자를 만나 살림을 차렸다 하더라도 실망하지 말아야지, 마음 다치지 말아야지.

이것도 오래 생각했던 것이었다. 내가 궐로 들어가게 된 것은 이미 너무나 오래전 일. 오히려 재가하지 않은 것이 이상할 수도 있었다.

그런데 현실은 그녀가 생각했던 것보다 더욱 끔찍했다.

그녀가 도착한 곳은 화전민들이 척박한 땅을 일구어 살아가는 곳이었다. 그 거칠고 외진 길에 그녀의 가슴이 한 번 좁아들었다. 내가 궐에서 호의호식하고 있을 때, 그가 많이 고생을 했었나 싶어서.

결국 그녀는 남편 동식이 산다는 초가집을 발견했다. 혹여 모습을 들킬까 하여 먼발치에서 바라만 보고 있는데, 곧 부엌에서 연기가 모락모락 올라왔다.

아, 그녀는 직감했다. 아낙이 있겠구나. 그러면 더더욱 모습을 들키지 말아야지. 어떻게 사는지 얼굴만 보고 가야지.

그런데 마당에 나왔다가 먼발치에 선 원녀를 한 번에 알아본 건 바로 그의 남편이었다.

"여보!"

아무리 세월이 흘러도 둘이 부부였다는 사실은 변하지 않는 것이었다. 원녀를 본 동식은 그 자리에 동상이라도 된 듯 딱딱하게 굳어져 있었다.

그의 눈에 담긴 건 그리움일까, 미안함일까. 원녀는 그 눈빛을 알아채려 애썼다.

그런데,

"왜 그렇게 마당에서 멍히 서 있어요?"

하면서 나온 그의 안사람은 다름 아닌 자신의 여동생이었다.

'원실아!'

원녀는 그 자리에서 그저 하얗게 굳어질 수밖에 없었다. 시골 아낙의 행색을 한 나의 여동생 원실. 그녀가 내 남편 동식의 곁에 서 있었던 것이다.

"언니!"

원실 역시 먼발치에 선 그녀를 한 번에 알아보았다. 원녀는 두 발이 뻘에라도 빠진 듯 비틀거리는 걸음으로 그들에게 다가갔다.

"언니, 다 얘기할게요."

그러나 원녀는 그녀의 얘기를 모두 들을 자신이 없었다. 네가 어찌, 형부의 곁에 있을 수 있니. 아직도 이 현실이 도저히 실감 나지가 않았다.

"여보, 당신이 다시 나타날 줄 몰랐소. 다시 돌아올 수 있을 줄 몰랐소."

동식은 애처로운 목소리로 그리 말했다.

그가 재가를 해도 이해할 수 있었던 원녀였다. 한 번 궐에 들어간 궁녀는 다시 나올 수 없기에. 그러나 아무리 그래도 이건 아니지. 원녀는 하염없이 고개를 저었다. 아직 이 사실을 믿기 힘들다는 것이었다.

"당신이 궐에 들어간 뒤, 내가 얼마나 당신을 그리워했는지 알고 있소?"

그의 눈에 담긴 건 한없는 미안함이었다. 허나 진심이기도 했다. 그의 그리움마저 거짓은 아니리라.

"그랬기에 원실이를 택할 수밖에 없었소. 당신과 가장 닮은 이가 그밖에 없었으니까."

가슴 깊은 곳에서 왈칵 울음이 솟아올라 원녀는 뒤로 돌아설 수밖에 없었다.

차라리, 다른 이었다면 괜찮을 것이다. 나의 동생이 아니었다면, 내가 아는 사람, 내 가까운 이가 아니었다면 충격이 덜했을 것이다.

그런데 내 여동생이 남편과 지금껏 살고 있었다니. 그것도 나와 닮았다는 이유로. 원녀는 눈을 질끈 감았다. 차라리 몰랐으면 좋았을 사실이었다.

"참, 얄궂은 운명이지."

옥사 안, 나직한 목소리로 사연을 풀어내던 원녀가 옷고름으로 조용히 눈가를 닦아 냈다.

"그래서 그다음엔요?"

"내가 그 집에서 들어가 살 순 없지 않겠니. 다시 산적들과 함께 기거하고 있었단다."

"그랬군요."

얘기를 듣는 소랑의 가슴은 남다르게 서글퍼지고 있었다. 내 여동생이 내 사랑하는 사람과 살게 되었다는 것. 소랑은 이게 남 일처럼 느껴지지가 않았다.

삼간택 3일 전, 현희가 후보에서 제해지지 않으면 그녀가 중전이 될 수 있다. 갑자기 숨을 쉴 수 없을 만큼 흉벽이 좁아지며, 답답해지는 느낌이 들었다.

더욱 끔찍한 건, 나는 이곳에 갇혀 아무것도 할 수 없다는 것이었다. 삼간택 이후 현희가 중전이 되면 그다음 옥사에 갇힌 나는 어찌될까. 자꾸만 끔찍한 길로 빠지는 어두운 상상에 소랑의 눈썹이 파르르 떨렸다.

"그간 운명이란 것에 대해 참 많이 생각했단다. 어쩌면, 운명은 나와 남편을 놓는 다리가 아니라 동생과 남편을 놓는 다리였던 것 같아. 나는 그 구실이 되었을 뿐이었고."

"아무리 노력하고 노력해도 안 되면 그땐 운명이라고 받아들여야 할까요?"

"어디까지가 노력의 끝인지 아직 알 수 없지 않니. 상황이 벌어지기 전에 막아야지. 이미 그리되어 버리고 나서 그때 받아들이자. 이건 운명이었을지 모른다고. 허나, 너는 아직 아니다."

원녀의 그 말에 소랑의 눈에서 눈물이 후두둑 떨어졌다.

"저 또한 그리될지 모릅니다. 저의 이복동생이 전하의 비가 될지 모릅니다."

"걱정 말아라. 너마저 그리되지 않게 내가 막을 것이다."

원녀의 눈에 작은 빛이 일었다.

"너마저 같은 운명에 처하게 두지 않을 것이다."

내가 밝혀낼 것이다. 뇌물을 받은 궁관들의 진실을. 그리하여 너에게 씌워진 누명을 벗겨 낼 것이다.

"원 상궁님, 이제 나오시지요."

어느덧 신원이 옥사 앞으로 다가와 말했다. 궁관들과의 대질심문이 준비되어 있는 듯했다.

원녀는 두 주먹을 굳게 쥐었다. 이젠 그녀가 진실을 밝힐 차례였다. 내명부 궁관 뇌물 사건의 진실을.

"나만 믿거라."

원녀는 그 한마디를 남긴 채, 신원을 따라서 지하 추국장으로 발걸음을 향했다.

어차피 우린

이어질 수 없지 않습니까!

"다들 잘 지내셨소."

원녀가 지하 추국장에 등장한 것만으로도 모인 궁관들의 분위기가 변했다.

"나를 그리들 찾으셨다 들었소."

설마, 진짜 원녀가 다시 돌아올 줄은 상상하지 못했던 것이다. 뇌물에 대한 모든 죄를 그녀에게 뒤집어씌웠는데, 이제 어찌한다!

답이 없다. 잡아떼는 수밖에 없다. 궁관들은 서로 눈빛을 교환하며, 원래의 입장을 고수하자는 뜻을 나누었다.

"문제의 옥비녀를 한 번 봅시다."

원녀의 말에 신원은 압수한 30개 정도의 옥비녀를 가지고 왔다.

"하, 참."

이를 살펴 본 원녀의 입에선 허랑한 바람 소리가 새어 나왔다.

"내 본 적도 없는 물건입니다."

원녀의 그 말이 끝나자마자 궁관들이 일제히 들고 일어났다.

"아닙니다. 원 상궁님이 저희들에게 옥비녀를 준 것이 확실합니다. 분명 옥비녀를 주며 이렇게 말씀하셨습니다. 나중에 긴히 부탁할 것이 있다고요. 이는 후보 청탁을 하려던 것이 분명합니다."

"내가 왜 그랬겠소."

원녀의 퉁명스러운 한마디가 이어졌다.

"어디서 사주를 받았겠지요."

"내가 보기엔 그대들이 사주를 받고 말을 맞춘 것 같은데. 이미 뇌물을 받은 것 자체가 그걸 의미하는 게 아니오. 그리하여 사람 하나를 골로 보내려 하는 것 같은데."

무심한 듯 비녀를 보던 원녀의 눈빛이 차갑게 변했다.

"내가 떠난 사이, 그대들이 이럴 줄은 상상도 못했소."

배신감. 지금 그녀가 느끼고 있는 것은, 분명한 배신감이었다.

날카로운 원녀의 눈빛에 일부 궁관들이 움찔하였으나, 대부분은 고개를 숙여 그녀의 눈빛을 피하고 있었다. 얼음장 같은 눈빛으로 그들을 둘러보던 원녀는 구석에 엎드려 있던 한 나인에게로 다가갔다.

"설아야, 오랜만이구나."

"워, 원 상궁님!"

모인 이들 중 가장 어린 나인이었다. 그녀의 눈빛은 진실을 숨기고자 하는 불안함과 두려움에 가득 차 있었다.

"네가 처음 궐에 들어왔을 때가 생각나는구나."

"네, 네?"

이에 설아라 불린 나인의 목소리가 가냘프게 떨려왔다.

"그때를 잊은 것은 아니겠지."

"제가 어찌 잊을 수 있겠습니까."

궁녀가 되기 전 절차를 밟던 중 이미 탈락한 전력이 있던 그녀였다. 빚에 내몰린 가족들을 위해 반드시 궁녀가 되어야 한다며 읍소하는 설아에게 기회를 한 번 더 주었던 건 바로 원녀였다.

그때 원녀의 도움으로 이렇게 궁녀가 될 수 있었는데, 그런데 나는 원녀에 누명을 씌우는 데 동참하고 말았다니. 설아의 턱이 덜덜덜 떨려왔다.

"이것도 가족을 위해 그리한 것이냐?"

원녀는 그녀에게 낮은 목소리로 물었다. 설아는 그저 몸을 한껏 웅크린 채 떨고 있을 뿐이었다.

"이제라도 진실을 얘기해다오. 이 옥비녀를 내가 너에게 주었느냐?"

설아는 흔들렸다. 다른 사람도 아닌 원녀다. 내 삶의 은인인 원녀.

찔끔한 설아가 주변 궁관들을 보았지만, 모두 입을 다물라는 의미의 매서운 눈초리뿐이었다.

"그것이……."

"내 눈을 똑바로 보아라."

"원 상궁님……."

"내가 너에게 이 옥비녀를 주었느냐?"

사시나무처럼 바들바들 떨던 그녀는 결국 눈물을 터트리며 고개를 내젓고 말았다.

"아, 아닙니다. 크흡!"

그 답에 그녀에게 입단속을 시키던 이들의 눈빛에 절망감이 차올랐다. 설아가 결국 입을 여는구나.

"그럼 너에게 옥비녀를 준 사람은 누구냐!"

원녀는 설아에게 한걸음 더 가까이 다가가며 물었다. 입술까지 파르르 떨리던 그녀는 결심을 한 듯 고개를 들었다.

"그 사람은 바로……!"

신원은 그 모습을 유심히 지켜보고 있었다.

"전하께서 아직 못 일어나고 계신다고요?"

옥사에 찾아온 내시 세장이 소랑에게 전한 말이었다.

"허나, 삼간택이 내일모레입니다. 이걸 어찌한다 말입니까?"

그의 말에 소랑은 불안하게 나무 창살을 부여잡았다.

"자결이 아닌 살변이었다는 것에 충격이 크신 게지. 병판의 배신도 그렇고. 나상주란 놈이 갑자기 죽었다고 하니, 사건에 대해서 더 추궁할 수도 없지 않은가. 화병으로 쓰러지실 만하지."

지금 가슴에 천불이 오르는 건 소랑도 마찬가지였다.

"너무 답답합니다."

미치도록 갑갑한 것은 자신은 옥사에 갇혀서 아무것도 할 수 없다는 사실이었다.

내일모레로 다가온 삼간택.

손끝이 저릿할 정도로 마음이 초조해졌지만, 지금 나는 갇혀 있는 신세가 아닌가.

"정말 나가고 싶습니다."

하루빨리 이 억울한 누명을 벗고 싶었다. 예전처럼 헌의 곁으로 돌아가고 싶었다. 쓰러진 왕 이헌을 보필하는 것도, 이어지는 모진 추국에 힘겨워하는 신원을 위로해 주는 것도 이곳에서 할 수가 없었다.

"신원의 추국은 어디까지 되었습니까?"

"이제 끝날 때가 되었는데."

"소식은 들으셨지요? 원 상궁님께서 돌아오셨습니다."

잠시 머뭇거리던 세장은 곧 고개를 끄덕였다.

"소식은 들었다."

"만나 보셔야지요."

원녀와의 재회. 이 말을 가슴에 담는 것만으로도, 심장에 커다란 파동이 일고 있었다.

그가 지금껏 얼마나 원녀가 돌아오길 기다려왔던가. 그녀가 돌아오는 장면을 수없이 상상해 왔던 그였지만, 막상 진짜 돌아왔다는 소식을 들으니, 뭐부터 해야 할지 알 수가 없었다.

"내일모레 삼간택이 강녕전에서 열리지 않느냐, 준비해야 할 것이 너무 많으니."

"그래도 만나 보셔야지요."

당황해 횡설수설하는 세장의 말을 소랑이 단호하게 잘랐다.

"가 보셔야지요."

내시 세장의 표정은 이루 말할 수 없이 복잡했다.

"참, 나도 모르겠다. 갑자기 왜 이렇게 자신이 없는 것인지. 너는 뭐 들은 것이 있느냐, 원녀의 소식에 대해."

"남편분을 만나셨다고 합니다."

"그래?"

세장의 표정은 한없이 멍멍해졌다.

"자초지종을 들려드릴 테니, 추국장에 가서서 소식을 전해 주서요. 원 상궁님께서 누명을 벗었는지, 아닌지는 알아야지요."

세장은 그 표정 그대로 추국장 앞마당에 멍하니 서 있었다. 며칠

간 잠을 한숨도 잘 수 없을 만큼 피곤하고 힘들었다. 몽둥이로 흠씬 두드려 맞은 것만큼 몸이 좋지 못했지만 그래도 버틸 만했다.

힘겨운 간택의 일정을 수행하는 것, 누군가 잡혀 왔고 죽어 나갔다는 소식을 전하는 것, 소랑의 옥살이를 돕는 것, 쓰러진 왕 이헌을 보필하는 것.

그러나 가장 감당할 수 없을 것 같은 것은 원녀를 다시 만나는 일이었다.

왜 이렇게 겁이 날까. 그녀가 내게 올 수 없음을 직감했기 때문이 아닐까. 그래도, 그래도 그녀를 만난다면 꼭 말하고 싶은 게 있었다. 그간 그녀를 기다리면서 들었던 나의 마음. 그 솔직한 고백을 언젠가는 꼭 털어놓고 싶었다.

그렇게 세장이 황망히 서 있을 때 추국장 앞의 원녀가 자유의 몸이 되어 밖으로 걸어 나왔다. 드디어 풀려난 것이다.

순간 세장은 그 자리에서 꽝꽝 얼어붙은 얼음이 되어 버리고 말았다.

"차 내관님!"

오랜만에 본 원녀의 모습에선 그간 보지 못했던 광채가 나는 것 같았다. 수배령에, 옥살이에, 대질신문에 많이 피곤하고 힘들었을 만도 했는데, 내게는 그 모습이 어찌나 그렇게 곱게만 보이던지. 세장에게 원녀는 눈부시게 아름다운 가인, 그 자체였다.

"잘 지내셨습니까?"

가슴은 견딜 수 없이 먹먹하기만 했다.

"잘 지냈다고 말하긴 힘들지요. 참, 궐 나가면 고생이라고 그새 산전수전을 많이 겪었습니다."

"그리 나가시고 연통 한 번이 없으시길래 잘 살고 계신 줄 알았습니다. 헤어졌던 남편과 다시 만나 알콩달콩 좋으신 시간들에 저를 모두 잊은 줄 알았습니다."

사내로 태어나 이렇게 눈물을 흘려서는 안 될 텐데 어느덧 세장의 눈가는 온통 젖어 버리고 말았다.

"좋은 시간이 아니었기에 오히려 더욱 소식을 전하지 못한 것이지요."

그녀의 목소리는 처연했다. 가슴까지 텅— 비어 버릴 듯 공허한 목소리였다. 세장은 더욱 쓰러지는 가슴을 부여잡고 힘겹게 한마디 한마디를 내뱉었다.

"그간 궐에서 너무 많은 일이 있었습니다. 소랑이는 갇히고, 전하께선 쓰러지시고, 초간택에 이어 재간택까지 엉뚱한 사람이 올라가고. 상황은 갈수록 절박하게만 돌아가는데 그럴수록 원 상궁님 생각이 참으로 간절해졌습니다."

물기 어린 세장의 목소리는 계속해서 이어졌다.

"궐 살이가 각박하고 힘들면, 그에 모든 신경이 쏠려 당신에 대한 것은 잊힐 줄 알았더니, 아주 조금도 지워지지가 않았습니다. 아니, 그럴수록 원 상궁님은 제 가슴에 더욱더 깊숙이 박히기만 했습니다. 지금 이렇게 힘든 순간, 원 상궁님이 같이 있었으면, 함께 전하를 보필하였으면 지금과 달라졌을까, 여러 번 생각했습니다. 나보다도 내 인생에 더 필요한 사람이 바로 당신이었다는 걸, 너무 늦게 깨달았습니다."

그의 목소리는 너무나 간절했다. 온몸이 둥―하고 울릴 정도로 애절하고 애틋한 고백에 가슴에선 자꾸 넘실넘실한 감정들이 차올라 넘쳐흘렀다.

그렇게 세장을 먹먹하게 바라보던 원녀는 입을 떼었다.

"그렇다고 해서 제 사랑이 달라지는 것은 아닙니다."

몇 번의 울컥임을 안으로 억누른 끝에 꺼낸 말이었다.

"비록 제 남편이 지금은 제 동생과 살고 있다지만, 도저히 그 가정을 깨어 놓을 수가 없어 돌아섰지만, 그렇다고 하여 여인네 가슴에 한 번 새겨진 사랑의 방향이 변하는 것은 아닙니다."

"그럼, 그리 사시겠습니까? 이미 딴 살림 차린 남편을 그리워하면서요?"

"십수 년 동안 제 감정은 오로지 한 방향으로만 향했습니다. 그가 변했다고 해서 내 감정의 방향이 변하는 것은 아닙니다."

"다시 생각해 보세요, 원 상궁님."

"어차피 우린 이어질 수 없지 않습니까."

부러 차가운 목소리를 낸 것은 아니겠지만, 내시 세장에게는 그 말이 얼음 빙벽을 부수는 망치보다도 차갑고 단단하게 느껴졌다.

어차피, 우린 이어질 수 없다라. 그렇다면 이미 이 가슴을 메워 버린 감정들은 어쩌면 좋단 말인가.

"당신을 연모하는 마음을 접으라 이 말씀이십니까?"

원녀는 그저 미어질 듯한 눈으로 바라볼 뿐, 아무런 답도 하지 못했다.

"당신의 감정을 내가 어찌할 수 없듯, 내 마음도 그렇게 쉽게 접었다 펴지는 것이 아닙니다."

원녀는 모든 것을 체념한 듯 눈을 질끈 감았다. 그렇게 한참 숨을 고르던 그녀는 몸을 움직여, 내시 세장의 곁을 지나쳐 갔다.

그녀는 어디로 가는 걸까.

그 뒷모습을 한참이나 먹먹하게 바라보던 세장은 자리에서 움직이지 못하는 망부석이 되어 버렸다. 가슴 안에선 꾸역꾸역 슬픔의 감정들이 올라왔다.

허나 원녀의 말대로라면, 그것은 나의 문제이지 그녀가 어떻게 해 줄 수 있는 것이 아니었다.

원녀와 세장이 헤어진 담벼락 옆.

세장만큼이나 허망하게 공중에 시선을 둔 이가 있었다. 그는 바로 신원이었다. 원녀의 대질신문이 끝난 뒤, 밖으로 나왔다가 우연히 그 얘길 들었다.

여인네 마음에 새겨진 사랑의 방향은 변하는 것이 아니라고. 그것이 저에게 한 말도 아닌데, 왜 이렇게 심장이 무너지는 것만 같은지 신원은 도저히 알 수가 없었다.

'어차피 우린 이어질 수가 없지 않습니까.'

원녀가 내뱉었던 그 말에 무너져 내린 심장 조각들이 짓이겨지는 것 같았다. 못 견딜 정도로 가슴이 아팠다.

요새 신원은 불연속적인 감정의 기복을 겪고 있었다. 내색하지 않았기 때문에 다들 모르고 있을 뿐이었지, 궐에 들어오는 순간부터 그의 속은 복잡하기만 했다.

이렇게 수사와 추국에 집중할 때에는 조금 괜찮다가도, 아무렇지 않은 일에 가슴이 덜컥 무너져 내리고는 했다.

사무치듯 슬픔 가득한 속내를 계속해서 감추고 있기에 그러하리라. 금부도사로서 역할을 해야 한다는 것과 그러면서도 소랑을 지켜야겠다는 것, 헌과 소랑을 바라볼 때 드는 복잡한 감정들이 아슬아슬하게 그네를 타고 있었다.

저도 모르게 무거워지는 머리 때문에 신원은 한 손으로 이마를 짚고, 그 생각들을 떨쳐 내려 노력했다.

지금은 이렇게 감정에 빠질 때가 아니었다. 삼간택 전까지 한시가 급한데, 그런데 왜 이렇게 무언가가 발목을 잡아채는 것만 같은 느낌인 것인지. 멀쩡히 잘 있다가도 모조리 무너져 내릴 것 같은 이 감정은 무엇인지. 신원은 도저히 알 수가 없었다.

원녀와 궁관들의 대질심문에서 밝혀진 건 하나였다. 지금 신원은 그이를 잡으러 가야 했다.

소랑은 간밤 새, 거의 잠을 자지 못했다.

어두운 옥사 내로 우르르 쾅쾅 천둥 번개가 내리치고, 세찬 빗물이 들어왔다. 잠을 자는 듯 검고 어두운 세상에 빠져 있다가도 흠칫 놀라 잠에서 깨길 여러 번.

그렇게 밝고 명랑하던 소랑의 기운마저 앗아갈 듯한 사나운 날씨가 아침까지 이어졌다. 일어서 손바닥만 한 창밖으로 하늘을 바라보자, 아침이라고는 믿을 수 없는 검은 구름이 세상을 가득 메우고 있었다.

그녀의 얼굴에 세로로 된 어두운 그림자가 드리웠다.

오늘은 삼간택 날이었다.

할 수만 있다면, 나무로 된 이 창살을 부수어 밖으로 나가고 싶었다. 그녀가 진짜가 아니라고, 고래고래 고함을 치며 진실을 외치고 싶었다.

그러나 지금 그녀의 얘기를 들어주는 이는 없었다. 이미 아버지마저 그녀의 존재를 부정하지 않았던가.

소랑은 이 갑갑한 마음을 그저 안으로 삭히고 또 삭힌 채 가만히 이 자리에 앉아 있는 수밖에 없었다.

헌은 괜찮을까. 그는 일어났을까. 일어나서 오늘 간택에 참여할 수 있을까.

허나, 모두가 분주한 오늘. 그녀에게 강녕전의 소식을 전해 줄 이라고는 없었다.

제발, 제발.

우리가 모두 막고 싶어 하는 그 사태만은 일어나지 않기를.

소랑은 옥사 안 어둠 그늘 속에서 이 말만을 한없이 되뇌고 반복할 수밖에 없었다.

　그리고 같은 시간, 현희가 탄 사인교가 궐문 앞에 도착했다. 드디어 그녀가 궐에 들어올 시간이 된 것이다.

21

드디어 오늘 금혼령이
철회되는 것인가……!

사인교에 탄 현희가 창문 틈으로 짜증스럽게 바깥 날씨를 둘러보
았다.

오늘은 내가 가장 아름다워야 하는 날이다. 몇 시간에 걸쳐 화장
을 하고 옷을 차려입으며 단장에 힘썼는데, 날씨가 이리 도와주지
않으니, 원. 이러다간 곱고 고운 치맛자락에 흙 구정물이 튈지도 모
르는 일이다. 그러니 몸가짐을 조심하고 또 조심해야 했다.

드디어 궐에 들어가기 전, 현희가 가마에서 내려 처마 밑에 서 있는 서씨와 예 대감에게 마지막 인사를 했다.

"오늘 최종 결정이 나면 사가로 돌아가지 않고 별궁에 들어간다 하지요."

서씨는 더없이 온화한 웃음을 지으며, 현희의 손을 꼭 잡았다.

"그리하여 소녀, 지금 부모님께 먼저 인사를 드리려 합니다."

"아서라, 혹여 치마에 얼룩이 묻을라. 나는 이렇게 손을 잡고 있는 것이 더 좋구나."

말은 이렇게 곱게 하지만, 사실 서씨의 속내는 커다란 태풍이 몰아치는 바다와 같았다.

병판이 잡혀갔다는 소식을 들었다. 그가 옥사에서 나상주를 죽이는 빼도 박도 못할 죄를 저질렀다는 소식 또한 들었다.

그러면 정녕 오늘 심사진으로 자리한 병판의 세력들은 아직 건재한 것이 맞는가. 그들이 진정 현희를 중전으로 만들어 줄 수 있을까. 서씨는 불안하기만 했다.

게다가 왕 이헌이 삼간택에선 친간의 의미를 살려 직접 간택에 참여하겠다 하지 않았는가. 그가 그리할 수 없도록 하나의 수를 더 써 놓기는 했지만 그래도 일이 어찌 될지는 끝까지 지켜봐야 하는 것이었다.

그래, 오늘만 잘 지나가면 된다. 오늘만 지나고, 우리가 득세를 하고 나면 그땐 죄를 쓴 병판도 빼낼 수 있을 것이다. 그토록 기다려 왔던 최종 결정의 날이 아니던가.

"마지막으로 웃는 이는 네가 될 것이다. 걱정하지 말아라."

"어머니, 그러다가 혹시라도……."

"그럴 일 없다. 그 일은 아예 생각지도 말아라."

지금 삼간택에서 떨어지면 평생 금혼의 몸이 되어 버리고 만다. 왕가에서 잘 보아주어야 후궁이다. 여기서 떨어지는 것은 생각도 해선 안 되었다.

"아버지, 잘하고 오겠습니다. 걱정 마시어요."

이번엔 현희의 눈빛이 못내 불안감에 시달리고 있는 아버지 예현호 대감에게 가닿았다.

"그, 그래."

예 대감은 아직도 뿌리 깊은 죄책감에 시달리고 있었다. 그때, 옥사에서 만난 현선을 내 딸이 아니라고 한 것. 그 후 예 대감은 그때 자신이 내뱉은 그 말에서 전혀 자유로워지지 못하고 있었다.

지금 이렇게 삼간택에 현희를 들여보낸다면, 이젠 돌이킬 수 없는 강을 건너게 되는 것이었다. 현희가 정말 이 나라의 중전이 된다면, 그렇다면 자신은 영원히 이 사실을 비밀로 묻은 채 살아야만 했다.

그리할 수 있을까. 살아 있다는 사실만으로도 고맙고 기뻤던 나의 딸 현선의 존재를 그렇게 평생 묻고 살 수 있을까. 사실 자신이 없었다.

"아버지, 뭐하십니까? 저 이제 궐에 들어갑니다."

현희가 다시 가마 안으로 들어가자, 예 대감은 마지못해 손을 흔들어 보였다. 그녀에게 잘하란 말도, 그러지 말란 말도 하지 못했던 그었다.

"그런데 왜."

시간 내 도착한 가마가 두 대밖에 되지 않았다. 아직 성화윤 규수의 가마가 도착하지 않은 것이다.

현희의 눈이 가늘어졌다. 그때의 납치에도 살아났다 들었는데, 혹 그간 무슨 일이라도 생긴 것인가. 어떤 사정이든 좋다. 그 규수가 입궐하지 못할 사정이 생긴다면, 그러면 좋을 텐데.

그렇게 현희가 탄 가마가 들어가고 난 뒤, 서씨는 예현호 대감의 손을 꼭 잡았다.

"너무 걱정 마셔요. 잘하고 올 거예요."

불안감에 잠긴 예현호 대감의 눈빛을 본 서씨가 굳게 다짐하듯 말했다.

그런데 닫혀 있던 궐문이 다시 한 번 열렸다. 잠시 후, 모습을 드러낸 자는 다름 아닌 신원이었다.

서씨는 본능적으로 몸을 움츠렸다.

"아니, 또 무슨 일이오?"

신원은 한걸음 한걸음 서씨에게 천천히 다가오며 말했다.

"예전처럼 나에게 협박하고 호령해 보시지. 왜 그렇게 뒤로 물러나십니까."

"무, 무슨 말이오?"

흔들리는 서씨의 눈동자를 가만히 바라보던 신원이 차가운 조소를 띄우며 말했다.

"내 오늘 당신을 추포하러 왔소."

섬뜩한 한마디였다.

나를 추포하겠다고? 그것도 바로 오늘?

"이제 저번처럼 쉬이 풀려나는 일은 없을 테니 그리 아시지요. 아니, 영원히 바깥세상 구경을 못하려나."

당황한 서씨가 뒤로 몇 걸음 물러나자 신원의 곁에 있던 금군들이 다가가 그녀의 두 팔을 잡았다.

"아니, 오늘이 무슨 날인지 알고 이러십니까. 좀만 기다리면……."

"무슨 날인지 아니까, 이러는 게 아닙니까."

신원은 서씨에게 가까이 다가와 속삭였다.

"이제, 당신이 모두 되돌려 받을 차례입니다. 끌고 가거라!"

신원의 눈짓에 금군들이 우르르 달려들어 그녀를 끌고 갔다.

"놓거라, 이것 놓으래도!"

그렇게 서씨가 끌려간 뒤, 신원의 날카로운 눈빛이 예현호 대감에게 닿았다.

"대감!"

이미 모든 것을 다 알고 있다는 듯한 신원의 눈빛에 예 대감의 가슴이 철렁했다.

"대감께도 추가적인 조사가 있을 예정입니다. 금부로 가시지요."

예 대감은 무거운 표정으로 신원에게 물었다.

"우, 우리 아이는 어찌 되는 것이오."

"궐에 들어간 예현희 낭자 말씀이십니까?"

이신원은 이미 그녀를 현희라 부르고 있었다. 뜨끔한 예 대감이 애써 표정을 감추려 했지만, 그에게 내리꽂는 신원의 눈빛에는 흔들림이 없었다.

"서씨의 죄가 모두 밝혀지면 바로 후보에서 제해지겠지요. 때에 따라선 같은 형벌을 받을 수도 있고요."

"서씨 부인의 죄라니, 이미 무혐의로 풀려난 것이 아니오."

"그 혐의가 밝혀졌다면요. 뇌물뿐 아니라 살인미수, 납치, 협박, 구금 그 죄목에 끝이 없습니다."

"설마, 그럴 리가."

그의 말에 신원의 눈빛이 다시 한 번 날카로이 번뜩였다.

"대감님, 당신의 죄목은 이 모든 것을 몰랐다는 것입니다. 당신의 집에서 당신의 가족이 벌인 일입니다. 몰랐다는 변명은 통하지 않습니다. 이 모든 것은 바로 당신이 방조한 것입니다."

"아, 아니오. 그럴 리가 없소."

"이제는 당신이 모든 걸 아셔야 할 차례입니다."

신원은 금군들에게 예 대감도 데려가라 눈짓을 보냈다.

"내가 알아서 갈 것이네."

예 대감은 그 손길을 거부한 채 후두둑 떨어지는 비를 맞으며 스스로 걸어나갔다.

이제 모든 것이 밝혀질 차례였다.

같은 시각, 강녕전.

삼간택에 오른 두 규수가 문 앞에 서서 입장을 기다리고 있었다.

'왜 둘뿐이지?'

현희가 풀리지 않는 의문을 품고서 주변을 둘러보고 있을 때 그제야 뒤늦게 화윤이 나타났다.

그런데 들어오는 방향을 보아하니 자신과 같은 문에서 들어온 것이 아닌 것 같았다.

혹시, 미리 입궐했던 것인가? 현희는 화윤에게 작은 목소리로 물어보았다.

"왜 그쪽에서 오시는 것입니까?"

답하는 화윤의 목소리엔 묘한 날이 서려 있었다.

"그간, 궐내 별당에서 지냈거든요."

"아니, 우리와 같이 입궐을 해야 공정한 것이 아닙니까? 미리 궐에 적응할 시간을 가진 것이 아닙니까?"

"사정이 있었습니다. 궐 밖에서 생명의 위협이 있었거든요."

현희를 바라보는 화윤의 눈빛에 분명한 노기가 어려 있었다. 이미 신원에게 자초지종을 들은 그녀였다. 현희의 어머니인 서씨가 보쌈의 배후에 있다는 것. 그러니 당연히 현희를 보는 화윤의 눈이 고울 리가 없었다.

벌써 두 번이나 납치를 하려 했던 것이 아닌가. 그 과정에서 우리 아버지도 크게 다칠 뻔했고.

"그것참 안 되셨네요."

허나, 현희는 아직까지도 태연을 가장하고 있었다.

"삼간택에 오른 여인네의 신변에 그런 일이 생겨서 되겠습니까?"

화윤은 어이가 없어 한숨이 나올 지경이었다. 대체 누가 그 일을 모의해 놓고.

"보쌈이 어찌 저의 잘못입니까, 이를 모의하고 실행한 사람의 죄이지요."

"쌓아 놓은 덕이 있어야 그런 일도 아씨를 피해 가는 것입니다."

평소 화를 잘 내는 법이 없던 화윤이었지만, 현희의 이 말만큼은 그냥 넘어갈 수가 없었다. 지그시 입술을 깨물고 있던 화윤은 이 말을 나직이 내뱉었다.

"그쪽 부모님께서 금부에 추포되었다는 소식을 듣고 오는 길이었습니다."

"뭐라고요?"

그 소식에 자신만만하던 현희의 표정이 사르르 무너져 내렸다.

서씨와 예 대감이 잡혀갔다고? 조금 전까지만 해도 작별 인사를 나누었는데……?

"저번 재간택 때도 그런 일로 문제가 있지 않으셨습니까. 궁관 뇌물 사건. 그 혐의가 밝혀졌다 들었습니다."

이제 태연을 가장하던 현희의 모습은 온데간데없었다.

결국 어머니가 잡혀갔구나. 병판이 잡히고 어머니 서씨마저 잡혀

가면, 오늘 간택은 대체 어찌 되는 것인가.

간담이 서늘해졌다.

방금 전까진 궐내 병판의 세력을 믿어 보려 하였는데, 지금은 무엇을 믿고서 간택에 임해야 할지 알 수가 없었다.

검은 구름으로 뒤덮인 하늘에서는 장대 같은 비가 쉼 없이 내리고 있었다.

혹, 이렇게 어둑어둑한 것이 나의 미래인가. 혹, 나도 서씨 부인을 따라 잡혀가진 않겠지?

현희의 평정은 완전히 무너지고 말았다.

궂은 날씨의 광화문 앞 네거리.

장대비에 눈도 제대로 뜰 수 없고, 발까지 축축 미끄러지는 이 최악의 날씨에 수많은 백성들이 네거리에 모여 오늘의 간택 결과 발표를 기다렸다.

이곳엔 참 많은 이들이 있었다. 7년 동안 혼인하지 못한 노총각, 노처녀들도……, 어떻게든 아들딸을 보내고 싶어 하는 부모들도……, 이제 금혼령이 끝나면 바로 혼례를 치르려 하는 어린 연인들도…….

모두가 한마음 한뜻으로 오늘의 발표를 기다리고 있었다.

대체 언제쯤이면 발표가 나려나. 그 시간이 저녁 늦게라도 상관

없었다. 그들에게는 오늘이 진정 역사적인 날이었다.

7년간의 금혼령이 철회되는, 그 마지막 날.

오늘만 지나면 드디어 마음껏 사랑할 수 있는, 혼례를 치를 수 있는 그날이 오는 것이다. 금혼령에 대한 백성들의 바람은 극에 다다라 있었다.

옥사에 갇혀 있던 소랑이 문득 자리에서 벌떡 일어섰다. 신원이가 추포해 가고 있는 이는 바로 서씨였다. 그녀는 믿을 수 없다는 눈으로 서씨가 오랏줄에 끌려가는 모습을 보았다.

결국 그녀의 혐의를 모두 입증한 것인가. 오늘 그녀를 잡아넣는 것인가. 현희가 후보에서 제해지는 것인가!

서씨를 끌고 가는 신원의 표정은 결의에 차 있는 듯 단단히 굳어져 있었다. 소랑은 떨리는 마음으로 그 모습을 지켜보았다.

자그마한 희망을 걸어 볼 수 있는 모습이었지만, 어쩐지 질척하고 어두운 날씨 때문인가. 결과가 좋게 나올 것 같지 않다는 예상이 들었다.

그리고 소랑의 그 예감은, 결국 적중해 버리고 말았다.

지하 추국장.

서씨는 아직 희망을 놓지 않은 얼굴이었다. 저번에도 무혐의로 풀려났으니 이번에도 그리할 것이다. 내부 궁관들에게 단단히 입단

속을 했으니 설마 입을 열지는 않았을 것이다.

그런 그녀의 앞으로 신원이 뚜벅뚜벅 걸어왔다.

"이제 당신이 해 주어야 할 것은 어렵지 않소. 그냥 앞에 걸어 나오는 사람을 보면 되오."

독기가 가득 차오른 서씨의 눈빛이 신원에게 매섭게 꽂혔다.

"어차피 다 헛짓거리가 될 것이오."

"잔말 말고 찬찬히 보시기나 하시지요."

맨 처음 그녀 앞에 나온 사람은 다름 아닌 설아였다. 뇌물을 받은 내명부 궁관들 중 가장 어린 그이. 그녀가 서씨 부인을 보며 고개를 끄덕였다.

"이분이 맞습니다."

"너에게 옥비녀를 준 이가, 맞다는 것이지?"

"네, 그렇습니다."

의자에 묶여 있던 서씨 부인은 당장에라도 오라를 찢고 앞으로 튀어나갈 듯했다.

"아니오! 내가 준 것이 아니오. 저 여자가 날 잘못 본 것이겠지. 그럴 리 없소."

"그리 증언한 자는 이 나인뿐만이 아니오."

신원의 지시에 따라 터벅터벅 걸어 나오는 서른 명의 궁관들. 결국 그들이 모두 입을 연 것이었다.

서씨의 눈썹이 파르르 떨렸다.

'이들 모두가, 날 배신했다고?'

"뇌물을 준 이가 이자가 맞습니까?"

신원의 질문에 그들이 일제히 고개를 끄덕였다.

"하아, 그런 적 없소!"

서씨는 절규를 하듯 그들에게 고함쳤다.

"다음은 당신이 암살을 지시했던 자객들입니다."

뭐라? 설마, 설마! 신원의 손짓에 이번엔 저번에 잡혔던 보쌈꾼들의 잔당들이 걸어 나왔다.

서씨의 눈빛이 묘하게 번뜩였다. 설마 이들까지?

"당신들에게 보쌈을 지시한 이가 누구요?"

"병판 조성균 대감, 나상주 대장, 그리고 저기 있는 서씨 부인입니다."

"저 얼굴이 확실하오?"

"그렇습니다."

신원은 그들에게 가까이 다가가 한 가지를 더 물었다.

"혹 저이의 지시에 따라 한 여인을 죽여 버리라는 지시를 받은 적도 있소?"

"그렇습니다."

"누구요? 그 사람이?"

"의원 댁에 기거하고 있는 소랑이라는 계집이라 했습니다. 그녀를 그린 초상화와 그때 받은 돈까지 증좌로 보여 줄 수 있습니다."

"그리하여 어찌했습니까?"

"산으로 몰아 소랑이라는 여인을 죽이려 했으나, 그녀가 강물로 뛰어드는 바람에 생사를 확인하지 못했습니다."

"그래요?"

묶여 있는 서씨의 몸이 부들부들 떨렸다.

이신원이 어찌 저기까지 조사한 것인가? 잡혀 온 보쌈꾼들과 거래를 한 것인가. 모든 걸 고백하는 대가로 형을 감면받기로 했던 것인가.

그다음 등장한 사람들은 뱃사람이었다. 그녀의 얼굴이 하얗게 질렸다.

'설마 저들까지 불러왔을 줄이야!'

"혹 얼마 전 한 여인네를 청나라로 보내라는 명을 받은 적이 있습니까?"

"저희가 직접 받은 것은 아니나, 그 얘길 옆에서 들은 적이 있습니다."

"누가 그 지시를 했습니까?"

"저 여인이 나루터로 직접 찾아와 말했습니다."

"뭐라 말하덥니까?"

"소랑이라는 계집이 나루터에 도착할 것이니, 그녀를 반드시 제물포의 큰 선박에 실으라 하였습니다. 그러고는 죽여 시체를 바다에 던지라 하였지요."

냉정하게 심문을 진행하던 신원의 손등이 순간 파르르 떨려왔다.

"청나라에 가는 길에 그 여인네를 죽이라 하였다는 것이지요?"

"그, 그렇습니다."

"그런데 어찌 되었습니까?"

"배가 떠나고 난 뒤, 무사 떼들이 나타나 배를 돌리라 명하였습니다. 그 지시를 받은 사내는 그때 활에 맞아 죽고 말았습니다."

"그래요? 그때 그 여인과 배에 탔던 이를 기억하십니까?"

"나으리가 아니십니까."

신원은 서씨를 향해 비소를 보냈다.

"저 또한 그 상황에 있었으니, 증인이 될 수 있겠네요."

아직도, 나올 사람이 남은 것인가!

이번에 몰려나온 사람들은, 그녀도 잘 아는 인물이었다. 바로 여원회의 일원들이었던 것이다.

"저, 저년! 결국 잡혔구먼! 내 그럴 줄 알았지. 아유, 분통 터져."

열댓 명의 여인들이 서씨를 향해 도끼눈을 떴다.

"저 여인을 어찌 알고 있습니까?"

"저자가 여원회라는 조직을 만들었습니다. 여원회에 들면 중전 후보가 될 수 있게 손을 써 주겠다고 했지요. 딸아이를 여기서 훈련시키라고요."

"아, 그런 사조직이 있었습니까?"

"그러고서 뜯어간 돈이 한두 푼이 아닙니다. 예법 교육을 시킨다, 걷기 연습을 시킨다, 각종 교육 명목에서부터 몸매가 예뻐지게 하는 안마를 해 주겠다, 얼굴이 예뻐질 수 있도록 침을 놓아 주겠다, 별 게 다 있었다니까요."

그녀들은 잔뜩 심통이 올라 있었다. 그렇게 희망 고문을 시켜 놓고, 딸랑 현희만 삼간택에 올랐으니 그녀의 장단에 놀아났다 생각을 한 것이었다.

"아, 거짓으로 이득을 취한 것이라면 사기죄에 해당이 되겠군요."

신원은 불려 온 모두를 물러가라 이르고서는 다시 서씨 앞에 섰다. 이제는 그녀가 발뺌할 수도, 부인을 할 수도 없었다. 지금 밝혀진 것만으로도 참수형을 당할 만큼의 커다란 죄목들이었다.

"참, 어찌 이렇게 악독하게만 살아오셨는지. 신기할 정도요."

죄목들이 하나하나 밝혀질 때마다 일그러진 서씨의 표정은, 이제 지옥에서 튀어나온 악마라 해도 믿을 정도로 끔찍해져 있었다.

"이제 당신이 그 죗값을 받을 차례요."

"아니야, 내가 한 게 아니야아아!"

그녀는 묶여 있는 채로 온몸을 뒤틀며 발악을 했지만, 금군들은 그 소리는 들을 필요도 없다는 듯, 온갖 고문 도구들을 옆에 준비하고 있었다. 보기만 해도, 전신에 소름이 돋을 정도로 끔찍하게 생긴 도구들이었다.

"이제 그 사실을 인정할 때까지, 모진 고신이 있을 것이오. 한 번 참아 낼 수 있으면 참아 내 보시오."

"이, 인정하면 어찌 됩니까? 형이 감면됩니까?"

서씨는 다급하게 외쳤다.

"그 순간 예현희는 후보에서 제해지겠지."

그 말에 서씨는 더욱 꾸욱 입술을 깨물었다.

이 고문 도구에서 내가 버틸 수 있을까? 이렇게 고문당하다 죽는 것은 아닐까?

짧은 시간 그녀의 머릿속에 수많은 계산들이 스칠 때였다. 바로 그때, 누군가가 헐레벌떡 추국장으로 달려왔다.

"이신원 도사님!"

강녕전의 상황을 전하기로 했던 내시였다.

시간상, 이제 강녕전에서 간택이 시작될 때쯤이었다.

"삼간택은 시작되었느냐? 전하는 어찌 되셨고?"

"그게 아니라,"

바삐 달려온 그는 심장을 토할 듯이 헐떡이면서 소식을 전했다.

"시작이 아니라 끝났사옵니다."

"뭐라? 반 시진 만에?"

"네! 예현호 대감 댁 예현선 낭자가 최종 결정되었다 합니다."

미, 믿을 수가 없었다. 그 짧은 시간 내, 날치기로 간택을 진행해 버린 것인가?

"심지어 광화문 네거리에 모인 백성들에게 이를 모두 발표했다 합니다."

"뭐라?"

그렇다면 현희가 정말 이 나라의 국모가 되어 버렸다는 것인가?

"이리되서는 안 된다!"

신원은 쥐고 있던 것을 모두 놓아 버리고서는 미친 듯이 강녕전 으로 향했다.

이번 간택에 대한
모든 결정은
전면 보류할 것이오

꿈인지 생시일지 모를 아득한 어둠.

헌은 그 어둠의 소용돌이 속에 휘감겨 셀 수 없는 시간을 보냈다.

내가 죽어 가고 있는 것인가.

손가락 끝 하나 내 뜻대로 움직여지지 않고, 몸의 움직임이 점차 둔해져 굳어지는 느낌. 심지어 온몸의 체온이 식어 가며 생명이라 는 것이 끊기는 듯한 기분. 여기서 헤어져 나오고자 아득바득 발버 둥을 치던 헌의 눈이 순간 확— 떠졌다.

이곳은 침전. 온몸이 식은땀에 젖어 있었다. 눈을 떴음에도 정신이 제대로 돌아오지가 않아, 헌은 한참을 멍한 상태로 앉아 있었다.

"전하, 괜찮으시옵니까?"

"세장아, 내가 쓰러지고 나서 며칠이 지났느냐?"

시간도 가늠되지 않았던 오랜 악몽의 시간이었다.

"꼬박 하루가 지났습니다."

문득 경대에 비친 자신의 모습을 보니, 얼굴은 시체처럼 하얗고 핏줄 선은 파랗게 떠올라 어지러운 그림을 그리고 있었다.

"내 모습이 왜 이런 것이냐?"

얼굴을 보아하니, 단순히 충격으로 쓰러진 것 정도가 아니었다.

"어의가 약을 잘못 쓴 듯합니다."

그 말에 헌의 미간이 종이처럼 구겨졌다. 이제는 어의조차 믿을 수가 없다는 것인가.

"지금 이 시기에 약을 잘못 쓰다니. 분명 우연이 아닐 것이다."

어쩌면, 어의조차도 매수되어 있는지도 모른다. 대체 내가 이 궐에서 믿을 수 있는 사람이라곤 누가 있는가. 이 생각에까지 닿자 목구멍에서부터 쓴 물이 꾸역꾸역 올라오는 것 같았다.

"콜록콜록……."

갑자기 역해지는 속에 헌은 한참이나 거친 기침을 했다. 입을 막은 수건에는 어느새 붉은 선혈이 묻어 나오고 있었다. 기침을 하면 할수록, 단장이 마디마디 끊어지고 온 신경이 찢어지는 느낌이었다. 한참 후에야 헌은 겨우 기침을 멈추고서 가는 숨을 내쉬었다.

"참, 독한 약을 썼구나. 약을 쓴 어의들을 모두 추포하거라."

"이미 그리하였습니다."

"꼬박 하루가 지났으면 오늘이 바로 삼간택 날이겠구나."

헌의 말이 끝나자마자, 바깥에서 우르르 쾅쾅 번개가 번쩍이고
천둥이 내리쳤다.

"참 날씨 한 번 궂기도 하구나."

하지만 그래 보아야 내 꿈의 악몽만 하겠는가.

"용포를 가져오너라. 내 직접 간택에 참여할 것이다. 명색이 친간
이 아니냐."

헌은 세장의 부축으로 힘겹게 자리에서 일어났다.

"혹, 내가 쓰러진 동안 소랑이에게 무슨 일이 생긴 것은 아니겠
지?"

그는 나인들의 도움으로 의관을 정제하며 물었다.

"네, 여전히 그대로 옥사에⋯⋯."

"그렇구나."

"대신 이신원 도사가 서씨를 잡아들였습니다. 그이가 빠져나가지
못할 증좌들을 완벽히 마련했다 하니, 이번엔 믿어 보셔도 될 것 같
습니다."

"그래, 그리한다면 어차피 그 아이는 후보에서 제해지겠구나."

헌은 고개를 끄덕이며 침전 밖으로 향했다.

오늘 삼간택이 있을 전각. 마침 세 규수들이 그곳으로 들어오는
중이었다.

갑작스러운 헌의 등장에 심사진들이 모두 자리에서 일어났다. 침전에서 나오지 못할 정도로 건강이 많이 악화되었다 들었는데, 어떻게 여기까지?

그들은 얼굴에 떠오른 찜찜함을 숨기며 헌에게 예를 갖추었다.

"전하, 옥체 강녕하시나이까."

"물론."

이들 앞에서 피 가래가 섞인 기침을 해서는 안 될 터인데.

헌은 최대한 아픈 기색을 감추며, 고개를 돌려 입구 쪽을 바라보았다.

거기엔 세 규수들이 서 있었다. 가장 먼저 눈에 들어온 것은, 저번 보쌈에서 구해 낸 화윤이었다.

'그래, 무사하여 참으로 다행이다.'

그다음 헌의 시선이 닿은 쪽은 현희였다. 맨 처음 초간택 때 봤던 것과는 분위기가 완전히 달랐다. 그때 왜 소랑이와 닮았다고 생각했던 것이지, 싶을 정도로 전혀 다른 모습의 여인이었다.

"참, 이곳에 잘도 걸음 하셨소이다."

헌은 차가운 눈빛으로 그녀에게 다가가며 말했다.

"네?"

"이쯤 되면 알아서 물러나는 것이 맞지 않소?"

오늘 아침, 신원이가 현희의 어미인 서씨를 잡아들였다. 그리하여 그녀의 죄가 낱낱이 밝혀지고 있는 중이고. 그런데 감히 이 자리에 나타나다니. 그 배포만은 참으로 대단했다.

"전하, 무슨 일이시옵니까?"

이에 심사진들이 헌에게 물었다.

"저 후보의 어미가 오늘 금부에 붙잡혔다 들었소."

"허나 아직 혐의에 불과하다 합니다. 그 의혹이 모두 밝혀지기 전까지는 후보에서 제할 수 없습니다."

"만약 누군가 저 후보에게 누명을 씌운 것이면 어찌합니까? 그 무엇보다도 공정해야 할 간택이 무너지는 것 아니겠습니까?"

어쩜 그리 한통속일까. 헌의 날카로운 시선이 심사진을 향했다.

남들은 아주 자그마한 흠결이 잡혀도 탈락하는 마당인데, 그들의 현희에 대한 비호는 참으로 끝이 없었다.

"모두들 말도 안 되는 소리, 그만두시오!"

헌은 그들을 향해 버럭 역정을 냈다.

그런데 바로 그때, 갑작스레 친 고함에 머리가 띵—해져 왔다. 그동안 잠복해 있던 독의 기운이 다시 도는 것이었다. 온몸의 기와 혈이 꽉 막힌 느낌, 머리가 어질해지고 온 세상이 빙글빙글 회전하는 듯한 기분. 다시 헌의 얼굴이 허옇게 변하며, 파란 핏줄이 잎맥처럼 솟았다.

"전하, 괜찮으시옵니까?"

심사진들이 그에게 가까이 다가오려 했지만, 헌은 손을 들어 그들을 막았다.

"가까이 오지 마시오, 괜찮소."

"아직 옥체 미령하신 것이 아닙니까?"

"아니래도!"

거친 목소리와 달리, 남은 기운이 몸에서 모두 빠져나가고 있었다. 기분 탓일까. 헌의 눈에는 저편의 현희가 살짝 비소를 짓는 듯한 느낌이었다.

"세장아!"

헌은 급히 세장을 불렀다. 그러나 세장이 그에게 미처 가까이 다가오기도 전, 그는 다리에 힘이 풀려 휘청이고 말았다.

만만한 독을 쓴 게 아니었다. 아직 그가 일어날 수 있을 때가 아니었던 것이다.

"전하!"

가장 먼저 달려온 것은 가장 가까이 있던 도승지 김설록이었다.

헌은 도승지를 붙잡고 다시 중심을 잡으려 했으나, 집중을 할수록 더더욱 몸에 악한 기운이 퍼지는 느낌이었다. 결국 도승지를 제대로 잡지 못한 헌은 그 자리에 풀썩 쓰러지고 말았다. 이미 그의 품 안에 있는 헌은 다시 의식을 잃어버린 상태였다.

"전하, 괜찮으시옵니까?"

푸른빛이 도는 용안을 보니, 도저히 단시간 내에 정신을 차릴 수 있을 거 같지가 않다.

"다들 뭐하시오. 전하의 옥체가 이러하시니, 오늘의 삼간택은 다음으로 미뤄야 할 것 같소."

도승지는 쓰러진 헌을 부여잡고서는 그렇게 말했다.

그러나,

"더 이상 삼간택을 미루는 것은 안 되오!"

심사진들은 바로 안 된다며 목소리를 드높였다.

"도승지, 소식 못 들으셨소? 이 궂은 날씨에도 광화문 네거리에 수천의 백성들이 모였다 합니다. 모두들 오늘 금혼령이 철회되는 것으로만 알고 있어요. 그들에게 간택이 미뤄졌다 소식을 전하면 어찌 될 것 같습니까!"

"그러면 전하께서 이리되셨는데, 삼간택을 강행하자고요?"

"우리는 우리 대로 소임을 다하면 되지 않겠소!"

"이놈들이!"

무엇에도 꿈쩍하지 않는 그들의 태도에, 결국 도승지는 버럭 역정을 내고 말았다.

"혹시, 다들 병판의 비호를 받는 것이오?"

"거 말조심하시오!"

"이미 후보를 내정해 두고, 거기에 모든 것을 끼워 맞추고 있는 게 아니오! 전하께서 이번 간택에 공정을 기하라, 몇 번을 하명하셨소. 다들 이래서는 아니 됩니다!"

"이 모두가 금혼령에 고통받는 백성들을 위한 것임을, 도승지께서는 어찌 모르십니까!"

이미 심사진들은 단단히 단합이 되어 있었다.

"어서 전하를 침전으로 뫼시고 가거라."

그들은 그렇게 왕 이헌 없이 간택을 강행할 것이었다. 다시 태연히 자리로 돌아가는 심사진들의 모습이 도승지는 너무나 역겨워 미쳐 버릴 지경이었다.

"모두들 병판과 똑같은 형벌을 받게 될 것이오!"

"도승지, 이렇게 간택을 방해하는 것이 더 큰 죄가 됨을 알고 계시오."

의식을 잃은 헌이 곧 세장에게 업혀 침전으로 돌아갔다. 부르르 이를 갈던 도승지는 일단 쓰러진 헌을 따라 안으로 들어갈 수밖에 없었다.

그렇게 헌이 쓰러져 나가는 모습을 본 현희의 입가엔 알 듯 말 듯 한 미소가 걸렸다.

서씨가 하나의 수를 더 써 놓겠다 한 것이 바로 이것이었구나. 제발 어머니께서 혐의 부족으로 풀려나셔야 할 텐데. 그래야 모든 잡음을 진정시킬 수가 있을 텐데.

현희는 더더욱 허리를 꼿꼿이 세우며, 심사진들의 앞에 앉았다.

아무리 병판이 잡혀갔다 하더라도, 그 세력이 쉬이 꺾이는 것은 아니었다. 나는 그 세력을 이용하여, 이 나라의 중전이 될 것이다. 바로 지금 이 순간.

침전 안.

도승지는 왕 이헌의 얼굴에 떠오른 푸른빛을 보며 세장에게 물었다.

"이게 대체 어찌 된 일입니까?"

"누군가 독을 쓴 것입니다."

"대체 누가……."

세상, 이보다 더 큰 반역죄는 없었다. 왕 이헌에게 독을 쓰다니! 주먹을 불끈 쥔 도승지의 손이 바들바들 떨렸다.

"죽음에 이르는 독은 아니라 들었으나, 최근 너무나 피로하셔서 더 큰 병으로 번진 것이 아닌가 싶습니다."

이대로 헌이 자리에서 일어나지 못하는 것은 아니겠지? 아직 후사도 없으신데, 그러한 일이 있어서는 안 된다. 정말 상상하고 싶지도 않은 일이었다.

"전하, 전하……! 제발 일어나시옵소서."

그렇게 도승지가 침전에서 오열하고 있을 때, 전각에서는 태연히 삼간택이 진행되고 있었다.

심사진들과 약속한 세 가지의 문답은 모두 정해져 있었다. 현희는 정해진 대로 거기에 답만 하면 되는 것이었다.

허나, 쓰러진 헌이 깨어날까 마음이 급해진 심사진들은 그 세 가지 질문을 모두 던지지도 않았다. 다른 규수들의 답은 제대로 들어볼 생각도 하지 않은 채, 그들은 현희를 최종 낙점하여 백성들에게 발표했다.

그야말로 날치기 통과.

모든 것은 삼간택이 시작되고 나서 반 시진 만에 금새 벌어진 일이었다.

"전하……!"

서씨의 죄를 모두 밝혀낸 신원이 급히 강녕전으로 뛰어갔다. 이미 전각에서는 일정이 모두 마무리가 되어 해산을 하고 있었다.

이것이 진정인가, 정말 이 나라의 간택이 끝났다고?

신원은 믿을 수 없다는 듯 그 광경을 한참이나 바라보았다. 최대한 빠르게 서씨의 심문을 끝내려 한 것인데, 간택은 이보다 더 빨리 처리되어 버리고 만 것이었다. 신원은 망연자실한 채로 헌의 침전으로 향했다.

"독까지 썼다고요?"

푸른 얼굴로 쓰러져 있는 헌을 보자 신원은 더더욱 참담한 기분이었다.

분명 병판 측 세력에서 손을 쓴 것이 틀림없었다. 대체 그렇게까지 하는 이유가 무엇일까? 간택이 대체 무슨 의미이길래, 이 나라 중전의 자리가 어떤 것이길래 이렇게 왕을 해하면서까지 간택에 통과하려 하는 것인가.

신원은 쓰러지듯 헌의 곁에 앉았다.

"괜찮으시옵니까?"

그의 애달픈 목소리 때문이었을까. 그간 도승지와 세장의 읍소에도 꿈쩍 않던 왕 이헌의 눈썹이 신원의 목소리에 파르르 떨리기 시작했다.

"전하!"

그가 잃어버렸던 정신이 서서히 돌아오고 있었다. 간신히 눈꺼풀을 들어 올린 헌이 잔뜩 긁힌 듯한 쉿소리로 말했다.

"신원이냐."

대체 약이 얼마나 독했던 것인가. 신원은 못내 가슴 아프게 그 모습을 바라보았다.

"네, 저 이신원입니다."

헌의 첫 질문은 이것이었다.

"소랑이는 괜찮으냐?"

순간 신원의 목이 따끔해져 왔다. 지금 당신의 상태조차 정상이 아닌데, 소랑이부터 찾으시다니. 분명 소랑과 약속을 하고 왔다. 그녀가 괜찮다 말하기로. 신원은 안타깝게 고개를 끄덕이며 말했다.

"네, 물론 잘 있지요."

"내가 가 봐야 하는데."

독이 퍼져 있는 자신의 몸보다 헌에게 중요한 것은 소랑의 안위였을 것이다. 신원은 붉어진 눈시울을 들키기 싫어 더욱 깊이 고개를 숙였다. 헌은 다음으로 도승지를 보며 물었다.

"간택은 어찌 되었느냐? 내가 간택장에 발을 디딘 것까지는 기억나는데."

이걸 어찌 말씀드려야 할까. 도승지의 얼굴엔 당황한 기색이 떠올랐다.

독에 쓰러지신 사이에 당신의 비가 결정되어 버렸다고. 우리가

294

그토록 피하려 했던 그 사람으로 결국 결정되어 백성들에게 발표되었다고, 이를 어찌 고할 수 있을까.

"어찌 되었는지 묻지 않느냐?"

헌은 세장의 도움 아래 어렵게 몸을 일으켜 병풍에 기대앉았다.

"전하, 그것이……."

"이미 결정되었습니다. 심사진들이 백성들에게 발표까지 했다 합니다."

말문이 막혀 버린 도승지를 대신해 답을 한 건 신원이었다.

"뭐라? 누구로?"

"우리가 되지 않길 바랐던, 그이입니다. 소랑이의 이복동생, 예현희."

헌은 그 말을 믿을 수가 없었다.

그렇게 잠깐 새에 결정을 모두 내려 버렸다고? 그것도 내가 쓰러져 있는 사이에?

"너의 심문은 어찌 되었느냐?"

"다 밝혀냈습니다. 서씨의 부정부패부터 시작해 뇌물, 살변 미수."

"그러한 자의 딸이 7년간 기다려 온 이 나라의 국모가 되게 할 수는 없지 않느냐?"

탁해져 버린 헌의 목소리, 허나 그 안에는 활화산처럼 뜨거운 역정이 담겨 있었다.

"하오나 전하, 이미 백성들에게 발표가 되어 버린 것이라……."

도승지의 말에 헌은 탁상을 쿵— 내리치며 손에 무게를 실었다.

"도승지, 그게 지금 말이 된다고 생각하시오?"

절대 용납할 수 없는 상황이다. 벌어질 수도, 벌어져서도 안 되는 일이 벌어지고 말았다.

"왕에게 독을 써, 간택에 통과를 시킨다? 온갖 부정으로 간택에 올라온 이가 이 나라의 비가 된다? 그러한 자가 어찌 온 백성의 어머니인 국모가 될 수 있겠소!"

헌의 말은 틀린 것이 없었다. 그러나 이미 발표까지 난 마당. 더 이상 도승지와 신원이 할 수 있는 것은 없었다. 진작에 이 상황을 모두 막지 못한 것이, 그저 한스러울 뿐이기만 했다.

"심사진들을 모두 불러오시오!"

헌은 붉으락푸르락한 얼굴로 이 말을 내뱉었다. 다시 번쩍 떠오르는 폭군의 눈빛. 지금 헌의 분노는 그 무엇으로도 막을 수가 없는 것이었다.

"전하, 부르셨사옵니까."

잠시 후.

내시 세장과 함께 오늘의 간택을 담당했던 심사진들이 안으로 들어왔다. 그리 간택을 진행하고도 태연하기만 한 이들의 태도가 헌의 역정을 더더욱 부추겼다.

"모두들 들으시오."

헌은 위압적인 목소리로 그들에게 말했다.

"이번 간택에 대한 모든 결정은 전면 보류할 것이오."

"네……?"

전면 보류라니……?

순식간에 심사진들은 경악한 얼굴을 했다.

"지금 당신네들 결정에 최종 거부권을 행사하겠다는 말이오!"

너무나 당황한 심사진들은 그저 입을 벌리고서 서로의 눈치를 살폈다. 빠르게 날치기 통과를 시키면 그만일 줄 알았지, 설마하니 왕이헌이 이렇게까지 나올 것이라고는 생각지 못했던 것이었다.

"하오나 전하, 이미 백성들에게 모두 공표한 것이옵니다. 이미 민가는 축제 분위기에 빠져 있습니다."

"결정이 전면 보류가 되었다, 재발표를 할 것이오."

이에 그들은 일제히 고개를 숙이며 바닥에 엎드렸다.

"백성들의 민심을 생각하시옵소서, 전하. 그들은 7년간 금혼령이 철회되는 오늘만을 기다렸사옵니다."

"네, 소신들이 그렇게 빠르게 결정한 것은 모두 다 그런 백성들을 먼저 생각했기 때문이옵니다."

"하루 이틀 천천히 가더라도 과인은 바른 길을 택해야겠소!"

헌의 눈빛이 다시 한 번 번뜩였다.

"더 이상 이 나라 간택이 특정인들의 농간에 놀아나지 않게 할 것이란 말입니다!"

호랑이의 포효보다도, 더욱 두려운 그의 고함 소리. 그 이후 강녕전엔 무거운 침묵이 내려앉았다.

심사진들은 단호한 헌의 태도에 그저 서로의 눈치만을 살필 뿐이었다.

반대로 함께 바닥에 엎드린 도승지는 그저 걱정스러운 마음뿐이었다. 심사진들의 이런 날치기 통과야 물론 경을 칠 일이겠지만, 헌의 '보류'라는 결정은 백성들이 충분히 극단적으로 받아들일 수 있는 것이었다.

도승지는 헌에게 다가가 작은 목소리로 말했다.

"전하, 이들의 방법이 옳은 것은 아니지만, 보류하겠다고 발표하였다간 백성들에겐 더 큰 파장을 일으킬 수 있습니다."

최종 거부권 행사라니.

분명 백성들은 자세한 속사정을 알지 못할 것이다. 왕 이헌이 직접 친간을 하겠다 해 놓고, 그 간택을 거부한 것으로만 알게 될 것이다.

그가 독살당할 뻔했다거나, 후보의 어미인 서씨가 살변 미수부터 시작해 끔찍한 죄를 저질렀다는 것은 알지 못할 것이다.

"그래 봐야 잠시일 것이오. 내 다 생각이 있으니, 도승지는 부디 과인을 믿고 그리 발표해 주길 바라오."

"전하."

이 일을 어찌한다!

도승지의 등에선 식은땀이 주르륵 흘러내렸다.

23

마음껏 사랑할 수 있는
세상을 꿈꾸며

　하루 종일 낮인지 밤인지 모를 아득한 날이었다. 하늘은 아침부
터 저녁까지 시종일관 어둑어둑했고, 장대비가 내렸다가 그쳤다가
오락가락하며 기분 나쁜 축축함으로 옷을 적셨다.

　이 우중충한 분위기에 이미 광화문 앞 네거리에 모인 백성들은
이미 예감하고 있었을지도 모른다. 오늘 간택이란 게 쉬이 끝나지
않을 것임을, 금혼령이란 게 쉬이 철회되지 않을 것임을.

　그러면서도 간절히 바라고, 또 바라고 있었다.

제발, 제발. 지옥 같은 7년 금혼의 세월에 종지부를 찍을 수 있기를. 마음껏 사랑하고 혼인할 수 있는 세상이 되기를.

광화문 앞까지 가지 않은 백성들도 일터나 집에 있기는 초조했는지, 궂은 날씨에도 불구하고 삼삼오오 거리에 모여 있었다. 그렇게 그들은 빗물이 모여 떨어지는 처마 밑에서 초조히 얘기를 나누고 서성이며, 불안한 마음으로 오늘의 결과를 기다렸다.

해영 역시 그중 하나였다.

그녀는 아예 애달당의 문을 닫아 놓은 채, 초조히 거리에 나와 있었다. 무엇보다도 걱정이 되는 것은 소랑의 안위였다. 그녀는 괜찮을까. 정말 그녀의 이복 여동생 현희가 중전이 되어 버리면, 그녀는 어찌 될 것인가. 그렇게 그녀가 불안하게 손톱을 물고 있을 때……

낯익은 그림자가 그녀의 앞을 지나쳐 갔다.

잿빛 두루마기에 넓은 삿갓. 사람들의 눈을 의식하여 얼굴을 가렸지만, 해영은 그에게서 너무나도 익숙한 기운을 느꼈다. 이 느낌이 무엇인지 알아채는 순간, 해영의 심장은 저만치 떨어질 뻔했다.

그는 바로, 도석이었다.

얼굴을 드러내지 않아도 육감으로 알 수가 있었다. 대체 어디 있다가 이제야 나타난 것인가. 그토록 자주 들르던 애달당에도 걸음하지 않고, 심지어 어머니의 사십구재도 치르지 않고 대체 어디에 있다가.

이 나라 금혼령에 큰 불만을 품고 사라졌다 들었는데, 혹 그 불만이 독한 원한으로 변하지는 않았을지, 그 이유에 자신이 있는 것은 아닌지 못 견디게 마음이 불안했다.

해영은 그때를 다시 떠올렸다.

우리가 마을 뒷동산 발간 노을 아래 섰던 날. 도석이 자신에게 고백을 했던 그때를. 그때는 어린 마음에 그를 거절하고 말았지만, 지금의 생각은 달랐다. 이토록 오랫동안 그가 신경이 쓰이고, 그의 발자취를 쫓게 되고, 그리움에 잠 못 이루게 되는 것은 자신도 모르게 그가 내 가슴에 젖어왔기 때문이리라. 그 감정을 너무 늦게 알아 버리고 말았다.

해영은 자신도 모르게, 그 삿갓을 쓴 남자를 따라갔다.

그를 만난다면 뭐라 말해야 할까. 오래도록 보고 싶었다고, 그때 거절을 해서 미안하단 말을 해야 할까.

다시 한 번 온 세상을 잿빛으로 물들이는 장대비가 쏟아졌다. 가슴까지 적시는 슬픈 비였다. 굵어지는 빗줄기로 인해 어느덧 시야가 뿌옇게 흐려졌다.

그리고 그 잿빛 세상 속 도석은 유령처럼 훌쩍 사라지고 말았다. 무엇에 홀린 것만 같은 기분에 해영은 깜짝 놀라 주변을 둘러보았지만 그의 모습은 전혀 보이지가 않았다.

내가 지금껏 헛것을 따라온 것인가, 의심스러워지는 순간이었다. 어느새 그녀는 자신도 모르게 광화문 네거리 한가운데에 있었다. 그 뒤로 사람들이 꾸역꾸역 몰려들어 다시 돌아갈 수조차 없었다.

모인 백성들의 얼굴에 어려 있는 것은 바로 불안한 희망이었다. 모두들 궐에서 들려오는 소식을 애타게 기다리며 오늘 금혼령이 철회되는 것이 진정일까 반신반의하고 있었다.

그들은 간택이 발표가 날 때까지는 집에 돌아가지 않기로 마음먹은 듯 아예 자리를 잡고 앉아 있었다.

그런데 바로 그때! 하루 종일 걸릴 줄 알았던 간택과 그 결정이 생각보다 빨리 난 모양이었다.

심사진을 맡은 조정 대신 중 하나가 궐 밖으로 나와 백성들 앞에 섰다.

"이번 간택의 결과를 발표하겠소."

해영은 미친 듯이 떨리는 마음으로 그의 말이 떨어지기를 기다렸다. 제발 그녀만은 안 된다. 소랑 언니의 이복동생만큼은.

그러나 기대는 여지없이 무너지고 말았다.

"예현호 대감 댁 여식 예현선."

결국 그녀가 간택이 되어 버린 것이었다. 초조히 결과를 듣던 해영은 그만 자리에 털썩 주저앉아 버리고 말았다.

그럼 정말 소랑 언니는 어찌 되려나. 혹여 큰 벌을 받게 되는 것은 아닌가. 놀란 가슴이 모두 무너져 내리는 것만 같았다.

생각보다 빨리 내려진 발표에 장내는 오히려 더 어수선해진 상태였다.

'정말이여? 이렇게 빨리 끝났다고? 뭐가 잘못된 거 아냐?'

'정말 이 나라 중전이 간택된 것 맞아?'

'그러면 이 나라 금혼령도 진정 끝인 것이여?'

그렇게 사람들이 웅성거리고 있을 때, 어디선가 뜬소문이 들려왔다.

오늘 임금이 독살당하여 죽을 뻔했다는 소문, 중전으로 간택된 자의 어미가 금부에 끌려가 모진 고문을 받고 있다는 소문, 그리하여 직접 간택에 참여치 못한 임금이 모든 것을 취소해 버릴 것이라는 소문들이 혼란의 소용돌이처럼 돌아다녔다.

백성들은 더욱 불안감에 빠질 수밖에 없었다. 일부는 축제 분위기를 내기도 했지만, 대부분은 여전히 광화문 앞을 떠나지 못한 채 궐 쪽을 복잡하게 바라보고 있었다.

그렇게 그들의 혼란이 극에 달했을 때, 또다시 궐에서 누군가가 나왔다.

도승지 김설록이었다.

"안타깝지만…… 전하께서는 이번 간택의 결정을 전면 보류하기로 하셨습니다."

이 말을 내뱉는 그의 얼굴은 참담했다. 이에 대한 백성들의 반응이 어떨지, 뻔히 보이는 것이었다. 허나 그는 아무것도 첨언할 수가 없었다.

왕 이헌이 정말로 독살당할 뻔한 것인지에 대한 여부도, 어떤 이유로 전면 보류 결정이 내려졌는지도, 아무런 말도 꺼낼 수가 없었다.

그는 헌의 지시에 따라 쏟아지는 질문에도 이것만을 발표하고서 다시 궐 안으로 들어서야 했다.

'전면 보류라니?'

'그러면, 아까의 발표는 다시 헛것이 된 것이란 말인가?'

'금혼령은 아직 끝나지 않은 것인가?'

영문을 알 수 없는 백성들은 다시 들썩일 수밖에 없었다.

"이래서는 안 되는 것이여!"

곧 성난 이들에게서 거친 소리가 터져 나왔다.

"그 말뜻은 필시, 이번 간택이 실패로 돌아갔다는 것일게요!"

"이번에도 국모를 간하지 못했다고?"

"아님, 간택을 처음부터 다시 진행하겠다는 것인가?"

"아주 백성들의 뜻은 안중에도 없구먼!"

"에잇, 내 이럴 줄 알았소!"

격해진 몇몇 사내들이 분연히 일어나 고함을 쳤다.

"내 지금껏 모태 설로로 살면서도 잠잠히 있었던 것은 바로 이 나라 간택이 무사히 끝날 것이라는 믿음 때문이었소! 그런데 그것마저 실패로 돌아가다니!"

"나도 마찬가지요! 태어나서 지금껏 여인네 손목 한 번 잡아 본 적 없이 평생을 살았는데, 앞으로 언제까지 이렇게 살란 말이오!"

그렇게 하나하나 일어나 목소리를 내고 있는 이. 그들은 바로 모설단의 덕훈과 왕배였다.

"옳소, 옳소!"

백성들은 이들의 말에 공감하며 격한 지지를 보냈다. 이때, 돌로 된 단상 위에 올라가 분연히 목소리를 드높이는 이가 있었다.

"이제는 우리가 진정 일어나야 할 때입니다."

죽창을 들고 위로 손을 뻗는 이.

그는 바로…… 도석이었다.

아까 보았던 잿빛 두루마기에 넓은 삿갓. 그가 분명했다.

사람들 틈 사이에 섞여 있던 해영은 그 모습을 보고 바로 얼음이 되어 굳어 버리고 말았다.

'도석 도련님!'

그녀는 엽전만큼 커진 눈을 깜빡이며, 저편에 서 있는 그가 진짜 도석이 맞는지 뚫어져라 보았다.

위압적인 목소리에 당당한 자세, 번쩍 불이 오른 눈빛까지. 마치 의병의 장수와 같이 옹골찬 힘이 들어가 있는 모습이었다.

매일 애달당에 걸음할 때 도석의 모습은 이렇지 않았다. 약간은 소심하고, 그녀의 눈치도 많이 보고. 수퇘지에게서 자신을 구해 줄 때만 해도, 검 하나 제대로 붙잡지 못하던 인물이었는데 지금의 그는 완전히 다른 사람이 된 것만 같았다.

"지금껏 국가가 우리에게 해 준 게 뭐가 있소!"

도석은 해영이 그 자리에 있는 줄은 상상도 하지 못한 채, 계속해서 목소리를 높였다.

"옳소, 옳소!"

그의 외침에 몇몇 사내들이 수군거렸다.

"저 사람이 누구요?"

"모르시오? 정본좌라고?"

정본좌? 그 이름은 이미 사내들 사이에서 위인급으로 칭송받는

305

것이었다.

"저분이 바로 정본좌라고요?"

"지금은 모설단의 단장을 맡고 있다던데?"

모인 이들이 숙덕대는 소리는 순식간에 퍼져 나갔다. 말로만 듣던 그분이 이렇게 전면에 나서다니, 사내들은 단상에 선 그를 우러러보았다.

"나는 내가 정인을 만들지 못하는 이유가 내 태생이 어리석고 못나서인 줄 알았소!"

도석은 오랜 시간 한이 쌓인 듯한 목소리로 크게 외쳤다.

"허나, 아무리 못나게 태어난들 인간일진대 사랑하고 싶은 마음이 없을까, 혼인하고자 하는 마음이 없을까."

해영은 그런 도석을 가슴 아프게 바라보았다. 내가 먼저 다가갔어야 했는데, 그를 먼저 찾아냈어야 하는데.

"이 시대에 왜 보쌈꾼들이 횡행하겠소. 이 금혼령 시대, 짝을 만들 유일한 방법이 보쌈밖에 없으니 그런 것 아니겠소!"

"옳소, 옳소!"

"나는 그 보쌈꾼들에 의해 내 사랑하는 이를 잃을 뻔하였고, 결국은 내 어머니를 잃고 말았소."

어머니의 얘기에 장내가 돌연 숙연해졌다.

"바라는 것이라곤 아들자식 장가 잘 가서 손주를 얻는 것뿐이던 어머니에게 나는 아무것도 해 드릴 수 있는 게 없었소이다."

어느새 도석의 목소리에 울컥한 아픔이 섞여 나왔다. 다른 이들의 반응도 다르지 않았다. 이 금혼령의 세상 속, 혼인하지 못하고 자식을 낳지 못하니 모두가 고개를 들 수 없는 불효자가 아니었던가.

"대체 나라에서 왜 나를 혼인할 수 없는 고자로 만들고, 부모님께 효도할 수 없는 불효자로 만들고, 나라에 반대하고 일어설 수밖에 없는 반역자로 만드느냐 말이오!"

"그렇소!"

"이것은 우리가 잘못한 것이 아닙니다. 모든 것은 이 나라의 잘못입니다. 지금 한시라도 빨리 간택을 마무리하여 금혼령을 철회해야 할 것이오!"

"와아아아—"

광화문 네거리에 지지의 함성이 울려 퍼졌다.

모두가 한마음 한뜻이었다. 7년간의 금혼령은 길어도 너무 길었다. 이제는 나라에서 그들을 책임져야 할 때였다. 더 이상 백성들의 열망을 무시해서는 안 되는 것이었다.

"우리가 사랑을 하려는 것이 이 나라에선 죄가 되오?"

도석의 눈에선 사랑에 대한 작은 희망마저 꺼진 것만 같았다. 그것이 해영은 너무 안타깝기만 했다. 그가 희망을 버리지 않기를, 다시 한 번 나를 봐 주기를 간절히 바랐는데.

"이젠 우리의 길은 우리가 개척하겠소!"

그는 끝끝내 군중 속의 해영을 알아보지 못한 채 그 말을 남기고서는 단상에서 내려왔다.

간택이 결정되었다가 보류되었다는 소식이 빠르게 퍼져 나가며 광화문 네거리에 모인 사람들의 수는 점점 늘어 갔다.

해영은 밀려드는 인파 때문에 옴짝달싹 움직일 수 없는 상태가 되고 말았다. 도석에게 다가가 무슨 말이라도 하고 싶었지만, 한 발자국 앞으로 내딛기조차 힘들기만 했다.

모여든 백성들은 궐을 향해 굳건히 외치고 있었다.

'금혼령을 철회하라!'

마음껏 사랑할 수 있는 행복한 세상.

그들이 바라는 것은 바로, 오직 그것 하나였다.

"대규모의 민란이 일어났다고?"

병판 조성균 대감이 갇힌 옥사. 그 앞에 얼굴을 은밀히 가린 이가 스르륵 나타났다.

예전 내금위장을 하다가 해임되었던 그이. 그는 바로 김의준이었다.

"하아, 역시나."

이미 모진 고신으로 얼굴이 피떡이 되어 있는 병판이었지만, 그 악독한 눈빛만큼은 여전히 이글이글 불타오르고 있었다.

"아직 금부에 잡히지 않은 보쌈꾼들의 잔당이 남지 않았느냐?"

"네, 그렇습니다."

"그들을 그 민란에 합류시켜라!"

"네?"

병판은 부패한 생선만큼이나 비릿한 눈빛으로 말했다.

"그리고 폭동을 일으키게 하라! 그들에게 '모설단'의 이름을 대라 하거라."

"그 말인즉슨!"

그의 계획은 섬뜩했다.

"민란을 일으킨 자들을 폭도로 몰 것이다."

모두 다 광화문 네거리 앞에 평화적으로 모인 이들이었다. 그들을 폭도로 몰아 이 나라에 더 큰 혼란을 불러일으키려는 것이었다.

"왕이 정해진 비를 고분고분 받아들이기만 했어도 이런 일까지 벌이진 않았을 텐데."

그가 원하는 것은 모설단의 폭동으로 보류 중인 간택의 결정을 압박하려는 것이었다.

간택에 대한 거부권 행사. 왕의 이 결정을 돌이키게 하기 위해서는 백성들의 강력한 반발이 필요했다. 지금보다 더더욱 거친 반발이.

"이제 그의 뜻대로 되는 것은 더더욱 없을 것이다!"

폭도들의 난동. 이제 금군들이 이를 진압하게 되면, 왕과 백성들의 대립이 더더욱 심해질 것이다.

그는 그렇게 백성들과 왕, 그들의 사이를 더더욱 이간질할 것이다. 지금까지 그랬던 것처럼, 왕의 눈과 귀를 닫게 할 것이다.

병판은 누런 이를 드러내어 킬킬킬 소리를 내며 웃었다. 얼굴을 가린 김의준은 고개를 끄덕여 명을 받들고는 바람같이 사라졌다.

❋

민란은 갈대밭의 불길처럼 걷잡을 수 없이 번져 나갔다. 결국, 단 하루 만에 모태 설로들이 일으킨 난은 전국적인 움직임이 되고 말았다.

금군들이 모두 집결해 있는 금부. 이제 신원이 지시를 내릴 차례였다.

"금군들은 궐의 방비를 더욱 철저히 해야 할 것이다. 허나 백성들은 절대 건드려서는 안 된다."

평화적인 시위를 택한 이들이었다. 과격한 움직임 없이, '금혼령을 철회하라!' 목소리만 높이던 이들이었으니, 절대 그들이 다치는 일이 있어서는 안 되었다.

그런데,

"뭐라? 종각을 부수고 일대 거리를 엉망으로 만들고 있다고?"

신원에게 급한 보고가 들어왔다. 그렇게 난동을 부리다 잡힌 이들은 모두 모설단의 이름을 대었다 한다. 어느새 모설단원들이 폭도로 변해 버린 것인가.

신원은 조급해졌다. 시급히 간택에 대한 명확한 발표가 나야, 더 이상의 피해가 발생하지 않을 터인데. 시위로 인한 부상자가 생겨서는 안 될 터인데, 강녕전의 상황은 대체 어찌 돌아가고 있는가.

잠시 보류하겠다던, 왕 이헌의 답은 대체 무엇인가.

강녕전.

궐 밖 상황은 급박하게 돌아가고 있음에도 불구하고, 헌의 몸에 퍼진 독은 수그러들 기세를 보이지 않았다.

어의들을 추국한 결과, 그들은 병판이 예전에 왕 이헌이 쓰러지면 갖다 주라던 청나라의 귀한 약재를 썼다는 것이 밝혀졌다.

"결국 모든 게 병판의 소행인 것인가."

푸르렀던 얼굴이 심지어 검붉은 빛까지 돌고 있을 때, 헌은 다리가 부러진 목각 인형처럼 쓰러지고 넘어지기를 반복하며 자리에서 일어나기 위해 노력했다. 그러나 그 노력은 번번이 실패로 돌아갔다.

"전하, 전하께서 일어나셔야 합니다."

도승지는 그 앞에 엎드려 눈물로 읍소했다. 지금 헌이 자리에서 일어나기 어려운 상황이라는 것은 너무나 잘 알고 있지만, 그래도 도승지는 그런 그를 재촉할 수밖에 없었다.

"민란을 일으킨 이들이 폭도로 변해 가고 있습니다. 미뤄 왔던 답을 어서 내리셔야 합니다."

도승지는 아예 현희 외에 다른 두 후보의 단자를 앞으로 내밀며 말했다.

"이미 서씨와 예현선은 옥사에 갇혀 있습니다. 두 후보 중 아무나 괜찮습니다. 이 민란을 잠재울 수만 있다면, 누굴 고른들 상관없지 않겠습니까."

도승지의 마음은 아무래도 화윤에게로 기울어졌다. 왕 이헌이 직접 사가에 나가서 목숨을 구한 규수가 아닌가. 그때의 연을 계속해서 이어 나갔으면 하는 바람에서였다.

"도승지, 미안하지만 그럴 수는 없소이다."

도승지는 다시 고개를 숙이며 그에게 읍소했다.

"궐 밖 상황이 말이 아닙니다. 그들이 언제 궐문을 뚫고 들어올지 모를 일입니다."

"내 보러 가야 할 사람이 있소. 예현호 대감. 그를 만나야겠소."

뜬금없는 그 말에 도승지는 영문을 알 수가 없었다. 이미 현희에 대해서 전면 거부권을 행사한 헌이었다. 현희는 이미 갇혀 있는데, 대체 왜 그의 아비를 보자 하는 것인가.

순간, 왕 이헌이 다시 기침을 하며 선혈을 뱉어냈다. 연이어 나오는 격한 기침, 이제 그는 제대로 숨조차 쉬어지지 않는 듯했다.

"전하!"

소랑의 옥사 앞.

이제는 얼굴에 허연 기색마저 띠고 있는 왕 이헌이 창살 앞에 털썩 쓰러졌다.

"어찌 되신 일이옵니까? 어찌 여기까지 걸음 하신 것이옵니까?"

“문을 열어라.”

다 죽어 가는 와중, 헌은 문지기에게 옥사의 문을 열라 지시했다.

“이럴 때가 아니옵니다, 전하.”

헌은 소랑의 만류를 뒤로하고, 옥사 안으로 들어갔다. 그리고 그녀의 품에 다시 무너지듯 쓰러졌다.

“이래야 조금 살 것 같은데 어찌하겠느냐.”

소랑에게 안긴 헌이 그녀의 손등을 쓰다듬었다.

“이제 숨이 조금 쉬어지는구나.”

“괜찮으시옵니까, 전하.”

“그래, 널 보고 있으니 조금 낫다.”

헌을 바라보는 그녀의 눈에는 불안함이 가득 차 있었다.

“아까 저의 아버지가 잡혀갔습니다. 무슨 일이옵니까?”

서씨와 현희가 벌을 받는다 하여 아무것도 몰랐던 나의 아비에게까지 해가 가는 일은 없겠지. 그러지 말아야 하는데, 제발, 제발!

헌은 조용히 고개를 끄덕였다. 이제, 내가 그 답을 받아 줄 차례였다.

“소랑아, 너는 나를 믿느냐?”

헌의 애처로운 눈빛이 소랑에게 가닿았다.

“백성들 모두가 나를 부정하고, 잘못된 군주라 욕을 해도, 너는 나를 믿을 것이냐.”

그녀의 눈에 물기가 담뿍 담겼다.

“물론이지요. 제가 전하 말고 누구를 믿겠사옵니까.”

"내 힘들지만, 일을 바로 할 것이다."

"대체 어찌하시게요."

"이제 모든 것을 바로잡을 것이다."

그의 손은 이미 차갑게 식어 있었다.

독으로 어지럽혀진 그의 옥체. 소랑은 그 어떤 것보다 헌의 그런 모습이 더더욱 슬펐다.

"나를 믿고, 조금만 기다려 주거라."

결국 소랑은 그 자리에서 눈물을 터트리고 말았다.

"알겠……습니다."

그 어떤 일이 생기더라도, 그를 믿겠노라고. 오로지 당신만을 사랑하겠노라고.

"약속하겠습니다, 전하."

곧 헌의 입술에 소랑의 입술이 포개어졌다. 소랑이 먼저 다가가 그에게 입맞춤을 한 것이었다. 그동안과 견줄 수 없을 정도로 뜨거운 숨이 섞인 입맞춤이었다. 또한 하염없이 간절하고 또 간절한 입맞춤이었다.

제발 이 위기를 무사히 넘어갈 수 있기를. 헌의 혜안대로 이 일을 처리할 수 있기를.

대체 일이 어찌 진행될지 전혀 예측할 수 없었지만, 소랑은 지금 입술에 닿는 그를, 그의 깊은 사랑을 믿기로 했다.

헌은 입술을 떼고서, 소랑에게 나직이 말했다.

"이제, 이 나라의 금혼령은 끝날 것이다."

24

최대의 민란,
설로 대첩이 일어나고

광화문 네거리 앞.

생각보다 과격해지는 백성들의 움직임에 도석은 당황했다.

만약 금혼령이 철회되지 않을 경우 모설단에서 시위를 벌이기로
한 것은 맞지만, 생각지 못했던 인물들이 모설단의 이름을 대며 폭
동을 일으키고 있었다.

도석이 생각했던 것은 이것이 아니었다. 사랑에 상처 입은 모태
설로들의 의지를 나라에 더 강하게 전달하려 했을 뿐, 이렇게까지

곳곳에서 사고가 일어날 줄은 상상치 못했다.

만 하루 만에 분위기는 반전되었다. 종각이 무너지고, 사당이 불타오르고, 이에 따라 다치는 사람이 속출하고, 공공 시설물이 무너졌다.

모설단에 스며든 보쌈꾼의 잔당들은 계속해서 그들을 교란시키고 있었다. 그저 혼인을 하고 사랑을 하고 싶었던 모태 설로들의 움직임을 폭력적으로 증폭시켰다.

도석이 당황한 사이, 이미 김의준의 주도하에 시위에 합류한 보쌈꾼의 잔당들은 이제 궐 안으로 쳐들어가야 한다며 목소리를 드높이고 있었다.

궐로 쳐들어가는 순간부터가 역모의 죄에 해당이 될 것이었다. 그렇다면 당연히 모설단의 단장인 도석이 책임을 묻게 될 수밖에 없는 상황. 그가 모든 죄를 뒤집어 쓸 수밖에 없는 것이었다.

"모두들 진정하시오!"

가장 중심에 나서 민란을 주동한 것은 도석이지만, 이제는 격해진 이들을 말려야 했다.

"아직 궐에 쳐들어갈 때가 아니오. 이 나라 국왕에게 직접 얘기를 들어 봐야 하오."

"말 들어 볼 게 어디 있소. 간택을 안 하겠다는데."

"그래도 자세한 전후 사정을 들어 봐야 하지 않겠소!"

"그럴 필요 없소, 모두 다 궐문을 부숩시다!"

점점 더 사나워지는 사내들 사이에서 도석은 진퇴양난에 빠지고 말았다. 이렇게 해결해서는 안 될 터인데……!

바로 이때, 금군들과 함께 궐의 주변을 빙 둘러싼 이들이 있었다.

험악한 인상에, 무서운 흉기, 머리에 동물의 가죽을 쓰고 나타난 이들은 다름 아닌 인왕산의 산적들이었다.

그 가운데에, 장대한 기골을 자랑하는 산적 두목 방만방이 나타났다.

"모두들, 물러서시오!"

"당신네들도 이 나라의 설로일진대, 어찌하여 우리 길을 막는 것이오!"

"우리는 직접 전하를 뵌 적이 있소."

금방이라도 궐문을 부술 듯 사나워진 이들을 향해 방만방은 위압적인 목소리로 외쳤다.

"전하께서는 분명 이번에 간택을 하여 후사를 볼 것이오. 이미 우리와 약속한 것이 있소."

"그 말을 어떻게 믿소! 예전처럼 간택이 또 실패로 돌아가는 것 아니오!"

"그럴 리 없소. 나는 임금을 믿소이다!"

더욱더 험악한 얼굴을 하고서 궐문을 지키는 산적들. 이들의 풍채에 난동을 부리던 폭도들은 잠시 주춤할 수밖에 없었다.

"여기까지 와 주셔서 감사합니다."

그런 그에게 조용히 다가와 고마움을 전하는 이가 있었다. 바로, 원녀였다. 그녀가 이 궐을 지켜 달라 산적들을 부른 것이었다.

"아닙니다, 우리가 응당해야 할 것인걸요."

인왕산의 산적들. 그들이 왕 이헌과 원녀에 대한 의리를 지키러 왔다. 소개회의 약속을 지키며 궁녀들을 출궁시킨 왕 이헌에게. 산적들과 기거하면서, 궁녀들과 소개회를 진행할 수 있게 도와준 원녀에게.

도석은 잠시 잠잠해진 이때를 틈타 목소리를 높였다.

"내가 직접 임금과의 협상을 시도하겠소. 모두들 물러나시오."

"다 소용없을 것이오!"

"지금껏 7년을 기다려왔는데 하루 이틀 더 못 기다리겠소? 이러다 오히려 일을 그르치는 수가 있소."

간곡한 도석의 목소리에 다소 잠잠해진 이들이 서서히 뒤로 물러났다.

'도련님!'

해영은 멀리서 그 모습을 안타까이 지켜볼 수밖에 없었다. 더 이상 그에게 가까이 다가갈 수가 없었다. 너무나 많이 몰려들어 사람들 틈 사이를 헤집을 수 없는 것이 첫 번째 이유요, 대의를 실행하고 있는 듯한 그의 기에 눌린 것이 두 번째였다. 지금 그는 남자다운, 우두머리의 모습 그 자체였다.

그는 일부 폭도들의 격앙된 움직임에 다소 당황하긴 했지만, 그래도 찬찬히 사람들을 설득하고 움직이고 있었다. 그녀가 예전엔 미처 보지 못했던 모습이었다.

다가가고 싶지만 그럴 수 없음에 그녀의 마음이 점점 더 애달파졌다. 다시 그를 만나야 할 텐데, 그리고 그간의 오해를 풀어야 할 텐데.

✿

작금의 신원은 몸이 열 개라도 모자랐다. 민란이 일어난 뒤, 내금위장의 빈자리까지 지금의 그가 채우고 있었다.

허나 가장 중요한 것은 잘못된 간택을 되돌리는 것. 그것이 가장 우선이었다.

예현호 대감과 서씨의 추국을 다시 준비하라는 왕 이헌의 명이 있었다. 신원은 서씨를 오라에 묶어 지하 추국장으로 끌고 왔다.

곧이어 헌 역시, 무거운 다리를 이끌고 지하 추국장으로 내려왔다. 몸 전체에 독이 퍼져 당장이라도 무너질 듯 힘겨운 모습이었지만 눈빛만은 살기가 등등했다.

그는 베어 버릴 것 같은 눈빛으로 서씨를 날카로이 바라보았다.

서씨는 애써 입술을 깨물며, 그에게 독한 눈빛을 보였다.

"전하께 예를 취하지 않고 무엇하느냐!"

신원은 서씨의 그런 태도에 채찍이라도 내려칠 기세였다. 그렇게 많은 이들이 서씨의 죄를 입증하였으나, 그녀에게서는 전혀 반성의 기미가 보이지 않았다.

곧이어 예 대감이 금군들과 함께 추국장에 나타나자, 그제야 서씨의 표정이 바뀌었다. 저 여자에게 가장 무서운 것은 바로 예 대감이로구나. 신원은 직감적으로 알 수가 있었다.

"신원아, 추국을 시작하거라."

가운데 자리에 앉은 왕 이헌이 근엄한 목소리로 그에게 명했다.

"네. 전하, 오늘 낮 선혁과 활이 잡아 온 이입니다."

간만에 모습을 드러낸 선혁과 활. 그들이 곧 복면을 쓴 검은 옷의 남자를 끌고 왔다.

"이자가 누구냐?"

"서씨에게 직접 물어보겠습니다."

예 대감은 아직도 영문을 모르겠다는 표정이었다. 저 사람이 대체 누구이길래 함께 대질신문하는 것인가.

"서씨 부인. 이 사람을 기억하오?"

신원이 날렵하게 칼을 휘두르자, 그 남자의 복면이 벗겨지며 얼굴이 드러났다.

'저이는?'

순간 서씨의 얼굴이 새하얘졌다. 설마 이신원이 저기까지 조사한 것인가. 이제는 정말 자신을 나락으로 보낼 증인이 나타난 것이었다.

"기억나지 않습니다."

"그래요? 이자의 기억은 선명하던데?"

신원은 천천히 서씨에게 다가서며 매서운 목소리로 말했다.

"이자를 찾기 위해 그간 최선혁 무사와 지활 무사가 그 집을 스쳐 간 모든 노비들을 전수조사하였습니다. 그리하여 찾아냈소. 이 자는…… 7년 전 예현선 낭자를 죽이려 했던 자요."

"아닙니다!"

바로 서씨의 발악 같은 고함이 터져 나왔다.

"그런 적 없습니다."

"직접 말해 보시오."

신원은 그 사내에게 다가가며 물었다.

"7년 전, 서씨에게 어떤 지시를 받았습니까?"

"정실부인인 김씨 부인의 장녀, 예현선. 그 여자를 죽여 없애 달라
는 지시를 받았습니다."

"아니라니까아아!"

서씨는 오랏줄이 터져 나갈 정도로 몸을 비틀며 발악했다.

붉으락푸르락 가장 끔찍하게 변한 것은 예현호 대감의 얼굴이었
다.

"부인, 그 말이 사실이오?"

"아니에요, 다 모함입니다."

"듣자 하니, 서씨 부인께서는 정실부인이자 현선의 친어미인 김
씨 부인도 독살하셨다 하지요."

그 사내는 고개를 끄덕였다.

"서씨가 만물상 아낙에게 부탁했던 그 청나라의 독 또한 제가 갖
다 드렸습니다."

"아니야! 그런 적 없어!"

"그 독을 주전부리에 타서 먹였다 했습니다. 자신이 정실부인이

되기 위해서요."

예 대감의 얼굴은 점점 더 배신감에 일그러져 갔다. 그는 혐오스러운 눈으로 서씨를 바라보며 말했다.

"당신이 김씨 부인까지 죽였다고?"

"아니에요, 대감님! 모함이에요!"

금군들에게 붙들려 있던 예 대감의 손이 부들부들 떨렸다.

"그리고 우리 현선이를 죽이려 했다고?"

"네, 맞습니다."

문가에서 들리는 당찬 목소리. 이 목소리의 주인은 바로 소랑이었다.

"지금 이신원 도사가 심문한 내용은 모두 사실입니다."

신원이가 소랑에게 최후 진술을 하라 한 것이었다.

"그리하여 저는 7년 전, 서씨 부인이 매수한 저 사내의 손에 죽을 뻔하였으나 죽기 살기로 도망가 목숨을 건졌습니다."

"부인, 어찌 이럴 수 있소오!"

예 대감의 터져 나갈 듯한 고함이 추국장 내에 쩌렁쩌렁 울렸다. 그의 눈엔 세상에서 단 한 번도 느껴 보지 못한 배신감이 일렁이고 있었다.

셀 수 없는 시간 동안, 자신은 서씨에게 속아 온 것이었다. 자신은 지금껏 나의 아내와 딸을 죽인 자와 함께 살고 있었던 것이다. 예 대감은 자신의 머리를 감싸 쥐며 쓰러졌다. 지금 그의 충격은 이루 말할 데가 없었다.

"어찌 이러실 수 있소!"

그는 목을 놓아 오열했다. 그제야 예 대감은 나의 친딸, 현선에게 자신이 무슨 죄를 저질렀는지 알 것 같았다.

오직 서씨의 말만 믿고 둘째인 현희를 시집보내려 했으며, 서씨의 모함에 단 한 번도 큰딸을 찾지 않았다.

신원이 한 말도 이해가 되었다. 자기 집에서 벌어지는 것. 그것을 몰랐던 것이 가장 큰 죄였다. 지금 세상에서 가장 눈이 어두운 자가 바로 자신이었다.

예 대감은 지금 이 죄책감을 도저히 이겨 낼 수가 없었다. 그가 쓰러져 남은 오열을 쏟고 있을 때, 왕 이헌이 예현호 대감의 앞으로 천천히 다가왔다.

"다시 묻겠소. 이자가, 당신의 딸이 맞습니까?"

헌의 손은 뚜렷하게 소랑을 가리키고 있었다. 거친 옥살이에 입술이 하얗게 마르고 피부가 푸석해진 그녀, 소랑이를.

"이 나인이 예현선이 맞느냐 물었습니다!"

왕 이헌의 서릿발 같은 고함. 소랑은 쓰러져 버릴 듯 위태위태하게 서서, 아버지의 답을 기다리고 있었다.

이번에도 나의 존재를 부정하시지 않기를 간절히 바라면서.

"이 나인은 제 딸이……"

소랑의 눈빛은 더없이 간절해졌다. 제발, 제발!

"제 딸이 맞습니다."

하아, 순간 소랑의 눈앞이 온통 뿌옇게 흐려졌다. 왈칵 터지는 눈물이 눈앞의 모든 것을 가린 것이었다. 소랑은 자기도 모르게 아버지 예 대감에게 다가가 그를 끌어안았다.

"아버지, 아버지!"

드디어, 눈에선 왈칵왈칵 폭포수처럼 눈물이 쏟아졌다. 지금껏 아무리 그녀를 외면했다 한들, 아버지는 아버지였다. 결국은 그런 그에게 다가가서 안길 수밖에 없었다.

예 대감 역시 소랑을 안은 채 짐승처럼 오열했다.

"미안하다, 미안하다. 내 딸아. 지옥 불에 떨어질 죄를 지었다. 미안하다, 딸아."

그렇게 한 맺힌 응어리로 얽힌 부녀 사이. 그 모습을 오직 서씨 부인만이 핏물이 배어 나올 듯 입술을 꽉 깨물고 바라보고 있을 뿐이었다.

모든 것이 끝났다.

그녀가 그토록 딸에게 갖다 붙이고 싶어 했던 정실부인의 딸, 예현선이라는 이름. 간택 후보가 될 수 있는 그 이름. 그것을 결국 다시 빼앗겨 버린 것이었다.

"으악!"

서씨는 괴기스러운 비명을 질러 대며 자신의 머리를 뜯었다. 그토록 오랫동안 꿈꾸어 왔던 모든 것이, 결국 이렇게 파멸로 끝나 버리고 만 것이었다.

"이제 서씨는 참형에 처해질 것이다."

왕 이헌은 얼음장보다도 차가운 목소리로 말했다.

"그 죄는 일일이 열거할 수 없으니, 이신원 도사가 알아서 처리하거라."

"네, 알겠습니다."

그런데 이때, 도승지가 급히 추국장으로 달려왔다.

"전하! 궐문이 뚫렸습니다."

"뭐라?"

"모설단의 움직임이 극에 달한 것 같습니다. 다들 물밀 듯이 궐 안으로 쳐들어오면서 임금과의 대담을 요청하고 있습니다."

"그래, 이제 그들에게 나라 비가 간택되었음을 알릴 것이다."

헌은 모든 것이 끝났다는 듯, 툭하니 이 말을 내뱉었다.

"이제, 이 나라 금혼령은 끝났다."

소랑은 아직도 아버지를 얼싸안은 채 눈물을 쏟고 있었다. 헌은 그런 그녀를 안쓰러운 듯 보며 신원에게 말했다.

"이제 소랑이는 풀려난 것이겠지."

"네, 그렇습니다."

"우선 이 핏물에 젖은 옷을 갈아입히고, 상처를 치료해 주어라. 나는 백성들을 만나고 오겠다."

헌은 떠나기 전, 그에게 다시 한 번 당부했다.

"소랑이를 부탁한다, 신원아."

그는 조용히 고개를 숙여 명을 받았다.

"네, 전하."

늦은 밤.

도석은 성난 이들을 진정시키며 평화 시위를 하려 했지만, 이미
그들 사이로 파고든 병판의 세력들은 끊임없이 험악한 분위기를 조
성하고 있었다.

해가 지고 장대비가 계속해서 쏟아져 내리자 임금과의 대담을 기
다리던 이들은 더 이상 참지 못하고 '궐로 쳐들어가자!'며 목소리를
높였다.

험상궂게 생긴 산적들이 이들을 막아서도 소용이 없었다. 김의준
은 이렇게 보쌈꾼들의 잔당들이 활약하는 모습에 조용히 미소를 지
었다. 그래, 이 정도면 되었겠지. 어느새 폭도들은 커다란 나무 기둥
을 가져와, 문을 부수려 하고 있었다.

"모두 그만하시오! 우리가 하고 싶은 건 혼인이지, 역모가 아니
오!"

"혼인도 못하게 하는 이 나라 갈아 치우면 그만 아니오!"

"그게 무슨 대책 없는 소리요!"

이미 포악해진 이들을 더 이상 말릴 수 있는 방법이라고는 없었
다. 콰아앙― 콰앙!

그들은 결국 나무 둥치로 궐문을 부수고서 안으로 쳐들어갔다.

물밀 듯이 안으로 밀려들어 가는 사내들의 모습에 왕배와 덕훈은
망연자실한 표정을 지었다. 원래 이러려 했던 것이 아니었는데.

문득 덕훈은 소랑이가 예전에 옥사에서 했던 말이 떠올랐다. 올해 내로 금혼령이 해결되지 않으면 설로들의 대규모 민란인 '설로대첩'이 일어날 것이라는 그 말.

벌써 모인 백성들의 규모는 '대첩' 수준으로 커져 있었다. 이제는 그들도 어찌 손을 쓸 수 없는 정도였다.

"임금, 나오시오!"

"어서 나오지 못해에!"

폭도들은 궐에 들어와 모두 왕을 찾았다. 도석은 결국 앞장을 서는 수밖에 없었다. 모설단의 이름을 걸고 대담을 하기로 했으니, 이를 지켜야만 했다. 해영 역시 달려드는 백성들 틈에 떠밀려, 자기 뜻과 상관없이 궐 안으로 들어섰다.

"모두, 멈추어라."

그들이 편전 앞으로 와르르 달려들어 왕을 찾고 있을 때, 어디선가 근엄하고 우렁찬 목소리가 들려왔다.

목소리만으로도 동작을 멈추게 하는 무시무시한 힘. 왕 이헌이 그들의 앞에 등장한 것이었다. 함성을 지르며 달려들었던 이들은 잠시 얼음이 된 듯 멈추어 그를 바라보았다.

모두가 예상하지 못했던 임금의 모습이었다. 장신의 키에, 조각같이 섬세한 얼굴, 그리고 색기 넘치는 분위기.

지금까지 우리가 이런 왕을 모셨던 거야, 순간 어리둥절해질 정도의 분위기였다.

그가 왜 7년간 여자를 멀리했는지, 도저히 알 수가 없을 만큼 그는 뛰어난 미색을 갖춘 이였다. 비록 독으로 인해 얼굴이 허옇긴 했으나, 설명할 수 없는 강한 기운이 그에게서 뿜어져 나오고 있었다.

"모두들 궐에서 웬 난동이냐!"

그 말에 백성들은 퍼뜩 정신을 차린 듯 원래 목소리를 내뱉었다.

"대체 이번 간택은 어찌 된 것이오!"

"간택이 실패로 돌아간 것이오?"

"대체 우리의 금혼령은 어찌 된 것이오!"

도석은 조금 더 높은 단상 위에 올라가서 물었다.

"우리는 금혼령이 언제 끝날 것인지에 대한 답을 물으려 했소."

이에 도석과 헌의 눈이 정면으로 마주쳤다. 둘 다 서로를 알고 있었다. 보쌈꾼에게서 해영과 소랑을 구하려 했을 때, 왕 이헌이 직접 손수 나서서 해영을 구해 주지 않았던가.

헌은 도석이 어떤 자인지 알고 있었다. 그의 눈에 담겼던, 해영에 대한 한없는 사랑을 기억했다. 그는 지금 반란을 일으킨 것이 아니다. 정말 원하는 것은 오직 이 나라의 금혼령이 철회되는 것이다.

"과인이 잠시 간택에 대해 보류한다 말했던 것은 확실히 해야 할 것이 있어서 그런 것이오."

백성들은 그의 앞에서 아우성쳤다.

"그것이 대체 무엇이란 말입니까!"

"그것은 바로……."

불타오르는 옥사,
소랑이가 아직
안에 있다!

　헌은 잠시 숨을 고르고서 말했다.
　"이번 간택으로 결정된 자의 신원이오. 그 신원이 명확치 않아 확인하는 데 시간이 걸렸을 뿐이오."
　백성들은 이번 간택에 돌았던 소문을 다시 수군거렸다.
　'저번에 자기가 진짜 후보라고 주장하는 이가 나타났다잖아.'
　'그래서 옥사에 철커덩 갇혀 버렸다 하지 않았나?'
　헌은 그 말에 천천히 고개를 끄덕였다.

"그렇소. 실은 예현호 대감의 여식 예현선. 그 이복동생이 지금껏 자신의 언니의 이름을 가장하고, 최종 삼간택 후보에까지 올랐소."

그 말에 백성들의 술렁이는 소리가 높아졌다.

그럼 지금까지 가짜 후보가 삼간택에 올라온 거야? 진짜는 따로 있다는 게야?

"이제는 금부의 조사에 의해 진짜가 밝혀졌소. 과인은 가짜 예현선이 아닌, 진짜 예현선을 이 나라의 국모로 간택하고자 하오."

'뭐, 뭣이? 간택?'

'그럼 지금, 중전이 결정되었다는 거야?'

"그렇소, 그 전에……!"

헌은 백성들 앞에 갑자기 고개를 푹 숙였다.

그 누구에게도 고개 숙일 것 같지 않던 임금이었는데, 이렇게까지 고개를 숙이다니. 도석을 비롯한 백성들의 얼굴에는 당황한 기색이 역력했다.

"이 나라 조선의 백성들에게 내 너무나 큰 죄를 지었소."

사나운 폭군이라고만 알려져 있던 왕이 이렇게까지 하자 백성들은 오히려 어찌할 바를 모르고 있었다.

"지금껏 내 죄는 사랑을 알지 못했다는 것이오. 7년 전 상처에, 마음을 꽁꽁 닫고서 그 누구도 내 안에 들이지 않았소. 그것이 나뿐 아니라 이 나라 모든 백성들을 괴롭게 했소."

파도처럼 일렁이는 헌의 눈빛엔 진심이 가득 담겨 있었다.

"이제는 단 한 사람. 간택된 진짜 예현선을 이 나라의 중전으로 삼아, 후사를 보고 앞으로 백성들을 위한 정치에 힘쓰도록 하겠소."

"그러하다면, 이 나라의 금혼령은……!"

단상에 올라선 도석이 편전 위에 서 있는 헌을 향해 소리쳤다.

"이제 이 나라의 금혼령은 모두 끝났소."

헌은 비장하게 그 말을 천천히 내뱉었다.

저, 정말? 모여든 이들은 그 말이 실감 나지 않는 듯 술렁임이 더욱 거세졌다. 정말 금혼령이 끝났다고?

"그, 말이 진정이시오?"

"이번엔 보류를 한다거나, 전면 거부권을 행사하신다거나, 그럴일 없으신 것이지요?"

"내가 직접 고른 친간이 아니겠소. 이제 남은 것은 백년해로뿐이오!"

드디어 이제 백성들이 그토록 바라고 바라던 금혼령이 철회된 것이다.

"아아……."

얼떨떨한 몇몇이 억눌린 신음을 내뱉었다.

"끝났다……!"

곧 그 소리에 여러 사람들의 목소리가 합쳐지기 시작했다.

"와아아아!"

진짜 금혼령이 끝난 것이었다. 드디어 마음껏 사랑하고, 혼인할수 있는 세상이 찾아온 것이다.

"와아아아아!"

그들의 함성 소리는 점점 더 커졌다. 그제야 그들에게 기쁨과 눈물의 탄성이 함께 섞이기 시작했다. 그토록 그들을 고생시켜 왔던, 이 모든 것들이 종식된 것이다.

도석은 백성들을 향해 돌아서 분연히 외쳤다.

"이걸로 우리 비밀결사, 모설단은 완전히 해체하도록 하겠소!"

이제는 마음껏 혼인할 수 있는 시대. 더 이상 모태 설로들이 이렇게 몰려다닐 필요가 없었다. 도석은 모설단의 완전 해체를 선언했다.

"우리가 이렇게 더 이상 설로로 살 필요가 뭐가 있겠소, 이제 각자의 정인을 만나 마음껏 사랑하고, 행복합시다!"

"와아아아!"

그렇게 모두에게 기쁨의 함성이 터져 나오고 있을 때,

"도련님!"

어디선가 아득한 외침이 들려왔다.

이 목소리는? 그는 황급히 주변을 둘러보았다. 단상에 올라 서 있던 도석은 그 목소리의 주인공을 알고 있었다.

"도련님!"

인파를 헤치고서, 도석에게 달려오는 그 사람.

그 사람은 바로 해영이었다.

"해영 아씨!"

도석은 자신도 모르게 큰소리로 외쳤다. 그녀가 이 자리에 있을 줄은, 차마 상상도 하지 못했다.

그는 번개같이 단상에서 내려가, 그녀에게로 달려갔다. 상황을 눈치챈 군중들이 그들이 가는 길을 터 주었다. 달려가는 내내, 온갖 감정들이 도석의 가슴속에서 소용돌이쳤다.

"이게 대체……."

어찌 된 일이오, 얼마 만이오, 어떻게 여기까지 왔소, 얼마나 보고 싶었는지 아시오, 수많은 질문들이 앞섰지만 가장 벅차오르는 것은 바로 그녀, 해영이 자신을 향해 뛰어오고 있다는 사실 그 자체였다.

언제나 알 듯 말 듯 나에게서 돌아섰던 그녀가. 결국 내 사랑을 거절한 그녀가 나를 향해서.

그리고 한순간, 치마를 흩날리며 달려오던 해영은 바로 도석의 품에 안겼다. 더 이상의 설명은 필요 없었다. 드디어 그녀가 내 앞으로 온 것이다. 금혼령이 끝났다, 선언이 울리자마자 내 곁에 다시 그녀가 나타난 것이다. 이게 무슨 운명 같은 일이란 말인가.

해영 역시 도석을 안은 채 펑펑 울음을 터트리고 말았다. 작은 주먹으로 그의 등을 치면서도, 해영은 그의 품에서 떨어질 줄 몰랐다.

"그때는, 그때는, 내가 몰라서 그랬어요."

해영은 울먹이며 그의 어깨에 얼굴을 묻었다.

"내가 너무 어려서 너무 나중에 알았던 거예요. 내가 가장 사랑했던 건, 패설책 주인공도, 임금도 아닌 바로 도련님이었어요. 너무 늦게 알아 버려서 죄송해요."

도석의 가슴이 너무나 벅차올랐다. 그녀가 내게 먼저 고백하는 날이 오다니……!

"그간 너무 보고 싶었는데, 어디 가 있었어요."

"미안하오, 미안하오!"

해영은 터져 나오는 울음을 간신히 넣어 두고서 그에게서 한 발짝 뒤로 물러섰다. 도석은 그저 애틋하고 애절한 눈빛으로 그녀를 보았다.

"도련님, 이제 금혼령도 끝났으니 저와……."

"……!"

"혼인하여 주시겠어요?"

순간, 도석은 심장이 부풀어 펑— 터지는 듯한 느낌을 받았다.

지금 내가 들은 말이 진정인 것인가! 모인 백성들 역시 여자가 먼저 하는 청혼에 놀란 건 마찬가지였다.

"혼인하여 주시겠냐고요. 거절하실 거예요?"

"해영 아씨……!"

도석은 폭발할 것만 같은 감정을 억누르며 말했다.

"그야, 그야 물론이지요!"

그는 다시 한 번 해영을 뜨겁게 끌어안았다. 아직도 믿기지 않았다. 그녀가 나에게 먼저 청혼을 했다고? 내 남은 인생을 그녀와 함께 살 수 있게 되었다고?

다시 생각할수록 감정이 복받쳐 올랐다. 세상천지, 이보다 감격스러운 순간은 다시없을 것만 같았다.

해영의 청혼.

그 당차고 아름다운 모습에 주변에 모인 이들이 궐이 떠나가도록 뜨겁게 박수를 쳤다. 그 모습에 일부는 눈시울이 붉어지기도 했다. 이들을 보고 있던 헌 역시 마찬가지였다.

이제는 모두가 사랑할 시간이 다가온 것이다.

지금 이어진 이 연인처럼, 망설이지 말고, 때를 놓치지 말고, 가슴에 품어 왔던 사랑을 모두 표현해야 하는 시간이 왔다.

"잠깐!"

그렇게 모든 이들이 풋풋한 연인에게 박수를 보내고 있을 때, 어디선가 우렁찬 목소리가 들려왔다.

왕 이헌의 옆에 선 두 무사들의 외침이었다.

"지금 여기에 금혼령 시대의 가장 큰 원흉이 섞여 있다는 제보를 받았소."

그들은 바로 선혁과 활이었다. 신원의 지시에 바로 편전에 달려온 것이었다.

"그들은 바로, 우리의 딸과 누이와 어머니를 약탈해 간 주범! 보쌈꾼들이오!"

뭐라? 보쌈꾼들이 우리들 사이에 섞여 있다고?

"보쌈꾼 일당의 대부분이 잡혀가고 난 뒤, 남은 잔당들이 모설단에 섞여 거친 폭동을 일으켰다 합니다."

그 말에 가장 놀란 건 도석이었다.

그래, 모설단원들이 그렇게까지 불을 지르고 폭동을 일으킬 리 없었다. 그들이 모설단이라 가장을 하여, 그리 거친 일을 벌인 것이었다.

"모두들 옆 사람의 귀 뒤에 새겨진 문신을 확인하시오! 칼 모양의 문신이 있는 자들이 바로 보쌈꾼들이니까!"

선혁과 활의 말이 끝나자마자, 꽁지를 빼고 도망가는 이들이 있었다. 조금 전, 공공 시설물을 부수고 불을 지른 이들. 그들의 정체가 발각된 것이었다.

"이놈들! 어딜 도망가느냐!"

선혁과 활이 훌쩍 뛰어내려 칼을 뽑았다. 모여 있던 백성들도 그들을 돕기 위해 손을 뻗었다. 일부는 들고 온 농기구를 휘둘러 도망가는 이들을 잡아냈고, 그 외 사람들은 서로의 귀 뒤를 확인하며 수상한 자를 색출해 냈다.

결국은 서른 명 정도의 보쌈꾼들이 성난 백성들의 손에 붙잡혔다. 선혁과 활의 지시에 금군들이 우르르 몰려와 그들이 움직일 수 없도록 오랏줄로 묶었다.

허나, 백성들의 주먹질은 멈추지 않았다. 그간 보쌈꾼들의 횡포로 끔찍했던 나날들이 얼마던가. 이에 참지 못한 백성들이 그들에게 거친 주먹질과 발길질을 하고 있었다.

보쌈꾼들로 인해, 어머니를 잃은 도석 역시 속이 부글부글 끓었다. 심지어 해영마저 그들에게 납치된 적이 있지 않은가. 그 역시 한대 주먹을 날리고 싶었으나, 지금은 옆에 선 그녀를 보호해야 할 때였다. 지금이라도 그 잔당들이 모두 잡힌 것이 참으로 다행이었다.

그렇게 한바탕의 소란이 끝난 뒤, 해영은 왕 이헌을 향해 소리쳤다.

"전하! 이 나라의 중전마마는 지금 어디에 계십니까!"

해영이 계속해서 걱정하고 있는 건 소랑의 안위였다. 이제 그녀가 모든 누명을 벗고서 왕비가 된 것이다.

"보고 싶습니다. 전하께서 사랑하는 그이를, 보고 싶습니다!"

해영의 맑은 목소리에 백성들의 표정 역시 밝아졌다.

"네, 저희도 보고 싶습니다아!"

백성들 역시 7년 만에 국모를 맞게 된 것이었다.

그녀가 누구인지 보고 싶은 것이 당연지사. 모두가 기쁜 마음으로 그녀를 연호했다.

궐에 들어올 때와는 사뭇 달라진 백성들의 말간 얼굴에 왕 이헌의 얼굴에도 미소가 스쳤다.

"지금까지 그녀는 가짜라는 누명을 쓰고 갇혀 있었소. 이제는 그녀가 밝은 빛을 볼 때요."

소랑이는 지금, 옷을 다 갈아입었을까? 얼굴에 묻었던 그 핏자국들은 모두 씻어 냈을까? 아직도 울고불고 아버지와 얼싸안고 있는 것은 아니겠지.

그런데 헌이 옥사 쪽을 돌아보았을 때 무언가 분위기가 심상치가 않았다.

"엇, 저기서 연기가 나는데?"

편전에까지 타는 냄새가 밀려왔다. 모든 이들의 시선이 그 연기 쪽을 향해 돌아갔다.

"안 돼!"

가장 먼저 얼굴이 하얗게 질린 것은 헌이었다. 저곳은 소랑이 갇혀 있었던 의금부 옥사였다. 바로 그곳에서 새까만 연기가 올라오고 있었던 것이다.

진짜, 저기에 불이 난 것인가? 소랑이가 있는 그곳에? 안 돼, 이렇게 그녀를 잃을 수는 없었다. 7년 만에 얻은 내 사랑을, 다시 예전처럼 허무하게 잃어버릴 수는 없었다.

"가자!"

기쁨과 절망은 이렇게 교차하는 것인가.

헌은 바람같이 용포를 휘날려 그 옥사 앞으로 달려 나갔다. 백성들은 그저 발을 동동 구를 뿐이었다.

7년 만에 맞이한 우리의 소중한 왕비님, 벌써부터 그녀에게 무슨 일이 생겨서는 절대 안 되었다.

"갑시다! 우리도 함께 도와 불을 끕시다!"

도석의 우렁찬 목소리에 백성들이 퍼뜩 정신을 차렸다.

여기서 왕비가 죽는다면, 그로 인하여 다시 반복되는 세월은 상상도 하고 싶지 않았다. 곧 백성들 역시 그 옥사 앞으로 뛰어갔다.

새빨간 화염에 둘러싸인 의금부 옥사. 그 연기는 진짜였다. 옆 건물에서 난 것도 아니다. 소랑이가 갇혀 있던, 그 옥사에서 난 것이 맞았다.

이에 따라 왕 이헌의 두 동공에서도 시뻘건 불길이 일렁거렸다.

"소랑이는, 소랑이는 어찌 되었느냐!"

그 안에서 검은 그을림이 묻은 금군들이 몇몇 튀어나왔지만, 그녀의 행방은 알지 못한다는 반응이었다.

왕 이헌은 옆에 선 선혁과 활을 돌아보았다.

"신원이는?"

"아까까지는 옥사에 함께 있었습니다."

헌은 아까 전, 자신이 신원에게 거듭 당부했던 것을 떠올렸다. 소랑이를 지켜 달라고 했던 것.

아마 신원은 아직도 소랑이와 함께 있을 것이다. 신원이라면 할 수 있을 것이다. 이 화마에서 소랑이를 구해 내는 것.

곧 옥사 안에서 예현호 대감이 검게 그을린 얼굴로 튀어나왔다.

헌은 그를 붙잡고 물었다.

"소랑이는 어찌 되었소! 당신의 딸, 말이오!"

소랑이가 마지막까지 예 대감을 붙잡고 울고 있지 않았던가.

"이신원 도사와 함께 옷을 갈아입겠다고 올라갔다가 이 불길이 치밀어 올랐습니다. 그와 함께 밖에 먼저 나간 줄 알았는데."

"소랑이는 아직 나오지 못했습니다."

소랑이가 아직 안에 있다고? 그 말에 예 대감의 눈이 희번덕 뒤집어졌다. 다시 부나방처럼 불길로 뛰어들려 하는 그이를 선혁과 활이 말렸다.

"놓으시오, 놓으시오!"

"이러다 대감님이 먼저 죽습니다. 지금 들어가시면 안 됩니다!"

그들의 만류에 옥사에 들어가지 못한 예 대감은 바닥에 털썩 쓰러져 오열했다.

"소랑아, 소랑아! 내가 너에게 다시 한 번 죄를 짓는구나, 소랑아!"

대체 나는 어떤 아버지란 말인가. 죽다 살아난 친딸을 외면한 것도 모자라, 이제 심지어 그녀를 사지에 두고 왔단 말인가. 지금 예 대감의 가슴속에 밀려든 죄책감은 감히 무게를 달 수 없을 정도로 무거운 것이었다.

"멸화군(滅火軍: 조선의 소방관)들이 오려면 아직 멀었는가!"

속이 타오르고 있는 건, 헌 역시 마찬가지였다. 그녀가 살아 있어야 하는데, 내 생애 이토록 초조한 순간은 없었다.

"네, 곧 도착할 것입니다."

"주변을 샅샅이 둘러보아라. 신원이라면 분명 소랑이를 데리고 나왔을 것이다!"

허나, 금군들이 아무리 둘러보아도 둘의 흔적은 전연 보이지가 않았다.

"이 어찌한단 말인가."

헌은 거의 미쳐 버리기 직전이었다.

어떻게 간해진 나의 중전인데. 이제 이 나라의 왕비가 되었는데. 이 불길에 그녀를 잃을 수는 없었다.

급기야, 헌이 직접 안으로 들어가려 하자,

"전하, 이러시면 아니 되옵니다."

어느새 세장과 원녀가 달려와 헌을 붙잡고 죽기 살기로 매달렸다.

"이것 놓아라! 그럼 이걸 보고만 있으란 말이냐!"

"전하께서 직접 들어가시면 아니 되옵니다."

결국 헌은 이들의 만류에 소랑을 구하러 들어갈 수조차 없었다. 그는 속이 무너지는 것만 같은 기분이었다. 대체 그녀는 살았는가, 죽었는가!

영차, 영차.

'설로 대첩'을 일으키며 성난 얼굴로 궐에 들어왔던 백성들은 어느덧 성실하게 물동이를 옮기며 불을 끄는 데 일조하고 있었다. 힘겹게 간택된 이 나라의 왕비가 이대로 죽어서는 안 된다. 우리가 그들을 살려야 한다. 그들의 분주한 손길에 일 층의 불길이 다소 사그라졌다.

그러나 이번엔 이 층과 천장에서 더더욱 활활 불이 타오르고 있었다.

아까 예 대감이 소랑이와 신원이가 위로 올라갔다 했다. 혹, 아직 이 층에서 탈출하지 못한 것인가? 저렇게 불길이 화르르한데 아직

341

까지 못 나왔다면, 그렇다면!

헌은 그다음을 상상하고 싶지 않았다. 물론 백성들 역시, 아무도 이를 바라는 자는 없을 것이다.

야속하게도 오늘 하루 종일 비를 뿌리던 하늘은, 지금 이 순간 조용하기만 했다. 도착한 멸화군과 백성들의 노력에 어느 정도 불길이 잡혀가고 있을, 바로 이때!

'우지끈—'

곧 옥사의 지붕이 저쪽에서부터 와르르 연쇄적으로 내려앉기 시작했다. 타기 좋은 목조 건물이었다. 지붕의 무게를 이기지 못한 나무 기둥이 바스락거리는 숯이 되어 무너진 것이었다. 까맣게 피어오른 잿더미가 그들의 시야를 완전히 가렸다.

'콜록콜록—'

이 무너진 지붕 밑에서, 살아남을 수 있는 이는 아무도 없을 것만 같았다.

왕 이헌은 제발, 제발, 마지막 기대를 걸며 시야를 가린 새까만 재가 가시기를 바랐다. 그리고 그 까만 재 뒤로, 거짓말처럼 소랑과 신원이 나타나기를 빌었다.

어느새 서로의 손을 꽉 쥐고 있던 도석과 해영 역시 마찬가지였다. 세장과 원녀, 선혁과 활, 그녀의 아버지 예 대감 역시 손에 땀을 쥐고서 그 모습을 보고 있었다.

제발, 제발!

26

이제 너희들은 지옥 불에 타 죽는 천벌을 받게 될 것이야!

지하 추국장.

예 대감의 실토에 드디어 그녀가 예현선이라는 것이 밝혀졌을 때였다. 소랑은 그제야 그토록 보고 싶던, 그러나 다가갈 수조차 없던 아버지에게 드디어 안겼다.

"미안하다, 미안하다. 내 딸아. 지옥 불에 떨어질 죄를 지었다. 미안하다, 딸아."

소랑은 그런 아버지를 안고서, 울고 싶을 만큼 울었다.

그리고 한참 후.

아버지의 토닥임 끝에 소랑은 마침내 눈물을 그치고서 말했다. 일단 옥에서 풀려났으니, 옷을 갈아입고 다시 제정신을 차려야 할 차례였다는 생각이 들어서였다.

"아버지, 여기 계세요. 저는 의관을 정제하고 오겠습니다."

소랑은 발갛게 부풀어 오른 눈을 비비며 그리 말했다.

"그래, 현선아. 그리하거라."

아버지 예 대감은 금군들과 함께 일 층에서 기다리기로 했다. 그렇게 소랑이 신원과 함께 올라간 바로 그때.

"이것 놔라, 이것아!"

서씨 부인은 오랏줄에 꽁꽁 묶인 채 금군들에게 끌려가고 있었다. 그녀의 발악은 아직 멈추지 않았다. 아직도 이 사실을 인정하고 싶지 않은 것이었다.

일 층 복도. 그런 서씨와 예 대감의 눈빛이 다시 한 번 허공에 맞닿았다. 그리고, 예 대감의 눈에 서린 것은, 다름 아닌 경멸이었다.

"대감님!"

지금껏 저런 여자를 부인이라고 데리고 살았다니. 본처를 해하고, 딸을 해한 저런 여자와 한 지붕 한 방에서 살았다니!

예 대감은 그녀의 뻔뻔한 눈빛이 역겨워, 결국 고개를 돌려 버리고 말았다.

"이제 나마저 당신 딸처럼 외면하는 겁니까? 외면하면 될 것 같습니까?"

서씨 부인의 눈에서 번쩍하는 그 끈질긴 불길은 아직 끝나지 않았다. 그녀는 예 대감의 죄책감을 찔러 그를 자극하려 했지만, 소용없었다. 예 대감은 결국 그녀에게서 완전히 등을 돌리고 말았다. 이를 본 서씨의 발악은 극에 달했다.

"이것 놓아라!"

나는 이곳을 살아나갈 것이다. 반드시 도망쳐 나갈 것이다. 그리하여, 모든 이들에게 내가 할 수 있는 가장 큰 복수를 할 것이다. 그녀는 금군들에게 잡힌 몸을 있는 힘껏 뒤틀었다.

이 층의 한 협실, 신원은 발간 볼의 소랑에게 갈아입을 옷을 건네주었다.

"일단 이걸로 갈아입고 있어. 나는 밖에서 기다릴게."

소랑은 고개를 끄덕인 채 그 옷을 조용히 받아 들었다. 그렇게 그녀가 협실에 들어가고, 신원이 밖에 서 있을 때, 별안간 일 층 복도에서 요란한 소리가 들려왔다.

"끄악, 끄아아악!"

서씨의 고함 소리였다. 갑자기 이 비명은 웬 것인가!

"도사님, 이신원 도사님!"

금군들이 신원을 급히 찾는 목소리도 들려왔다. 신원은 이 층 계단에서 일 층을 향해 소리쳤다.

"무슨 일이냐!"

"서씨가 불을 질렀습니다!"

뭐? 대체 어디에? 어찌 그렇게 몸이 꽁꽁 묶였는데 불까지 지른단 말인가. 하지만 그 말이 사실인지, 곧 이 층에까지 타는 연기가 올라왔다.

어쩌지? 잠시 고민하던 신원은 소랑에게 일 층에 다녀오겠다 말한 뒤 계단을 내려갔다.

"대체 어떻게 된 거야?"

복도를 걸어가며 어떻게든 도망칠 곳을 찾던 서씨가 호롱불을 일부러 넘어뜨려, 자신의 치마에 불을 붙인 것이었다. 갑자기 화악― 번지는 불길에 그녀를 붙잡고 있던 금군들이 놀라 물러났다.

그사이, 서씨는 그 불로 자신의 팔을 묶고 있는 오랏줄을 지져 이를 끊으려 하고 있었다.

"으아앗!"

허나 불꽃이 오랏줄만 태울 리 없었다.

치이익, 복도엔 그녀의 살갗이 타오르는 냄새가 진동을 했다. 화상을 입은 그녀의 끔찍한 비명 소리가 옥사 전체에 울려 퍼졌다. 자신의 몸을 직접 불로 지지는 그 표독스러운 모습에 금군들도 감히 손을 대지 못하고 있는 상태였다.

"그러다 진짜 불에 타 죽을 것이오!"

상황을 파악한 신원이 서씨의 앞에 서서 소리쳤다. 활활 불타오르고 있는 치맛자락에 그녀는 마치 저승에서 기어 올라온, 저승사

자처럼 보였다.

"으으윽, 이신원. 그게 네가 바라던 것 아니었느냐!"

희번덕 돌아가는 눈의 흰자를 보아하니, 그녀는 이미 제정신이 아닌 듯했다.

"네가 감히 나를 잡아넣을 수 있을 성싶으냐!"

그녀는 신원을 향해 고래고래 소리쳤다. 곧이어 불에 탄 오랏줄이 툭툭 끊겨 그녀는 손을 자유로이 쓸 수 있게 되었다. 그녀는 복도 한구석에 쌓여진 짚에 몸을 내던졌다. 그렇게 치마에 붙은 불을 끄려 했던 모양이다.

그러나 그 짚은 마른 것이 아니었다. 연료로 쓰기 위해 오랫동안 기름을 먹여 보관해 온 것이었다. 오히려 그것이 장작이 되어 그녀의 치맛자락엔 더더욱 세찬 불길이 오르고 있었다.

"안 돼, 안 돼!"

서씨가 그 짚에서 뒹굴며 아무리 발버둥을 쳐 보아도, 불길은 더더욱 거세어져만 가고 있었다.

"불이 더 커지기 전에 꺼야 한다!"

신원은 뒤에 서 있는 금군들을 향해 손짓했다. 금군들이 우르르 그쪽으로 다가서려 하자,

"다가오지 마!"

서씨는 그들에게 도끼눈을 뜨며 고성을 질렀다.

"일단, 그 불을 꺼 줄 테니 이리로 오시오!"

"저리 가!"

그녀는 거의 경기를 일으킬 듯 두 손을 내저었다. 짚 옆에 놓인 기름통을 발견한 서씨는 그것을 바닥에 뿌려 불길로 된 차단막을 만들었다.

"이게 무슨 미친 짓이오!"

이제 서씨는 완전히 새빨간 불길에 둘러싸여 있었다. 화염에 가려 보이진 않지만, 벌써 그녀의 두 발이 녹아내리고 있을지 모른다.

"내가 죽더라도 우리 딸은 살아남아야지!"

서씨는 불타오르는 짚을 들고서, 천장을 그슬렸다. 곧 그녀가 있는 쪽은 천장부터 바닥까지 온통 불바다가 되어 버리고 말았다.

딸은 살아야 한다니. 그게 무슨 말인가. 혹, 현희가 이 층에 있는 것인가? 그리하여 퇴로를 만들기 위해 이 층 쪽을 불태우려 한 것인가?

퍼뜩 소랑이 떠올라, 신원은 돌아서 이 층으로 올라가려 했다.

"안 돼!"

그때, 서씨는 옆에 있던 기름통을 집어 신원에게 던졌다. 그 안에 있던 기름이 그에게 쏟아지며 신원은 종아리에 깊은 화상을 입었다.

"으윽!"

신원은 화상을 입은 종아리를 절뚝이며 계단으로 향했다. 우선, 소랑이의 안위를 확인해야 했다.

"저년을 당장, 붙잡아라!"

신원의 지시에 금군들이 그녀에게 한걸음 한걸음 다가가자, 그녀는 더더욱 패악을 부렸다.

그리고 계단을 올라가던 신원이 마지막으로 서씨를 돌아보았을 때, 그녀는 아예 기름통을 자신의 머리에 부어 버리고 있었다. 이대로 금군들에게 잡히느니, 분신자살을 택한 것이었다.

신원의 눈에는 악의 화신으로 살던 그녀가 폭발해 펑 터져 버리는 것 같이 보였다.

그것이 모두가 지켜본 서씨의 마지막이었다.

그녀의 분신에 화마는 더더욱 세차게 일렁거렸다.

한쪽에서는 금군들이 불을 끄기 위해 옷가지나 빗자루를 휘두르고 있었고, 다른 한쪽에서는 옥의 문을 열어 죄인들을 한 명 한 명 밖으로 데리고 나갔다.

허나, 이미 집채만큼 커진 불길은 이들의 노력으로 진압될 수 있는 것이 아니었다.

소랑이 협실에 들어가 저고리를 벗었을 때, 다시 달칵— 문이 열렸다.

"어, 신원아, 아직!"

그녀가 벗은 어깨를 가리며 문 쪽으로 고개를 돌렸을 때 들어온 사람은 신원이 아니었다. 현희였다.

"네, 네가 어떻게?"

현희는 그녀를 향해 섬뜩하도록 차가운 얼굴로 한걸음 한걸음 다가왔다. 오늘 간택을 위해 입었던 최고급의 비단옷은 이미 여기저기 찢겨진 상태였다. 갑작스러운 서씨의 소동에 현희를 지키던 금군이 자리를 비운 것이었다.

"너 때문에 내 모든 게 끝났어!"

현희의 혀는 마치 뱀의 것처럼 사악하게 날름거렸다. 한걸음, 한걸음 천천히 다가오던 그녀는 표독스럽게 소랑의 목을 잡아챘다.

"내가, 내가 중전이었다고!"

악에 받친 현희가 열 개의 손톱을 소랑의 목에 박아 넣었다. 할 수 있는 한 끝까지 쥐어짤 셈이었다. 나 대신 중전이 되어 버린 소랑의 목숨이 끊어질 때까지.

"이거 놔! 난 네 언니잖아!"

"네가 언제부터 내 언니였다고 그래?"

지금 현희는 앞뒤 물불을 가릴 때가 아니었다.

내가 중전이었는데, 심지어 백성들에게 발표까지 났는데.

"그걸 네가 왜 가로채 가!"

그런데 결국 모든 것이 뒤집히고 말았다. 그게 다 눈앞의 이 여자 때문이다.

"콜록콜록! 이거 못 놔?"

소랑은 목에 감겨든 현희의 손을 떼어 내기 위해 발버둥 쳤지만, 완전히 독이 오른 그녀의 악력을 도저히 이길 수가 없었다.

"놔, 놔!"

한 덩이로 얽힌 두 여자의 몸이 쿵쿵 벽에 부딪히다가, 결국 바닥에 나동그라졌다. 허나 현희는 열 손가락의 힘을 풀지 않았다. 마치 열 마리의 독사가 소랑의 목을 맹렬히 물고 있는 것만 같았다.

"죽어, 죽어!"

죽여 버릴 것이다! 내 모든 것을 망친 그녀를, 내 중전 자리를 앗아간 이 못된 이복 언니를, 언제나 나를 가짜로 만들었던 진짜 예현선을!

현희의 악력에 소랑의 숨이 점점 더 막혀 왔다.

심지어 일 층에서는 모락모락 검은 연기가 올라오고 있었다. 무슨 일이지? 불이 난 것인가?

"놔, 놔!"

어느새 목에서 말소리조차 나오지 않았다. 꽉 잡힌 소랑의 얼굴이 붉게 부풀었다가, 하얗게 핏기가 가셨다. 이제 그녀의 폐에 조금의 숨도 남은 것 같지 않았다.

여기서 정신을 잃으면, 질식사로 죽게 되고 마는 것인가? 이렇게, 허무하게?

바로 이때,

"소랑아!"

누군가 협실의 문을 쾅쾅 두드렸다. 신원이었다. 허나 이미 문이 안에서 잠겨 그가 들어올 수가 없었다. 그가 이걸 따고 들어올 때쯤이면 소랑은 이미 이 세상 사람이 아닐지도 몰랐다.

밖에서는 신원이 쿵쿵— 문에 몸을 부딪치는 소리가 들려왔다.

그리고 어느새 일 층에서 시작된 불길이 이 층에까지 번지고 있었다. 소랑이 있는 협실에도 화마의 기운이 뻗쳐 왔다. 방 안에 매캐한 연기까지 가득해지니 소랑은 정말 조금도 숨을 쉴 수가 없었다. 정말 끝이구나 싶어, 눈을 질끈 감는 순간.

우지끈! 콰지지직!

무언가 무너지는 소리가 들렸다. 신원이 결국 문을 부수고 들어온 것이었다. 어느덧 복도에까지 불길이 활활 타오르고 있었다.

그는 바로 달려들어 와 소랑의 목을 조르고 있는 현희를 바로 낚아챘다.

"으악!"

잔뜩 독이 오른 현희는 신원에게 붙들려서도 열 손가락을 소랑을 향해 뻗어 댔다. 신원은 그런 현희를 구석으로 내동댕이쳐 버렸다.

"소랑아, 괜찮아?"

콜록콜록! 그야말로 죽다 살아난 소랑이 그동안의 숨을 한 번에 몰아쉬었다. 그녀의 목엔 현희의 손자국이 벌겋게 찍혀 있었다.

신원이 고개를 돌리자, 어느새 건물 전체가 시뻘건 화염에 휩싸이고 있었다. 구석에 나동그라졌던 현희는 다시 일어나 비척비척 다가오고 있었다. 신원에게 당할 수 없다는 걸 알면서도 끝까지 소랑을 해쳐야만 직성이 풀리겠다는 듯이.

그런데.

우지끈, 쿠르릉!

어느새 불에 타오른 이 층의 바닥 자체가 굉음을 내며 일 층으로

352

내려앉기 시작했다. 곧 현희가 이쪽으로 다가올 수 없을 만큼, 그들 사이 곳곳에 빈 공간이 생기고 말았다.

"네가 이대로 살아나갈 줄 알아?"

현희는 악이 오른 목소리로 발악을 해 댔다.

"절대로 행복해지지 마! 네가 내 꺼 다 빼앗고 행복할 줄 알아? 임금 옆에서 호강하고 잘살면! 내가 귀신이 되어서라도 쫓아가서 괴롭힐 거야!"

저주에 찬 그녀의 목소리가 협실 안에 쩌렁쩌렁 울려 퍼졌다. 이미 현희의 얼굴은 악마의 딸이라 해도 무방할 정도로 악독하게 일그러져 있었다.

"네가 귀신이 될 수 있다고 생각하니?"

그런 현희의 저주를 소랑은 차갑게 받아쳤다.

"아니, 너는 귀신조차 될 수 없어. 지옥 불에 타 죽는 천벌을 받게 될 것이니까!"

소랑의 그 말이 끝나기가 무섭게,

"으아아악!!"

현희가 있던 이 층의 바닥이 일 층으로 훅— 꺼지고 말았다. 어느새 일 층은 완전히 불바다가 되어 있었다. 현희는 악인이 지옥 불에 끌려가듯 끔찍한 비명을 지르며 그 화염에 빨려 들어갔다.

소랑은 몸을 일으켜 현희가 사라진 그 구덩이를 내려다보았다.

거기엔 이미 까맣게 타 버린 서씨의 시신이 아무렇게나 놓여 있었다. 온몸에 시뻘건 불이 붙어 고통스럽게 뒹굴고 있는 현희의 마지막도 곧 그러하리라.

"신원아, 이제 우리도 나가야 해."

남은 둘도 같은 모습이 되지 않으려면 여기서 탈출로를 모색해야
했다.

그러나,

"으읍!"

신원의 종아리가 제대로 세워지지 않았다. 서씨에 의해 다리에
크게 화상을 입어 버린 까닭이었다. 이제 군데군데 꺼진 바닥을 피
해 내려가야만 할 텐데 그 다리로 어찌하지, 고민하고 있을 때!

위에서부터 나무가 부서지는 굉음이 들려왔다. 천장까지 오른 화
마에, 서까래들이 하나하나 무너지고 있는 중이었다. 저 서까래에
깔린다면, 그들 역시 비참한 죽음을 맞이할 것이었다.

바로 그 순간, 그들의 발치 앞에 천장의 서까래가 쿵— 무너져 내
렸다.

"안 돼!"

사방에서 불똥이 튀었다. 이렇게 건물이 무너지고 있는데, 어떻게
밖으로 나가지. 소랑이 그렇게 주위를 둘러보고 있을 때, 창이 보였
다. 벽에 나무로 된 창이 나 있었다.

이 창을 열자마자 불길이 바깥으로 뿜어질 것이다. 소랑은 나무
로 된 창을 열고서 신원과 함께 화악— 고개를 숙였다.

예상대로 갑자기 실내에 공기가 들어오자 불길이 바깥으로 한 번
화악 뿜어져 나갔다.

이제 여기서 뛰어내리기만 하면 된다!

소랑은 창가에 올라서 급히 주변을 둘러보았다. 이미 그 앞은 새까만 재와 연기로 뒤덮여 있었다. 어디가 바닥인지조차 보이지가 않았다.

이 정도 높이에서 뛰어내리면 어떻게 될까. 바닥이라도 보이면 다리가 부러지지는 않을 텐데.

그런데 그 검은 재 사이에서 소랑의 눈에 들어온 이가 있었다. 그는 다름 아닌, 왕 이헌이었다. 새까만 연기 구름 속 둘의 눈빛이 짜르르하게 맞닿았다.

'살아 있었구나.'

'전하……!'

허나, 감상에 빠질 틈은 없었다. 천장의 서까래는 계속해서 연쇄적으로 무너지고 있었기에 지금 소랑과 신원이 서 있는 곳이 무너져 내리는 건 한순간일 것이다. 뛰어내릴 것이라면 지금 바로 뛰어야 했다.

그 밑에서 헌은 그녀에게 굳건한 눈빛을 보내왔다.

'나를 믿고 뛰어내려라. 내가 받아 줄 테니.'

그녀를 향해 벌린 너른 품. 창가에 쪼그려 있던 소랑은 더 이상 망설일 수 없었다. 뒤에서는 신원의 재촉도 더해졌다.

"소랑아, 시간이 없어. 빨리 뛰어내려."

"너는, 너는 어쩌고?"

"너 뛰면 나도 바로 따라갈게."

"다리에 힘은 줄 수 있고?"

"걱정 말고 빨리 뛰어!"

신원은 굳건히 고개를 끄덕였다. 뒤에선 계속해서 숯이 된 나무 기둥들이 넘어지고 있었다. 조금만 지체해도 그 잔재에 깔리는 건 한순간일 것이다. 그런데 어째, 신원의 눈빛이 예사롭지가 않았다.

"소랑아, 언제나 고마웠다."

아득한 아픔이 담겨 있는 눈이었다. 그동안 그녀를 짝사랑하느라 숨겨 왔던 모든 감정이, 그 짧은 새에 터져 나오는 것 같기도 했다.

아주 찰나의 순간이었지만, 그녀 역시 마음이 복잡해졌다. 갑자기 고맙다니, 그게 웬 말일까. 왜 갑자기 그는 마지막 인사 같은 말을 했을까.

콰르릉, 콰직! 저쪽 외벽이 부서져 내리면서 내뿜는 뜨거운 화기에 소랑은 퍼뜩 정신을 차렸다. 고개를 돌리자, 일 층엔 여전히 헌이 있었다. 하염없이 넓은 어깨로, 팔을 벌리고서.

'지금이야.'

그녀는 마음속으로 하나, 둘, 셋을 센 뒤 헌의 품을 향해 훌쩍, 뛰어내렸다.

27

과인은 진짜 예현선을
중전으로 간택하여……

부웅─ 허공에 뜬 소랑의 몸에 청량한 공기가 맞닿았다. 뜨거웠
던 화기에서 드디어 탈출한 것이다.

검은 재 안이었지만, 그래서 아무것도 보이지 않았지만, 이것만은
분명히 알 수 있었다.

낯익은 숨결, 익숙한 품. 지금 그녀는 헌의 품 안에 있다.

어느새 둘의 몸은 하나의 몸이 된 것처럼 꼭 맞춘 듯 바닥에 포개
어져 있었다.

한 치 앞도 볼 수 없는 검은 연기 속, 헌의 얼굴이 서서히 드러났다. 내가 사랑하는, 너무나 사랑하는 그의 모습이.

'무사한 것이냐.'

그는 눈빛으로 그리 묻고 있었다. 품에 안긴 소랑 역시 아무 말하지 못한 채 눈빛으로만 답했다.

'무사합니다. 이렇게 전하의 품에 안겨 있지 않습니까.'

그런데 이때, 뒤에서 엄청난 굉음의 소리가 들려왔다.

소랑과 헌은 깜짝 놀라, 그쪽을 바라보았다. 건물이 화재로 무너지고 있었다. 시뻘건 화마의 붉은 혀에 모든 기운을 빼앗기고 와르르 힘없이 쓰러지고 있었다.

"안 돼!"

아직, 신원이가 뛰어내리지 않았다. 바로 뛰어내리기로 했는데 왜 아직도! 혹 아까 다리를 크게 다친 것이었던가! 내가 뛰어내리자마자 바로 서까래가 무너진 것이었던가. 그래서 신원이가 뛰어내릴 새가 없었던 것인가.

"안 돼, 신원아!"

헌은 자신도 모르게 일어나 건물 쪽으로 향했다.

"아니 되옵니다, 전하!"

검은 재 속에서 왕 이헌을 찾던 내시 세장과 원녀가 어느새 다가와 건물로 향하는 그를 필사적으로 막았다.

"신원이가 아직 저 안에 있다."

"아직 건물이 무너지고 있는 중이옵니다, 전하. 이러다 큰 화를 당하십니다!"

"신원이가 저 안에 있다고!"

다시 건물로 뛰어들려는 소랑을 이번엔 원녀가 붙잡았다.

"소랑아, 안 된다!"

"신원이가 저를 구하고는 그리되었어요. 신원이도 살아야 합니다!"

"안 된대도! 다시 사지로 향하고 싶으냐!"

그렇게 한바탕 몸싸움이 벌어지는 동안.

콰르릉, 콰직!

결국 옥사는 완전히 무너져 버리고 말았다. 이 건물 안에, 사람이 살아 있기를 바라는 것이 더 신기할 정도였다.

"신원아!"

마지막으로 내려앉은 나무 기둥과 함께 소랑 역시 자리에 털썩 주저앉아 버리고 말았다. 쓰러져 버린 소랑의 뒤를 헌이 뒤에서 감싸 안았다. 그 역시 한없이 망연자실한 표정으로 무너진 옥사를 보고 또 보았다.

"신원이가 안에서 나오지 못한 것이 맞느냐?"

소랑은 눈물범벅이 되어 고개를 끄덕였다. 이에 헌은 걷잡을 수 없는 한숨을 파아, 터뜨렸다. 도저히 믿어지지 않는 현실이었다. 아예 숨이 콱— 막혀 쉬어지지가 않았다.

그가 살았기를, 그래도 잘 도망쳤을 거라 믿었기를 간절히 바랐는데, 결국 빠져나오지 못했다니. 황망히 건물을 바라보던 헌은 꽉 막힌 듯 고통스러운 목구멍을 겨우 열었다.

"고맙다. 너라도 살아 줘서 참으로 고맙다."

헌은 떨리는 손끝으로 절망하는 그녀를 조금 더 간절히 움켜쥐었다.

너라도, 너라도 살아 줘서 얼마나 고마운지 모른다. 불타오르는 옥사 앞에서, 내가 얼마나 애를 태웠는지 모른다. 살아 주었구나, 내 소랑아. 소랑은 헌의 품에 안겨 한없는 눈물을 쏟아 냈다.

'소랑아, 언제나 고마웠다.'

헌이 했던 그 말에 신원이 떠오르는 것은 왜일까. 그것은 그가 소랑에게 마지막으로 했던 말이었다.

대체 무엇이 고맙다는 것인지, 잘해 준 게 하나 없는 내게 대체 왜.

울음은 가슴에서부터 시작되어 울컥울컥 쏟아져 나왔다. 아직도 도저히 실감이 나지가 않았다. 신원이가 불길에 쓰러지는 저 건물에서, 결국 나오지 못했다는 것이.

"언니!"

그런 소랑의 이름을 부르며 누군가가 뛰어왔다.

소랑은 눈물 젖은 얼굴을 들고 그 모습을 환상인 듯 의아하게 보았다.

그녀는 해영이었다. 왕 이헌의 품에서 떨어진 소랑을 이번엔 해영이 달려와 끌어안았다.

"네가 어떻게 여기에 있어?"

"언니, 언니, 살아나서 다행이에요."

그녀는 소랑의 어깨에 강아지처럼 마구 얼굴을 비볐다. 해영 역시 무너지는 옥사를 보며, 얼마나 가슴을 졸였던가. 소랑이 살아 있기를 얼마나 바랐던가.

"그래, 난 괜찮아."

소랑은 일단 그녀의 어깨를 두드려 주었다.

"그런데, 그런데, 신원이가."

밝았던 해영의 낯빛이 순식간에 어두워졌다.

"신원 오라버니가 왜요."

소랑은 그다음 말을 도저히 이어 나갈 수가 없었다. 아직도 도저히 입 밖으로 꺼낼 수가 없는 말이었다.

"대체 왜요!"

결국 소랑과 해영은 서로를 끌어안고 한참의 눈물을 쏟고 말았다.

"흐흑, 어쩌다가."

지금 이 슬픔은 세상 그 무엇으로도 표현할 수 없는 것이었다.

목을 놓은 그녀들의 울음에 주변 이들의 분위기가 숙연하게 가라앉았다.

"밖에선 참 많은 일이 있었어요."

해영은 애써 울음을 삼키며, 그녀에게 힘겹게 말했다.

대체 무슨 일이길래. 계속 갇혀 있느라 소랑은 그 어떤 소식도 듣지 못했다.

곧 해영의 곁에 도석이 다가왔다.

이건 또 무슨 일이란 말인가. 소랑는 의아하게 함께 있는 해영과 도석을 바라보았다.

검은 재가 어느 정도 가시고 나자, 그 뒤엔 수많은 백성들이 서 있었다. 모두들 물통과 양동이를 들고 있는 모습에 소랑은 그제야 작은 탄식을 터트렸다.

이렇게 다들 힘써 주었구나. 불길을 잡기 위해 물을 끼얹으며, 애를 쓴 고마운 사람들이었구나…….

아마 금혼령에 반발해 궐로 쳐들어온 백성들일 것이다. 그런데 어찌하여 그들이 이렇게들 따뜻한 눈빛을 하고 서 있단 말인가. 소랑은 의아한 눈으로 헌을 돌아보았다.

"무슨 일이 있었는지, 궁금하느냐?"

그녀에게 다가온 헌은 해영과 함께 주저앉은 소랑을 일으켜 세워 주었다.

"이제 이 나라 금혼령은 끝났다."

"네?"

"나는 예현호 대감의 여식 예현선을 중전으로 간택하여……."

"그러니까 현선은……."

"네가 진짜 예현선이 아니냐?"

소랑은 아직도 이해할 수가 없었다.

"사주단자에 오른 이름이 예현선이 아니더냐?"

그녀는 얼떨결에 고개를 끄덕였다.

"그렇지만 삼간택을 모두 통과한 사람은 현희가 아니었습니까?"

"그 아이는 어찌 되었느냐?"

"저 의금부 옥사에서 제 목을 조르다 그만……."

소랑은 자기도 모르게 옥사의 쪽을 바라보며 말했다. 시커먼 건물에 심장 한구석이 무겁게 내려앉았다.

"어미와 함께 불에 타 죽었습니다."

"인과응보의 결과로구나."

헌은 고개를 끄덕이며 다시 한걸음 더 소랑에게 다가왔다.

"그렇다면 간택을 위해 그간의 과정을 다시 한 번 더 거칠까?"

그의 말에 더더욱 손사래를 치는 건 뒤에 서 있던 백성들이었다.

"아뇨, 그럴 순 없죠. 무슨 그런 말씀을!"

"이미 예현선으로 발표가 난 거, 그대로 가야지요!"

"더 이상 금혼령이 길어져서는 안 됩니다."

헌은 백성들을 향해 말했다.

"이 아이가 정식으로 삼간택의 절차를 거친 것은 아니지만, 그보다 더 많은 것을 해냈다. 7년간 죽은 세자빈을 잊지 못해 고통스러워하던 나를 구원하였고, 그로 인해 심신이 썩어 들어가 제구실을 못하던 이 못난 군주를 예전의 건강하던 모습으로 되돌렸으며, 사랑이란 것을 믿지 않던 나에게 다시 사랑이란 것을 일깨워 주었다."

"……!"

"왕가의 간택은 지금껏 사랑 없이 이루어졌었다. 윗분들이 알아서 비빈을 정해오고, 막상 당사자들은 위에서 정해 온 것을 받아들이기만 하면 되는 것이었다. 그러나 이번의 간택은 다르다. 내가 비로 들이고자 결정한 이는 세상 누구보다도 내가 사랑하는 이다."

소랑은 약간 얼이 빠진 채 그 얘기를 듣고 있었다.

내가? 정말 내가?

왕 이헌은 백성들을 향해 근엄한 목소리로 외쳤다.

"혹 이번 간택이 예법에 맞지 않는다 하여, 나에게 이의를 제기할 이가 있는가!"

백성들은 모두 손을 내저으며 아니라 답했다.

"없습니다!"

"암요, 사랑하는 이를 택해야지요!"

"이제 금혼령은 끝나는 것이지요?"

헌은 고개를 끄덕이며 백성들에게 말했다.

"금혼령이 끝난 지금, 그대들이 해야 할 것은 단 하나다. 내 인생과 바꾸어도 아깝지 않을, 가장 소중한 정인을 찾을 것. 그 정인을 최선을 다해 사랑할 것. 그리고 혼인하여 그이를 평생 아껴 줄 것!"

백성들은 헌의 그 말에 곧바로 격한 지지를 보내왔다.

"이제 나는 왕으로서 여기에 모범을 보이려 한다."

헌의 시선은 얼떨떨하게 서 있던 소랑에게로 돌아갔다.

사지에서 돌아와 준 나의 소랑에게.

결국엔 살아남아 준 나의 사랑에게.

"나는 예현호 대감의 여식, 진짜 예현선을 중전으로 간택하여,"

헌은 한걸음 더 그녀에게 다가갔다.

"평생 너를 사랑하고, 평생 너를 행복하게 해 주며, 오로지 너만을 사랑할 것이다."

"......!"

"나의 비가 되어 주겠느냐?"

세상에 이런 청혼이 또 있을까.

소랑은 가만히 선 채로 자신의 입을 막고 있었다.

백성들은 강아지와 같이 순진한 눈망울로 그녀의 답을 기다리고 있었다. 그녀를 쳐다보는 백성들의 바람은 한결같았다.

어서, 빨리, 그 답을! 우리가 더 애달으니, 어서 빨리 고개를 끄덕여 달라는 것이었다.

소랑은 아직도 죽다 살아난 이 상황이 믿기지 않았지만, 내가 이 나라 국모감이 될 수 있는지에 대한 의심이 앞섰지만, 갑자기 모여든 백성들의 성화에, 갇혀 있는 동안 완전히 달라져 버린 이 상황에, 머릿속이 복잡하고 욱씬 심장이 아팠지만…….

그녀는 모든 걸 지우고, 오로지 헌을 바라보았다.

지금 자신의 눈앞에 서 있는 헌을.

그녀에게 청혼을 하며, 손을 내미는 그를.

내가 가장 사랑하는 그의 모습을.

이제는 다른 사람이 아닌, 그가 내 남편이 될 것이다. 평생을 그와 함께할 수 있을 것이다.

소랑은 결국 그의 손을 잡아들었다. 자꾸 눈물이 나, 볼을 타고 흐르는 건 어쩔 수가 없었지만,

"네. 그리하겠습니다."

오로지 왕 이헌만을 생각하면 그녀의 대답은 무조건 끄덕임일 수밖에 없었다.

그러나 고개를 돌리면 바로 그 옆엔 폐허가 있었다. 신원이를 내보내지 못하고 끝끝내 쓰러진 그 건물이.

신원이가 정말 이렇게 죽은 걸까. 그는 정말 빠져나오지 못한 걸까.

소랑의 머릿속이 또 한 번 아득해져 왔다. 결국, 헌의 손을 맞잡은 소랑은 갈대 단처럼 풀썩 쓰러지고 말았다.

"소랑아, 소랑아!"

애타는 헌의 목소리가 소랑의 귓가에 아득하게 들려왔지만, 마지막엔 그마저도 들리지 않았다. 완전히 혼절을 한 것이었다.

"아무래도 화재로 인해 큰 충격을 받은 것 같습니다."

세장은 헌의 곁으로 바로 달려와 소랑을 옮길 준비를 했다.

"아니다, 내가 직접 옮길 것이다."

왕 이헌은 그런 소랑을 번쩍 안아 들었다.

무슨 일이 있어도 그녀는 무사해야 했다. 어떻게 살아남은 내 사랑인데, 더 이상 그녀가 아파하는 모습을 볼 수는 없다.

백성들 역시 쓰러진 그녀의 모습을 안타까이 보았다. 제발 우리의 왕비마마가 무사하셔야 할 텐데. 제발.

그런데, 이때!

"전하!"

왕 이헌의 곁으로 선혁과 활이 뛰어왔다. 화재에서 빠져나온 금군들과 생존자의 수를 확인하고 있던 참이었다.

"죄인의 수가 맞지 않습니다."

그 말인즉슨!

"병판, 조성균 대감이 옥사가 불에 탄 틈을 타 도망을 놓았습니다."

'아!'

결국, 병판은 도주에 성공한 것이다. 그들과의 모든 전쟁이 끝난 것처럼 보였으나, 끝나지 않았을 수도 있다. 서씨와 현희는 죽었으나, 아직 병판 조성균 대감이 살아 있는 것이다.

헌의 가슴에는 붉은 복수심이 활활 타올랐다. 그들 일당의 악독한 짓으로 신원이 죽었다. 도주한 병판은 내가 반드시 잡아들일 것이다! 반드시 그이를 잡아 끔찍한 고통에 절규하는 모습을 이 두 눈으로 똑똑히 보리라!

폐허가 된 옥사 내에서는 시신조차 제대로 수습할 수가 없었다. 현희와 서씨의 시신 역시 얼굴을 알아볼 수 없을 정도로 완전히 전소되었다. 이튿날, 강녕전의 침전에서 의식을 되찾은 소랑이 가장 먼저 들은 소식이 그것이었다.

꼬박 하루를 앓다가 깨어났는데 신원의 시신마저 찾지를 못했다니, 그야말로 억장이 무너지는 것만 같았다.

'그가 정말 죽었을까.'

아무리 돌이켜 보아도 믿기지가 않았다.

'정말 신원이가?'

시신을 발견하지 못했다는 것은, 그래도 작은 희망이 남아 있는 것 아닌가. 그래도, 그래도……!

헌이 충격이 가시지 못한 소랑을 간호하고 있을 그때, 강녕전으로 선혁과 활이 바삐 찾아왔다. 왕을 급히 뵈어야 할 소식이 있다 했다.

'그들이 전해 올 소식이라면?'

헌의 가슴에 일말의 기대감이 부풀어 올랐다.

금혼령이 철회되고, 서씨와 현희가 목숨을 잃었다 하여도, 선혁과 활의 수사는 끝나지 않았다. 헌이 그들에게 몇 번을 거듭해 지시한 것은, 신원을 찾아내라는 것이었다.

헌의 생각 역시 소랑과 다르지 않았다. 저번에 팔을 다치고 어디론가 사라졌던 것처럼 신원은 분명 살아 있을 것만 같았다. 그냥, 우리를 피해 꼭꼭 숨어 있을 것만 같았다.

"전하, 드디어 찾았습니다."

강녕전에 든 선혁과 활이 고개를 숙이며 긴장감 가득한 목소리로 말했다.

"무엇을, 대체 누구를 찾았단 말이냐?"

그들이 입을 떼기까지 찰나의 순간, 헌의 눈에 기대감의 밝은 빛이 어렸다.

"병판 조성균 대감이옵니다."

"아……!"

"그자도 반드시 잡아넣어야 하지 않겠습니까?"

"그래, 그렇지."

예상과 다소 빗나간 답이긴 하나, 그를 잡아넣어야 한다는 것만은 사실이었다. 그야말로 반드시 죄의 대가를 받아야 하는 인물이었다.

헌은 피에 젖은 안씨의 옷고름을 다시 떠올렸다.

세자빈 안씨를 죽여, 이 나라에 금혼령을 일으키게 한 주범. 고관대작으로 나라의 녹을 먹으며, 보쌈꾼 조직까지 운영했던 파렴치한.

그가 살아 있다면 다시 또 무슨 꿍꿍이를 꾸밀지 몰랐다. 반드시 그를 잡아야 한다.

"오늘 그때의 한강 나루터에서 새벽 묘시 배를 타고 제물포로 가, 거기서 청나라로 가는 상선을 타려 한답니다."

다른 나라로 도망을 가려고? 그 또한 있을 수 없는 일이었다.

"혹시, 저희가 그를 보게 되면 바로 사살을 할 수도 있습니다."

"뭐라?"

선혁과 활은 이에 대한 윤허를 받기 위하여 이 시간에 강녕전에까지 든 것이었다.

그들은 신원이 그러한 변을 당한 것은, 모두 병판 때문이라고 생각하고 있었다. 아마, 병판을 만나게 되면 그 살의를 참을 수 없을 것이기에 미리 왕에게 허락을 받으러 온 것이었다.

"그것은 불허한다."

헌은 묵직이 고개를 저었다. 나라의 법에 의하여 처벌을 받을 수 있도록, 그를 생포하라는 것인가?

"그는 내가 직접 죽일 것이다."

헌은 자리에서 일어나 용포를 벗으며 말했다.

"병판의 마지막 모습은 내가 직접 확인해야겠다."

헌은 직접 나루터로 갈 준비를 서둘렀다. 그의 눈에 번쩍 복수의 불꽃이 일었다.

28

이제 신원이만

돌아오면 되겠구나

병판은 살아남았다. 불이 타오르는 옥사. 금군들이 불을 피해 하나하나 옥사의 문을 열고서 죄인들을 밖으로 데려나가고 있을 때, 그는 끝까지 구석에 숨어 이를 피했다.

시뻘건 화마는 시시각각으로 덮쳐 왔다. 금군들은 그곳이 빈 옥사인지 아닌지 확인할 경황이 없었다. 당연히 그 옥사의 문은 열리지 않았다. 사람이 없는 곳인 줄로만 알았으니까.

병판은 구석에 숨어 끈질기게 기다렸다. 이 정도의 화재라면, 분명 벽이 무너질 것이다. 그 벽이 무너질 때까지 기다리자. 그때라면 의심 없이 밖으로 빠져나갈 수 있을 것이다.

와장창, 콰직! 사정없이 기둥이 무너지고, 일 층의 불이 이 층으로 옮겨붙고 있을 그때, 드디어 병판의 옥사가 무너져 내렸다.

금군들의 눈을 피해 쓰윽— 복도로 나온 그는 서씨가 자신의 몸에 분신을 하고 있는 모습을 똑똑히 보았다.

그러나 그런 그녀를 구할 시간도, 마지막 인사를 나눌 시간도 없었다. 언제까지나 우리는 필요에 의해 결탁을 했던 사이 아니었던가. 자멸하고 있는 서씨에게 의리를 지킬 마음도, 죽은 그녀를 위해 잠시의 명복을 빌어 줄 틈도 그에겐 없었다.

그는 그저 꽁무니가 빠진 듯 도망갈 곳을 찾았다. 드디어 외벽이 무너지고 나자, 그가 뒷길로 향할 길이 열렸다. 병판은 끝까지 이를 악물었다. 나는 살아날 것이다. 죽지 않을 것이다. 어떻게든, 목숨을 부지할 것이다.

김의준의 집, 구석 창고.

병판은 그곳에서 몇 날 며칠을 숨어 있었다. 혹시, 그 집안 식구들 중에서도 밀고자가 있을지 몰라 음식은 항상 개 밥그릇에 담겨 몰래 들어왔다. 허겁지겁 맨손으로 밥을 집어 먹던 그가 문득 자신의 모습을 깨닫고 털썩 자리에 주저앉았다.

내가 어쩌다 이런 신세가 되고 말았나. 이 나라 중전만 내 뜻대로 앉히면 차기 정국을 쥐락펴락할 권력가가 될 줄 알았건만. 거지새끼처럼 개 밥그릇에 담긴 음식이나 처먹는 신세가 되어 버리다니.

손톱달이 뜬 어느 날 밤.

손에 막걸리를 든 김의준이 은밀히 창고 안으로 들어왔다.

"드디어 배편이 마련되었습니다."

세자빈 안씨 살인 사건의 배후에 병판 조성균 대감이 있다는 게 세간에 알려지고, 그의 얼굴이 저잣거리에 현상범으로 붙었다.

사람들이 눈에 불을 켜고 그를 잡으려 하니, 이제는 진정 이 나라를 뜨는 수밖에 없었다.

"그래?"

병판은 김의준이 쥐고 있던 막걸리를 빼앗아 들고 콸콸콸 목을 축였다.

"준비는 다 되었고?"

"네."

"그래, 나루터와 제물포만 잘 빠져나가면 문제는 없을 것이다. 너도 그동안 수고가 많았다."

김의준은 고개를 숙였다.

허나, 배신자는 배신자의 손에 처단되는 법이다. 그를 데리고 있다는 게 밝혀지면 김의준 자신은 공범으로 몰려 어마어마한 죄를 쓸 것이었다. 차라리 그 전에 불어 버리는 게 나았다.

기실, 내가 더 이상 병판을 비호한들 나에게 더 떨어지는 것도 없지 않은가. 더 이상 당근도 없고 채찍을 휘두를 수도 없는 주인을 따를 필요는 없었다.

김의준이 의금부에 몰래 전한 이 소식은, 결국 선혁과 활의 귀를 거쳐 왕 이헌에게까지 들어갔다.

그리고 드디어 병판이 떠나는 날.

병판은 자신의 본디 모습을 숨기고자, 완전히 거지 행색을 한 채였다. 사람들이 현상범으로 몰린 자신의 얼굴을 알아보기 전에 어서 배 안으로 들어가야 했다. 그는 두건으로 최대한 얼굴을 가린 채 졸이는 가슴을 안고서 배에 올랐다.

'그래, 드디어 되었다!'

이제 배가 출발하기만 하면 된다. 그러면 이 나라를 무사히 떠날 수 있다.

그러나 그가 배 안으로 완전히 숨기도 전, 나루터에 다그닥다그닥— 여러 필의 말발굽 소리가 들려왔다.

이 소리는 혹시 금군들인가? 그는 화들짝 놀라 뒤를 돌아보았다.

"아니…… 언제 여기까지!"

그를 잡으러 온 금군은 한둘이 아니었다. 새까맣게 모인 금군들. 그리고 그 가운데 선혁과 활. 게다가 저이는 바로 왕 이헌이 아닌가!

병판의 목구멍이 꽉 막혀 왔다. 왕이 나를 잡기 위해 여기까지 왔다고?

휘이이익—

그가 제대로 놀랄 새도 없이, 화살들이 갑판 위로 비 오듯 쏟아졌다.

"으억, 으어어억!"

이 나라의 병력에 관한 모든 것을 잡고 뒤흔들던 그였지만, 이제 더 이상의 자비는 없었다. 그는 그저 갑판 위에서 살 곳을 찾아 헤매는 생쥐 꼴에 불과했다.

"활에 맞아 죽은, 고슴도치 꼴이 되고 싶지 않으면 아래로 내려오라!"

왕 이헌은 근엄한 목소리로 그리 외쳤다.

이제 병판에게 더 이상 선택의 기회는 없었다. 그는 바들바들 떨리는 무릎으로 배에서 내려와 왕 이헌의 말 앞에 바짝 엎드렸다.

"전하, 죽을죄를 지었나이다."

"네가 무슨 죄를 지었길래."

네 죄를 네가 실토해 보라는 것이었다.

그의 가슴을 향한 헌의 활시위가 팽팽하게 당겨졌다.

"그러니까, 폐빈을. 아니 세자빈 안씨 마마를."

그러나 헌의 화살은 자비 없이 바로 그의 어깨에 꽂혔다.

헌은 잠시나마 그의 말을 들어보려 했다. 허나 그 역겨운 바퀴벌레 같은 꼴을 보니 잠시도 참을 수가 없었다. 그 입으로 안씨의 이름을 담는 순간, 헌의 살의는 폭발하고 말았다.

"으억, 으어어억!"

그는 어깨에 꽂힌 자신의 화살을 안고 바닥에 나뒹굴었다.

"계속 실토해 보아라!"

또 한 번 화살을 맞고 싶지 않으면 뭐라도 말해야 했다.

"혀, 현희를 이 나라의 중전으로 앉히려 했고. 크흑!"

다시 헌의 화살이 병판의 뱃가죽을 스쳤다.

"으악!"

"엄살 한 번 심하기도 하구나."

"저, 전하. 죽을죄를 지었사옵니다."

"소랑이를 죽이려 암살단을 풀고, 신원이에게 독침을 쏘았다지."

"그것은 서씨 부인이……."

"변명이 우선인가!"

"아닙니다! 제, 제가 한 것이 맞습니다! 다 인정할 테니, 제발 살려만 주십시오!"

얼음장보다도 차가운 헌의 눈빛이 그에게 내리꽂혔다. 지금 헌의 분노는 그 무엇으로도 감출 수 없는 것이었다. 다시 그의 활시위가 팽팽하게 당겨졌다.

피융―!

날아간 화살은 바로 병판의 가슴팍 한가운데를 꿰뚫었다.

"이것은, 지금의 중전을 대신한 복수이다."

"으윽!"

가슴에 활을 맞은 그가 완전히 쓰러졌음에도 불구하고 헌의 화살은 멈추지 않았다.

"그리고 이것은 나의 가장 오래된 벗 신원을 해한 복수다!"

병판의 심장에 다시 한 번 화살이 꽂혔다. 그리고 이어지는 두 대의 화살. 그것은 바로 선혁과 활의 것이었다. 왕 이헌의 허락하에, 그들 역시 병판을 쏜 것이었다.

"마지막, 너로 인해 고통받았던 나와 백성들을 위해 너는 이 화살을 맞아야겠다."

콰지직! 마지막 화살이 그의 이마에 박혔다.

병판은 이마와 가슴, 어깨에 피를 철철 흘리며 완전히 숨을 잃었다.

헌은 그 모습조차 더 보고 싶지가 않아, 그대로 말을 돌렸다.

그의 죽음으로 7년 세월을 모두 보상받을 수 있다면, 그 얼마나 좋을 것인가.

허나, 지나간 세월을 무엇으로 되돌릴 수 있으리오. 악인은 악인대로 최후를 맞이했을 뿐. 이제 나는 지난날을 정리하고, 새로운 삶을 살아 나가야 하는 것이다.

충격에서 벗어난 소랑이 겨우 몸을 추슬러 어느 정도 움직일 수 있을 때가 되었을 때, 헌은 그녀의 손을 잡고 어딘가로 이끌었다.

"우리, 오늘 어디 갈 곳이 있다."

"갈 곳이요?"

"일단 외출할 채비를 하거라."

궐에 있던 소랑을 잠시 데리고 나와 왕 이헌이 찾은 곳은 바로 복편산에 있는 세자빈 안씨의 묘였다.

참 햇살이 따뜻한 날이었지만 분위기는 어쩐지 황량하기만 했다.

"묘소가 많이 쓸쓸하지?"

왕릉도 아니고, 중전을 지냈던 그녀도 아니니 그곳엔 어쩐지 별다른 묘역 시설도 없이 그저 휑하기만 했다.

"너와 이곳에 꼭 같이 와 보고 싶었다."

소랑은 그런 헌의 얼굴을 가슴 아프게 보았다.

"실은, 저도 마찬가지입니다. 저도 세자빈마마를 뵐 기회가 한 번은 있었으면 좋겠다고 생각했습니다."

헌에게는 조금 의외의 말이었다. 세자빈 얘기를 꺼내는 걸 싫어하던 그녀가 아니었던가.

헌은 안씨의 묘소에 작은 잔을 올리고서 술을 한잔 따랐다.

"내가 왔소."

무덤을 내려다보는 헌의 주위에 쓸쓸한 바람이 스쳤다.

"어제는 그대를 죽인 사람에게 화살을 쏘았소. 그리 죽었으니 참, 한이 많았겠구려."

헌의 목소리가 먹먹하게 젖어왔다.

"걱정 마시오, 그 복수는 이제 내가 모두 끝냈으니, 그대는 이제 편히 눈감으시오. 그간 그대를 편히 보내 주지 못해 미안하오."

그의 눈망울에 얇은 습기막이 어렸다. 허나, 헌은 고개를 들어 그 눈물마저 안으로 삼키려 했다. 잠시 감정을 진정시킨 그가 다시 무덤을 보며 말했다.

"사실 내, 이이를 소개해 주려 왔소."

헌이 소랑을 이 무덤에 데려온 이유는 안씨를 못 잊어서가 아니라, 안씨에게 마지막 인사를 하기 위해서였다.

"이 여인이 내 새로운 비가 될 사람이오."

헌은 옆에 있던 소랑의 어깨를 끌어안으며 말했다.

"당신과 참 다른 사람이오. 허나 가끔 당신보다도 현명하고 지혜롭소. 이제 이 나라 조선을 이이와 함께 꾸려 나가려 하오. 꼭 한 번은 보여 주고 싶었소."

그런 헌을 보는 소랑이 더 울컥해지는 순간이었다. 헌에게서 고개를 돌려 무덤을 보자마자 소랑은 자리에 털썩 주저앉아, 고개를 묻고 말았다.

"죄송합니다. 내 마마님의 넋을 받을 수 있다 거짓을 고하였습니다. 그 순간마다 얼마나 죄스러웠는지 마마님은 알지 못할 것입니다. 부디 용서하여 주시옵소서."

조용하고 소박한 그 무덤에 다다르자 마치 그렇게나 조용한 눈빛을 가진 안씨가 소랑을 가만히 내려다보는 느낌이었다. 언젠가는 혼자라도 무덤에 찾아와 직접 죄송하다 말할 참이었다.

헌은 쓰러진 그녀의 옆에 앉아서 조용히 그 어깨를 쓰다듬어 주었다.

"참, 맹랑한 아이었지요. 허나 그대가 부디 넓은 아량으로 용서해 주길 바라오. 이이가 아니었다면 내 아직도 그 상처에 빠져 있을지 모르오."

그는 세장에게 한 목궤를 가져오라 일렀다. 안씨의 얼굴 그림과 피가 묻은 옷고름이 담겨져 있는 그 상자를.

"이것은 그대의 것이었으니, 이제 여기에 다시 묻고 가겠소."

헌은 그렇게 슬픔 가득한 눈빛으로 동그란 둔덕의 무덤을 한참 바라보았다. 이제 마지막 남은 감정마저 정리할 차례였다. 그는 올려놓았던 술잔을 마저 무덤에 뿌리고 나서 다시 소랑의 어깨를 다독였다.

"울음을 그쳤으면 이제 내려가자꾸나. 요새 너무 많이 울어 얼굴이 밉다."

"죄송합니다."

헌은 따뜻한 손길로 그녀의 두 눈가를 닦아 주며 말했다.

"이젠 우리의 날을 준비할 차례이다. 잘 알고 있지?"

급히 남은 울음을 삼키려다 딸꾹질까지 하고 있는 소랑을 헌은 그저 사랑스럽고 또 예쁘게 보았다.

"그래. 우리가 더 행복해지는 것이 우리를 위해 함께 해 준 많은 사람들을 위하는 것이다. 더더욱 행복해지자, 소랑아."

참 진심 어린 그의 목소리. 소랑은 고개를 들어, 유리구슬을 보듯 그의 갈색빛 동공을 찬찬히 들여다보았다.

"나의 중전, 나의 비, 나의 아내. 그 수많은 위기에도, 죽지 않고 살아 줘서 이렇게 내 곁에 와 주어서 너무나 고맙다."

헌은 소랑의 손을 잡고, 다시 하산할 준비를 했다.

"오는 길에 산세가 많이 험했지?"

"아닙니다."

허나, 그의 말이 끝나기도 전, 산을 내려가는 소랑의 발이 바위께에 쭈욱 미끄러지고 말았다.

"어헛, 조심하래도."

잠시 후, 소랑은 헌의 넓은 등에 업혀, 어서 내려 달라 조르고 있었다.

"남들이 보면 욕합니다. 이러지 않으셔도 됩니다."

"우리가 함께 사랑 가득한 이 나라를 만들어 가기로 한 걸 벌써 잊었던 거냐."

"그래도……."

"가만히 있거라. 그것이 나를 도와주는 것이다."

그렇게 산과 들을 내려가는 둘의 모습은 한배에서 태어난 오누이만큼이나 정다웠다. 어느덧 저녁놀이 그 둘의 따뜻한 모습 위에 붉게 어렸다.

"이제, 신원이만 돌아오면…… 되겠구나."

온기 가득한 둘의 행복한 시간 속. 죄책감의 굴레는 여전히 신원의 주변을 돌고 있었다. 그가 살아 있다고 믿는 것 또한 헛된 희망일까. 아니다. 확신이라 하기엔 무르지만 희망이라기엔 단단하다.

그는 반드시…… 돌아올 것이다.

"이것 참 오히려 지밀나인을 할 때보다 볼 수가 없으니, 내 원."

앞으로 소랑은 육 주간 별궁살이를 해야 했다. 가례를 올리기 전,

그곳에서 국모로서의 덕목과 육례를 집중적으로 배우는 시간을 가지는 것이었다.

애가 타는 건 헌이었다. 그녀가 지밀나인일 땐 오히려 오라 가라 부르기가 편했는데. 이제 육 주간이나 그녀를 맘대로 볼 수도 없는 것이냐.

"이러다 내가 또 잠에 들지 못하면, 어쩔 것이냐."

"조금만 참아 주시옵소서. 전하."

"하아, 가례 땐 좀 제대로 된 모습을 보여야지. 이런 얼굴로 제대로 입장할 수야 있겠느냐."

병판이 헌에게 썼던 독은 어느 정도 해독이 되었지만, 그렇다고 해서 다시 예전의 '잘생김'으로 돌아온 것은 아니었다.

그간 고생을 많이 해서인지, 아직도 걱정이 되는 것이 있어서인지. 예전 건강을 찾으려면 가례 전까지 특별 관리가 있어야 할지도 모르는 것이었다.

물론 헌에게 가장 큰 치유제는 소랑이었다. 그런데 소랑이를 마음껏 볼 수 없다니.

"허나, 지금만 참으면 앞으로 교태전으로 납실 수가 있지 않겠습니까."

"오? 그래?"

세장의 그 말에 헌은 반짝 눈을 밝혔다.

"그것 또한 새로운 장소가 되겠구나."

"아니, 무슨 생각을 하시길래 이렇게 기뻐하십니까?"

"너야말로 무슨 생각을 하느냐, 그곳에서는 편히 잠들 수 있을 것 같다 그 얘기를 하는 것이다."

헌은 헛기침을 해 가며, 손을 내저었다.

그래, 그날만 기다리자. 그러면 우리는 가례를 올리고 정식으로 부부가 될 수 있을 것이다. 그러면 밤마다……! 콜록, 내가 무슨 생각을 또 하는 거야.

헌은 혼자서 고개를 도리도리 흔들다가, 다시 그녀의 별궁이 있는 방향에 서서 오래도록 그쪽을 바라보았다.

제가 할 수 있을까요?

이 나라 국모의 노릇을?

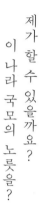

"내가 임시라니, 임시라니."

수라에 쓰일 식재료들이 쌓여 있는 사옹원.

원녀는 머리를 쥐어뜯는 듯한 자세로 몸을 비틀고 있었다. 가례 준비로 인해 궐내는 무척이나 분주해졌다. 할 수만 있다면, 고양이 손의 도움이라도 받아야 할 때였다.

그 때문에 그녀는 임시 궁녀로 입궐해, 가례 때까지 도와 달라는 제안을 받았다.

"하아, 몇십 년 동안 궐 생활을 해 왔는데, 내가 왜 또 이러고 있을까."

얼떨결에 승낙을 하긴 했으나, 지금 궐내는 바빠도 너무 바빴다.

'고생길을 떠날 수 없는 팔자인 것이지.'

원녀는 투덜거리며 식재료의 재고를 확인했다.

"임시인 게 뭐가 어때서요."

이때 뒤에서 나타난 사람은,

"소랑이도 임시로 들어왔다가 중전이 되었는걸요."

다름 아닌 세장이었다.

"그 임시와 이 임시가 같습니까?"

"다를 게 뭐가 있습니까?"

원녀는 돌아서며 다시 일에 몰두하려 했다.

"일이 바쁘십니까? 내가 도와 드릴까요?"

순간, 원녀는 구원자를 만난 듯 밝게 미소 지었다가 다시 새침하게 돌아섰다.

"아뇨, 됐습니다. 차 내관님도 바쁘지 않습니까."

"뭐, 도와줄 시간 정도는 충분합니다."

세장은 시치미 뗄 것 없다는 듯 원녀에게서 명부의 반을 빼앗아 들어, 식재료들을 하나하나 확인하기 시작했다.

말을 하지 않아도 척척척 맞는 둘의 손길. 손에도 궁합이 있다면, 이런 게 천생연분이 아닐까. 이미 오랜 시간 함께 해 온 둘의 합은, 진정 최적에 가까웠다.

오히려 이에 원녀는 살짝 어색해졌다. 내시 세장과 단둘이만 통하는 묘한 교감을 느낀 것이다.

"에헴, 뭐 이러면 금방 끝나긴 하겠군요."

"참, 야무진 손끝엔 어찌 변함이 없으십니까."

"그럼, 그새 녹슬었을까 봐요."

"역시 궐에 원 상궁님만 한 분이 없습니다."

"이제 상궁이라고 부르지도 마십시오. 그러다 평생 눌러앉게 될까 두렵습니다."

"그럼 임시라고 부르지요. 어이, 임시. 일 좀 하는구먼."

"아유, 그런 농은 접어 두시어요. 있을 게 없는 사내라 그런지, 참 입도 가볍지요."

햇빛이 창문의 발 사이로 엷게 들어오는 사옹원의 내부. 평소와 다를 것 없는 원녀와 세장의 티격태격한 대화가 이어졌다.

허나, 다른 것은 세장이었다.

'있을 게 없다.'

평소 같았으면 파르르 떨며 되받아쳤을 세장이 갑자기 고개를 푹 숙이면서 피식— 웃는 것이었다.

뭐야, 갑자기 왜 이렇게 잘생기게 웃는 거야? 순간 원녀의 가슴에 봄바람이 살랑 불었다.

이 설렘은 뭐지? 왜 갑자기 심장이 이렇게 난동질을 하는 거야?

"있을 게 없다니요?"

갑자기 확— 남자답게 변한 세장의 목소리.

원녀는 갑작스레 달라진 그의 음성에 온몸의 솜털이 비죽 서는 느낌이었다.

"어이, 임시. 이건 생각 안 해 보셨소?"

아이, 그 목소리 참 심장 떨리게 하네.

"뭐, 뭐요?"

"내시면 모두 다 없을 거라 생각하오?"

"다, 당연하지요. 그러니까 내시가 아닙니까."

"백이면 백, 천이면 천 모두 다요?"

지금 내시 세장의 이 말뜻은 무엇일까? 있다는 거야, 없다는 거야?

"보지도 않고 어떻게 아십니까?"

세장은 갑자기 남자답게 한걸음 한걸음 원녀에게로 다가왔다.

그 분위기에 압도된 원녀는 자신도 모르게 뒤로 훅 물러나 벽 앞에 섰다.

"그렇다고, 제가 확인해 볼 수는 없지 않습니까."

원녀는 그 벽에 바짝 기대서서, 살짝 쫄아 세장을 바라보았다.

"어이, 임시?"

하면서, 벽을 쾅— 치는 세장.

그 남성적인 분위기에 원녀의 입이 절로 떡 벌어졌다. 이게 바로 벽치기인가!

"이제 그만 튕기시지요."

"……네?"

"남편에 대한 그리움이고, 옛날얘기고 이제 관두시란 겁니다. 궐에서도 이렇게 새로운 시작에 대한 기쁨이 가득한데 언제까지 과거에 얽매여 있을 것입니까?"

쓰읍, 얼굴을 들이대는 내시 세장의 색기에 원녀는 소녀처럼 고개를 떨구었다.

허억, 그의 냄새가 이다지도 아찔했나? 이 미쳐 버릴 것 같은 이 끌림은 대체 뭐지?

"출궁녀는 사가에 나가 이제 자유로이 혼인을 하라, 내보내 주는 것이지요?"

"그, 그렇지요. 아니 하면 나라에 원이 쌓인다 하여 내보낸 것이 아닙니까."

"이거 아십니까? 내시는 원래 혼인이 가능합니다."

아, 알고 있습지요. 원녀는 고개를 파드득, 끄덕였다.

"그리고 이것도 알고 계시오?"

"네? 뭐요?"

"백에 하나, 천에 하나. 아버지가 내관이기에 아들까지 내관이 된 경우, 자르지 않고 궐에 들어오는 경우도 있습니다."

"네, 네? 뭐라고요?"

아니, 그런 경우가 다 있었단 말이야?

"내관이셨던 저의 아비 또한 이렇게 건강히 저를 낳지 않으셨습니까."

그 말인즉슨?

388

"있다는 것이오?"

원녀는 그 말을 꺼내고도 바들바들 떨었다. 그가 백에 하나, 천에 하나 있는 바로 그 인물이었단 말이야?

그가 있다는 것은, 지금껏 단 한 번도 생각해 보지 못한 것이었다.

"물론, 이 궐에 들어올 때 꽁꽁 싸매고 들어온 비밀이지만 내 당신에게는 특별히 공개하지!"

휘릭— 원녀를 벽에 밀친 세장. 그의 한쪽 손이 바지춤으로 내려갔다. 이대로 바지 끈을 풀려 하시는 것인가?

"아, 아닙니다. 괘, 괜찮습니다."

원녀는 허겁지겁, 그 손을 붙잡았다.

"왜요, 나중에 딴소리하지 말고 지금 확인하시지요. 그 위용에 깜짝 놀라실 텐데?"

"아뇨, 아뇨. 믿겠습니다."

"그러면요, 원녀."

맹렬하던 세장의 목소리가 일순 부드러워졌다. 갑자기 또렷하게 자신의 이름을 부르는 통에 원녀의 가슴은 여름날의 물엿처럼 사르르 녹아내리고 말았다.

오늘따라 왜 이렇게 나를 들었다 놨다 하시는 게야. 그것도 목소리 하나로.

"그러면, 나와 혼인하여 주시겠소?"

쿠쿵!

순간, 원녀의 머리엔 천둥 벼락이 내리친 듯했다.

"호, 혼인이요?"

아무리 금혼령이 끝났다 하여, 우리가 혼인할 수 있을 것이라고는 단 한 번도 생각해 본 적 없다. 금혼령이든 아니든, 궁인들은 어차피 금혼 신세가 아니던가.

"어차피, 이제 당신은 궁인이 아니잖소."

그의 말은 틀리지 않았다.

"전하의 윤허만 있으면, 우린 혼인할 수 있소."

저, 정말이란 말인가!

이 상황은 정말로 원녀가 단 한 번도 생각해 보지 못했던 결말이었다.

'그와 함께할 수 있다고? 신랑과 각시 사이로 평생?'

고민을 하는 원녀의 가슴이 분홍빛으로 물들기 시작했다. 이 속내에 온통 몽글몽글한 구름이 가득 차오르는 것만 같았다. 어느덧 중년의 나이에 접어든 둘이었지만 사랑 앞에선 언제나 순정 가득한 꽃 청춘이었다.

"대답해 보시오."

어찌 답해야 하지, 손끝을 깨물며 고민하던 원녀는 결국,

고개를 끄덕이고 말았다.

"지, 진정이시오?"

원녀는 볼 빨강이 된 사춘기 소녀처럼 수줍게 고개를 끄덕였다.

세장은 더 이상의 말은 필요 없다는 듯, 원녀에게 다가가 입을 맞

추었다.

"……!"

그의 압도적인 입맞춤에 놀란 원녀는 손에 쥐고 있던 명부를 모두 바닥에 떨어뜨리고 말았다.

그가 진정, 이런 사내였던가? 이것 참, 감사합니다!

잠시 입술을 뗀 세장은 바로 코끝이 닿을 듯한 거리에서 그녀에게 말했다.

"남편이라 한 번 불러 보시오."

"……남편."

"참, 듣기 좋소. 마음이 참 간질간질해지는 것이. 한 번만 더 불러 보시오."

"남편!"

세장은 다시 한 번 원녀에게 부드럽게 입을 맞추었다. 정말로 불가능할 것만 같던 둘의 사랑이, 결국 이어지게 된 것이었다.

그래, 사랑 앞에서 불가능한 게 무엇이 있으랴. 이제는 우리 모두가 사랑에 빠질 시간이었다.

"참, 꽃같이 아름다우십니다."

어느새 소랑이 육 주간 머물렀던 별궁을 떠나는 날이 되었다. 바로 오늘이 그녀가 가례를 치르는 날인 것이다. 새벽부터 단장이 시작되었다.

고운 피부는 하얀 분으로 보들보들함을 더하고, 복숭앗빛 뺨과 입술에는 고유의 빛을 살렸다. 검은 숯을 붓으로 찍어 눈매에 그리니, 그녀의 눈빛은 평소와 다른 깊이로 더욱 고혹적이고, 그윽해졌다.

경대를 보니 정말 '이게 나야?' 되묻고 싶을 정도로 아리따운 얼굴이 완성되어 있었다.

새벽부터 쏟아지는 주변인들의 찬사. 허나, 소랑의 마음은 왠지 자꾸 불편하기만 했다. 이 자리가 내 자리가 아닌 것만 같은 느낌이 자꾸 그녀의 뒷덜미에 찜찜하게 남아 있었기 때문이었다.

이제는 그녀가 대례복을 갖추어 입을 차례였다. 그녀가 옷을 갈아입으러 들어갔을 때,

"대례복은 마음에 드십니까."

놀랍게도 구면인 인물이 거기에 서 있었다.

왕의 침선장인 김찬만.

예전에 가짜 세자빈 사건을 쫓다가 그이를 만난 적이 있었다.

"참, 인연이란 게 놀랍지요?"

"이게 진짜 얼마만이에요?"

소랑은 그저 신기하기만 했다. 당연히 그가 만들었어야 할 대례복이었지만, 그를 이렇게 다시 만난다는 것이.

"아니, 어째 치수도 재지 않고 이렇게 다 완성을 하셨습니까?"

"실은 마마님의 치수에 맞춰 미리 만들어 놓은 것입니다."

"네? 언제요?"

"마마님께서 저에게 왔다 갔던, 그 이튿날부터요."

김찬만의 인자한 미소는 마치 그녀가 중전이 될 줄 진작 알고 있었다는 듯했다.

"제가 될 줄 어찌 알고요? 저는 후보에도 오르지 못했는데."

"늙은이의 촉이라고나 할까요? 만날 때부터 벌써부터 국모의 기운이 느껴지더라고요."

대체 그 촉은 무엇일까. 나의 눈치도 빠르다고는 하지만, 늙은 노인의 그것은 이길 수가 없었다.

"참, 국모의 기운이라니요. 가당치도 않으십니다."

"왜요, 나 같은 자가 국모가 되어선 안 된다 그런 생각을 하고 계십니까?"

자신의 마음을 들킨 소랑이 화들짝 놀라, 어떻게 알았냐는 듯한 얼굴을 해 보였다.

"왜 그렇게 판에 박힌 국모의 모습을 생각하십니까."

"사실 그렇잖아요. 저보다도 더 음전하고, 현명하고, 똑똑한 이가 국모가 되어야 하지 않겠습니까."

"제가 놀라운 얘기 해 드릴까요?"

김찬만은 그녀의 곁에 바짝 앉으며 재미있는 얘기 보따리를 풀어 놓는 할아버지처럼 말했다.

"무슨 얘기인데요?"

"지금껏 제 손을 거친 중전마마, 세자빈마마가 한둘이 아닙니다.

나이가 나이인지라, 콜록!"

"아, 그렇겠네요. 어렸을 때부터 아버지를 따라 이 일을 해 왔다 그러지 않으셨나요?"

"그렇게 가례 때마다 중전마마의 모습을 뵈었는데 마마님께서 제일 아름다우십니다."

"에잇, 거짓부렁!"

소랑에게서는 대번에 이 말이 튀어나왔다.

"이거 다 화장빨입니다. 새벽부터 일어나서 이만큼을 칠했다고요."

"허나, 다른 분들은 모두 가례 전에 흘린 눈물에 화장이 지워지고 말았지요. 매번 다시 칠하느라 고생이 많았습니다."

"아니, 왜요?"

이렇게 경사스러운 가례에 그렇게 많은 예비 중전 마마들께서 눈물을 보이셨다고?

"이제 사가에 영영 다시 돌아갈 수 없을지 모르는데, 눈물이 흐르지요. 두고 온 식구들을 생각하며, 다들 구슬프게도 울었지요. 게다가 그들에게 낯선 이 구중궁궐이 얼마나 무서웠겠습니까. 다들 앞으로 펼쳐질 궐 생활이 너무나 두려웠던 게지요."

아, 소랑은 고개를 끄덕였다. 그 말을 들으니, 그 마음이 이해가 갈 것도 같았다.

"제가 마마님께 아리땁다 말한 것은, 그 용기 때문입니다."

"용기라니요."

김찬만은 가짜 세자빈 사건의 비밀을 파헤치기 위해, 그녀가 자신을 찾아왔던 것을 떠올렸다. 지금껏 그렇게 진실을 위해 직접 발로 뛰어다니는 여인은 본 적이 없었다. 어떤 일에 과감히 나서고 뛰어들 수 있는 용기. 김찬만은 그것을 얘기하고 있었다.

"자신이 용감했다 생각했던 적 없습니까?"

"많지요. 지금 생각해 보면, 무슨 용기로 그랬는지 모르겠습니다."

참, 그때는 어쩜 그렇게 왕에게 과감히 사기 칠 생각을 다 했을까.

어떻게든 수라를 먹이고 운동을 시키려 별 수를 다 동원했던 것 생각하면 지금 생각해도 어찌 그랬나 싶었다. 산적들에게 잡혀갔을 때도 마찬가지였다. 이 세 치 혀로 모두를 구해 냈을 때. 그땐 어디서 그런 용기가 튀어나왔을까.

그러고 보면, 매번 아찔했던 순간들의 연속이었고, 그 일을 모두 헤쳐 나온 게 다 용하다 싶을 정도였다.

김찬만은 그런 그녀에게 인자한 목소리로 말했다.

"지금껏 중전마마 중에서 이렇게 당당하고 용기 있고 배포가 크신 분은 없었습니다. 저는 잘해 내실 거라 믿습니다. 그것은 지금껏 이 나라의 중전과 가장 다른 인물이기에 그렇습니다."

"제가요?"

"그렇기에 더더욱 새로운 역사를 창조해 내실 수 있을 것입니다."

그럴 수 있을까요? 과연 내가?

"실은 자신이 없습니다. 저 같은 것이 어찌 이 나라의 국모가 될 수 있단 말입니까."

소랑은 목소리를 낮추며 조용히 말했다.

"전직 사기꾼에, 궁합쟁이에, 떠돌이에 참 천하디천한 인물이 아닙니까."

"다르기에 새로울 수 있다 하지 않았습니까."

"네?"

"저에게는 보입니다. 이 조선의 여인네들은 그저 규중이 전부인 줄로만 알고 있지요. 다들 왕에게 시집와서 팔자 고치려 하다, 이번 사달이 벌어진 것 아니겠습니까. 허나 마마님은 아닙니다. 마마님만큼 이렇게 전국 팔도를 돌아보셨던 사람이 없지요. 거기서 많은 사람들을 만났고, 수많은 얘기들을 들었으니 궐에서만 자란 전하께 분명 세상 보는 눈을 넓혀 주실 수 있을 것입니다."

소랑은 그 말에 헌과 지내온 수많은 밤을 떠올렸다. 그녀의 조잘조잘 소소한 얘기를 보석같이 귀담아듣던 모습을. 중간에 얘기가 끊길 새라, 끝까지 해 보라 채근하던 그 귀여운 모습을.

"흐음, 제가 한 썰 하지요."

"그것 또한 국모의 주요한 덕목이 될지 모릅니다."

어느덧 나인들이 다가와 머리에 씌워 준 가체는 그저 무겁기만 했다. 허나 머릿속에 그 생각은 떠나지 않고 있었다.

내가 이 무거운 왕관을 쓸 자격이 될까? 과연 내가?

"이제 다른 것은 없습니다. 사가에서 마마님께서 주로 해 오시던 일이 무엇입니까?"

"애정 접착질이요."

실은, 궁합 전문 사기꾼이었지만.

"작은 설렘과 떨림을 커다란 사랑으로 이어 주던 이가 아니었습니까. 누구보다도 사랑을 믿고, 온 세상을 행복의 기운으로 물들이던 이가 아닙니까."

"……!"

"이제 예전에 하시던 그대로 하면 됩니다. 금혼령으로 인해 사랑에 목마른 백성들에게, 너른 사랑을 나누어 주시고, 그들을 사랑하는 정책을 펼칠 수 있게 전하를 도와 드리면 됩니다. 마마님께선 분명 지금보다 더 아름다운 세상을 만들어 나가실 수 있을 것입니다."

"그래도 자신이 없습니다."

"이제는 세상을 상대로 사기를 칠 차례입니다. 원래 사랑이란 게, 그런 것 아니겠습니까. 사기당한 듯 살짝 홀려 있고, 상대의 모든 것을 믿으며, 결과가 잘되리라 믿는, 그렇게 가슴이 부풀어 오르는 상태 아닙니까?"

'……아!'

"이제 마마님께서 금혼령의 세상을 치유할 차례입니다. 전하에게 온기를 주셨던 것처럼요."

무한 긍정으로 무장한 김찬만의 말에, 소랑의 가슴속에는 작은 희망의 빛이 내려지기 시작했다.

이 나라의 국모로서 전하를 도와 사랑 가득한 세상을 만들어 나간다. 지금껏 그랬던 것처럼 사랑을 믿으면 된다라.

나, 할 수 있을까? 정말로?

어느덧 김찬만의 도움에 의해 대례복을 갈아입은 소랑이 완벽하게 준비를 마무리했다.

화장도, 머리도, 옷도 끝났다. 이제 다져야 할 것은 내 마음가짐뿐이다. 그래, 할 수 있다고 믿자.

기실, 그렇게까지 어려운 것이겠는가.

결국은 헌의 비가 되는, 경사스러운 일이 아닌가. 마음이 닿는 데까지, 그를 사랑하면 되는 것 아닌가. 그렇게 그를 보살피고 그가 백성들을 보살필 수 있게 하면 되는 것 아니겠는가.

오늘은 머리 아프고 복잡한 가례의 절차를 수행하느라 하루를 다 보내겠지만, 결국은 오늘 밤 우리는 공식적으로 함께할 것이다. 누구보다도 뜨거운 초야의 밤을 보낼 것이다.

그녀는 세상 누구보다도 달콤한 나의 남자 헌을 내 것으로 만들 생각을 하며 오늘의 이 모든 과정을 견뎌 보기로 했다.

30

내
삶과
추억
속에
스며들어
있는
그
사람

꽃 빛이 유난히 아름다운 계절이었다. 궐에도 지천으로 꽃이 피었다. 저마다 붉은 얼굴을 내밀고 있는, 홍옥같이 고운 꽃. 그중 가장 아름다운 꽃은 교태전에 있었다.

헌이 교태전으로 향하는 걸음걸음. 머리를 아득하게 할 만한 아찔한 꽃내음이 흘렀다. 허나, 여기서 걸음을 멈출 수는 없는 법.

헌은 흐드러지는 꽃의 정원을 지나, 그만의 꽃을 향해 걸어갔다.

정원에서 꽃가지를 매만지고 있던 소랑이, 왕 이헌의 갑작스러운 방문에 고개를 돌렸다.

그 잠깐의 모습이 헌에게는 마치 느린 모습으로 재생되는 것만 같았다. 그녀가 당의를 입고 있다. 꽃보다도 더 붉고 아름다운, 중전의 옷 당의를.

"전하, 오셨습니까."

새하얀 살결과 보송한 솜털. 달빛같이 말간 얼굴에, 곱디고운 치맛자락.

살짝 고개를 숙여 예를 갖추는 소랑의 모습이 헌에게는 못 견디도록 아름다운 가인으로만 보였다.

그녀가 나의 비였다. 이 나라의 왕비.

이렇게 자신의 궐에서 꽃같이 예쁘게 웃고 있으니, 헌은 그 모습에 반하고 또 반하지 않을 수 없었다.

"무슨 일로 예까지 오셨습니까?"

잠시 넋을 놓고 있던 헌이, 그녀의 말에 퍼뜩 정신을 차렸다.

"내 상의할 것이 있어 들렀다."

그녀에게 너무 빠졌다는 걸 들키고 싶지 않아, 헌은 부러 차가운 듯한 목소리를 내보였다.

그러나 소랑은 이에 전혀 상관하지 않는 듯 보였다. 오히려 '그러시지요.' 편안하고 넉넉한 품새로 안으로 드시라 손짓을 했다.

"출산휴가요?"

교태전 안.

왕 이헌이 그녀와 상의하고 싶다는 것은, 바로 이것이었다.

"수라간 공노비 하나가 아이를 낳고 7일 만에 일터로 돌아왔다가, 그만 쓰러지는 사건이 있었다."

"그럴 만하지요. 아이를 낳은 뒤 산후조리가 얼마나 중요한데 어찌 7일 만에 복귀할 수 있겠습니까."

"허나, 지금 공식적인 출산휴가가 7일로 정해져 있으니 그이들에게 다른 도리가 없을 수밖에."

소랑의 이맛살에는 금방 내 천(川)자가 새겨졌다.

"그것은 아니 될 일입니다."

잠시 고민을 하던 그녀는 이렇게 답했다.

"만약 전하께서는 제가 아이를 낳은 뒤, 7일 만에 다시 내명부의 공식 업무에 복귀하라 명하실 수 있겠습니까?"

"그거야, 경우가 다르지 않는가."

왕 이헌은 펄쩍 뛸 듯한 기세로 그녀에게 되물었다. 그녀가 아이를 낳는다면 국가적으로 커다란 경사가 될 것이다.

"그와 비교해서 되겠는가. 귀천이 다른데."

"다르지 않습니다. 저도 궐에 들어오기 전까지는 천것이 아니었습니까. 아이를 잉태해서 낳는데 그 아이는 누구에게나 귀한 것이겠지요."

소랑의 목소리엔 또박또박한 힘이 들어가 있었다.

"부디 전하께서는 금혼령 이후, 이 나라에서 태어난 아이를 모두 왕자나 공주처럼 여기시어 주셨으면 합니다. 모두에게 힘든 시간 이후 태어난 아이가 아닙니까."

"그, 그렇지."

아직 직접 아기를 대한 적이 없던 헌이라 그의 답이 조금 어색하긴 했으나, 소랑의 말은 틀린 것이 없었다.

"그간 7일로 주어졌던 출산휴가를 100일로 연장하는 것이 어떻겠습니까?"

"그렇게나 대폭?"

"아이를 낳고 산후조리를 하는데 그 정도의 시간은 필요합니다."

소랑의 눈빛은 간절했다.

"전하와 제가 만들어 나가고 싶은 세상이 있지 않습니까."

그래. 가례를 올리던 그 첫날밤, 소랑이 왕 이헌에게 얘기한 것이 바로 그것이었다. 그간 모두에게 힘든 시간들이었으니 조금 더 사랑과 배려가 가득한 조선을 만들어 나가자고. 헌과 소랑은 그러한 이상을 논하며 밤을 지새웠다.

"그래. 내 그 말을 따르겠다."

그렇게 신중히 결정을 내리기 위하여 직접 교태전까지 걸음 한 것이었다. 앞으로도 이런 것 하나하나에도 그녀의 의견을 물어 갈 것이다. 그리하여 백성들의 마음결을 하나하나 헤아리는 군주가 되기 위해 노력할 것이다.

"허나 한 가지 더 있습니다."

소랑은 굳은 목소리로 왕 이헌에게 가까이 다가왔다.

"육아는 혼자 하는 것이 아닙니다."

"그, 그런가? 아, 그렇지?"

이번엔 또 무슨 얘기를 하려고? 육아는 여자의 일이라고 못이 박혀진 시대였다. 그런데 육아는 혼자 하는 게 아니라니.

"남녀가 함께 힘써 아이를 낳았는데, 육아의 책임이 모두 어미에게만 돌아가는 것은 부당합니다. 따라서 남편들에게도 출산휴가가 필요합니다."

"뭐라? 남편이 출산을 한 게 아니지 않느냐."

"이제 몸을 푼 아내와 아이를 보살펴야지요. 아내가 출산을 했을 경우, 남편들에게도 30일의 출산휴가를 주어야 합니다."

실은, 남자들에게 주는 휴가는 3일도 7일도 길다 생각했던 헌이었다. 아니, 대부분이 그리 생각할 것이다. 그런데 30일의 유급 휴가를 주다니. 그 당시로써는 너무나 파격적인 제안이었다.

"남자에게도 30일의 출산휴가를 준다."

헌은 턱을 괴고서, 조용히 그 안에 대해서 고민해 보았다.

그의 결론은,

"하하하!"

웃음이었다.

왕 이헌은 소랑을 보며 소리 내어 웃었다.

"갑자기 왜 웃으시는 것입니까?"

"하하, 이번 일은 그대의 뜻대로 하겠소."

"정말요?"

"모든 것이 우리가 세웠던 이상을 위한 것임을 알고 있습니다. 이 나라의 중전께서 그리 의견을 내주셨으니, 과인은 그 의견을 따르려 합니다."

소랑은 살짝 어색하다는 듯 헌을 바라보았다.

"당신이라는 존재가 이 나라의 얼마나 큰 보물인지 모릅니다. 당신의 의견 덕에 내가 보지 못했던 것까지 세심히 돌이켜 볼 수 있게 되었소."

헌의 그 말은 고맙지만…… 아무래도 존댓말은 불편했다. 아무리 나의 지위가 높아졌다 한들, 내가 궁녀였을 때처럼 헌이 하대를 하는 게 차라리 편했다.

"저기요, 전하. 그런데 둘이 있을 땐 그냥 반말하시면 안 될까요? 저한테 이러시는 게 영 어색해서."

소랑은 그런 헌에게 살짝 다가가 속삭이듯 얘기했다.

"하하, 그럴까요?"

"아, 장난치지 마시고요."

정책을 논할 때의 소랑과 이럴 때의 소랑은 참 달랐다. 중전의 품격을 조금 갖추는 듯하였다가, 이럴 때 보면 격의 없이 편안한 모습이 딱 헌이 사랑했던 소랑의 모습이었다.

"그럼, 내 맘대로 하겠소."

헌은 그런 소랑이 귀여워 부러 더 농담을 던졌다. 소랑은 그런 헌을 얄밉다는 듯 보다가 그냥 함께 웃어 버리고 말았다.

아마 이런 날들이 오래도록 이어질 것이다. 진지하게 정사를 논의하다가, 또 웃으며 둘만의 장난을 쳤다가, 그렇게 함께하는 날들이.

무엇이든 좋았다. 자신의 의견을 신중히 들어주는 헌의 모습도 좋았고, 이렇게 자신을 못내 사랑스럽게 보아주는 이 눈빛도 좋았다.

"그럼 그렇게 하는 겁니다. 여자 출산휴가 100일, 남자 출산휴가 30일."

헌은 즐거이 고개를 끄덕였다.

"아 참, 그리고 일정이 하나 더 있소."

헌은 무엇인가 또 떠오른 듯 말했다.

"강무의 일정이 한 번 더 잡혔소."

아직 가례를 올린 지도 얼마 되지 않았는데, 벌써 사냥이? 그럼 그때의 사냥터로 다시 한 번 가는 건가?

"이번 사냥으로서 왕친들과 조정 대신들의 친목을 다시 한 번 도모하려 합니다. 괜찮으시지요?"

사냥이라.

소랑은 그 단어를 다시 한 번 속으로 읊조려 보았다. 여기에서 다시 한 번 기억의 문을 두드리는 이는 다름 아닌 신원이었다. 뛰어드는 멧돼지의 돌격에 그녀를 구했던 신원의 모습이.

미소를 짓고 있던 소랑의 표정이 조금 무겁게 내려앉았다. 신원이 그리된 이후, 그로 인해서 마음 아파하는 모습을 내보이지 않게, 내색하지 않기 위해 많이 노력했던 그녀였지만, 이렇게 작은 일에도 순간순간 감정이 무너져 내리는 것은 그녀 또한 어찌할 수가 없었다.

"어찌하실 것이오? 나는 그대 뜻에 따르겠소."

헌은 그런 그녀에게 조심스럽게 말했다. 헌 또한 그런 소랑의 마음을 모르는 것이 아니었다. 그녀 역시 최선을 다해 침착을 기하고 있다는 것을 알고 있었다.

그렇기에 내 생각만을 고집하고 싶지는 않았다. 갑자기 잡힌 사냥행. 만약 그녀가 거부한다면, 전면 취소할 생각도 있었다.

"네, 함께 가겠습니다."

잠시 고민을 하던 그녀는 헌을 보며 고개를 끄덕였다.

"진정이시오?"

소랑은 오히려 더 밝아진 목소리로 헌에게 말했다. 이런 행사에 더 이상 사사로운 감정을 섞어서는 안 된다. 이젠 그러한 위치가 아니다.

"아시지 않습니까. 저 사냥 좋아하는 거."

"에이, 직접 활도 들지 못하면서. 괜한 소리는."

"전하께서 많이 잡으시면 되지요. 이번에는 저번보다 더 많이 잡는 겁니다!"

"이번에는 저번처럼 사고 치면 안 됩니다. 마빡 돌진! 안 됩니다!"

소랑은 고개를 끄덕였다. 언제까지나 신원과의 추억을 피해 도망 다니면서 살 수는 없었다.

내 삶과 추억 속에 스며들어 있는 그를 계속해서 외면할 수는 없으니, 이제는 당당히 맞서 보자는 심산이었다.

그는 살아 있는 것일까, 정말 죽은 것일까. 여기서 밀려오는 먼

고통은 다시 눌러 놓아야 했다.

분명 때가 있을 것이다.

이 아득한 질문에 시간이 답을 내려줄 때가.

"오, 이게 제가 입을 옷입니까?"

사냥행을 가는 날 아침.

교태전에서 소랑이 김찬만으로부터 옷을 받아 들었다. 예전에는 푸른빛의 무사복을 입고서 남자 무관으로 변복하여 몰래 숨어들었지만 이번에는 달랐다.

"제가 특별히 제작한 것입니다."

침선장, 김찬만이 왕비를 위하여 만든 이 옷, 그녀의 사냥터행을 위해 만들어진 특별한 옷을 입고 갈 것이다.

"너무, 아름답습니다."

자줏빛의 고혹적인 색깔, 날렵해 보이면서도 여성미를 잃지 않은 그런 옷이 벽에 걸려 있었다. 소랑이 그 옷을 입자, 주변에서는 탄성이 쏟아져 나왔다.

과하지 않은 깔끔한 만듦새, 신비스러운 복색. 당돌한 그녀의 눈빛과 너무나 잘 어울리는 옷이었다.

"그럼, 한 번 가 볼까요?"

소랑 역시 들뜬 마음으로 그 옷을 입고서 밖으로 나섰다.

그러나 완벽한 옷과는 달리, 그녀의 허당끼는 어디 가지 않았다.

사냥터에 도착한 그녀는 끙차끙차— 이상한 기합을 지르며 어수룩하게 말에 올라타고 있었다.

"에헤이, 내 뒤에 타라니까 뭘 혼자 탄다고 그러느냐."

곧 헌의 타박이 이어졌다.

"아뇨, 이번엔 꼭 제대로 해 보고 싶습니다."

직접 말을 몰아 보겠다는 소랑을, 헌은 탐탁지 않게 바라보았다.

"절대로 내 곁에서 멀리 떨어져서는 안 된다."

소랑은 굳게 고개를 끄덕였다.

"출발하자."

"네!"

헌과 소랑의 뒤에 선 수많은 무사들, 그들의 우렁찬 대답을 시작으로 사냥은 시작되었다.

소랑의 곁을 지키는 것은 왕 이헌뿐이 아니었다. 선혁과 활 역시, 사냥보다도 소랑의 안위에 신경을 쓰고 있었다. 곧 널따란 들에 왕이헌과 소랑, 그리고 무사들의 말이 힘차게 달렸다.

부드러운 연둣빛 풀밭, 연잎이 고개를 내민 아름다운 연못, 드문드문 나무들이 내린 시원한 그림자.

그사이를 헌과 소랑은 날아가듯 달렸다.

힘써 달리는 말 위, 얼굴에 와 닿는 공기는 그저 청량하기만 했다.

"어? 저기 노루가 있습니다."

신묘하게도, 황토색 털빛에서 푸르른 윤기가 도는 노루였다.

"우와, 어서 가 봅시다."

노루를 향한 소랑의 목소리가 드높아졌다.

그녀의 들뜬 목소리에 함께 사기가 높아진 헌이 그 노루를 따라 달렸다. 소랑 역시 그들을 따라 달리고 달렸다.

어느새 도달한 수풀 속.

빠르게 달리는 소랑과 헌의 거리가 살짝 멀어졌다.

그런데 그들의 힘찬 달음질에, 나무 밑에 앉아 있던 노루가 화들짝 놀라 갈림길의 오른편으로 뛰어갔다.

노루는 두 마리였다. 살짝 뒤로 처져 달리던 소랑은 그 두 번째 노루를 향해 다른 갈림길로 들어서고 말았다.

어? 저 노루는 아까 내가 봤던 노루가 아닌가?

이번엔 황토 빛 털에, 불그스름한 윤기가 도는 노루였다. 비슷했지만 살짝 다른 것 같았다. 소랑은 살짝 주춤하여 말의 속도를 늦추며 주변을 돌아보았다.

뭐야, 또 나 혼자야? 이번엔 나 혼자 또 어디로 달린 거야?

그렇게 그녀가 두리번거리며, 전방을 확인하지 못하는 사이,

"우악……!"

다시 한 번 그녀의 눈앞에 별이 반짝했다.

낮게 내리워진 두꺼운 나뭇가지가 정확하게 소랑의 이마를 강렬히 가격한 것이었다.

우지끈, 빠지직?!

나 사냥만 하면, 마빡 돌진인가?

그녀의 머리에 부딪힌 나뭇가지가 우지끈 부러지는 가운데, 소랑 역시 의식을 잃고서 스르륵, 낙마하여 바닥에 쓰러지고 말았다. 그 다음부터 그녀가 기억할 수 있는 것은, 아무것도 없었다.

이쯤 되면 꼭 만나는 이가 있다. 김씨 부인, 소랑의 친어미.

아득한 무의식, 김씨 부인은 온화한 미소를 띠고 그저 말없이 소랑을 바라보고 있었다.

'어머니.'

소랑은 이마에 부딪힌 충격도 잊은 채 간만에 만나는 김씨 부인을 멀리서 바라보았다.

그래, 분명 미소였다. 중전이 된 그녀의 모습을 한없이 긍정하는 얼굴이었다. 김씨 부인은 아무 말 없이도 소랑의 모든 것을 '잘했다, 잘했다.' 칭찬하고 위로하는 것 같았다.

소랑의 마음은 절로 편안해졌다.

'그래, 아가. 너무너무 잘 커주었구나. 수고했다. 수고했어.'

어머니, 그토록 보고 싶던 나의 어머니. 그래. 그녀가 하늘에서 이렇게 나에게 미소 짓고 있으면 되었다. 언제나 내 곁에 그녀가 있다는 것을 믿으며, 더 이상 불안해하고 두려워하지 않겠다.

어머니의 그 미소에 소랑은 이 세상 모든 것을 헤쳐 나갈 용기를 얻는 것 같았다.

어스름하게 찾아온 이승의 햇빛.

그녀는 나른한 낮잠에서 깬 듯 가늘게 실눈을 떴다.

아까 낙마하여 쓰러진 곳은 축축한 흙길이었지만, 지금 그녀는 연못 곁 부드러운 풀밭 위에 누워 있었다.

다시 한 번 강렬한 예감이 그녀를 사로잡았다. 이럴 때마다 내 곁에 항상 있어 준 것은 다름 아닌 신원이었다. 지금 그녀의 곁엔 신원이 있을 것이다. 불그스름한 빛을 띤 노루를 따라간 곳에. 예전에 이렇게 나를 구했던 그의 곁에.

소랑이 정신을 차리며 몸을 일으켰을 때, 누군가와 눈이 마주쳤다.

너무나 담담하고 깔끔한 눈빛, 연못 물가에 앉아 소랑을 내려다보고 있는 그 물색의 눈빛, 그녀의 예감이 맞았다.

그는 바로 이신원이었다.

소랑은 믿을 수 없다는 듯 멍하게 그 모습을 바라보았다. 햇빛이 그의 등 뒤에 산산이 부서져, 더욱 비현실적으로 아름다운 그의 모습이 빛나고 있었다.

나 다시 꿈을 꾸고 있는 건 아니겠지? 아니, 이거 진짜 꿈이려나?

31

내 오늘 밤,

너와 함께 격하게

놀아 볼 것이다

소랑은 손을 뻗어 신원의 머리를 꽁 때려 보았다.

"아야."

신원의 입새에서 짤막하게 새어 나오는 소리. 꿈이 아니었다.

그는 황당하다는 듯 말했다.

"간만에 만나서 이렇게 때리기냐?"

"꿈인지 아닌지 헷갈려서."

"그럼 네 머리를 때려야지."

"내 머리 때리면 아프잖아."

어제 만났다가 헤어졌던 것처럼 친근하기만 한 대화.

소랑은 아직도 믿을 수가 없었다. 진짜 이신원이 자신의 앞에 있다는 것이.

"살아 있었어?"

소랑의 목소리가 조용히 젖어왔다.

"에이, 진지해지기는."

그녀의 애틋한 목소리가 듣기 그렇다는 듯, 신원은 고개를 돌렸다.

"살아 있음 살아 있다고 말을 해야지, 티를 내던가, 왜 또 지금까지 숨어 있었어."

마음 같아선 그의 어깨를 치며 목 놓아 울어 버리고 싶기도 했다. 왜, 지금껏 이만큼이나 걱정시켰냐고. 내가 너 때문에 얼마나 새카만 밤을 지샜는지, 알고나 있냐고.

허나, 이어진 그의 말은 더욱더 그녀의 마음을 먹먹하게 했다.

"내가 죽었다고 믿는 게, 마음 편한 거 아니었어?"

"그게 어떻게 마음이 편해!"

그녀는 있는 힘을 주어 소리를 질러 버리고 말았다.

신원의 마음을 모르는 바는 아니었다. 죽을 둥 살 둥 살아났다고 해도 소랑은 이제 왕 이헌과 가례를 올린 비가 된 몸이었다.

당연히 그렇게까지 꼬인 말을 내뱉는 것도 어느 정도는 이해가 되었지만, 그래도 그렇지. 그래도 살았다고 얘기해 주지. 날 그렇게까지 나쁜 사람으로 만들지는 말지.

"어떻게, 어떻게 살았어?"

그렇게 묻는 소랑의 눈동자에 다시 한 번 그때의 화마가 일렁거렸다.

"내가 뛰어내리자마자 건물이 무너졌어. 그 안에서 빠져나오지 못한 사람들, 흔적도 찾을 수 없는 잿더미로 발견되었다고, 그리 들었어."

끔찍한 기억이었다. 자신은 헌의 품에 안겨 화재로 무너져 내리는 건물을 그저 바라보고만 있었다. 거기서 끝끝내 나오지 못했던 신원의 마지막 모습은 못 견딜 만큼 끔찍한 죄책감으로 남아 있었다. 도저히 씻어 내기가 힘들었다.

"내가 근무했던 곳인데 설마 거기서 죽을까."

신원은 연못 옆에 무릎을 세워 앉은 채로 담백하게 말했다.

"어찌 살았냐니까?"

"비밀 통로가 있었어."

먼발치를 바라보는 신원의 눈동자에도 다시 한 번 그때의 불꽃이 일었다. 잊고 싶던 먼 기억으로 다시 돌아가는 눈빛이었다.

소랑을 밖으로 내보내고 나서, 신원을 지지하던 기둥이 맥없이 무너졌다. 아래층은 온통 불구덩이가 되었다고 하더라도, 신원은 그곳에서 살아남을 길을 알고 있었다.

철문으로 된 비밀 통로. 그곳으로 숨어 들어가면, 당장의 불길은 피할 수 있을 것이다.

허나, 건물은 생각보다 빠르게 무너져 내렸고 기름통에 화상을 입은 신원의 종아리는 예상처럼 잘 따라 주지 않았다.

신원은 쓰러지는 기둥을 붙잡고서 생각했다. 이 기둥의 넘어지는 각도가 건물이 쓰러지고 있는 방향으로 향한다면 한 번에 그 철문 앞까지 도달할지 모른다.

허나, 모든 것은 단 한 번에 이루어져야 한다. 그렇지 않으면 제대로 걷지 못하는 내가, 이 안에서 어떤 봉변을 당할지 모른다. 서씨 부인과 예현희가 먼저 갔던 그 길을 따라갈 수도 있는 것이었다.

화재로 건물이 무너져 내릴 때 신원은 있는 힘껏 기둥을 무너뜨렸다. 그리고 쓰러지는 건물보다 먼저 도달한 철문. 그는 필사적으로 지하로 향하는 그 철문을 붙잡고 모든 게 무너지기 바로 직전, 그 철문 밑으로 숨었다.

이어진 것은 새까만 어둠이었다. 이 비밀의 문의 끝은 궐 밖으로 연결되어 있었다. 허나, 밖으로 향하기 위해선 얼마나 가야 할지 감이 오지 않았다.

또한 일어설 수도 없는 좁은 길이기에, 다리를 제대로 쓸 수 없던 신원은 오로지 기어서 궐 밖으로 나가야 했다. 끊어져 버릴 듯한 통증이 종아리를 휘감고, 바깥에서는 이길 수 없을 만큼 뜨거운 화기가 밀려왔지만 모진 생존 본능이 그를 움직이게 했다.

그냥, 살자.

소랑이고 뭐고 그 어떤 이유를 붙이지 말고 그냥 살자.

이 궐 밖을 나가면, 정말로 새까맣게 잊어버려야 할 그녀가 될지 모른다. 이제 그녀는 자신이 닿을 수 없는 저편 너머로, 훌쩍 멀어질지 모른다.

그리고 살아서 나가면, 더 이상 그녀에게 마음 붙이지 말자.

그렇게 셀 수 없는 시간을 지나 궐 밖에 도달했을 때, 그제야 야속한 비가 내리기 시작했다. 차가운 비가 화기로 익은 그의 몸을 쉴 새 없이 두드렸다. 흙탕물에 잔뜩 어지럽혀진 얼굴로 궐 쪽을 보니, 검은 잿더미가 된 건물에서는 희뿌연 연기가 황망히 올라오고 있었다. 그는 가쁜 숨을 한 번에 몰아쉬었다.

살았다. 살아 있다. 그래, 그거면 되었다.

"소식은 들었어?"

신원의 쓰린 눈빛이 소랑에게 와 닿았다.

"들었지. 네가 중전마마가 되었다고."

그녀는 잃어버렸던 자신의 이름을 되찾아, 결국 왕 이헌의 곁으로 갔다.

"잘된 일이라고 생각해."

마음에 없는 말이었다. 그래도 그렇게 말하는 게 마음이 편할 것 같았다.

"너는, 괜찮아?"

글쎄, 나는 괜찮을까. 신원은 스스로에게 되묻고 싶었다. 정말 괜찮으면 내가 이곳까지 왔을까?

다시 사냥이 열린다는 그 말 한마디에, 혹여 그녀에게 무슨 일이 생기는 건 아닐까 하여 미친놈처럼 여기까지 뛰어왔다. 지난날 그녀가 이곳에서 다쳤던 게 생각이 나서.

결국은 습관처럼 먼발치에서 그녀를 바라보던 신원이었다. 내 마음이 내 뜻대로 되지 않는 걸 어쩌랴. 내 머리와 상관없이 몸과 마음이 이렇게 움직여 버린 걸 어쩌랴.

신원은 모든 것을 놓아 버리기로 했다. 아픔에, 그리움에, 슬픔에, 그냥 내 마음 가는 대로 모든 것을 맡겨 버리기로 했다.

"괜찮아."

한참 끝에 신원은 소랑을 올려다보며 한마디 했다. 뭐가 괜찮다는 대답이었는지 스스로도 알 수 없지만, 대답한 후에야 신원은 그 의미를 찾을 수 있었다.

마지막으로 딱 한 번 네 얼굴을 봤으면 좋겠다고 생각했는데 너를 봤으니 되었다, 그 뜻이었다. 그래, 널 봤으니 되었다. 예전과 달리 이렇게 고운 옷을 입은 너를.

변함없이 나무에 부딪히고 쓰러지고 허당끼를 철철 흘리는 너이지만 그래도 이렇게 널 봤으니 되었다.

이제 이것이 진정 우리의 마지막일 것이다. 이걸 마지막으로 내 남은 마음을 모두 정리할 것이다.

"나 이제 간다."

신원은 자리를 털고 일어났다. 종아리에 입은 화상은 이제 많이 치료가 되었다. 그녀에게 절뚝이는 모습을 보이지 않아 다행이었다. 어느 정도 치료가 된 뒤 우리의 마지막을 맞아서 다행이었다.

"신원아."

"아프지 마라. 다치지 말고."

지금의 이 가슴은 무엇으로도 설명할 길이 없었지만, 오히려 그의 목소리는 담담하고 투박했다. 이제 이것이 그녀와의 마지막이 될 것이다.

소랑은 모든 것을 직감했는지 벌써부터 울음기가 얼굴에 가득했다.

"아, 이제 이렇게 말하면 안 되지. 마마님. 그 언제보다도 강녕하셔야 합니다."

신원은 함께 일어선 소랑의 눈을 오래도록, 그저 오래도록 바라보았다. 그리고 자신이 의식하지 못하는 사이 그녀의 볼에 가만히 입을 맞추었다.

불경한 짓이었다.

이제 이 나라의 중전마마가 된 그녀에게.

허나, 제발 이것만큼은 온 세상이 눈감아 주기를 바랐다.

태어나서 처음, 미치도록 사랑한 그녀를 떠나보내려 하는 지금이 순간, 딱 마지막 이 입맞춤만은 허락되기를 신원은 간절히 바랐다.

그래, 이제 우리는 여기까지만.

"잘 있어. 언제나, 건강히."

뒷걸음질 치는 신원의 얼굴엔 조용한 미소가 번졌다.

"너야말로, 잘 있어."

소랑은 울먹임을 가득 눌러 담고 그리 말했다. 여기서 울지 않아야 그를 진짜로 보내 줄 수 있음을 알고 있기에, 그녀는 눈물 흘리지 않기 위해 최선을 다했다.

이것이 마지막이기에. 정말 끝이기에.

뒷걸음질하던 신원이 돌아서 걸었다. 뒤돌아보지 않고, 계속 걸었다. 그렇게 신원이가 사라지고 난 뒤의 자리에는 빈 바람만이 허랑하게 일었다.

이제는 정말로 모두가 제자리를 찾을 때라는 것을 소랑은 알고 있었다.

"소랑아!"

어디선가 자신을 부르는 한 남자의 목소리가 들렸다.

그가 날 찾은 것이었다. 왕 이헌이.

"어쩌다 이렇게 또 멀리 간 것이냐."

소랑은 가만히 고개를 돌려, 멀리서 뛰어오는 그를 조용히 바라보았다. 그 얼굴에는 소랑에 대한 걱정이 담뿍 배어 있었다. 가까이 다가온 헌은 손수 그녀의 모든 것을 세심하게 챙겨 주었다.

"다친 데는 없고? 여기 또 흙먼지는 무엇이냐. 이마가 붉어진 것은 또 무엇이고."

쏟아지는 질문 세례. 걱정 가득한 눈빛. 소랑은 그런 그를 보며 말도 없이 조용히 미소를 지었다.

"왜 웃는 것이냐. 정말 괜찮은 것이냐?"

"네, 괜찮습니다."

"뭘 그리 멍하니 보고 있었던 것이냐. 내가 부르는 이름에 답도 하지 않고."

사라진 그녀를 찾아 헤매던 길, 헌은 연못가에 서서 홀연히 무언가를 바라보고 있던 소랑을 보았다. 살짝 망설이던 소랑은 이 말을 조용히 내뱉었다.

"저를 지켜 주던 바람이 다녀갔습니다."

소랑의 입가에 다시 번지는 미소. 거기엔 조용한 안도감이 섞여 있었다. 참으로 오랜만에 보는 얼굴이었다.

그녀의 얼굴을 가만히 바라보자 왜 웃는지 답을 알 수가 있었다.

'신원이구나.'

이 사냥터에, 신원이 다녀간 것이었다. 그가 살아서 왔다 간 것이다. 그가 살아 있는 것이다.

내 여자를 사랑한 남자. 나의 가장 오랜지기 동료였으나, 결국은 칼까지 맞대었던 그 남자. 허나, 결국 내 여자를 지키기 위해 마지막까지 목숨을 바쳤던 그 남자.

신원을 생각하면 너무나 복잡한 감정들이 가슴에 뒤섞였지만 지금 헌의 마음은 소랑과 별반 다르지 않았다.

그가 살아 있으면 되었다.

꼭 흔적을 보이지 않아도 좋다.

헌은 소랑의 시선을 따라 먼발치를 함께 바라보았다. 이제는 빈 바람이 자리한 곳. 그곳에 신원이 있었을 것이었다.

어느새 붉은 저녁놀이 헌과 소랑의 어깨에 내려앉았다. 그 타는 듯한 놀 위에서, 헌과 소랑의 눈빛이 가만히 서로에게 가닿았다.

말을 하지 않아도, 많은 감정들이 서로에게서 오가고 또 오갔다. 이제 말보다도 더 깊은 교감들이, 이제 부부가 된 둘을 하나로 단단하게 묶어 줄 것이다.

깊은 밤.

궐로 돌아온 소랑은 잠자리에 들지 못한 채 천천히 후원을 걸었다.

그녀가 도착한 곳은 다름 아닌 '아름다원.'

왕 이헌이 그녀를 위해 만들어 주었던 장미 화원이었다.

소랑은 직접 손에 호롱불을 들고서 안으로 들어갔다. 잠이 오지 않은 까닭이었다.

사르락사르락―

아무도 없는 화원 내에 조용히 옷깃 스치는 소리가 들렸다. 말갛게 얼굴을 내민 장미를 보며, 소랑은 무거워진 가슴을 다시 쓸어내렸다.

신원이 나에게 다녀가고, 그가 살아 있는 걸 안 뒤에도 이렇게 마음이 쓸쓸한 건 왜일까.

그것은 아마 죄책감일 것이다. 모설 대첩이라는 커다란 일을 겪고 난 뒤 극적으로 이 나라의 왕비가 되었다. 이 불가능할 것만 같은 일을 가능케 한 것은 다름 아닌 헌의 깊은 사랑이었다.

그의 한없는 사랑이 아니었으면, 지금 나는 어디서 어떻게 목숨을 잃었을지 모른다. 그간은 신원이 죽었을지도 모른다는 생각에 가례를 올리고도 헌을 제대로 바라보지 못한 것 같아 미안했다.

그런 나를 바라보는 그의 마음결은 어땠을까. 비가 되어 이조차 제대로 헤아리지 못했으니 그녀의 가슴엔 그저 죄책감이 넘실거릴 뿐이었다.

헌에 대한 미안함, 그리고 그에게 모두 표현하지 못했던 나의 마음. 소랑은 그 모든 것을 이곳에서 조용히 달래기로 했다. 영원히 그와 함께하기로 했던, 나의 약속을 다시 돌이키면서.

그런데,

"예서 혼자 놀면 재미있느냐?"

문이 열리는 소리와 함께 익숙한 인기척이 느껴졌다. 소랑은 천천히 뒤를 돌아 다가오는 이를 바라보았다.

"전하!"

"처소에 찾아갔을 때 자리를 지키지 않는 것 또한 불충임을 어찌 모르느냐."

그가 빈 교태전에 왔다 간 것이다. 소랑은 그에게 헛걸음을 하게 한 것조차 너무 송구스럽기만 했다.

"왜 혼자 와서 이러고 있느냐?"

"오늘따라 잠이 오지 않아……"

"그럼 나의 품을 찾을 것이지, 굳이 이곳에 와서 청승을 떨고 있느냐?"

"이젠 보고 싶다 해서, 마음껏 볼 수 있는 분이 아니지 않습니까?"

헌은 그 답이 마음에 들지 않는다는 듯 미간을 구겼다.

"같이 있지 않을 것이면, 우리가 왜 부부의 연을 맺었다 생각하느냐."

그는 소랑에게로 한걸음 한걸음 가까이 다가오며 말했다.

"어째 비가 되고 나서 너무 철이 든 느낌이야. 철이 안 들었을 때가 훨씬 좋았는데."

차라리 그녀가 궁녀였을 때, 자신에게 까불고 기어오르며 편히 대할 때가 나았다. 그에 비하면 요새는 너무나 음전한 여인네의 모습이 아닌가.

"그럼 무르시던가요."

단번에 들려오는 그녀의 삐딱한 목소리. 그제야 헌은 시원한 웃음을 터트렸다.

"파하하핫. 그래, 이래야 소랑이인 것이지. 나는 네가 이렇게 말하는 게 훨씬 좋다."

"참, 취향 독특하십니다."

헌은 손을 들어 그녀의 두 볼을 만졌다. 몇 마디 했다고 이렇게 본성이 톡톡 튀어나와 버리는 그녀가 너무 귀여워서. 앞으로 이렇게 티격태격하며 영원히 함께할 우리 모습을 상상하는 게, 너무나 행복하고 즐거워서.

역시나, 그녀는 반하고 또 반할 수밖에 없는 나의 사랑이었다. 헌은 참을 수 없다는 듯, 그녀에게 훅 다가가 가까이 입을 맞추었다.

무슨 일인 것일까. 평소와 같은 그의 입맞춤에도 새삼 가슴이 떨려 오는 것이. 이미 가례를 올리고 부부가 되었지만, 소랑의 얼굴은 다시 붉은 복숭앗빛으로 물들었다.

내심 미안해하고 있던 소랑의 속마음을 왕 이헌이 알아준 것 같아서, 그리고 그 걱정은 할 필요가 없다며 부드럽게 나를 쓰다듬어 주고 있는 것 같아서 그게 참 고마웠다.

그러면서도 심장이 둥둥둥 울려 왔다.

함께 있으면, 가슴이 들떠 오며 살짝 긴장이 되는 나의 사람. 언제나 나를 수줍은 소녀로 만들어 주는 이 사람. 그가 평생을 나와 함께할 사람이었다.

그녀는 다시 한 번 생각했다. 혹여나 다른 일에 치어, 내 사랑을 멀리해서는 안 될 것이라고. 무엇보다도 내 인생에서 사랑이 가장 중요함을, 잊어서는 안 될 것이라고.

"잠이 오지 않아 이곳에 왔다고?"

한참 그녀에게 입술을 묻고 있던 왕 이헌이, 코끝이 닿을 듯 가까운 거리에서 말했다.

"그럼 이제 내가 너의 잠을 책임져 줄 차례이구나."

"네?"

"네가 예전에 잠이 오지 않으면 격한 운동을 해 보라 하지 않았느냐."

헌은 소랑의 허리를 확— 끌어안으며 말했다.

"내 오늘 밤, 너와 함께 격하게 놀아 볼 것이다."

다시 한 번 이어지는 격정의 입맞춤. 정신이 혼미해질 만큼, 아찔하고 색기가 넘치는 입술이었다. 뜨겁게 서로의 입술을 탐하던 둘의 발길이, 자연스럽게 장미 화원 내 비밀의 방으로 향했다.

풀썩—

하나가 된 둘의 몸이 새하얀 이부자리 한가운데에 풀썩 쓰러졌다. 이미 달아오를 대로 달아올라 버린 둘이었다.

헌은 돌연 입술을 떼고서, 소랑의 이마를 쓰다듬으며 말했다.

"예전엔 그렇게 혼인을 하라 목소리를 드높이던 백성들이, 이제는 그렇게 후사를 보라고 원성이구나."

"백성들의 열망이 그리하다면 들어 드려야지요."

휘익, 순간 새하얀 면 이불이 허공에 펄럭이다가 헌을 휘감았다.

곧이어 소랑의 비단 치마 역시 휘익 허공을 날다가 바닥에 사뿐히 내려앉았다.

이제는 내 품 안에 있는 이 아찔한 매혹에 모든 것을 맡길 것이다. 그토록 힘든 시간을 모두 떠나보내었으니, 이제 할 일은 둘 사랑의 짜릿한 절정을 느끼는 것뿐이었다.

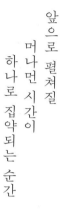

앞으로 펼쳐질 머나먼 시간이 하나로 집약되는 순간

"저은하, 중전마마 납시었습니다."

궐에서의 어느 날.

소랑이가 수정전에 들었다는 소식에 헌은 벌떡 자리에서 일어났다.

아니, 내가 보고 싶으면 밤까지 기다리면 될 것이지. 그새를 못 참고, 여기 수정전까지 든 것인가. 아이참, 나를 좋아해도 너무 좋아하는 것 아닌가 몰라.

헌은 얼굴에 자꾸만 번지는 미소를 숨기고서, 짐짓 편안한 목소리로 말했다.

"들라 하라."

무슨 일이길래, 이 시간에 여기까지 찾아든 것인가.

밤에 보고 아침에도 또 볼 나의 어여쁜 부인이지만, 이렇게 완벽히 의관을 정제하고 들어오는 모습에 그는 다시 한 번 감동했다. 일단 옥빛 강의가 소랑에게 너무나 잘 어울렸다.

요새 점점 더 이 나라 왕비의 품격이 몸에 배어 들어가고 있는 그녀였다. 헌의 입가에는 저절로 둥실둥실한 미소가 걸렸다.

"전하, 부탁드릴 것이 있어 왔습니다."

순수하게 내가 보고 싶어 예까지 온 줄 알았더니, 그것은 아니었던 모양이다. 헌은 살짝 실망스러워진 마음을 감추고서, 나지막한 목소리로 말했다.

"부탁이라. 중전께서 어떤 청을 갖고 계시길래."

"금혼령이 풀려 누구나 혼인을 할 수 있게 된 이 시대에, 아직도 금혼의 신세를 벗어나지 못하고 있는 이들이 있습니다."

"그렇소?"

"이래서야, 모두가 사랑하고 혼인할 수 있는 세상이라 할 수가 없지요. 전하께서 혹 그들마저 구제해 주시면 어떻습니까?"

이 세상을 사랑의 조선으로 만들기로 작정한 소랑은 그 누구도 금혼 신세에 놓인 것을 두고 보지 못하는 모양이다. 허나, 누구길래 이렇게 직접 청을 올린단 말인가. 헌의 고개가 살짝 기울어졌다.

"대체 누구이길래?"

🌸

소랑이 헌에게 청을 올리기 며칠 전의 일이었다.

그들이 교태전에 찾아왔다는 소식에, 소랑은 그만 맨발로 앞마당까지 뛰어나갈 뻔했다.

너무나 보고 싶던 얼굴. 너무나 반가운 얼굴. 그들은 바로 이정학 대감과 송씨 부인이었다. 직접 중전마마를 뵙고 싶다, 연통을 넣은 것이었다.

"이게 대체 얼마만입니까. 너무 보고 싶었습니다."

간만에 본 이들 부부의 모습에 소랑이 눈가가 금세 글썽거리기 시작했다. 둘의 모습은 늙지도 않고 그대로였다. 언제나 오순도순한 부부, 그 자체.

소랑의 가슴은 뭉클해졌다. 내게 친정 부모님과 같이 깊은 정을 주셨던 분들이 아닌가. 민가에 나가지 않으면 다시 못 뵐 줄 알았는데 직접 찾아와 주시니, 이렇게 고마울 데가 또 없었다.

"중전마마, 절을 받으시옵소서."

안으로 든 둘은 절을 올리기 시작했다. 소랑은 이렇게까지 하지 않아도 된다고 말하고 싶었지만, 예를 갖추는 그들을 말릴 수는 없었다. 그저 눈물겹도록 반가운 그들을 애틋한 눈빛으로 바라볼 수밖에 없었다.

"마마, 이리 고운 모습을 보니 너무나 좋습니다. 예전에 우리 집에 계실 때보다 훨씬 더 고우십니다."

이들과 함께 살던 그때를 생각하자, 소랑의 가슴이 다시 한 번 젖어왔다.

참, 그때 좋았는데. 간만에 사람 사는 정을 느낄 수 있었는데. 그때 그 상황이 아니었다면, 소랑은 민폐를 불구하고서라도 꽤 오래오래 그 집에 머물렀을지도 모른다.

오늘은 대체 무슨 용무로 여기까지 오셨을까. 그녀는 자못 궁금하다는 얼굴로 이정학 대감과 송씨 부인을 번갈아 보았다.

"신원이가 집에 다시 돌아왔습니다."

송씨 부인의 말에, 소랑은 고개를 끄덕였다. 그때 사냥터에서 마주쳤을 때만 해도 아직 집으로 돌아간 눈치가 아니었다. 드디어, 긴 방황을 끝내고 집으로 돌아간 것이구나.

"헌데, 이 녀석이 그만,"

"왜요? 어디가 아픕니까?"

"장가를 가지 않겠다고 똥고집을 피우질 않습니까."

그 말에 이정학 대감은 민망하다는 듯 헛기침을 했다. 그런 문제로 예까지 찾아오게 된 것이 영 부끄럽다는 반응이었다. 아마 그 일로 둘이 꽤나 입씨름을 한 모양이었다.

소랑은 신원이가 왜 그렇게 고집을 피우는지 알 것 같았다. 마음이란 게 부모님이 시킨다 하여 쉬이 만들어지고 사라지는 것이 아니지 않은가.

고민 끝에 예까지 찾아온 이정학 대감과 송씨 부인의 마음 역시 알 수 있었다. 나도 이렇게 신원이가 걱정이 되는데 두 분은 오죽하실까. 그러니 어색함을 무릅쓰고 예까지 찾아오신 게 아닌가.

"그래서 말인데요."

고민하던 송씨 부인은 그녀에게 어렵게 어렵게 말을 꺼냈다.

"중전마마께서 우리 신원이 혼인할 수 있게 도와주시면 안 되겠습니까?"

"네에?"

끼룩끼룩!

순간 셋 사이에 어색한 침묵이 찾아왔다.

"제, 제가요?"

"아니, 원래 이런 거 전문이셨다고."

"뭐, 틀린 얘긴 아니지만……."

"우리 신원이 이러다가 평생 설로로 늙어 죽을 기세입니다. 부모들의 못난 오지랖인 것은 알고 있지만, 마마께서 한 번 수를 써 주심이 어떻겠습니까."

아핫, 제가 예전에 신의 손이라 불리긴 했지만 다른 것도 아닌 신원의 혼인이라니요. 소랑은 안 된다며 손사래를 쳤다.

"이제는 제가 궐 밖에 맘대로 나갈 수 있는 몸도 아니어서요."

"에이, 마음먹으면 하실 수 있잖습니까. 그동안의 역사가 있다 들었는데."

끄응, 생각보다 참 많은 것을 알고 있는 부부였다.

그래도 다른 사람도 아닌 신원이라니. 소랑의 고개는 좌우로 돌아갔다.

"저희 좀 살려 주십시오, 마마님."

송씨 부인은 소랑의 손을 덥석 잡으며 말했다.

"아핫, 그게……."

"부탁입니다."

"이런 의뢰 참 오랜만이긴 하네요."

청춘 남녀의 애정 접착질, 궐 밖에 있을 땐, 밥 먹듯이 자주 했던 일이었다.

"글쎄요, 제가 할 수 있을까요?"

내가 이신원을 사랑의 늪으로 빠뜨려 버렸으니, 이젠 내가 그를 그 늪에서 데리고 나와야 하는 것인가. 결자해지의 마음으로 한 번 도전해 봐?

"그런 말이 있습니다. 사랑은 또 다른 사랑으로 잊힌다고요."

"마마님께서 특별한 묘책이라도 있으신 겁니까?"

사랑의 늪에서 건져 나왔으면, 다른 사랑의 늪으로 빠뜨리는 것이 소랑의 생각이었다.

"좀 오래된 수법이긴 하나 통할 수도 있을 것 같습니다."

소랑의 그 말에 이정학 대감과 송씨 부인의 눈이 희망으로 번뜩였다.

대체 그 묘책이 무엇이길래?

"저, 닭 잡아라!"

고요하던 화윤의 집에 때아닌 난리 법석이 벌어졌다. 살쾡이의 짓인지, 누군가 뒤뜰 닭장의 망을 모두 헤쳐 놓아 닭들이 일제히 탈주를 한 것이었다.

아직 복날도 아닌데 이게 웬일인가. 화윤의 집은 갑작스러운 닭잡이로 푸드덕푸드덕 들썩이고 있었다.

이때, 화윤은 사랑채에서 아버지로부터 뜻밖의 소식을 듣고 있었다.

"그럼, 진짜 혼인해도 된다는 말씀이세요? 제가요?"

삼간택에서 떨어진 이후 화윤은 그 또한 왕의 여자라 하여 혼인할 수 없는 신세가 되었다. 금혼령이 철회되었다 하여 그녀의 독수공방 신세가 면하여진 것은 아니었다.

그런데, 왕 이헌에게서 그녀마저 혼인을 허하게 해 주겠다는 특별 어명이 내려온 것이었다. 금혼 없는 세상을 만들기 위한 특단의 조치라 했다.

"아나, 이게 웬 횡재예요?"

그녀는 그야말로 쾌재를 불렀다. 그대로 일어나 춤이라도 추고 싶은 기분이었다.

"아싸아아!"

높이 솟은 그녀의 목소리가 사랑채 밖으로 울려 퍼져 나갔다.

사실 그녀는 간택에 임했을 때처럼 얌전한 성격이 전혀 아니었다. 그것은 엄한 아버지의 특훈에 의해 만들어진 모습일 뿐. 실은 지쳐 쓰러질 때까지 산천초목을 뛰어다니며 놀 수 있는 천방지축 말괄량이였다.

"밖엔 왜 이렇게 소란이람?"

그런 그녀가 마당에 나와 보니, 이미 닭들이 사방을 뛰어다니며 춤판을 벌이고 있었다.

오호라, 안 그래도 잔뜩 흥이 올랐는데, 뻗쳐오르는 이 기운 닭 잡는 데 써 보자! 그녀는 치마의 가운데 부분을 걷어붙였다.

"이놈들아, 내가 왔다."

잡힐 만하면 번번이 지붕이나 담벼락으로 날아가 버리는 닭 때문에 여종들은 곳곳에서 깨지고 넘어지고 있었다.

"아씨, 이거 도통 쉬운 일이 아닙니다."

"내 움직임이 닭보다도 느릴쏘냐!"

여종들의 만류에도 불구하고 본격 닭잡이에 나선 화윤. 그녀는 닭을 쫓아 여기 번쩍, 저기 번쩍하며 쏘다니기 시작했다.

"게 서라!"

심지어 화윤은 앞구르기, 뒤구르기까지 하면서 도망치는 닭들의 발을 잡아챘다. 그야말로 무당의 굿판과도 같은 신들린 닭잡이였다.

"대, 대단하십니다."

그렇게 그녀가 마지막 닭까지 잡아 망태기에 넣었을 때, 어느새 그녀의 모습을 넋 놓고 바라보던 가노들이 일렬로 서서 박수갈채를 보냈다.

"푸하핫, 보았느냐!"

그렇게 화윤이 의기양양하게 닭 모가지를 잡아들고서, 승리의 기쁨에 도취되어 있을 때! 간만에 맛본 자유를 포기할 수 없던 마지막 닭이 파드득, 최후의 날갯짓을 했다.

'어엇?'

어느새 그 닭은 화윤의 손아귀에서 벗어나, 파득파득 담장 너머로 날아가 버렸다.

'놓칠 수 없또아!'

화윤은 다시 한 번 치마 사이를 동여매며 도움닫기를 하여 담장 밖으로 뛰었다. 오로지 닭을 잡겠다는 일념 하나로.

그런데 날다람쥐처럼 담장 위를 날랐지만, 그녀가 떨어지려는 곳 바로 아래에 한 남자가 있었다.

'우당탕탕······!'

이는 바로 추돌 사고로 이어졌다.

화윤이 정신을 차렸을 때, 그녀는 어느새 그 남자의 품 안에 있었다. 아예 그 남자를 바닥 삼아서 그 위에 포개어져 있던 것이었다.

그렇게 화윤의 밑에 깔린 남자는 다름 아닌 신원이었다.

잡일을 시킨 적 없던 아버지가 오늘따라 심부름을 시켜 출타를 한 것이었다.

"어?"

담장 위에서 한 여자가 날라 자신을 덮치는 것, 이거 왠지 익숙한 상황인데. 순간 신원의 가슴에서 둥둥 하는 북소리가 울렸다.

"화윤 아씨?"

그렇게 제 품에 안긴 그녀는 다름 아닌 그가 일전에 목숨을 구해 주었던 화윤이었다. 예전 그녀가 보쌈당할 위기에 처해 있을 때, 신원이 그녀의 옷을 입고 나가 대신 납치된 적이 있지 않은가.

"이신원 도사님?"

그 위에 있던 화윤 역시 정신을 차리고서 그를 보았다.

"여긴 웬일이셔요?"

그, 그건 내가 물어볼 말이다. 아가씨가 왜 내 위에 올라타 있냐고.

"우리, 일단 일어나서 얘기하면 안 될까요?"

"앗, 아 참!"

당황한 화윤이 재빨리 자리에서 일어났을 때. 꽤액— 하며 하늘을 날았던 그 닭은 유유히 집 안으로 다시 들어가고 있었다.

꼬꼬꼬꼬.

괜히 담장에서 뛰어내린 그녀만 어색하게.

"아씨는 무슨 일로 이렇게 험악한 방법으로 출타를 하십니까?"

"아뇨, 그게 아니라 닭잡이를 하다가 그만."

"아씨께서 직접이요?"

부, 부끄럽다! 이런 모습을 들키다니.

체면을 구긴 화윤은 낭패감에 젖어 고개를 숙였다.

"저는 아씨의 옷을 돌려 드리러 왔습니다. 늦어서 죄송합니다."

"아, 그때 그 옷이요?"

신원이 빌려 가던 화윤의 옷.

"실은 저도 잊고 지내다가, 아버지께서 하도 성화를 하시는 바람에요. 이런 건 꼭 직접 갖다 줘야 한다면서."

신원은 들고 온 보따리를 화윤에게 건네주었다.

순간 화윤은 약간 느낌이 묘해졌다. 그가 내게 심장을 건네준 것도 아닌데, 보따리 하나에 내 가슴의 온도가 확 올라가는 듯한 이 기분은 뭘까.

"잠깐만요."

이때, 신원이 화윤에게 훅― 얼굴을 가까이했다.

"네?"

그녀는 저도 모르게 어깨를 움츠렸다.

"아뇨, 이것 땜에."

가까이 다가왔던 신원의 얼굴이 다시 후욱― 멀어졌다. 그의 손가락에 잡혀 있는 건 다름 아닌 닭털이었다.

"어? 여기도?"

신원은 다시 한 번 화윤의 몸에서 닭털을 떼어 냈다.

"한두 개가 아닌데요?"

"아이, 창피하니까 그만하셔요."

화윤은 그가 손가락에 집어 든 닭털을 빼앗아 등 뒤로 숨기며 말했다. 새삼 화윤에게는 그때 보았던 신원의 모습과, 지금 신원의 모습이 참 다르다는 생각을 했다. 그땐 사명감에 똘똘 뭉친 무사로 보였는데, 지금은 의외로 세심한 면이 있는 순수한 남자 같았다. 어느새 그녀의 가슴속을 장악하고 있는 건 묘한 이끌림이었다.

"아씨, 성격이 생각보다 괄괄하신가 봅니다."

"아, 아니거든요?"

신원 역시 그런 그녀가 꽤 묘하게 느껴졌다.

이 느낌, 이 감정. 뭔가 익숙해. 어쩐지 나의 취향을 저격하는 이 느낌. 이거 뭐지?

찰나의 순간이지만, 앞으로 펼쳐진 머나먼 시간들이 단 하나의 순간으로 집약되는 때가 있다. 길고 긴 두 사람의 인생이 얽히는 지점이, 바로 이 지점에서 시작하는 것이었다.

부정할 수 없는 분명한 예감에 화윤은 묘한 미소를 지었다. 앞으로 둘에게 무슨 일이 있을지는 모르지만, 그냥 자꾸 웃음이 나왔다.

"왜 웃어요?"

"아뇨, 그냥요."

그렇게 시답지 않은 대화를 나누면서도 그 자리에 선 두 사람은 오래도록 그곳을 떠나지 않았다. 아직은 서로 어색하지만 한 마디 한 마디 더 말을 섞어 나갈 뿐이었다. 별일 아닌 것에도 자꾸만 터져 나오는 웃음도 함께였다.

큰 키에 따뜻한 미소를 가진 신원과 몸에 닭털을 달고 있는 싱그러운 분위기의 화윤. 누가 보아도 잘 어울리는 한 쌍의 남녀였다. 참 풋풋하면서도 아름다운 그림이었다.

그리고 그 모습을 저 멀리서 흐뭇하게 보다가 뒤로 돌아서는 이가 있었다.

"방금 돌아선 저 아씨, 우리 중전마마님 닮았는데?"

그녀의 얼굴을 슬쩍 훔쳐본 행인이 옆 사람에게 수군거렸다.

"예끼, 이 사람아. 당신이 중전마마님이 누군지 어떻게 알아?"

"왜, 저번에 모설 대첩 때 들어가서 봤잖아."

"에이, 그렇다 해도 이런 데 나와서 돌아다닐 분인가. 닮은 사람이
겠지."

"역시 그렇지?"

사람들 틈에 묻혀 총총 사라지는 그 여인네의 등에는 닭털 몇 개
가 붙어 있었다. 그녀의 움직임에 공중으로 붕— 떠오른 새하얀 닭
털. 그것을 마지막으로 그녀는 완전히 자취를 감추었다.

글쎄, 아마 그녀가 오늘 살쾡이의 정체가 아니었을까.

만백성에게 고하노니, 사랑하며 살지어다

백성들에게서는 요새 '성혼령'이라는 말이 유행하고 있었다. 예상했던 대로 금혼령이 끝나고 나서 혼인 특수가 일어 각 고을마다 봇물이 넘치도록 혼사가 치러졌다.

매일매일 혼례식이 있으니, 조선 전체가 축제 분위기가 된 것도 같았다. 오랜 기다림 끝에 혼례를 치르는 남녀들과 그 혼사를 축하해 주러 온 사람들. 모두의 가슴에 하루하루 행복감이 깃드는 나날들이었다. 만남과, 혼례식, 임신과 출산 그리고 육아. 사람들의 관심은 자연스레 이쪽으로 쏠렸다.

헌은 그들이 사랑하고 짝지어 살아가는 데 문제가 없도록 배려한 정책들을 펼쳤다. 이러한 안들은 모두 중전인 소랑을 거쳐 통과된다 하니, 실질적으로 백성들이 안정적으로 가정을 꾸릴 수 있게 하는 이는 바로 그녀였다.

소랑은 무엇보다도 백성들의 마음의 온도를 높이고 싶었다. 불신불안 가득했던 금혼령 시대에서, 이제 따뜻한 정과 배려가 넘치는 사랑의 시대를 만들고 싶었다.

더 따뜻하고 아름다운 조선.

그것은 사람들이 품은 따뜻한 마음에서 나오는 것이었다.

그것을 알고 있기에 헌과 소랑은 그 누구보다도 모범이 되는 금슬 좋은 부부가 되기 위해 노력했다. 이렇게 아름다운 모습을 보이는 것 또한 우리가 꿈꾸는 조선에 더 가까워지는 일일 것이다.

예전엔 주변 이들을 밝고 사랑스러운 감정으로 이끌었던 그녀가, 이제는 조선 전체를 환한 기운으로 물들이고 있는 것이었다.

왕 이헌과 소랑이 만들어 나가고 있는 행복의 시대. 이와 더불어 사주 찻집, 애달당도 성황을 이루었다. 혼사를 앞둔 청춘 남녀들의 애정 비사 고민이 더욱 많아진 것이다.

개이는 다행히 건강을 회복해, 번쩍하는 신기로 탁월한 해결책을 주고 있었다. 운영은 해영과 도석의 몫이었다. 애달당이 너무 바빠져 해영 혼자 이 일을 처리하기는 힘들었기 때문이다.

어느덧, 도석과 해영이 혼례식으로 잡은 날이 하루 이틀 앞으로 부쩍 다가왔다.

도석은 애달당의 영업을 일찍 종료하고 그가 예전에 고시 공부를 하던 산속 초가집으로 해영을 이끌었다.

"도석 오라버니, 여기서 그렇게 공부를 열심히 하신 겁니까."

해영은 그 초가집을 연신 둘러보며 말했다.

"뭐, 공부를 열심히 한 건 아니지만, 꽤 오랜 시간을 보냈지요. 아, 그리고 이제 서방님이라 부르라니까요. 내일모레면 혼례식을 치를 텐데요."

"그럼 낼모레부터 부를래요. 아직 부끄러워서요."

그녀가 영 수줍어하는 모습이 귀여워 도석은 고개를 자잘하게 끄덕이고 말았다.

"그래요. 그럼. 이번엔 이쪽으로 가시지요."

도석이 안내한 곳은 초가집 뒤쪽에 커다란 오두막이었다.

대체 이곳에 무엇이 보관되어 있길래? 도석은 오두막의 커다란 문을 활짝— 열어젖혔다.

예전 그곳에는 그를 정본좌로 만들어 주었던 수많은 자료들이 있었지만, 지금 책장 가득 꽂혀 있는 건, 다름 아닌 패설책들이었다.

"아씨를 위해 준비했소."

해영이 그토록 좋아하던 각종 패설책들. 해영은 신기하다는 듯 그 오두막을 둘러보았다.

"나와 혼인하면 이것들 모두가 아씨 것이 될 것이오."

"그런데 지금은 패설책을 보지 않는걸요."

해영은 고개를 저으며 그리 답했다.

"그, 그때 말했던 게 진짜요?"

"네. 이제 안 보는데."

"왜요?"

해영은 두 손을 깍지 껴, 도석의 목에 걸었다.

"현실에, 이렇게 더 멋진 사람이 있으니까."

"에헴, 내가 알기론 패설책의 그 어떤 남주인공이 나보단 나을 텐데."

아무리 생각해도 신기한 일이었다. 해영 아씨가 대체 왜 나를.

"그래도 날 진짜로 애타게 하고, 미칠 듯이 그립게 하는 사람은 오로지 오라버니뿐이에요."

그 말에 도석의 얼굴에 싱글벙글한 웃음이 번져 나갔다.

"에헴, 내가 패설책 속 주인공 같은 남자가 될 순 없지만, 실은 내 전문 분야가 따로 있소."

"전문 분야라 하시면?"

"내가 본좌 본좌 정본좌라 불린 이유가 있지 않겠소? 그것은 모두 해박한 지식과 풍부한 이론 때문이지요. 내가 아씨를 조선에서 가장 호강시켜 주겠다 다짐할 순 없지만, 이 조선 여인네 중 가장 짜릿한 밤을 보낼 수 있도록 해 주겠소."

해영은 그에게 잡힌 손을 툭, 놓아 버리고 말았다.

"그것참…… 개이득이군요."

꺄르르, 꺄르르. 아무리 생각해 봐도 참 좋은 일이었다.

잠시 후, 그 산속 오두막엔 후끈한 김이 가득 차올랐다.

도석의 말에는 진정 거짓이 없었다. 여자의 몸에 해박해도 이렇게 해박할 줄이야. 해영은 그야말로 최고의 남자를 고른 것이었다.

정도석. 그는 치열한 경쟁 속에 살며 정분, 혼인, 출산을 포기하려 했던 삼포 세대였다. 나라가 불안할수록 고시가 최고의 안전빵이라 생각하며 거기에 매달렸고, 자신의 찌질한 모습을 탓하며 스스로 사랑을 이룰 수 없다 생각했지만, 인간 지사 짝을 이루고 싶은 그 본능은 도저히 억제될 수 있는 것이 아니었다. 해영을 향한 그의 뜨거운 사랑 또한, 꺼질 수 있는 불이 아니었다.

결국 그의 오랜 사랑은 결실을 맺었다. 오직 한 여자만을 바라보았던 뜨거운 순정이 결국은 배신하지 않고 돌아와 그에게 꽃길을 만들어 준 것이었다. 이제 그녀를 가졌으니 세상 더 바랄 것이 없다. 그는 벅찬 가슴으로 품 안의 해영을 더욱 꽈악 껴안았다.

해영. 그녀는 패설책 속 아름다운 이야기들만이 진짜 사랑인 줄 알았다. 자신도 모르는 새에 너무 완벽한 사랑을 꿈꿔 왔던 것이었다. 멀리 보지 말고 바로 내 주변에서 그 사랑을 발견해야 했음을 그녀는 도석을 잃고 나서야 알았다.

이제 스무 살. 풋풋한 그녀의 뜨거운 첫사랑은 이제 현재 진행형이 될 것이었다. 이제는 바로 자신의 지아비, 도석을 향해 끝없는 사랑을 쏟을 것이다.

✽

요새 애달당은 미친 듯이 바빴으나, 개이의 내면은 쓸쓸하기만
했다.

아무리 남들의 사랑을 접붙여 주면 뭘 하나. 나는 금혼령이 끝나
도 사랑을 할 수가 없는데. 아직 내 시대가 오지 않은 것이었다. 이
조선에서 남색이 혼인을 한다라. 그것은 불가능한 일이었지만 그래
도 개이는 믿고 싶었다.

언젠가는 자신의 운명이 나타날 것이라고.

개이는 요새 장내에서 유행하는 노래를 부르며, 뒷산 길을 혼자
걸었다.

'별처럼 수많은 사람들 그중에 그대를 만나. 꿈을 꾸듯, 서로를 알
아보고.'

새하얗고 찬란한 매화꽃이 흐드러지게 피어난 꽃비의 거리, 분위
기는 더없이 낭만적이었다. 이런 날 내님만 있으면 세상 무엇보다
도 좋을 텐데.

그런데 흥얼거리는 개이의 노래에 누군가 화음을 넣었다.

'주는 것만으로 벅찼던 내가 또 사랑을 받고. 이 모든 게 기적이
었음을.'

완벽하게 딱 맞는 이 음색. 천상의 화음이 꽃비의 거리에 울려 퍼

졌다.

누구인가. 누가 내 노래에 화음을 넣는가.

놀란 개이가 침침한 눈으로 뒤에 서 있는 이를 바라보았을 때, 그 뒤에 서 있던 가인은 다름 아닌 도승지 김설록이었다.

하롱하롱 예쁘게 내리는 꽃잎을 손끝으로 더듬으며 감상에 빠진 그이.

그의 영롱한 눈빛이 개이에게 짜르르하게 맞닿았다. 개이는 온몸이 감전된 느낌이었다. 이곳에 별똥별이 떨어진 것만 같은, 강렬한 운명을 직감해 버리고 만 것이었다.

낭만에 젖은 김설록의 볼이 설렘과 수줍음에 가득 차 있었다. 그에게는 희끗희끗한 개이의 수염이 그 누구보다도 앙증맞고 귀여워 보였다.

별처럼 수많은 사람들, 그중에 그대를 만난 것이었다. 꿈을 꾸듯 서로를 알아본 것이었다. 나의 가인, 설록을. 나의 사랑, 개이를.

아직까지는 굳건한 시대의 벽에 가로막혀 있지만, 그럴수록 사랑은 더더욱 비밀스러워지는 것이었다. 사랑은 오로지 우리 둘만의 것이 될 수 있는 것이었다.

금지된 사랑은 이미 시작되고 말았다.

"드디어 퇴궐하셨습니까."

"아니, 들어가 계시지 예까지 다 나오셨습니까."

내시 세장의 퇴근길.

원녀가 문간 앞까지 남산만큼 부른 배를 안고 뒤뚱뒤뚱 걸어 나왔다.

"노산, 노산, 노산. 몇 번을 말해야 알아듣겠습니까. 조심 좀 하시라니까요."

"그놈의 노산 소리 좀 그만 하세요. 뭐, 내가 늙은 게 죄입니까? 당신 힘이 좋은 게 죄이지."

에헴, 에헴.

뭐, 내시가 들을 말은 아니지만 그래도 기분 좋은 말이었다. 그는 원녀에게 딱 달라붙어, 조심스럽게 그녀를 보필했다.

"노산에 행여라도 위험한 일이 생길까, 그런 것이 아니겠습니까?"

"나도 일국의 보모상궁을 했던 몸입니다. 어찌나 젖이 남아돌았으면, 조선 대표로 입궐을 다 했겠습니까. 아무리 나이가 들어 몸이 망가졌다 한들, 내 아이 하나 제대로 키우지 못할까 봐서요."

"부인. 그, 그 정도로 대단하셨습니까?"

세장은 새삼 놀란 듯 입을 벌렸다.

"젖 안 나오는 아낙네들 애기까지 충분히 건사할 수 있을 정도였다니까요."

"그것, 저도 참 좋아하는데요. 저도 한 번."

"쓰읍. 일국의 상선의 말씀이 참으로 저급하십니다."

"뭐, 부인을 향한 애정에 상급, 저급이 어디 있겠습니까."

그렇게 세장과 원녀는 다정한 얘기들을 나누며 안채로 들어갔다. 세장은 오래도록 뱃속의 아이에게 이것저것 말을 걸며 행복하게 그 배에 얼굴을 묻었다.

누구나 불가능할 것이라 생각했던 사랑이었다. 없는 내시와 인생이 금혼인 궁녀.

허나, 세상 무엇 하나 '절대로'라고 단언을 할 수 있는 것은 없었다. 그 무엇보다도 힘이 센 사랑 앞에, 사람이 정해 놓은 법칙과 규범은 중요치 않은 것이었다. 결국은 이들마저 살림을 꾸리고 아이를 가져 잘살고 있지 않은가.

절대, 안 되는 사랑은 없었다.

절대 안 된다고 믿는 사람만 있을 뿐.

'성혼령'의 시대.

덕훈과 왕배의 얼굴은 사뭇 더 어둡고 칙칙해졌다. 아니, 조선의 대표 모태 설로로 활약하며 돌아다닐 때는 언제고, 어찌하여 이 축제의 분위기에서 이 둘만 이렇게 음습하게 축축 처져 있는 것인가.

그들은 세상 더없이 외로운 부랑자와 같이 쓸쓸한 걸음을 옮겼다. 이들이 도착한 곳은 다름 아닌 애달당이었다.

"영업 끝났소."

"개이 할배, 우리들이오."

땅이 꺼질 듯 한숨을 푹푹 내쉬며 들어오는 왕배와 덕훈.

"갑자기 무슨 일로 이 시간에 찾아오셨소?"

그들이 도저히 해결할 수 없는 문제는 바로, 이것이었다.

"아니, 금혼령도 끝났는데 우린 왜 안 생겨요?"

금혼령이 끝나면 생길 줄 알았건만, 대체 왜! 우리같이 잘난 사내들이 왜! 왜!

"이 세상이 대체 우리에게 왜 이러는지 모르겠소."

"이거 진짜 너무한 거 아닙니까?"

그런 왕배와 덕훈의 푸념에, 개이가 벼락같은 호통을 쳤다.

"금혼령만 끝나면 하늘에서 여자라도 떨어질 줄 알았소?"

뭐, 그런 거 아니었어요?

"아니, 주변 여인들을 적극적으로 둘러보거나 먼저 다가가 고백을 해 본 적 있소?"

이에 왕배와 덕훈의 시선이 맞부딪혔다.

"뭐, 그렇게까지 마음에 드는 이는 없어서."

"애벌레가 하늘에 달린 감나무만 쳐다보는 꼴이구면. 쓸데없이 눈만 높아가지고는. 본인들 꼬라지는 생각 안 하시오?"

"그래도 이왕 금혼령이 끝났는데 예쁘고 색기 넘치는 색시 만나서 혼인해야 하지 않겠소."

개이의 표정은 한 번 더 무섭게 변했다.

"그러다가 이 나라에 금혼령이 또 한 번 내려지면 어쩌려 그러시오!"

허억? 왕배와 덕훈은 깜짝 놀라 손을 내저었다.

"아이고, 그런 말씀 하지도 마세요."

"그렇게 망설이고 미루다간 아무런 수확도 거두지 못할 것이오. 미적미적, 이불 밖은 위험하다며 방 안에 콩 박혀 있다간 평생 모태 설로로 늙어서 여의주 물고 하늘로 승천할 줄 아시오!"

끄응, 입이 열 개라도 할 말이 없었다.

"지금이라도 마음을 열고 주변인들에게 다가가시오. 사랑이란 게 언제 어디서 찾아올지 어찌 알겠소."

이때, 이 층의 방문이 열리면서 묘한 목소리가 들렸다.

"자기야, 영업 끝났다면서. 언제 올라와~"

그 야릇한 목소리의 정체는 분명 남자의 것이렷다!

"아이고, 아직 상담이 남아서."

"얼른 와. 나의 꿀벌."

"기다려, 애기야."

방문이 닫히기 전, 왕배와 덕훈은 똑똑히 보고 말았다. 허어어억! 저 사람은, 도승지 김설록 영감이 아닌가.

에헴, 에헴. 개이는 민망하다는 듯 헛기침을 했다.

"빼박 금혼 신세인 나마저도, 결국 이렇게 연을 찾지 않았소."

"허얼."

"정 그럼, 둘이 잘 지내보시던지. 내가 이쪽 분야는 소상히 소개해 주겠소."

"으으. 끔찍한 소리 마시오."

하아, 개이마저 사랑을 찾았는데 우린 진짜 뭐하고 있냔 말이냐. 진짜 다시 마음먹어 봐야 할 것 같다. 그래, 할 수 있다, 할 수 있어.

다시 한 번 주먹을 불끈 쥐어 보는 둘이었다.

사실, 개이의 이러한 금혼령 충격 요법은 애정 비사 상담을 할 때 자주 쓰였다. 사랑하는 이에게 용기 내어 다가가지 못하는 청춘에게 얘기했다.

'그러다 금혼령이라도 내려지면 어쩌시려고?'

끊임없는 과열 경쟁 속, 사랑을 포기하는 이들에게 얘기했다.

'그러다 금혼령이라도 내려지면 어쩌시려고?'

예전 사랑의 상처 때문에, 또 다른 사랑에 마음 열지 못하는 이들에게 얘기했다.

'그러다 금혼령이라도 내려지면 어쩌시려고?'

현실의 사랑은 접어 둔 채, 이상적인 상대만을 찾고 있는 이에게도 얘기했다.

'그런 남자가 미쳤다고 너를 만나냐, 너도 양심이 있을 것 아니냐.'

그의 답은 언제나 명쾌했다.

지금 이 순간, 그 누구보다도 뜨겁게 사랑하라는 것. 그리고 사랑이 안겨다 주는 보석과 같은 행복감을 마음을 열고 느끼라는 것이었다.

눈앞의 수많은 일에 사랑이란 감정을 미뤄 두거나 외면하지 말고 바로 지금 사랑을 해야 했다.

이 나라에 금혼령이 또다시 오기 전에, 사랑과 혼인이 금지되는 시절이 돌아오기 전에.

만백성에게 고하노니, 사랑하며 살지어다.

그로부터 수년이 흐른 뒤.

"우와, 한양이 이렇게나 큰 거였어?"

청량한 바람이 부는 삼각산 위, 토실토실한 볼에 예쁘게 댕기 머리를 묶은 일곱 살짜리 여자아이가 한양의 전경을 내려다보며 외쳤다.

"진짜 크다."

신기했다. 평생을 담벼락 안에서 자란 소녀였다. 소녀는 인형과 같이 커다란 눈망울을 굴리면서, 연신 한양의 풍경을 눈 안에 담기에 여념이 없었다.

"그거 알아?"

고개를 돌리니 또래의 사내아이 하나가 그녀와 같은 풍경을 보고 있었다.

이 아이는 누구지? 동그란 눈에 하늘빛을 담뿍 담은 이 아이는?

"예전엔 여기 사람들, 누구도 혼인하지 못하는 시절이 있었대."

"이 많은 사람들이 다?"

이렇게 집이 많고 이렇게나 사람들이 많은데?

"여기뿐 아니라 조선 땅 전체가."

소년의 말이 믿어지지 않는다는 듯, 소녀는 연신 커다란 눈을 깜빡였다.

"거짓말."

"진짜라니까?"

"그 시절이 길어졌음, 우린 못 태어났을지도 몰라."

"내가 없었을 수도 있다니, 신기하다."

소녀는 소녀가 서 있던 바윗부리 곁에 다가와 그곳에 털썩 걸터앉았다.

"근데, 너 나 알아?"

"귀한 옷감인 걸 보니, 왕가의 아이 같은데?"

'에에?'

공주인 신분을 숨기려 변복하고 나왔는데. 이렇게 쉽사리 들켜버리다니. 소녀의 입에선 바람 빠진 숨소리가 새어 나왔다.

"근데 넌 왜 알면서도 반말이냐?"

"나 아홉 살인데?"

소년은 소녀보다도 두 살이나 위였다.

"너나 반말하지 말고 오라버니라 불러."

"쳇, 그런 게 어디 있어. 네가 말 먼저 놨으니까, 우린 동무지."

"근데 우리 아버지가, 여자애랑 동무 먹는 거 아니랬어."

"남녀칠세부동석이라서? 난 일곱 살이라 괜찮아."

"아니. 동무 먹는 게, 모든 비극의 시작이라면서."

"뭐?"

실은 아까부터 소녀와 가까워지고 싶어, 그 주변을 괜히 맴돌던 소년이었다.

"어설프게 동무하지 말고, 마음에 들면 그냥 바로 들이대라 그랬는데."

아버지는 좋아하는 여자아이가 생기면, 절대로 마음을 숨기지 말고 바로바로 표현하라고 가르쳤다.

'가슴이 뛰는 그 미묘한 순간을 놓치지 마라. 그 소리를 들을 줄 아는 것이 모든 것의 시작이다.'

어렸을 때부터 소년은 그렇게 세뇌 교육을 받았다. 그러나 여전히 무슨 말인지 알 리 없는 소녀는 그저 아기 천사처럼 눈을 깜빡일 뿐이었다.

"그냥, 너 되게 예쁘다고."

"……!"

소년의 진중한 눈빛이 소녀에게 맞닿았다. 아홉 살 아이답지 않은 그 눈빛에 소녀의 가슴이 두근두근 떨려왔다. 그것이 아마, 소녀가 처음으로 또래 남자아이에게 설렘을 느꼈던 첫 순간이었을 것이다.

"내 이름은 민우야. 넌 이름이 뭐야?"

"나는, 리윤."

바람결에 복사꽃이 사르르 휘날렸다. 가슴마저 싱그러워지는 복사꽃 향기도 함께였다.

끝끝내 이어지지 못한 연은 세대를 건너 찾아오기도 한다. 둘은 그렇게 오래도록 서로를 바라보았다.

첫사랑이 서로를 향하는 눈부신 기적. 그것이 바로 리윤과 민우가 만들어 낼 절절한 이야기였다.

〈완결〉

금혼령 3

1판 1쇄 발행 2020년 4월 2일
1판 2쇄 발행 2022년 11월 25일

지은이 천지혜

발행인 양원석
편집장 정효진
영업마케팅 양정길, 윤송, 김지현
펴낸 곳 ㈜알에이치코리아
주소 서울시 금천구 가산디지털2로 53, 20층 (가산동, 한라시그마밸리)
편집문의 02-6443-8862　　**도서문의** 02-6443-8800
홈페이지 http://rhk.co.kr
등록 2004년 1월 15일 제2-3726호

ISBN 978-89-255-6909-3 (03810)